KB102957

THE GUEST

게스트

THE GUEST
게스트

B. A. 패리스 장편소설

박설영 옮김

소피에게
헤이그에서 '조용한 목격'의 순간을
함께해줘서 고마워.
언제나 그 순간을 소중히 간직할게.

프롤로그

Prologue

가브리엘이 샴페인 잔 손잡이를 잡고 살짝 흔들어 아이리스에게 한 잔 건넨 다음 에스메에게도 한 잔을 건넸다.

"세례식에서 한 방울도 입에 안 댔으니 이 정도는 괜찮겠죠." 에스메가 운을 떼고는 아이리스를 보며 말했다. "집으로 오라고 해줘서 고마워요. 드디어 다 끝났네요. 이제 긴장을 풀어도 되니 얼마나 좋은지 모르겠어요."

아이리스가 미소 지으며 답했다. "에스메는 마실 자격이 있어요."

"그나저나 근사한 하루였어요." 휴가 잔을 치켜들며 말했다. "해미시를 위해. 그리고 당연히 아기 엄마를 위해."

"그리고 자랑스러운 아빠 휴를 위해." 가브리엘이 덧붙였다.

다들 샴페인을 들이켜고 나자 에스메가 만족한 듯 한숨을 내쉬며 말했다. "정말이지, 이런 순간이 너무 그리웠어요."

휴가 잔을 다시 높이 들었다. "아이리스, 가브리엘, 정말 지옥 같은 여름이었죠. 앞으로 행복한 날들이 펼쳐지길 바라며."

이내 침묵이 흘렀으나 가브리엘이 헛기침으로 정적을 깼다. "고마워요, 휴. 말씀하신 것처럼⋯⋯."

뒤의 말은 들을 수 없었다. 때맞춰 엄청난 **폭발음**이 들리고 놀란 새들이 수풀에서 푸드덕 날아오르는 바람에 그의 말이 묻혀버렸다. 아이리스는 심장이 덜컥 내려앉았다. '쾅' 하는 굉음 뒤로 여운이 퍼져나갔다. 이어 죽음과도 같은 정적이 흘렀다.

몇 초 동안 그림 속 한 장면처럼 시간이 멈췄다. 가브리엘과 휴는 샴페인 잔을 손에 들고 폭발음이 들려온 곳을 향해 고개를 돌린 채 서 있었다. 아이리스의 눈에 서린 공포가 에스메의 눈에도 똑같이 비쳤다. 갓난아이 해미시조차 젖을 빨다 멈추었고 에스메는 자식을 지키려는 본능이 곧바로 발동해 두 팔로 아이를 꼭 감쌌다. 해미시는 안심하고 다시 젖을 빨기 시작했다. 담요 아래서 발길질하는 아기의 작은 두 다리만이 고요함 속의 유일한 움직임이었다.

"설마 집이 폭발한 건 아니겠죠." 에스메가 농담을 던지며 굉음이 걸어놓았던 주문을 풀었다. "그렇게 힘들어서 손봤는데 설마."

"혹시 가봐야 하지 않⋯⋯." 휴가 입을 열었지만 어디엔가 정신이 팔려 말을 맺지 못했다. 아이리스가 그의 시선을 따라 하늘을 보니 검은 연기가 피어오르고 있었다.

저 멀리서 사이렌 소리가 나더니 점점 커졌다.

가브리엘이 휴를 돌아보며 물었다. "가서 확인해볼까요?"

"그럽시다. 집이랑 너무 가까워서 불안하네요." 휴가 목소리를 낮추어 답하고는 에스메에게 말했다. "오래 걸리지 않을 거야."

"조지프가 집을 날린 게 아니라면 말이지." 에스메가 아기를 다른 쪽 가슴으로 옮겨 안았다. "조지프한테 정말 실망했어요." 에스메가 아이가 편하도록 자세를 잡은 다음 한 손을 뻗어 아이리스의 팔에 얹고 말했다. "조지프가 인사불성이 되기 전에 집에 데려다줘서 고마워요."

"사람들이 조지프가 취한 모습을 안 봤으면 해서 데려다주겠다고 한 거예요." 아이리스가 잠시 말을 멈췄다 덧붙였다. "진작부터 술을 입에 대놓고 숨긴 걸까요?"

"그건 모르겠지만 화나고, 실망스럽고, 오만 가지 감정이 들어요. 조지프에게 해미시의 대부가 되어달라고 한 게 후회돼요." 순간 에스메의 얼굴에 불안이 어렸다. "휴와 같이 집에 데려다줄 때 조지프가 별말 안 했죠? 술에 취하면 입을 함부로 놀리는 버릇이 있거든요."

"안 했어요. 걱정 말아요."

"애초에 휴에게 솔직하게 털어놨어야 했어요." 에스메가 초조한 얼굴로 말했다.

"이제 상관없잖아요. 내일 떠나니까요. 안 그래요?"

"술이 깨서 정신을 차려야 떠나죠." 에스메는 아기를 어깨 쪽으로 옮기고는 등을 토닥였다. 뒤이어 세례식이 무척 근사했다고 재잘거렸고 그 말을 들으며 아이리스는 엄청난 행복감이 온몸을 타고 흐르는 느낌이 들었다. 여러 달 만에 느끼는 평화였다.

"아, 돌아왔네요!" 에스메가 소리쳤다.

아이리스가 고개를 돌려 테라스를 바라보았다. 그런데 뭔가 잘못됐음을 미처 감지하기도 전에 에스메가 아기를 아이리스의 품에 불쑥 내맡기더니 잔디밭을 가로질러 휴를 향해 달려갔다. 놀란 채로 가브리엘의 얼굴을 본 순간, 아이리스는 그의 얼굴에 서린 참담함에 가슴이 철렁 내려앉았다. 그녀는 해미시를 어깨 쪽으로 옮겨 안으며 졸음에 겨운 아이의 무게와 온기에서 안정을 되찾았다. 걱정 어린 눈빛으로 휴와 에스메를 바라보면서 아이의 등을 쓰다듬자 아이가 편안하게 트림을 하며 젖 내음을 풍겼다. 이어 울음소리가 터져 나왔다. 처음에는 해미시가 울음을 터트린 줄 알았다.

아니었다. 에스메가 휴의 품에 안겨 목 놓아 우는 소리였다.

6개월 전

6 months ago

1장

아이리스는 집에 도착하지 못할 줄 알았다. 오반에서 마컴까지 장장 840킬로미터를 아홉 시간에 걸쳐 쉬지 않고 달렸다. 오늘 아침 10시에 출발해 밤 10시까지 꼬박 말이다. 말할 것도 없이 두 사람 다 녹초가 되어버렸다.

원래는 이럴 계획이 아니었다. 요크에서 하룻밤 묵으면서 쉬었다가 내일 집에 도착할 예정이었다. 아이리스가 근사한 호텔을 예약해놓고 모든 일이 계획대로 흘러갔으면 지금쯤 저녁 식사를 마치고 잠자리에 들었을 터. 하지만 현실은 언덕을 올라 마컴으로 향하는 중이었다.

아이리스는 좌석 등받이에 머리를 기대고 마을에서 비치는 환한 불빛을 차단하려 눈을 감았다. 평소 같으면 집에 거의 다 왔다는 신호라며 불빛을 반겼을 것이다. 하지만 오늘 밤은 유난히 번쩍거리는 것이, 스코틀랜드의 섬들에서 맞이한 짙은 벨벳 같은 깜깜한 밤과 사뭇 달라 신경에 거슬렸다.

아이리스는 크림색 가죽 좌석에 붙은 맨다리를 떼어가며 계속 몸을 뒤척였다. 차에서 내려 발목에 다시 피가 도는 걸 느끼고 싶은 마음이 간절했다. 그런 불편한 기색을 감지한 가브리엘이 죄책감 어린 눈빛으로 말했다.

"미안해. 요크에서 멈출 걸 그랬나 봐."

아이리스는 실망감을 감추며 미소를 지어 보였다. "이게 나아. 내일은 쉴 수 있잖아."

그녀가 실망한 건 미슐랭 별이 붙은 레스토랑에서 저녁 식사를 하고 고급 호텔에서 하룻밤을 보내지 못해서가 아니었다. 여행한 2주 동안 가브리엘이 속마음을 털어놓게끔 유도하지 못해서였다. 바다가 보이는 목가적인 시골집과 아름다운 풍경을 눈앞에 두고도, 인적 없는 백사장을 한참 동안 한가로이 거닐었는데도 아이리스는 그에게서 찰리 잉그램 이야기를 끝내 이끌어내지 못했다.

찰리의 엄마가 아들이 실종됐다고 신고한 지 얼마 지나지 않아, 아침 일찍 조깅하러 나갔던 가브리엘이 오래된 라임스톤 채석장 바닥에서 찰리를 발견했다. 쓰러진 찰리 주변에는 자전거 금속 체인이 엉켜서 널브러져 있었다.

"꼭대기 둘레길을 너무 빨리 달리는 바람에 수풀 사이로 미끄러져 절벽 아래로 떨어진 거야." 당시 가브리엘이 사색이 되어 한 말이다. "아니면 바위를 박고 경로를 벗어났거나. 비극적이기 짝이 없는 죽음이야."

찰리는 가브리엘이 발견했을 때는 살아 있었으나 구급차가 도착하기 전 숨을 거두고 말았다. 생사를 오가는 그 긴박한 시간에 찰리는 가브리엘에게 마지막 말을 남겼다. "엄마한테 사랑한다고 전해주세요."

"그 마지막 말을 전하려고 기다린 것 같아." 아이리스는 가브리엘을 위로하기 위해 그렇게 말했다.

하지만 아이리스의 말에 가브리엘은 더욱 고통스러울 뿐이었다. 인기 많고 잘생긴 데다 대학 입학은 따놓은 당상이었던, 두 사람의 딸 베스보다 한 살 아래인 열여덟 살 소년 찰리 잉그램은 지난 두 달간 가브리엘의 머릿속을 한시도 떠나지 않았다. 가브리엘이 찰리를 몰랐다면 그렇게 충격이 심하지 않았을지도 몰랐다. 둘은 찰리가 어렸을 적 이후로 본 적이 없었지만 단박에 서로를 알아보았다.

아이리스는 죄책감으로 심란했다. 스코틀랜드에 가자고 재촉하기에 앞서 가브리엘에게 마음을 진정시키고 휴직 생활에 적응할 시간을 줬어야 했다. 동료들이 아무리 부드럽게 말했어도 특별 휴가를 쓰라는 말을 듣는 게 편치는 않았을 터였다. 특히나 직원이 부족한 지역 병원의 의사인 만큼 더더욱. 처음에 가브리엘은 아이리스와 동료들의 눈에는 보이는 현실을 받아들이지 못하고 자신이 번아웃으로 시달리고 있다는 사실조차 부인했다. 이미 넉 달 전 사랑하는 아버지를 잃은 슬픔에 지친 데다 업무량까지 감당하기 힘들 정도로 늘어난 상황에서 찰리의 죽음은 그를 무너뜨리는 마지막 한 방이었다. 가브리엘은 엄청난 충격을 받았고 그날 있었던 일에 대해 아무 말도 할 수 없는 지경에 이르렀다. 아이리스와 동료들이 이런저런

신경을 써주었지만, 구급차가 도착하기 전까지 찰리와 보낸 그 몇 분은 그의 마음 깊숙이 박혀버렸다.

땅거미가 사라지고 밤이 찾아올 무렵 두 사람은 진입로에 도착했다. 아이리스는 1분 1초도 더는 차 안에 있기 힘들어 곧바로 벨트를 풀고 문을 열었다. 에어컨이 가동되던 차에서 밖으로 나오니 뜨끈한 공기가 몸을 휘감았다. 장시간 앉아 오느라 다리가 굳은 바람에 몸이 살짝 휘청였다. 그녀는 몸을 가누려고 지붕을 짚었다가 얼른 손을 뗐다. 주변 공기처럼 햇볕에 달궈진 차체가 아직 식지 않은 상태였다.

"한밤인데 어쩜 이렇게 더울 수 있지?" 아이리스는 차의 먼지가 묻는지도 모르고 손으로 이마를 훔쳐 땀에 젖은 머리칼을 떼어냈다.

가브리엘이 운전석에서 나오더니 두 팔을 머리 위로 쭉 뻗으며 허리 근육을 늘였다. "우리가 스코틀랜드에 가 있는 동안 여기는 잠시 폭염이 왔던 거 알지? 이제 6월 초인데 말이야."

그러고는 트렁크로 갔다.

"가방은 놔둬." 아이리스가 하품을 참으며 말했다. "짐은 내일 풀자."

"그래." 가브리엘이 집을 흘깃 쳐다보았다. 돌로 지은 오래된 농가로, 건축가인 전 주인이 내부 인테리어를 21세기 풍으로 멋지게 리모델링해놓은 집이었다. "휴가에서 제일 좋은 점이 뭔지 알아?"

아이리스가 웃으며 답했다. "집에 돌아오는 거?"

"정답." 가브리엘이 차를 빙 돌아 아이리스에게 다가와서 정수리에 입을 맞추고 말했다. "근사한 휴가를 보내게 해줘서 고마워."

아이리스는 그의 뺨에 한 손을 갖다 대고서 그가 어둠에 갇혀 있지 않은, 아주 드문 순간을 음미했다. "열쇠 갖고 있어?"

가브리엘이 주머니에서 열쇠를 꺼냈다. "자, 이제 자러 가자."

"먼저 느긋하게 목욕 좀 할래."

둘은 손을 잡고 현관으로 걸어갔다. 가브리엘이 문을 열자 아이리스가 빨리 들어가고픈 마음에 바로 문턱을 넘으려 했다. 그 순간 가브리엘이 팔을 훅 뻗어 가로막았다.

"우편물이 없어." 그가 낮은 목소리로 말했다.

아이리스는 인상을 쓰다가 그 말뜻을 알아차렸다. 대개는 2주가량 집을 비우면 현관문 앞에 우편물이 쌓여 있었다. 그런데 이번엔 하나도 없었다.

"불을 켜봐." 아이리스가 속삭였다.

가브리엘이 문 안으로 손을 뻗어 스위치를 찾았다.

"내 카디건." 아이리스가 아래쪽을 가리켰다. 파란 카디건이 계단 밑 기둥에 걸쳐져 있었다. "저기에 둔 적 없어. 저것도 마찬가지고." 바닥에 아무렇게나 놓인 캔버스화를 가리키며 그녀가 덧붙였다.

"베스가 집에 있는 것도 아니잖아?" 가브리엘이 목소리를 낮춰서 물었다. 딸 베스는 그리스에 있는 유기견 보호소에서 자원봉사를 하는 중이었다.

"아니지, 석 달 뒤에나 돌아오잖아. 그리고 여기 있어도 절대 내 카디건을 입을 애가 아니야."

가브리엘이 아이리스를 지나쳐 복도 쪽으로 가서는 거실로 이어지는 문을 열었다.

"저기, 누가 왔다 간 것 같아." 그가 낮은 탁자 위에 흩어진 잡지 더미를 고갯짓으로 가리키며 말했다.

아이리스는 주변을 유심히 살피다 소파의 움푹 들어간 부분을 손가락질하며 말했다. "아직 집에 있을 수도 있어." 이어 놀란 눈으로 물었다. "무단 침입자?"

가브리엘이 본능적으로 앞으로 나서서 복도를 향해 소리쳤다.

"거기 누구 있어요?"

그러자 계단 위에서 놀라는 숨소리가 들리더니 복도를 따라 급하게 걷는 소리가 났다.

"가브리엘?" 숨 가쁘고 다급한 여자 목소리가 들렸다. "당신이에요?"

계단참에 서 있는 형상에 아이리스의 시선이 멈췄다. 검은 머리 칼이 어깨까지 풀어 헤쳐져 있고 하늘색 잠옷의 바짓단이 발치에 헐렁하게 늘어져 있었다. "로르?"

로르가 한 손을 가슴에 갖다 대며 외쳤다. "아이리스! 놀랐잖아요! 여기서 뭐 해요?"

"우리가 여기 산다는 것 말고 다른 설명이 필요해요?" 가브리엘이 불쾌함보다는 놀라움에 가까운 목소리로 물었다.

로르가 당황하며 웃었다. "아뇨, 당연히 아니죠. 그냥 지금 올 줄 몰랐거든요." 로르는 잠옷 바지를 휙 추슬러 올리고는 계단을 뛰어 내려와 아이리스를 힘 있게 끌어안았다. 그러고는 뒤로 물러나 촉촉한 갈색 눈동자로 책망하는 눈빛을 보냈다. "이메일에서 내일 온다고 했잖아요."

"요크에서 하룻밤 묵기로 했었는데 취소했어요." 해명이 채 끝나기도 전에 아이리스는 자기가 예정보다 집에 일찍 돌아온 데 대해 사과하고 있단 걸 깨달았다.

가브리엘이 로르와 포옹하며 인사하는 동안 아이리스는 계단 위를 올려다보며 피에르가 나타나길 기다렸다. 친한 친구를 만나면 가브리엘에게 큰 도움이 될 터였다. 분명 피에르가 회의차 런던에 온 김에 로르와 함께 깜짝 방문을 한 것이리라. "피에르는 어디 있어요?" 아이리스가 물었다. "설마 벌써 자는 건 아니죠?"

로르가 고개를 저으며 계단에 털썩 주저앉았다. 어여쁜 얼굴에 절망감이 역력했다. 아이리스는 등골이 서늘해졌다.

"로르, 무슨 일 있어요?"

"피에르 때문에요."

"피에르한테 안 좋은 일이라도……?" 가브리엘의 목소리가 다급함으로 흔들렸다. 그의 핏기 가신 얼굴을 본 아이리스는 그를 진정시키려 손을 꼭 잡아주었다. '제발 별일 없기를……. 찰리 잉그램과 아버지 일에다 피에르까지 잘못되면 안 돼.'

로르가 재빨리 고개를 저으며 대답했다. "아뇨, 피에르는 멀쩡해요. 아주 멀쩡해요." 흠잡을 데 없는 평소의 영어 발음이 아닌 걸로 보아 로르가 스트레스를 받고 있음을 알 수 있었다. "애가 생겼는데 멀쩡하지 않을 리가 있겠어요?"

침묵이 아득하게 이어졌다.

"피에르한테 애……, 애가 생겼다고요?" 가브리엘이 말을 더듬었다.

로르가 고개를 끄덕였다. "그렇게 말했어요."

"하지만…… 언제? 어떻게요? 제 말은, 말이 안 되잖아요."

"바람을 피운 것 같아요."

"그럴 리가요." 아이리스가 반박했다. "피에르는 로르를 사랑하잖아요."

그러자 로르가 큰 소리로 흐느껴 울기 시작했다.

2장

아이리스는 로르와 가브리엘이 부엌에서 대화하는 동안 샤워를 하러 위층으로 올라갔다. 고단함에 겨워 하품을 하며 침실 문을 열다가 그녀는 멈칫했다. 침대 위에 이불이 구겨진 채 마구 엉켜 있었다. 침대 옆 탁자에는 머그가, 가브리엘의 베개 위에는 잡지가, 방바닥에는 사용한 휴지가 뭉텅이로 널브러져 있었다. 순간 아이리스는 손님방이 두 개나 완벽하게 갖춰져 있는데 로르가 우리 침실에서 잤을 리 없다고 생각했다가, 집을 나서기 전 침대 시트를 벗겨두었다는 사실을 떠올렸다.

"로르!"

아이리스가 부르자 로르가 계단을 뛰어 올라와 침실로 들어왔다.

"정말 미안해요! 내일 두 사람이 돌아오기 전에 나가려고 했어요! 여기 도착하니 세상천지에 나 혼자인 것 같아서 자꾸 눈물이 나고 숨고만 싶었어요. 앞쪽 손님방에 있으면 행여 이웃집에서 불 켜진 걸 보고 의심하진 않을까 겁났어요. 여기 있는 이유를 설명하긴 싫었거든요. 옆방에는 침대 위에 물건들이 있고 베스의 방은 쓰기가 그래서……. 그리고 바보 같은 소린 건 알지만 여기 있어야 두 사람과 가까이 있다는 느낌이 들어서요." 말을 마치자 로르는 아이리스를 급히 지나쳐 베갯잇을 벗기기 시작했다. "전부 바꿔 끼워놓을게요. 금방이면 끝나요. 그리고 손님방으로 옮길게요."

아이리스는 피로가 급격히 몰려와 침대에 털썩 앉았다. "괜찮아요. 오늘 밤은 그냥 이대로 자고 내일 정리하죠."

어쨌거나 자신은 침실에 딸린 욕실에서 샤워를 하겠다고 말할 참이었다. 느긋하게 목욕하려던 마음을 바꿔 대강 샤워만 하기로 한 터였다. 피에르가 부정을 저질렀다는 충격적인 소식을 들은 와중에 느긋한 목욕이라니, 호사 아닌가? 욕실의 열린 문틈으로 바닥에 쌓인 수건과 욕조에 걸쳐놓은 옷가지들이 눈에 들어왔다. 어딘가 낯익은 옷들이었다. 그리고 보니 아까 계단참에 서 있는 로르를 보았을 때 뭔가 거슬리는 게 있었다. 피에르가 바람피운 이야기를 넋 놓고 들을 때조차 내내 신경이 쓰였다.

"그거 내 잠옷 아니에요?"

로르의 두 눈에 눈물이 차올랐다. "옷을 한 벌도 못 가져왔어요. 짐을 쌀 생각도 못 하고 그냥 가방이랑 여권만 챙겨서 나왔거든요."

아이리스가 일어나 그녀를 안아주었다. "괜찮아요."

포옹을 푼 뒤 아이리스는 서랍에서 잠옷 한 벌을 꺼냈다. 뒤돌아서니 로르가 창가에 서서 컴컴한 바깥을 내다보고 있었다.

"가브리엘은 어때요?" 로르가 물었다.

"아직 충격에서 못 벗어나고 있어요. 찰리 잉그램이 그이 곁에 영영 붙어 있으려나 봐요."

"그 애 이름이 찰리 잉그램이에요?"

"네."

"멋진 이름이네요." 로르가 아이리스를 돌아봤다. "불을 끌까요? 그러면 채석장을 보고 그 애를 위해 기도할 수 있잖아요."

아이리스가 불을 끄고 로르 곁으로 갔다. 둘은 나란히 서서 달빛을 받아 담벼락이 하얗게 빛나는 채석장을 바라보며 각자 찰리를 위해 묵념했다.

"우리가 왜 손님방에서 자는 건지 다시 설명해줘." 가브리엘이 말했다.

갓 샤워를 하고 나와 허리춤에 수건을 두르고 있는 그에게서 샤워젤과 치약, 민트의 향이 풍겼다. 전 같으면 아이리스가 그가 두른 수건을 풀고 침대로 데려갔을 터였다.

"내가 지금 기진맥진한 상태거든. 로르가 침대 시트 가는 걸 돕기에는 너무 피곤해."

가브리엘이 그녀 옆에 앉더니 몸에 반동을 주어 매트리스 상태를 확인했다.

"꽤 편할 것 같네." 그가 말했다. "여기서는 처음 자보는 것 같은데."

"자기가 독감에 심하게 걸렸을 때 한 번 잤어."

"아, 맞다, 기억나."

아이리스가 손을 뻗어 가브리엘 쪽에 깔려 있던 이불을 젖혔다. "이리 와서 눈 좀 붙여."

그가 이불 속으로 기어 들어가 침대 옆 조명을 껐다. 둘은 어둠 속에서 침묵에 젖어들었다.

"무슨 생각 해?" 아이리스가 물었다.

"우리 침대만큼 편하지는 않네." 아이리스가 웃는 것을 감지하고 그가 한숨을 쉬었다. "피에르 생각, 그 친구한테 딸이 있다는 말에 대해 생각하는 중이야. 대체 언제부터 그런 걸까? 애가 몇 살이래? 로르가 말해줬어?"

"정확히는 말 안 했어. 피에르가 중년의 위기 같은 걸 겪었고 애가 태어난 건 최근일 거라 생각하더라고. 하지만 그보단 더 된 것 같아. 피에르 말로는 하룻밤 불장난이었다는데 그게 다행인지 불행인지 모르겠어."

"로르에게는 잘된 일이지만 아이에게는 아니지." 가브리엘이 냉정하게 말했다. "피에르가 그 후로 아이나 아이 엄마와 연락한 적은 있대?"

"자기가 아이 아빠란 사실을 안 뒤로는 안 한 거 같아. 로르한테는 그렇게 말했대."

"그러면 왜 지금 와서 털어놓는 거지? 왜 긁어 부스럼을 만드는 거야?"

"양심의 가책을 느꼈나 보지."

"아니면 후회했거나. 그 두 사람, 아이 낳을 생각이 없지 않았어?"

"아니야. 그게, 피에르가 원치 않은 거고 로르는 피에르를 사랑하니까 따른 거야. 피에르가 낳자고 했으면 열 명이라도 낳았을걸."

"정말?" 가브리엘이 눈살을 찌푸리는 것이 느껴졌다. "로르가 그래?"

"응, 작년에 마흔 살 됐을 때."

아이리스는 가브리엘이 두 팔로 끌어안아 주길 바라면서 그에게 바짝 붙었다. 하지만 그도 가만히 있지 않고 벽을 향해 돌아누웠다. 그가 이렇게 등을 돌린 건 처음이었다. 전에는 아이리스의 정수리에 턱을 괴고 한 팔을 그녀의 몸에 걸친 채 찰싹 달라붙어 감싸안고 잠을 청하곤 했다. 이제는 그녀가 그를 감싸고 자는 쪽이었다. 그뿐이 아니었다. 웃통을 벗고 자던 전과 달리 이젠 침대에서 티셔츠를 벗지 않았다. 마치 이 얇은 천으로 된 장애물이 그녀가 품을지도 모를 욕망을 잠재우길 바라기라도 하는 듯이.

이윽고 그의 숨소리가 깊어지자 아이리스는 서로의 관계에 대한 걱정을 접고 로르와 피에르에게로 생각을 돌렸다. 아이리스와 가브리엘은 20년 전 바하마에서 그 둘을 처음 만났다. 첫 결혼기념일을 자축하러 떠난 여행이었다. 로르와 피에르는 신혼여행 중이었고, 두 부부는 만나자마자 죽이 척척 맞았다. 아이리스는 로르에게 매료되었다. 작은 몸집에 가슴까지 내려오는 매끄러운 갈색 생머리, 짙은 눈동자, 앞머리에 닿을 듯한 긴 속눈썹까지, 로르는 시크한 파리지앵의 완벽한 본보기였다. 코는 오뚝하니 코끝이 살짝 올라가 있었고, 입술은 아주 자연스러운 붉은빛을 띠어서 지워지지 않는 립스틱을 바른 듯했다. 아이리스는 로르를 알아가다가 그녀가 화장을 하지 않는다는 걸 알고 깜짝 놀랐다. 로르가 화장을 한다면 그건 아름다운 그림 위에 낙서를 휘갈기는 것이나 마찬가지란 생각이 들었다.

두 부부는 두 달에 한 번씩 서로를 방문하여 주말을 보내고 해마다 휴가를 함께하면서 우정을 쌓아갔다. 집 열쇠도 공유했다. 피에르가 이따금 주말을 끼고 출장을 갈 때 로르가 동행하면 아이리스는 기분 좋은 이메일을 받곤 했다. '이번 달 마지막 주말에 우리 집 비어 있을 거예요. 파리에서 쉬고 싶으면 편히 와 있어요.' 마찬가지로 아이리스와 가브리엘도 어디 갈 일이 생기면 로르와 피에르에게 집이 빈다고 알려주었다. 그래서 이번에 스코틀랜드에 갔을 때도 로르가 그들 집에 와 있어도 되겠다고 생각한 거였다. 아이리스가 집을 비울 거라고 메시지를 남겼으니까. '네, 너무 좋아요. 고마워요, 며칠만 집을 쓸게요!'와 같은 사전 통보를 아예 받지 못한 것은 이번이 처음이었는데, 로르가 다른 생각에 정신이 팔린 탓이리라.

아이리스는 잠을 청하며 가브리엘의 규칙적인 숨소리에 몸을 맡겼다. 하지만 잠이 채 들기도 전에 그가 그녀의 품에서 슬그머니 몸을 빼더니 소리 없이 침대에서 벗어나 방을 나갔다. 그러고는 살포시 방문을 닫았다. 아이리스는 그의 발소리를 좇아 귀를 기울였다. 그는 계단참을 걸어 로르가 잠든 침실을 지나더니 계단 아래로 내려갔다.

아이리스는 따라가고 싶었지만 참았다. 얘기 나눌 마음이었다면 그가 깨웠을 테니.

3장

적막이 흐르는 집, 한밤의 어둠 속에서 가브리엘은 거실을 서성였다. 자신이 한때 별 노력 없이 곯아떨어지는 일상을 얼마나 당연하게 여겼던가 깨달으며 벽과 창문 사이를 가만가만 오갔다. 수술실에서 정신없이 바쁜 하루를 보내던 때는 몸도 마음도 지쳐 머리가 베개에 닿기가 무섭게 스위치 내리듯 잠들곤 했다. 그러나 채석장에서 찰리를 발견한 두 달 전부터는 잠들기가 어려웠다. 그리고 지금은 울적해서 좀처럼 잠이 오지 않는다.

피에르에게 아이가 있다는 사실을 받아들이기가 힘들었다. 피에르에게 전화해 힘을 보태고 두 친구 사이에서 완충 역할을 하고 싶었지만 로르가 말렸다. 그녀가 내일까지 기다리라 했고, 프랑스 시간으로 자정이 지나기도 해서 그 말을 들었다. 전화를 하지 않은 데에는 다른 이유도 있었다. 로르가 파리의 자기 아파트를 나온 게 지난 일요일이었고, 그것은 피에르가 대화를 하려고만 했다면 연락할 시간이 엿새나 있었다는 뜻이었다. 하지만 그는 전화하지 않았다. 어쩌면 가브리엘한테 욕먹을까 봐 겁났던 건지도 모른다. 물론 가브리엘은 비난하지 않았을 것이다. 그전에 나눴던 대화를 떠올려보면 오히려 피에르가 바람피운 친구 소식에 매번 화를 냈다. 하룻밤 불장난은 바람으로 치지 않는 걸까. 하지만 가브리엘의 사전에 따르면 그것 역시 배신이었다. 그 기간이 몇 시간이든, 몇 달이든, 몇 년이든 간에.

가브리엘은 서성이다 말고 신음에 가까운 깊은 한숨을 내쉬었다. '배신'이라는 말을 떠올리자 아까 아이리스에게 요크에서 하룻밤 묵지 말고 곧바로 집에 갔으면 좋겠다고 말하며 느꼈던 죄책감이 되살아났다. 아이리스가 뭘 염두에 두고 있었는지 그도 모르지 않았다. 그녀가 기대하는 낭만적인 저녁도, 밤도 보낼 수 없으리라는 것 역시 잘 알았다. 어째선지 찰리를 발견한 뒤로 그는 아내와 사랑을 나눌 수 없었다.

또 다른 걱정거리가 떠올라 그는 다시 하릴없이 서성였다. 동료들이 복귀해도 되겠다고 할 때까지 몇 달 동안 백수 생활을 견뎌낼 수 있을까?

동료들은 말했다. "좀 쉬어. 자네 대신 일할 대진 의사도 있으니 우린 문제없을 거야. 괜찮아지거든 그때 돌아와."

"두 달이야. 두 달만 쉴게. 더는 싫어." 그렇게 마지못해 응했다.

그는 미처 몰랐다. 자기도 모르는 사이에 서서히 소진되어 두려움에 짓눌릴 줄은. 처음엔 늘어난 업무를 쉬지 않고 처리해야 한다는 두려움이었고 그다음엔 절대 수그러들 줄 모르는 환자들의 요구와 거기에 부응하려 최선을 다할 수 없다는 두려움, 뒤이어 수술을 집도해야 한다는 두려움이었다. 어느 수요일, 침대에서 일어날 수 없게 되면서 두려움은 정점에 달했다. 그날 하루 해야 할 일들을 생각하니 정신이 아득해지며 공포가 밀려왔다. 그도 쉬어야 한다는 걸 알고 있었다. 1년 가까이 휴가를 쓴 적이 없었으니까. 동료 의사들한테 몇 달은 나올 생각 하지 말라는 말을 들었을 때는 충격을 받았다. 하지만 그가 번아웃에 빠진 최초의 의사도 아니었고 마지막도 아닐 터였다.

동료들은 취미 생활을 새로 시작하는 등 자신을 위해 뭔가 해보라고 권했다. 전에는 달리는 걸 좋아해서 출근 전 온 세상이 고요하고 평화로운 동틀 무렵이면 조깅을 나갔다. 그러다 채석장에서 찰리를 발견한 것이었다. 그 후로는 조깅을 하지 않았다.

가브리엘은 상태가 나아지려면 정신적으로나 육체적으로나 쉴 틈 없이 바쁘게 지내야 한다는 걸 알았지만 뭘 어떻게 해야 좋을지 몰랐다. 아이리스가 자신을 성가셔하지나 않을까 걱정도 됐다. 인테리어 디자이너로 별채에 마련한 사무실에서 종일 일하는 그녀가 자신을 챙기느라 신경 쓰는 건 원치 않았다.

그와 아이리스는 운 좋게도 스무 해 남짓 결혼 생활을 이어왔다. 두 사람은 스쿼시 모임에서 처음 만났다. 가브리엘이 일주일에 두어 번 나가던 모임이었는데 아이리스가 신입으로 들어왔다. 당시 아이리스는 스무 살 대학생, 가브리엘은 스물여섯 살이었고 3년 뒤 둘은 결혼했다. 그로부터 2년이 흘러 복덩이 베스가 태어났다. 가브리엘은 아이를 더 갖고 싶어했지만 임신 기간이 너무 고됐다. 아이리스가 아침부터 온종일 입덧을 심하게 해서 급기야 우울증 증세마저 보였다. 그녀는 그런 고통을 다신 겪고 싶지 않다고 했고, 그는 그녀의 결정을 나무랄 수 없었다.

베스가 태어나자마자 조산사한테서 아이를 건네받은 가브리엘은 오만 가지 감정이 물밀듯 밀려와 어쩔 줄 몰랐다.

"행복해?" 아이리스가 눈물 흘리는 그에게 물었고 그는 그렇다고 답했다. 아홉 달이라는 힘든 기간을 거쳐 드디어 아기가 나왔으니 왜 아니겠는가. 다만 그의 눈물에는 더 많은 의미가 담겨 있었다. 너무나 작고 연약한 베스를 두 팔로 안은 순간, 왜 자신들이 그 아이를, 언젠가 죽을지도 모를 그 아이를 갖기로 했는지 의문이 생겼기 때문이다. 그러나 그는 어느 누구에게도 이런 음울한 속내를 꺼내 보이지 않았고 그러자 그 생각도 묻혔다. 찰리 잉그램 사건이 터지기 전까지는.

아는 사람이 아니었다면 찰리의 죽음에 이토록 크게 영향받지는 않았을 것이다. 찰리를 다시 만난 순간이 떠오른다. 이제 막 어린 티를 벗은, 멍들고 다친 소년의 얼굴을 보자마자 가브리엘은 단박에 알아차렸다. 몇 해 전 베스가 다니던 초등학교에서 토요일 오전 자원봉사를 하던 때 자신이 축구 코치를 해줬던 바로 그 아이란 걸. 그 시절 찰리의 엄마 매기와 잡담도 많이 나눴다. 베스처럼 외동아이이던 찰리. 그 두 눈에서 빛이 꺼져가는 걸 보며 가브리엘의 머릿속엔 갓 태어난 베스를 안았을 때 떠올린 그 끔찍한 생각이 되살아났다. 만약 매기가 18년 후 아들을 잃는 고통을 겪을 걸 미리 알았다면, 그래도 찰리를 낳았을까? 그 18년 동안 그녀가 찰리를 키우며 얻은 기쁨을 생각하면 낳았으리라. 하지만 베스가 그렇게 된다면……? 글쎄, 가브리엘은 어떻게 답해야 할지 몰랐다. 딸아이가 지난 19년 동안 안겨준 크나큰 기쁨 때문에 오히려 언젠가 딸이 죽을 수도 있다는 사실을 받아들이기가 더 힘들었다.

그는 걸음을 멈추고는 머리를 세게 흔들며 베스가 죽는다는 생각을 떨쳐내려 했다. 지칠 대로 지친 그는 의자에 털썩 주저앉았다. 다시 아이리스 곁으로 가려다가 행여 그녀가 잠에서 깨 손을 뻗었다가 등 돌리는 자신 때문에 마음이 상하진 않을까 염려스러웠다. 빈방이 있으니 거기서 자면 될 터였다.

4장

아이리스는 가브리엘과 로르가 깨지 않도록 까치발로 계단을 내려가 부엌으로 갔다. 가브리엘이 간밤에 잠자리로 돌아오지 않았다. 빈방에서 잤으려니 했다.

그녀는 하품을 하며 물을 채운 전기 주전자로 손을 뻗어 전원을 켰다. 보글거리는 소리가 냉장고의 윙윙대는 소리와 섞여 새벽의 정적을 요란스레 깨웠다.

순간 부엌문이 열려 그녀는 화들짝 놀랐다.

"일어났네요." 로르가 흰색 테니스 반바지 속에 감색 티셔츠를 집어넣고 허리끈을 묶은 차림새로 서 있었다. 그녀에겐 아이리스의 옷이 너무 커서 가냘픈 몸이 도드라졌다. 눈물을 머금은 듯한 그녀의 짙은 눈동자는 비참한 상황 속에서도 아름답게 빛을 발했다. "내려오는 소리가 들렸어요."

아이리스는 호젓이 차 한잔 마시려던 마음을 접고 로르를 안아주었다. 아직 잠옷 차림인 자신과 달리 로르는 샤워를 마치고 옷까지 갈아입었음을 알아차리면서. "잠이 안 와서요."

"나도요."

"차 한잔 할래요?"

로르가 두 손으로 머리칼을 그러모아 오른 어깨로 당겨 잡더니 초조한 듯 비틀었다. "주세요."

두 사람은 각자 취향껏(로르는 우유를 넣지 않고) 차를 타서는 좀 더 편하게 터놓고 얘기하기 위해 거실로 자리를 옮겼다.

"이 정도 괜찮아요?" 아이리스가 찻잔과 휴대폰이 손에 닿게끔 탁자를 소파 가까이 당기며 물었다.

"딱 좋아요."

둘은 소파 양 끝에 떨어져 앉은 다음 다리를 쿠션에 올려 서로의 발을 가운데로 모았다. 로르가 잔에 손을 뻗었고 창문으로 들어온 아침 햇살에 그녀의 머리칼이 진한 적갈색으로 반짝였다.

"좀 어때요?" 아이리스가 물었다.

로르가 뜨거운 차를 조심스레 한 모금 마시고 말했다. "아프고 혼란스러워요. 그이가 아이는 절대 싫다고 했거든요. 아이를 원하기라도 했으면 배신감이 이렇게 크지는 않았을 거예요."

"피에르에게 아이가 있다는 건 어떻게 알았어요?" 아이리스가 물었다. 간밤에 로르가 울먹이며 말하는 바람에 일의 전후 관계를 알기가 힘들었다.

로르는 두 손으로 잔을 감쌌다. "이스터에서 시댁 식구들이랑 휴

일을 보내고 처음으로 뭔가 이상한 느낌이 들었어요. 시어머니 칠순을 축하하는 자리여서 피에르의 사촌과 그 자식들이 다 한자리에 있었고 시누이도 아이 넷을 데려왔죠. 물론 그런 시간은 즐겁지만 아이들과 놀아주느라 녹초가 되기 마련이라, 둘이서 늘 그런 삶에서 탈출했으니 얼마나 운이 좋냐며 농담을 나눴어요. 난 그런 농담이 좋기도 하거니와 피에르 입에서 그 말이 나오길 내심 기대해요. 온 가족이 함께 있는 광경을 보면 우리도 아이가 있으면 좋을 텐데 싶을 때가 많았거든요. 하지만 그렇게 살지 않아서 다행이라며 안도하는 그를 보면 아이를 갖지 않기로 한 게 옳은 선택이었다는 생각이 들면서 아쉬운 마음이 가셨죠. 적어도 그이를 위해서요." 로르는 울음을 참으며 말을 이었다. "그런데 그때는 그렇게 연휴를 보내고 나서 그이가 부쩍 말수가 줄어든 거예요. 회사 일에 문제가 생겼나 싶어 무슨 일 있냐고 계속 물었는데 아니라고 하더라고요. 그러다 나중엔 아예 입을 안 열길래 지난주에 내가 그랬죠. 우리도 아이를 갖자고, 그래야 나도 얘기할 사람이 있지 않겠냐고. 웃는 걸 보고 싶어서 던진 농담이었어요. 다시 그전 모습으로 돌아오라고요. 그랬더니 그이가 털어놓았어요."

"뭐라고 하던가요?" 문득 아이리스는 두 집 남편 다 지난 두 달 사이에 중대한 기로에 서 있었구나 싶었다.

로르는 탁자에 잔을 내려놓고 소매에서 휴지를 꺼내 우아하게 코를 풀었다.

"그이가 몸을 돌리더니 나를 보며 자기한테 아이가 있다고 하면 기분이 어떨 것 같냐고 묻더군요. 처음엔 농담인 줄 알았어요. 그러다 그의 얼굴을 보고 소름이 돋았어요. 뭐랄까…… 자포자기한 표정이었거든요. 그때 생각했죠. 진짜구나, 농담이 아니구나. 그리고 우리 결혼 생활의 향방을 정할 결정적 순간이 왔구나. 침착을 잃지 말고 적절한 말을 해야겠구나, 하고."

"정말 그렇게 했어요?" 아이리스는 적절한 말이라는 게 뭘까 궁리하며 물었다. "침착하게?"

로르가 피식 웃었다. "아니요, 당연히 그렇게 안 됐죠. 너무 화가 나서 교양도 이성도 지킬 수 없었어요. 난 그게 최근 일인 줄, 그러니까 아이가 태어난 지 몇 주밖에 되지 않은 줄 알았어요. 그러면 피에르가 그전 두 달 동안 겉돌던 게 설명되니까요. 그런데 그이가 몇 년 전 일이라고 했어요."

그때 아이리스의 휴대폰 진동이 울려 로르의 말을 끊었다. 흘끗 화면을 보니 베스가 보낸 문자였다. '안녕 엄마, 수다 가능?' 딸과 친구 중 누구를 택할까 망설였으나 로르가 말하고 있는데 베스와 통화하면 실례일 것 같았다. 아이리스는 손을 뻗어 휴대폰 전원을 껐다.

"그러면 피에르는 아기에 대해 어떻게 알게 된 거예요? 어제 얘기론 하룻밤 불장난이었고 그동안 아기 엄마와는 연락하지 않았다면서요."

로르가 고개를 끄덕였다. "듣자 하니 몇 달 전 파리에서 그 여자와 우연히 마주쳤나 봐요. 피에르 말로는 여자가 데리고 있던 아이를 보자마자 묘하게 친밀감이 들었고 곧바로 자기 딸인 걸 직감했대요. 그래서 여자에게 물어봤는데 여자는 아니라고 했고요. 한 번 같이 잤다고 남자가 그렇게 생각하다니 불쾌했던 거죠. 피에르는 사과하면서 옛정을 생각해 커피나 한잔하자고 했대요. 그리고 카페 레 뒤마고 테라스에 같이 있다가 아이 엄마가 한눈파는 사이 아이 머리 칼을 하나 주워서 유전자 검사를 한 거죠.”

“뭐라고요?” 아이리스는 충격을 감출 수 없었다. “그게 가능해 요? 제 말은 그거 불법 아니냐고요. 엄마 몰래, 그러니까 엄마의 동 의도 없이요?”

“모르겠어요.” 로르가 프랑스식으로 어깨를 으쓱했다. “불법은 아닐걸요.”

“그러면 자기 자식인 걸 알았으니 이제 어쩔 생각이래요?”

“모르겠어요. 그이 말로는 아이 인생에 끼고 싶대요. 벌써 너무 많은 부분을 놓쳤다면서. 하지만 여자를 난처하게 하기는 싫다네요.”

“로르한테 말했으니 이미 난처하게 만든 거예요.”

“차라리 나한테 말하지 말지 싶기도 해요. 그러면 집을 나올 일 도 없었을 테니까. 난 집에 있을 수도, 그이를 차마 볼 수도 없었어 요.” 로르가 잔을 들어 차를 한 모금 더 마셨다. “여기 오길 잘한 거 겠죠? 우리 엄마가 새 남자친구와 살림을 합쳤는데 그 남자가 마뜩 잖아서 거기로는 가기 싫었어요. 파리 친구들한테는 사실대로 말하 기 싫어 신세 질 수 없었고요. 그리고 어쨌든 피에르에게서 최대한 멀리 떨어지고 싶었어요.”

“여기에 올 생각이 들어서 다행이에요. 그런데 일은 어떻게 해 요?”

“회사에 전화해서 개인적인 문제로 남은 연차를 쓰겠다고 말했 어요. 여기 온 지 이제 일주일째니까 27일 월요일에 복귀해요. 그래도 될까요?"

아이리스는 재빨리 헤아려보았다. 3주였다. 그녀는 웃으며 대답했다. "그럼요."

"처음 그 얘길 듣고 클레어라고 생각했어요."

"누구요?" 아직 3주에서 빠져나오지 못한 아이리스가 물었다.

"아이 엄마가 클레어일 수도 있어요."

"클레어요?" 아이리스는 미간을 좁히며 피에르의 어릴 적 친구를 생각해냈다. 나이 마흔에 짝은 없지만 아이를 간절히 원해 정자를 기증받아 딸을 낳은 친구였다.

"네. 피에르는 아니래요. 넌지시 물어보니 화를 내더라고요. 그래서 클레어한테 직접 물어보겠다니까 펄펄 뛰잖아요. 당신과 자고 아이까지 가진 그 여자가 누군지 말해달라고 하니까 출장에서 만난 여자라고, 둘 다 술에 취해 그렇게 됐다고 했어요."

"그런데 왜 아직도 클레어라고 생각해요?"

로르가 허탈하게 웃었다. "지난 6년 동안 날 속였는데 그런 피에르 말을 어떻게 믿어요?"

"아이가 여섯 살이에요?"

"클레어의 딸이 그 나이예요."

아이리스는 고개를 끄덕였다. "다른 곳에서 지내겠다니까 피에르가 뭐래요?"

"이해한다면서, 그럼 자기도 생각할 시간이 생기겠다나. 그 부분이 이해가 안 가요. 무슨 생각을 한다는 거죠? 여자를 난처하게 하고 싶지 않다면서 무슨 생각을요? 같이 새 가족을 꾸릴 젊은 여자를 찾아보려는 거라면 모를까."

"그건 아닐 거예요." 아이리스가 발끈했다. "피에르가 원하는 게 가족이라면 당신과 시작하면 돼요. 아직 늦지 않았어요."

로르의 눈에 눈물이 차올랐다. "아니요, 늦었어요. 난 벌써 폐경기에 들어섰어요. 너무 일찍 찾아와서 임신하기 어려울 거예요. 그리고 젊은 여자를 만날 수 있는데 왜 나랑 아이를 갖고 싶겠어요?"

"당신을 사랑하니까요."

"그게 문제예요." 로르가 왈칵 눈물을 쏟았다. "그이가 나를 사랑한다는 확신이 안 들어요. 내가 여기 온 뒤로 한 번도 전화하지 않았어요. 그 여자, 클레어랑 있는 것 같아요."

"그건 모르는 일이에요." 아이리스가 소파를 가로질러 팔을 뻗어 로르를 안아주었다. "가브리엘이 오늘 아침에 피에르한테 전화할 거예요. 그러면 자세히 알게 되겠죠."

5장

가브리엘은 거실에서 새어 나오는 소곤거림을 듣고 닫힌 문을 살금살금 지나 부엌으로 향했다. 갓 내린 커피가 간절했지만 원두 가는 소리가 나면 아이리스와 로르가 올까 봐 이미 갈아놓은 커피로 대신했다.

그는 주전자를 가져와 주둥이를 수도꼭지에 받치고 수도를 약하게 틀어 물을 채웠다. 물을 끓이는 동안 찬장에서 커피통을 꺼내서는 계량 숟가락이 꽂힌 그대로 커피 가루를 흔들어 프렌치 프레스에 덜어 넣었다. 우선 커피를 마시고 피에르에게 전화할 작정이었다. 이젠 로르의 입을 통해서가 아니라 피에르한테서 직접 듣고 싶었다.

피에르가 다른 여자와 잤다는 게 믿기지 않았다. 그동안 수차례 휴가를 함께 보내면서 가브리엘은 피에르한테 향하는 여자들의 시선을 보아왔다. 전형적인 미남은 아닐지 몰라도 피에르에겐 사람을 끌어당기는 자연스러운 매력과 우아함이 있었다. 평균 키에다(로르보다는 한참 컸지만 아이리스보다는 크지 않았다) 체구는 늘씬했고 늘 행복해 보이는, 환하고 기분 좋은 미소를 지녔다. 하지만 그가 열한 살 어린 나이에 아버지의 비참한 죽음을 겪고 그 영향으로 우울증에 자주 시달렸다는 사실을 가브리엘은 알았다. 당시 피에르와 아버지는 여느 때처럼 하굣길에 피에르가 먹을 초코 빵을 사러 가던 참이었다. 그렇게 빵집 쪽으로 길을 건너다 두 사람은 그만 트럭에 치이고 말았다. 다쳐 쓰러진 피에르의 눈에 아버지가 트럭 바퀴에 깔린 모습이 보였고, 동시에 고통스럽게 울부짖는 목소리가 들렸다. 그 일은 피에르에게 정신적, 감정적으로 엄청난 트라우마를 남겼다. 그래서 그는 아버지 기일만 되면 철저히 혼자가 되어 가족의 고향인 브르타뉴에서 여러 날 지내곤 했다. 가브리엘은 그게 피에르가 아이를 원치 않는 이유인가 싶기도 했다. 혹 그에게 안 좋은 일이 닥치면 자녀가 아빠 없이 남겨질까 봐 두려운 게 아니었을까.

가브리엘은 커피를 들고는 테라스 미닫이문을 최대한 살살 열고 나갔다. 회색 철제 탁자에 앉으려는 찰나, 아이리스와 로르가 테라스로 나오기만 해도 바로 눈에 띄겠다 싶었다. 게다가 아침 댓바람부터 잠까지 설친 모양새를 보이긴 싫었다. 자리를 옮겨야 했다.

정원 끄트머리로 걸어가다 문득 사랑하던 반려견 그레이트데인 윈스턴이 곁에 없단 사실이 떠올라 기분이 울적해졌다. 동료들이 찰리의 죽음과 넉 달 전 돌아가신 아버지의 죽음을 말하며 특별 휴가를 권했을 때 그는 내심 아버지가 돌아가시기 두 달 전 떠난 윈스턴도 언급해주길 바랐다. 하지만 누구도 윈스턴 얘기를 꺼내지 않았고 그 사실에 그는 이성을 잃을 정도로 화가 났다. 윈스턴의 죽음도 아버지의 죽음 못지않게 그에게 큰 타격을 입혔고 삶에 커다란 빈자리를 남겼으니까.

낡은 담장으로 둘러싸인 정원에서 가브리엘은 몸을 숨기기 좋은 벤치를 골라 나무 팔걸이에 잔을 올려놓았다. 이 정원도 그에게 죄책감을 불러일으키는 곳이었다. 15년 전 아이리스와 이 집에 이사 왔을 때 그는 채소를 비롯해 접시꽃, 깨꽃, 히비스커스 등 어린 시절 정원에 만발했던 꽃들을 심어서 똑같이 꾸미겠다고 마음먹었다. 하지만 넓은 잔디밭과 화단 가장자리 등 다른 부분을 건사하는 데만도 여가 시간은 빠듯했다.

그는 무심코 아래로 손을 뻗었다가 거기 아무것도 없음을 알아차렸다. 발치에 누운 윈스턴의 머리를 쓰다듬는, 아직 버리지 못한 무의식적 행동에 욕이 나왔다. 어떤 때는 다리를 툭 건드리는 느낌에 윈스턴인 줄 알고 내려다보기도 했다. 그럴 때면 윈스턴이 뭔가 할 말이 있는 건 아닐까 생각했다. 아버지가 돌아가신 날에도 윈스턴이 곁에 있는 느낌이 들어 위로가 되었다.

가브리엘은 자신을 향해 고개를 저었다. 윈스턴이 곁에 있고 말을 할 수 있다면 정신 차리라고 했을 것이다. 하지만 아무짝에도 쓸모없는 사람이 된 기분이었다. 일에 매달려 살다가 일이 없어지니 하루하루를 어떻게 채워야 할지 알 수 없었다.

담장의 오래된 석재를 달구던 햇살에 눈이 부셔 가브리엘은 나무 문 쪽을 바라보았다. 그는 벤치에 잔을 내려놓고, 원래 초록색이었으나 햇빛과 비바람에 칠이 다 벗겨진 그 문을 밀어 열었다.

긴 세월 비바람에 시달려 휘어진 문이 자갈에 긁혀 끽끽거리더니 경첩이 헐거운지 서글프게 내려앉았다. 문지방에서 가브리엘은 《비밀의 화원》의 주인공 메리 레녹스가 된 기분이 들었다. 길 오른편에 옹이투성이의 말라비틀어진 사과나무가 있고 그 가지엔 울새가 앉아 있을 것만 같았다. 가로 27미터, 세로 14미터 정도 되는 아담한 정원. 아름답다곤 할 수 없는 상태였지만 그렇게 거듭날 여지가 보였다.

그는 기대감에 가슴이 두근거렸다. 몇 달 만에 처음이었다.

6장

아이리스는 로르가 안방 옆 손님방으로 짐을 옮기는 동안 가브리
엘을 찾아 나섰다. 로르와 이야기하고 있을 때 그가 아래층으로 내
려오는 소리가 들렸더랬다. 계단 네 번째 칸은 디디면 무조건 삐그
덕 소리가 나니까. 그가 와서 자리를 같이하지 않았지만 그래도 그
녀는 괜찮았다.

테라스 문이 덜 닫힌 걸 보고 아이리스는 그리로 나가 좁은 통
로를 따라갔다. 달콤한 은방울꽃 향이 코를 찔렀다. 통로 왼편에는
잔디밭이, 오른편에는 작은 창고 두 개와 그녀의 사무실이 있었고,
맨 안쪽 구석에는 담장 정원, 아니 담장으로 둘러싸인 황무지가 있
었다. 두 사람 다 그 안쪽으로는 걸음을 하지 않은 지 꽤 된 터였다.
그래서 그곳의 빛바랜 나무 문이 열려 있고 그 앞에 가브리엘이 서
있는 걸 보고 아이리스는 적잖이 놀랐다.

"좋은 아침!"

그녀의 목소리에 가브리엘이 돌아보았다.

"좋은 아침. 로르는 어때?"

"아직 충격에 빠져서 허우적거리는 중이야." 안쓰러워하는 목소리로 아이리스가 말했다.

그가 미소 지으며 말했다. "아까 가보지 못해 미안해."

"미안한 거 맞아?" 그녀가 놀렸다.

그가 웃자 원래의 가브리엘이, 그러니까 찰리의 일이 있기 전 그의 얼굴이 언뜻 보였다.

가브리엘은 허리를 굽히고 문을 지나 아이리스 곁으로 와서는 벤치에 놓인 잔을 들었다.

"로르가 남은 연차를 전부 써서 왔대." 아이리스가 말했다.

그가 잔을 입에 가져가려다 말고 물었다. "얼마나?"

"3주. 괜찮아?"

"응, 안 될 거 없지. 하지만 두 사람 모두를 위해 그 안에 집으로 가는 게 좋을 텐데." 그가 걱정 어린 눈빛으로 말했다. "두 사람, 이번 일 잘 극복하겠지?"

"그래야지."

그가 의자에 앉자 아이리스도 따라 앉았다.

"베스가 전화했는데 당신이 못 받았나 봐." 베스가 아빠에게 먼저 전화했으리란 생각에 아이리스가 말했다. "로르랑 있을 때 베스한테 문자가 왔는데 전화할 분위기가 아니었어."

"샤워하느라 몰랐나 보네. 오늘 아침에 전화한다고 했는데 그렇게 일찍 할 줄은 몰랐어.”

아쉬움 섞인 말투에 그녀가 공감하는 미소를 띠며 말했다. “전화해봐.”

“그럴게. 그러고 피에르한테 전화해야지. 로르가 다른 말은 안 해?”

“딱히.”

“그런데…… 피에르가 자기한테 아이가 있다는 걸 내내 알고 있었나?”

“아닌 것 같아. 아는 여자를 길에서 우연히 만났는데 같이 있던 아이를 보고 자기 딸인 걸 알았대.”

가브리엘의 얼굴이 일그러졌다. “그러면 자기 딸이라는 게 그냥 짐작인 거야? 증거도 없이?”

“지금은 있어. 자기 아이란 확신이 들어서 그 여자한테 커피 한 잔 하자고 카페로 가서는 아이 머리칼을 주워 유전자 검사를 했나 봐.”

가브리엘이 웃음을 터트렸다. “미안, 너무 말도 안 되는 일이라. 그건 영화에서나 일어나는 일이지 현실에서 어떻게 그래. 자기 아이라는 확신이 그렇게 강했으면 여자한테 직접 물어보면 됐잖아?”

“물어봤대. 그런데 여자가 아니랬나 봐. 그래서 머리카락을 가져간 거야.”

“그래서 그 여자가 누군지는 알고?” 가브리엘이 의심스러운 듯 물었다.

“아니. 하지만 로르는 우연히 만난 사람이라곤 생각 안 해.” 그녀가 뜸을 들였다. "클레어라고 생각하더라고."

"클레어?"

"응. 정자를 기증받아 딸을 낳았거든."

"말도 안 돼." 가브리엘이 단호히 말했다. "피에르가 그럴 리 없어."

"친구에게 호의를 베푸는 차원에서도?"

그가 이마를 찌푸렸다. "클레어가 아이를 원해서 피에르가 정자를 줬다는 거야?"

"로르 생각으로는."

"제정신이 아니군."

"그런가. 근데 말은 되잖아."

가브리엘이 험상궂은 표정을 지었다. 아이리스는 가브리엘의 기분을 상하게 한 자신을 탓했다. 그러고는 다른 데로 관심을 돌리려고 고갯짓으로 정원을 가리켰다. "정원 손질 시작하려고?"

농담 삼아 던진 말에 그가 고개를 끄덕이자 그녀는 놀랐다.

"응, 그러려고."

"정말?" 아이리스는 안도감을 감추지 못했다. 드디어 정원을 되살릴 수 있어서가 아니라 가브리엘에게 집중할 거리가 생긴다는 사실 때문이었다. "잘됐다."

"뭐부터 하면 좋을지 모르겠네."

"도와줄 사람을 구하면 되지."

가브리엘이 고개를 저었다. "내가 직접 하고 싶어. 직접 해야 돼." 그러고는 자리에서 일어섰다. "베스한테 전화할래. 피에르한테도."

아이리스는 그가 멀어지는 모습을, 청바지를 입은 긴 다리가 집으로 성큼성큼 걸어가는 모습을 지켜보았다. 피에르라는 고민거리가 생기면 찰리 잉그램한테 팔린 정신이 돌아올까? 아니면 그래도 계속해서 모든 것에, 친구 피에르와 그녀에게까지 찰리의 그늘이 드리우게 될까? 아이리스는 하늘을 향해 고개를 젖혔다. 얼굴에 닿는 따스한 햇살도 느끼지 못한 채.

생각할 것이 너무 많았다.

7장

가브리엘은 베스가 전화 받기를 기다리며 초조하게 서재를 서성였다. 좌불안석하는 행동은 전에 없던 버릇으로, 그의 심리 상태가 밤낮으로 요동치고 있음을 나타냈다.

"아빠!" 컴퓨터 화면이 심하게 흔들리다 멈추더니 베스의 그을린 얼굴이 나타났다. 베스는 긴 갈색 머리를 오른쪽 어깨에 걸쳐놓고는 두 손으로 빠르게 땋아 내려갔다.

이제 됐다는 듯 가브리엘이 책상 의자에 앉았다. "쉬는 날인가 보구나." 베스가 입은 빨간 비키니 상의를 보고 물었다. "잘 지내니? 별일 없고?"

"잘 지내." 베스가 머리끝을 고무밴드로 묶고 등 뒤로 휙 젖히며 답했다. "응, 쉬는 날 맞아."

가브리엘은 작은 직사각형 화면에 비친 자기 모습을 보고는 머리나 빗고 전화할걸 싶었다. "뭐 재밌는 일 있나 보네?" 그가 한 손으로 머리를 매만지며 물었다.

"로사랑 해변에 갈 참이야. 그리고 이따가 자원봉사자들끼리 버스 타고 테살로니키에 가서 밤 문화나 좀 구경하려고."

이 말을 듣는 순간 가브리엘의 머릿속에서 여러 장면이 자동으로 재생된다. 버스를 타고 테살로니키에 가다가 추돌 사고가 난다, 베스가 마시는 술에 누군가 약을 탄다, 베스가 사람들과 다투고 오도 가도 못하게 발이 묶인다, 베스가 막차를 놓쳐서 낯선 사람 차를 얻어 탄다. 이런 걱정 가운데 어떤 것도 입 밖에 내지 않았지만 가브리엘은 이미 알고 있었다. 내일 아침 베스에게 아무렇지도 않은 듯 재밌게 놀았냐고 문자를 보내놓고는 답이 올 때까지 마음 졸이리란 걸.

"재밌겠네." 그가 말하며 또 한 번 생각했다. 우리한테 아이가 더 있었대도 내가 베스의 안전에 집착했을까. 아니면 걱정이 세 배, 네 배, 아니 다섯 배로 늘어났으려나? 그는 베스가 돌보는 강아지들의 이름을 떠올렸다. "로키, 페니, 골디, 호머는 잘 지내고?"

베스가 근황을 읊는 동안 가브리엘은 딸의 억양에 불행하거나 아픈 기색이 조금이라도 있는지 주의를 기울이며 얼굴을 살폈다. 베스가 웃는 얼굴로 손짓을 섞어가며 어떤 자원봉사자가 한 말을 들려주는데 말투에 활기가 넘쳤다. 그는 안심하면서 화면 너머로 베스의 방을 훑어보았다. 로사와 함께 쓰는 작은 방의 하얀 벽면에는 가족과 친구들의 사진이 알록달록하게 콜라주를 이루고 있었다. 가브리엘은 그중 자신과 윈스턴, 그리고 자신과 아이리스가 담긴 사진을, 이어서 나무 침대 위에 아무렇게나 펼쳐진 이불을 보고 나서야 몸에서 긴장이 풀렸다. 모든 것이 있어야 할 자리에 있었다.

"아빠는 잘 지내?" 베스가 물었다. "오늘 아침에 둘 다 자고 있었나 봐? 전화를 안 받던데."

가브리엘이 고개를 저었다. "로르가 와 있어."

"잘됐네! 로르 아줌마가 오는지 몰랐어. 갑자기 결정된 거야? 아줌마는 언제? 피에르 아저씨도 왔나?"

난처한 질문에 가브리엘은 자기도 모르게 웃었다. "맞고, 괜찮고, 안 왔어." 그의 대답에 베스가 웃음을 터트렸다.

"한동안 로르 아줌마가 있어서 엄마가 좋아하겠다. 괜찮아? 엄마 괜찮냐고."

"엄마도 잘 있어. 네 전화를 못 받아서 속상해하더라. 이어서 통화하렴."

"나중에 해야 할 것 같아. 로사가 기다려." 베스가 잠깐 사이를 뒀다가 짐짓 심각한 표정으로 바라보며 물었다. "**아빠**는 잘 지내냐는 질문에는 답 안 했어."

"나도 괜찮아."

"흠." 베스가 미심쩍은 얼굴로 말했다. "아빠, 할 일을 찾아야 돼. 몸을 바쁘게 놀릴 거리 말이야. 게다가 로르 아줌마까지 와 있잖아." 그러곤 웃으며 덧붙였다. "도피처가 필요할걸."

"실은 담장 정원을 정비할 생각이야."

베스의 눈이 휘둥그레졌다. "세상에! 너무 좋은 생각이다! 정말 예쁠 것 같아. 거기서 친구들이랑 숨바꼭질하는 거 좋아했는데, 기억나?"

"그럼." 가브리엘이 신난 베스를 보고 웃으며 답했다. "기억나지."

"내가 돌아가는 8월 말 전에 끝내는 거 어때?"

가브리엘은 잠시 생각했다. "그러면 석 달가량 시간이 있구나. 가능할 것 같아."

"그럼 약속하는 거야, 아빠? 내가 집에 갈 때까지 담장 정원을 예쁘게 손질해놓기로."

"그러면 너는 무사히 돌아오기로 약속해." 거의 반사적으로 말이 튀어나왔다.

"좋아!" 베스가 답하고는 화면 위를 쳐다보며 소리 없이 입을 뻥긋거렸다. "아빠." 다시 그를 바라보며 베스가 말했다. "미안한데 빨리 가봐야겠어. 로사가 나를 두고 가겠다고 협박해."

"아녜요, 그럴 일은 없을 거예요, 펠리 아저씨!" 로사의 경쾌한 이탈리아 억양이 방 안을 채웠다.

"그래." 가브리엘이 웃으며 말했다. "조만간 또 통화하자. 재밌게 놀아."

베스가 종료 버튼을 찾아 화면 쪽으로 손을 뻗었다.

"고마워, 아빠, 사랑해."

"나도 사랑한다." 이미 베스는 사라진 뒤였다.

가브리엘은 미소를 머금은 채 의자 등받이에 몸을 기댔다. 베스는 존재만으로 언제나 기분을 북돋아주었다. 그 순간 그는 왜 피에르가 딸이 태어난 지 여러 해가 지난 지금이라도 딸의 인생에 끼어들고 싶어하는지 이해가 갔다. 피에르가 길에서 자기 자식을 마주친 순간(그 일이 사실이라면), 기분이 어땠을지 상상이 가지 않았다. 아직도 믿기 어려웠다. 피에르가 딱 한 번 같이 잤던 여자와 길에서 우연히 마주칠 확률이 얼마나 될까? 그리고 그 여자가 데리고 있던 아이가 아이 엄마가 아니라는데도 자기 아이라고 철석같이 믿을 확률은? 피에르는 어떻게 그렇게 딱 한 번 재회한 자리에서 여자가 거짓말을 한다고 확신했으며, 또 아이의 머리칼을 가져다 유전자 검사를 할 생각을 했을까? 그리고 그 여자가 진짜 숨길 게 있었다면 과연 옛정을 생각해 순순히 카페로 따라갔을까? 말이 되는 게 하나도 없었다.

한편으로 가브리엘은 딸의 인생에 개입하게 되면 자신이 딸을 키우면서 수천수백 번 죽음을 경험한 것처럼 앞으로 몇 년을 어떻게 살게 될지 피에르에게 경고하고 싶었다. 지난여름 베스가 그리스로 떠나고서야 가브리엘은 깨달았다. 베스가 그간 교사들의 보살핌 아래서 안전하게 기숙사 생활을 한 덕분에 자신이 부모로서의 본능적 고뇌에 빠지지 않을 수 있었단 사실을. 순간 가브리엘은 피에르에게 전화해야 한단 생각이 떠올라 그의 번호를 찾아 눌렀다. 다시 초조하게 서성이며 친구가 전화 받기를 기다렸지만 연결음은 바로 음성녹음으로 넘어갔다. 그는 무심결에 걸음을 멈추고 메시지를 남겼다.

"피에르, 나야, 가브리엘. 전화 부탁해. 난 자네 편이야."

그렇게 성에 차지 않는 말을 남기고 전화를 끊었다.

8장

"아이리스가 내 입장이면 어떻게 할 것 같아요?"

로르가 물었다. 이미 여러 번 했던 질문이었다.

"모르겠어요." 아이리스가 답했다. 역시 여러 번 답한 대로였다.

탁자 맞은편에서 가브리엘이 한숨을 참는 걸 아이리스는 감지했다. 지난 사흘간 나눈 모든 대화가 피에르에 대한 것이었다.

가브리엘이 침묵을 깨고 말했다. "피에르가 정말 자기 딸의 인생에 개입하고 싶어하는지가 관건인 것 같은데요."

"피에르가 그러고 싶다고 했어요."

"하지만 아이 엄마가 원치 않을 수도 있잖아요. 피에르가 안다는 걸 그 여자도 알아요? 만약 피에르가 아이 아빠가 맞다면요."

로르가 얼굴을 찌푸리며 물었다. "제 말을 안 믿는 거예요?"

"이미 말했다시피," 가브리엘은 전날, 그리고 그 전날도 같은 대화를 나눴다는 사실을 로르에게 상기시키며 부드럽게 말했다. "의심의 여지가 있다는 거죠."

"하지만 유전자 검사를 했다잖아요."

"정말 했을까요? 피에르가 말은 그렇게 했지만 아이의 머리카락을 몰래 가져가는 짓은 그가 할 행동 같지가 않아요."

로르가 술잔을 집었다. "그러면 하룻밤 불장난은 그이가 할 법한 행동 같나요?"

"음, 아니요."

"미안해요, 가브리엘. 싸우자는 게 아니에요." 로르가 와인을 한 모금 마셨다. "그냥 우리가 피에르에 대해 얼마나 잘 아는지 의심스럽다는 거예요. 단순히 그이가 하룻밤 외도를 했다, 또는 아이가 있다, 그걸 문제 삼는 게 아니에요. 우리의 결혼 생활이 파탄 날 지경인데도 그 일에 후회하는 기색이 없다는 게 문제예요."

"분명 후회하고 있을 겁니다." 가브리엘이 말했다.

"후회를 왜 하겠어요, 지금까지 자기도 몰랐던 욕망을 일깨워줬는데?"

가브리엘이 좌절의 한숨을 내쉬었다. "피에르가 전화를 주면 좋을 텐데. 음성 메시지를 몇 차례 남겼는데 당분간은 얘기하기 싫다고 문자만 왔네요."

"대화할 면목이 없어서 그럴 거예요." 로르가 말했다. "가브리엘이 자길 어떻게 볼지 아는 거죠. 불륜을 저지르는 인간들에 대해 자기가 여태 해온 말이 있으니까."

그사이 아이리스의 머릿속은 대화에서 벗어나 있었다. 실은 로르와 사흘을 함께 보내면서 진이 다 빠진 상태였다. 친구로서 의지가 되어줘야 했을 뿐 아니라 업무적으로도 최근에 의뢰해온 고객(윈체스터 외곽에 세워진 방 다섯 개짜리 멋진 집의 주인)을 위해 스케치와 무드 보드 작업을 마무리하고 천 소재와 색 구성을 확인받아야 했다. 오늘 아침, 로르가 사무실에서 함께 앉아 스케치 폴더를 줄줄이 꺼내더니 패턴과 소재에 감탄하며 아이리스가 고른 걸 보고 질문을 해댔다. "거실에는 이게 더 어울리지 않을까요?" "이게 아이 방에 딱인 것 같아요." 로르는 그저 관심을 보였을 따름이겠지만 그러는 바람에 아이리스는 이미 내린 결정까지 죄다 의심스러워졌다.

"다음에는 무슨 작업 해요?" 로르는 이렇게 물으며 다음 일거리가 없는 것에 대한 아이리스의 고민을 자신도 모르게 가중시키기도 했다.

"요즘 같은 불경기에는 일을 맡기 쉽지 않아요." 아이리스가 설명했다. "하지만 예비 고객과 얘기 중인 게 하나 있어요. 런던에 방여섯 개 딸린 집을 구매하려고 절차를 밟고 있는 고객인데 각 방에 쓸 패브릭부터 가구까지 견적을 내달라네요. 지금까지 진행한 일들 중 제일 큰 프로젝트라서 경력에 큰 도움이 될 것 같아요. 다만 경쟁자가 두 명 있기는 해요. 고맙게도 의뢰인이 솔직히 말해주더라고요. 그 계약을 따낸다면 한동안 다른 일은 찾지 않아도 될 거예요. 그러면 최고죠. 만약 떨어지면 당장 얘기 중인 건이 없어서 일거리를 찾아봐야 해요. 이 일 시작하고 이런 적은 처음이네요."

"와, 런던에 있는 저택이라니! 아이디어 북 좀 봐도 돼요?"

아이리스는 주저하다가 컴퓨터 파일을 열었다.

"대단해요, 아이리스." 로르가 그녀의 어깨 너머로 유심히 보며 말했다. "저 두 번째 거실 색감이 압도적이네요. 파란색과 초록색이 저렇게 잘 어울릴 거라고 누가 생각했겠어요? 정말 재능을 타고났어요, 아이리스."

아이리스는 로르의 반응에 기뻐하며 웃었다. 자신이 고른 색깔 구성이 무척 자랑스러웠다. 예비 고객이 밋밋한 건 싫다며 일을 전부 다 맡겨줘서 다행이었다.

"당신이라면 어떻게 할 것 같아요, 아이리스?" 로르의 부름에 아이리스는 얼른 생각에서 빠져나와 대화에 집중했다. "가브리엘이 느닷없이 다른 여자한테서 낳은 아이가 있다면서 아이와 만나며 지내겠다면 받아들이겠어요?"

"힘든 결정이네요." 아이리스가 수긍했다. "많은 걸 고려하겠죠. 하룻밤 실수인지 불륜인지, 남편이 아이의 존재를 얼마 전에 알았는지 아니면 몇 년 됐는지, 아이가 몇 살인지……."

"그런데 당신은 아이를 만나겠어요? 아이가 집에 오면 반갑게 맞아줄 건가요?" 로르가 말을 끊고 물었다.

아이리스는 힘없이 어깨를 으쓱하며 답했다. "모르겠어요."

로르는 한숨을 쉬었다. "그게 가능하다면 좋겠어요. 하지만 난 그럴 수 있는 위인이 아니에요. 더군다나 클레어가 엄마라면요." 그러고는 우울한 목소리로 덧붙였다. "그건 완전 배신이에요."

"클레어인지는 모르잖아요." 가브리엘이 일깨웠다. "우리가 아는 건 아무것도 없어요."

"그나저나 나 내일 런던에 가요." 아이리스가 말했다. "서맨사 에버렛 만나러요. 런던에 타운하우스를 살 예정인 예비 고객이요."

"잘됐다." 가브리엘이 말했다. "계획에 있던 거야, 아니면 그 사람이 갑자기 보러 오라고 한 거야?"

"둘 다 아니야. 아까 로르한테 디자인을 보여주다가 우편으로 보내는 것보다 직접 건네는 게 낫겠다는 생각이 들었어. 그래서 서맨사한테 전화해 내일 런던에 들를 테니 볼 수 있겠냐고 물었지. 직접 만나면 득이 되지 않을까 싶어서."

"좋은 시도야." 가브리엘이 동의를 표하고는 앉은 의자를 뒤로 밀어 탁자와 거리를 뒀다. "피에르에게 다시 전화해볼 테니 그동안 두 분은 같이 볼 영화나 고를래요?"

하지만 피에르는 전화를 받지 않았고 가브리엘은 걱정으로 가득한 음성 메시지를 또 한 번 남겼다. "피에르, 제발. 전화로 괜찮은지만 알려줘. 얘기는 싫으면 안 해도 돼."

9장

아이리스는 소리가 거의 나지 않도록 살그머니 문을 닫았다. 조금이라도 소리가 크면 집에서 나가고픈 간절한 마음이 들킬 것 같아서.

로르는 얼굴에 크림을 바르고 양손에 아주 섬세한 재질의 장갑을 껴서 햇볕을 차단한 채 정원에서 일광욕을 하고 있었다. 아이리스는 나중에 로르가 왜 말도 없이 조깅하러 갔느냐고 물으면 자는 줄 알았다고 말할 심산이었다. 아이리스도 로르가 겪고 있는 불행에 마음이 아팠고, 그래서 적잖은 시간을 들여 위로해주었다. 하지만 로르와 그렇게 열흘을 보내는 내내 아이리스는 그들 부부의 상황에서 숨 한번 돌리지 못했다. 심지어 잘 때조차 그들의 상황이 뇌리를 떠나지 않았다.

귀한 혼자만의 시간을 잽싸게 확보한 것에 벌써 죄책감을 느끼며 아이리스는 대문 앞에서 잠시 멈춰 섰다. 자신이 몇 분 이상 눈에 보이지 않을 때면 언제나 그랬듯 로르가 찾으러 올 시간을 주려는 것이었다. 로르가 부르는 소리도, 복도를 달려오는 발소리도 들리지 않자, 아이리스는 손목에 차고 있던 검은 고무줄을 빼서 머리를 말총머리로 묶었다. 로르는 매일 아이리스가 뛰러 갈 때마다 같이 가겠다고 고집했지만 사실 조깅을 즐기지도 않는 데다 아직 기력도 회복되지 않은 터였다. 그 말인즉, 아이리스가 그녀 속도에 맞춰 느리게 뛰어야 한다는 소리였다.

그들의 집은 동네 가장자리에 있었다. 대문을 나서서 오른쪽으로 돌면 더 이상 인가는 없고 울타리 디딤대와 그 너머로 두 갈래 길이 나왔다. 한쪽 길로 가면 들판을 지나 이스트마컴으로 향하는 살짝 가파른 경사가 나왔고, 다른 쪽은 숲을 지나 찰리가 발견된 채석장으로 이어졌다.

아이리스는 빠르게 달려 멀리까지 가고 싶었지만 들판을 가로지르는 평소의 코스 대신 동네 펍까지 갔다가 되짚어 올 요량으로 왼쪽으로 돌아 마을을 통과했다. 그렇게 오가면 25분밖에 걸리지 않을 터였다. 그보다 오래 로르를 혼자 두는 건 모진 처사 같았다.

어제 가브리엘이 담장 정원에서 온종일 일하고 난 뒤 로르에게 같이 나가서 뛰자고 권했지만(가브리엘이 정원 복구에 착수하면서 존재의 이유를 찾은 것에 아이리스는 말할 수 없이 고마웠다) 로르는 아이리스와 함께 있겠다며 사양했다. 그러자 가브리엘은 아이리스에게 '미안, 그래도 시도는 했어'라는 뜻으로 어깨를 으쓱해 보였고 그녀는 그가 자신에게 혼자만의 시간을 주려고 노력해준 점을 사랑스럽게 느꼈다. 한편으론 로르가 아이리스 자신을 위해서뿐 아니라 가브리엘을 위해서라도 같이 뛰어줬으면 싶었다. 가브리엘이 채석장에서 찰리를 발견한 이후 처음으로 달리고픈 욕구를 내보였기 때문이었다. 조깅을 그토록 즐기던 그가 그 일 후론 자전거조차 타러 나가지 않았다.

햇볕이 가차 없이 내리쬐는데도 아이리스는 포장도로를 힘차게 달렸다. 길을 따라 오른쪽으로 돌면서 그녀는 집 앞 정원 벤치에 앉아 있는 여자에게 손을 흔들었고, 조금 더 가서는 달마시안을 데리고 산책 중인 이웃 남자에게 헐떡이며 인사를 건넸다. 아이리스는 한동안 동네 사람들과 어울리지 않았다. 베스가 기숙학교에 들어가고부터 다른 엄마들과 차츰 소원해졌다. 크게 신경 쓰이지는 않았다. 혼자 있는 것을 좋아하는 데다 일하느라 바쁘기도 했다. 그래도 이따금 잠시 만나 수다를 떨 수 있는 사람, 집에도 놀러 올 사람이 있으면 좋겠다 싶었다.

동네 펍 근처에 아이리스가 언제나 탐내던 집이 있었다. 도로에서 멀찍이 떨어진, 가로수가 늘어선 진입로 끝에 자리한 회색빛 석조 대저택이었다. 몇 년 동안 비어 있어서 방치된 느낌이 확연했는데도 원래의 장엄한 분위기는 남아 있었다. 6개월 전, 마침내 그 집이 부동산 매물로 나오자 아이리스는 가브리엘에게 그 집을 사자고 했다. 새로운 프로젝트가 절실한 그녀로서는 그 집의 인테리어를 복구할 수 있다면 더할 나위 없을 듯싶었다. 하지만 가브리엘이 아이리스도 이미 아는 사실을 지적했다. 두 사람이 살기에 너무 큰 데다 주택담보대출을 또 받아야 한다는 것.

그러고 얼마 후 그 집이 팔렸다는 소식이 들렸다. 아이리스와 가브리엘이 스코틀랜드로 출발하던 날 이삿짐 트럭이 진입로에 세워져 있었다. 아이리스는 상념을 접고 열린 대문 안을 엿보기 위해 속도를 늦추었다. 그러다 등이 땀범벅이 된 채 걸음을 멈추었다. 뭔가 밝고 알록달록한 것이 눈에 들어오는가 싶더니 사라졌다가 다시 나타났다. 진입로 위쪽에 있는 오래된 떡갈나무 가지에 그네가 매달려 있고 아이가 그걸 타고 오르락내리락하는 것 같았다. 그녀는 호기심이 일어 시선을 고정했다. 여자아이가 그넷줄을 팽팽하게 잡고 지면과 거의 평행하게 몸을 눕힌 채 바닥을 쓸듯 좌우로 오가고 있었다. 한 번 옮겨갈 때마다 주황색 머리칼이 잔디를 스쳤다. 아이는 곧 아이리스의 시선을 알아차리곤 몸을 일으켜 줄에서 미끄러져 내려왔다. 급하게 멈추느라 약간 비틀거렸다.

"들어오실래요?" 아이가 몸을 가누려 줄을 잡은 채 소리쳤다. 아이리스는 그제야 상대가 아이가 아니라 성인이란 걸 알아차렸다. 훔쳐보다가 들켰다는 게 부끄럽기도 하고, 진심으로 하는 말인지 빈정대는 건지 아리송하기도 해서 아이리스는 망설였다. "들어오세요! 한숨 돌리려고 그래요." 여자가 다시 외쳤다. "말동무도 필요하고요! 이 동네에 아는 사람이 없어서요."

진심으로 권하는 말 같아서 아이리스는 여자 쪽으로 걸어갔다. 여자는 카나리아색 원피스를 나풀거리며 맨발로 서둘러 다가왔다. 아이리스 앞에 서서 악수를 청하는 모습이 이국의 새처럼 작고 밝고 아름다웠다.

"에스메예요. 지금 차 한잔이 절실한데 같이 하실래요?"

아이리스는 웃음이 나왔다. "전 아이리스예요. 차 좋죠." 에스메의 따스한 손에 잡힌 자신의 손이 거인 손처럼 느껴졌다.

"제발 이 동네에 산다고 말해줘요."

"이 동네에 살아요. 저쪽 끝에요."

에스메가 한 손을 가슴에 올리며 안도했다. "정말 다행이다. 아직 이웃을 한 사람도 못 만났거든요." 그러고는 그네 쪽을 가리키며 말했다. "아기 낳기 전에 시도해보는 중이었어요." 배를 쓸어내리는 그녀의 손에 눈길을 주던 아이리스는 원피스 절개선 아래가 불룩 튀어나온 것을 알아차렸다.

여자가 물었다. "아이 있으세요?"

"딸 하나요. 이름은 베스고 열아홉 살이죠."

아이리스를 돌아보는 청록색 눈동자가 놀라움으로 커졌다. "세상에, 그 나이의 딸이 있다기에는 너무 젊어 보여요. 아주 젊은 나이에 낳으셨나 봐요."

"스물다섯에 낳았어요." 아이리스는 에스메가 나이를 알았겠구나 생각하며 말했다. 에스메는 몇 살일지, 나이를 가늠하기 어려웠다. 서른에서 마흔 사이일 것 같았다. "첫아이예요?"

"네." 에스메의 두 눈에 기쁨이 일렁였다. "노산이죠." 집 쪽으로 걸음을 떼며 그녀가 물었다. "따님은 함께 살아요?"

"아니요, 대학 입학을 앞두고 1년 쉬고 있어요. 여름 동안 그리스의 유기견 보호소에서 자원봉사를 하고 9월에 브리스틀에 갈 거예요."

"너무 훌륭하네요! 그 일을 좋아하나 봐요? 그 많은 개들을 안아볼 수 있다니!"

아이리스가 들뜬 그녀를 보고 웃었다. "좋아해요. 어떤 개들은 과거에 생긴 트라우마가 심해서 만지지도 못한다지만요. 그럴 때는 믿음을 주려고 몇 시간이고 곁에 앉아 있는다더군요."

거대한 현관문 앞에 다다르자 에스메가 문을 밀어 열었다. "못 믿겠지만 이 난장판 속에도 작은 안식처가 한 군데 있어요." 그녀가 페인트 통과 사다리로 어수선한 복도를 조심조심 지나가며 재잘거렸다. 그러다 쏜살같이 달려가더니 나머지 공간과 어울리지 않는, 반질반질한 참나무 문을 열었다. "여기예요." 에스메가 과장된 몸짓을 하며 말했다. "침실 빼고 지낼 만한 유일한 공간이죠."

"멋지네요." 아이리스는 안으로 들어가 몸을 천천히 돌리며 유심히 둘러보았다. 드넓은 공간이었다. 맨 안쪽은 주방으로 가운데에 긴 참나무 식탁과 등받이가 달린 장의자가 있고, 오른쪽 벽감에는 문짝만 한 낮은 탁자를 사이에 두고 널찍한 소파가 놓여 있었다. 자세히 보니 탁자가 아니라 진짜 문이었다. 아니, 한때는 문으로 쓰였던 것이었다.

"늘 큰 부엌을 원한 데다 식사 공간이 따로 없어도 상관없어서 벽을 몇 개 허물었어요." 에스메가 구식 빨간 주전자에 물을 채우며 설명했다. 작은 주전자에 물 채워지는 소리가 요란했다. "전 심지어 손님이랑도 부엌에서 식사하는 게 훨씬 좋아요. 그러면 저도 대화를 계속 나눌 수 있잖아요. 그리고 무엇보다 벽난로가 있으니까요. 분위기가 참 아늑해져서 난로를 좋아해요." 그녀가 돌아보며 물었다. "허브차 괜찮아요?"

"좋죠." 아이리스가 웃었다. "그나저나 축하해요. 아기도 태어나고 새집도 생기고. 바쁘시겠어요. 출산 예정일이 언제예요?"

"9월 초니까 12주 남았네요." 그녀가 웃으며 덧붙였다. "아닌 게 아니라 날짜를 세고 있어요!"

아이리스가 창가로 걸어가 어수선한 정원을 내다보았다. "이 집을 사고 싶었어요." 그녀가 솔직하게 말했다. "개조해서 살고 싶었는데 가브리엘, 그러니까 남편이 둘이 살기엔 너무 큰 데다 제가 다시는 이사를 안 가려고 할까 봐 걱정해서 못 샀어요."

"그쪽 일을 잘하시나 봐요. 그러니까 집 꾸미는 일이요. 혹시라도 도움을 주고 싶으시다면 대환영입니다."

아이리스가 정원에 시선을 둔 채 웃었다. "정식 디자이너는 아니고 주택 개선 전문가예요." 그녀는 자기 직업을 설명하려고 스스로 만든 이름이 내심 민망했다. 가브리엘은 인테리어 디자이너라고 불렀지만 관련 자격증이 없었기에 그녀는 절대 그렇게 소개하지 않았고 잠재 고객들에게 그 점을 힘주어 설명했다. 그렇지만 고객들은 개의치 않았다. 그녀의 작업 결과가 모든 걸 말해주었으니까. 15년 전 친구를 도와 그 친구가 이사할 새집에 어울리는 가구와 색깔을 골라주면서 이 일에 처음 발을 들였다. 결과는 놀랄 만큼 훌륭했고 금세 일감이 속속 들어왔다.

에스메는 헉 소리를 내며 두 손을 꼭 모았다. "하느님이 당신을 보내준 게 분명해요."

뭐라 대답해야 하나 싶었는데 때마침 밖에서 웬 남자가 돌이 수북이 쌓인 외바퀴 수레를 밀며 좁은 길을 지나는 게 보였다. 남자가 수레를 기울여 돌을 쏟아붓자 팔뚝에 힘줄이 도드라졌다.

"저분이 남편인가요?" 아이리스가 물었다.

뒤에서 에스메가 웃음을 터트리며 말했다. "아니요, 저 친구는 조지프고요, 남편은 휴예요. 저기 보이죠."

에스메가 가리키는 곳을 보려고 아이리스는 몸을 돌려 벽난로 선반으로 다가갔다. 선반 위 사진 속에 눈이 반짝이는, 머리가 벗어지고 흰 턱수염이 무성한 남자가 있었다. 아이리스는 에스메의 시선을 의식하며 놀라움을 감추었다. 남편의 나이가 한참이나 많아 보였다.

"괜찮아요." 에스메가 그녀의 마음을 읽기라도 한 듯 쾌활하게 말했다. "휴가 제 아버지냐는 질문을 몇 번이나 받았는지, 셀 수도 없을 정도예요."

아이리스가 웃었다. "제 남편도 저보다 나이 많아요."

"몇 살이나요?"

"여섯 살이요."

에스메의 눈동자가 흔들렸다. "휴는 스무 살 연상이에요."

주전자에서 물 끓는 소리가 낮게 울리다 날카로운 쇳소리로 바뀌자 에스메가 옆에 놓인, 도자기로 된 넓적한 찻주전자로 손을 뻗었다.

"저 소리 참 오랜만에 듣네요." 아이리스가 말했다.

"저 소리 좋아해요." 에스메가 소음을 줄이려고 주전자를 가스레인지 옆으로 살짝 치웠다. "차를 마시는 근사한 일은 큰 소리로 알려야 하지 않겠어요?"

고대 의식을 넋 놓고 감상하기라도 하듯 아이리스는 에스메가 찻주전자에 뜨거운 물을 부어 휘휘 돌렸다가 싱크대에 비워내는 과정을 지켜보았다. 에스메는 머리 위 찬장으로 손을 뻗어 낡은 깡통을 꺼내더니 숟가락으로 내용물을 조금 떠서 찻주전자에 넣고 아직 끓는 뜨거운 물을 부었다.

"자!" 그녀가 밝게 말하고는 마른행주로 찻주전자 손잡이를 감싸고선 낮은 탁자 쪽으로 가져왔다. "잔을 가져올 테니 와서 앉아요."

아이리스는 에스메가 차를 다 따르기를 기다렸다가 궁금했던 걸 물었다. "남편분과는 어떻게 만났어요?"

"남편이 부모님과 같은 동네에 살았어요. 하지만 그이를 제대로 만난 건 3년간 함께 살던 애인과 헤어지고 부모님 집에 들어와 살면서였죠." 에스메가 잔을 입술로 가져가더니 잠시 그대로 멈추어 잔의 온기에 입을 데웠다. "괴로운 시간이었고 상황도 좋지 않았어요. 나이 서른에 평생을 함께 보낼 줄 알았던 남자가 갑자기 겁을 먹고 망설이는 거예요. 내가 아기를 갖자고 귀에 딱지가 앉게 졸라서 그랬나 봐요. 그래서 직장을 그만뒀죠. 사내 커플이었기 때문에 매일같이 얼굴을 봐야 하는 게 너무 힘들었어요. 그러고는 정상적인 생활로 돌아가려고 부모님 집에서 지내는데 엄마가 휴를 좀 도와주겠냐고 묻더군요. 몇 달 전 부인과 사별해서 방과 후 아이를 데리러 갈 사람이 필요하다는 거였죠. 달리 할 일도 없고 해서 돕겠다고 했어요." 여기까지 말하고 에스메는 차를 한 모금 마셨다. "그전에도 휴를 만난 적은 있지만 나이가 많았다는 것 말곤 기억나는 게 없을 정도라 그 사람과 사랑에 빠지리라고는 상상도 못 했어요."

아이리스가 웃으며 말했다. "그런데 사랑에 빠졌군요."

"그러니까요. 차츰 그렇게 됐어요. 처음에는 그의 아들 마커스를 돌봐주다가 저녁에 그가 귀가하면 바로 나왔어요. 그런데 얼마 후부터 그가 좀 더 있다가 저녁 식사를 같이 하지 않겠느냐고 권하더라고요. 머지않아 그에게 푹 빠지게 됐어요. 그도 나를 사랑한다고 했을 땐 너무나 황홀했죠. 부모님이 뭐라고 할지 살짝 걱정되긴 했지만요. 다행히 두 분이 정말로 기뻐하셨고 그렇게 하루아침에 아들이 생겼어요."

"마커스는 몇 살이에요?"

"스물둘이요. 런던에서 직장 다녀요. 우리도 런던에 살다가 여기로 이사 온 거예요." 에스메가 두 다리를 소파에 올리고 무릎 밑에 쿠션을 받쳤다. "이제 당신 차례예요. 두 사람은 어떻게 만났어요?"

"스쿼시 치다가요. 혼합 복식이었는데 같은 편이었어요. 나는 스무 살 대학생이었고 가브리엘은 스물여섯이었죠."

"오래된 사이네요."

"네." 아이리스는 정원에서 봤던 남자가 떠올랐다. "휴의 아들이 마커스면 조지프는 누구예요?"

"온 가족이 알고 지내는 사이예요. 조경사인데 우리 정원 일을 도와주고 있어요."

아이리스는 고개를 끄덕이면서 부엌의 한쪽 벽을 장식한 거대한 시계를 흘끗 보았다.

"벌써 시간이 저렇게 됐어요?" 아이리스가 소파에 파묻혀 있다시피 하다가 몸을 일으키며 소리쳤다. "가야 돼요. 거의 한 시간이나 됐네요."

"더 오래 있어도 되는데." 에스메의 목소리에 아쉬움이 묻어났다. "오후 내내 일정이 없거든요."

"고맙지만 안 될 것 같아요. 친구가 묵고 있어서 가봐야겠어요." 에스메가 실망하는 기색에 아이리스가 서둘러 덧붙였다. "지금 조금 힘든 시기라 오래 혼자 두면 안 좋을 것 같아요."

"그렇겠네요." 에스메가 마음을 접었다. 그녀는 반바지에 티셔츠, 운동화 차림의 아이리스를 보며 물었다. "이 더위에 정말 조깅하러 나온 거였어요?"

"네, 하지만 돌아갈 땐 걸으려고요. 뛰기엔 정말 너무 덥네요." 그녀가 몸을 돌려 에스메를 보며 말했다. "차 잘 마셨어요. 너무 잘 쉬다 가요."

에스메가 아이리스의 팔을 살며시 잡으며 말했다. "와서 같이 저녁 먹어요." 그러더니 바로 떠오른 듯 덧붙였다. "시간 나면 토요일에 오세요. 그땐 휴도 있을 거예요. 친구분도 그때까지 있으면 같이 오세요."

"그렇지만 아직 집 정리 중이잖아요." 아이리스가 사양하며 말했다. "우리 집으로 오는 건 어때요?"

"아니에요, 진짜, 여기로 오세요."

"정말 괜찮겠어요?"

"물론이죠."

"그럼, 고맙게 받아들일게요."

에스메가 현관까지 나와 배웅하며 물었다. "이 근처에 걷기 좋은 데가 있을까요? 우리 둘 다 산책하기 좋아하거든요."

"네, 있어요. 동네 끝까지 걸어가면 오솔길이 나오는데 한쪽은 들판으로 이어지고 다른 길로 가면 숲이 나와요. 채석장도 있지만 지금은 출입 금지예요."

"거기가 그 불쌍한 아이가 발견된 곳이죠? 이 집을 산 직후에 신문에서 봤어요. 마컴 외곽에 있는 채석장이라고 하던데요."

"네." 아이리스가 고개를 끄덕였다. "그곳이에요."

아이리스는 그 아이를 발견한 사람이 가브리엘이라는 사실은 말하지 않았다.

10장

가브리엘은 지금까지 일궈놓은 정원의 진척 상황에 흡족해하며 삽을 땅에 꽂고 장갑을 벗었다. 일에 착수하기까지 이틀이 걸렸지만 일주일 내내 잡초를 뽑고 땅을 파고 돌을 골라내자 정원의 4분의 1이 화초를 심어도 될 만한 상태로 바뀌었다.

그는 자신이 육체적으로는 물론이고 정신적으로도 크게 나아진 것에 적잖이 놀랐다. 베스한테 고마워할 일이었다. 베스가 벌써 두 번이나 전화를 걸어 약속을 잘 지키고 있나 확인했다. 8월에 딸아이가 돌아오면 깜짝 놀라게 해주리라 그는 마음먹었다. 그뿐 아니라 하루하루 지날수록 병원 동료들에 대해서도, 담당했던 환자들에 대해서도 차츰 걱정이 줄었다. 당시에는 환자들을 내팽개치고 나오는 것만 같아 기분이 좋지 않았다.

가브리엘은 전화기를 꺼내 들었다. 그러고는 앉을 자리를 마련

하려고 정원에 끌어다 놓은 오래된 나무 벤치로 갔다. 피에르에게 다시 연락해볼 참이었다. 여전히 통화는 안 됐다. 음성 메시지를 수 없이 남겼지만 되돌아온 건 문자 메시지가 전부였다. '걱정해줘서 고맙지만 지금은 할 말이 없어. 며칠 있다가 전화할게.' 이 두 번째 문자가 온 게 사흘 전이었다. 가브리엘은 문자를 받고 당혹감과 실망이 교차했지만 일단 접어두어야 했다. 일전에 피에르가 찰리에 대해 물었을 때 그 역시 똑같이 그 일에 대해 얘기하기 싫다고 했고, 피에르는 그런 그를 존중해주었다. 그러니 피에르도 존중받아야 마땅했다. 하지만 그는 최소한 피에르의 전화를 피하지는 않았다.

그는 이번에도 별 기대 없이 피에르의 번호를 눌렀다.

"가브리엘." 드디어 피에르의 목소리가 전화기 너머로 들려왔다.

"피에르, 다행이다." 가브리엘은 탓하는 느낌을 주지 않으려고 잠시 사이를 두었다. "목소리를 들으니 좋네. 어떻게 지내?"

"좋지 않아."

"그렇겠지, 그 마음 알 것 같아." 가브리엘은 잠깐 멈추었다 말했다. "내가 도울 일은 없어?"

"고맙지만 나 혼자 해결해야 할 일이야. 로르를 데리고 있어주는 것만으로 이미 도움이 돼. 로르는 어때?"

"상심이 커. 혼란스러워하고. 두 사람, 얘기를 해야 돼."

"그러려고."

"자네가 이리로 와도 좋고."

"그럴지도. 근데 아직은 아니야. 시간이 좀 필요해."

"그러면 전화라도 해."

"그렇게."

"내가 파리로 가면 어때?"

"아니, 그러지 말아줘. 미안하지만 당분간은 아무도 만나고 싶지 않아."

"알겠어. 하지만 만에 하나⋯⋯."

"가봐야겠어." 피에르가 말을 끊었다. "일하는 중이야."

"알았어. 또 전화 받아줘야 해."

하지만 전화는 이미 끊어진 뒤였다. 가브리엘은 모처럼 잡은 기회를 놓쳤다는 생각에 나지막이 욕을 뱉었다. 로르에게 돌아오라는 말을 하려 했건만 피에르가 대화할 준비가 안 됐다는 것과 아무도 만나고 싶지 않다는 사실만 확인한 셈이었다. 하기야 로르에게 할 말이 없다면 굳이 그녀를 찾아올 이유도 없을 터였다. 베스 말이 맞았다. 정원 손질은 훌륭한 도피처였다.

어쩌면 피에르의 태도가 너무한 건지도, 로르가 입만 열면 피에르 얘기를 하는 게 정상일지도 몰랐다. 솔직히 가브리엘은 로르가 자신과 아이리스의 사이를, 즉 자신이 힘든 속내를 털어놓지 않아 벌어진 그 틈을 채워주고 있었기에 로르가 와 있는 게 그리 나쁘지만은 않았다. 그도 아이리스에게 말하고 싶었지만 그러기 전에 그날 채석장에서 자기가 내린 결정을 스스로 받아들여야만 했다. 당시에는 그게 올바른 결정인 것 같았다. 하지만 자꾸 찰리가 무덤 속에서 통곡하며 "이 개자식아" 하고 욕하는 모습이 떠오르는 건 어쩔 수 없었다.

그 일 이후 가브리엘은 '만약에'란 말을 수도 없이 되뇌었다. 만약에 그날 채석장 코스를 택하지 않았더라면, 만약에 30분 늦게 출발했더라면, 그랬으면 그가 도착했을 땐 찰리가 이미 숨을 거둔 뒤였을 테니까. 그런데 그걸 정말 바란 걸까? 그때 찰리는 그를 알아보곤 "펠리 아저씨" 하고 불렀다. 그랬기에 가브리엘은 자신이 찰리를 발견할 운명이었다고, 힘든 선택을 할 운명이었다고 생각했다. 어쩌면 저 위에서 누군가 가브리엘의 삶이 너무 수월하게 풀려간다 싶어, 그가 뭘 해도 잘못되는 상황을 안겨줘서 살짝 망쳐놓기로 한 건지도 몰랐다. 해도 망하고, 안 해도 망하는 상황 말이다. 그러고 그 앞으로 편지 한 통이 왔다.

그는 주머니에서 편지를 꺼냈다. 아이리스와 스코틀랜드에 가 있는 사이에 온 편지였다. 이 편지를 읽고 나서 도움이 된 거라곤 단 하나, 피에르 걱정이 뒤로 밀려났다는 것뿐이었다. 가브리엘은 방금 파놓은 흙을 내려다보며 편지를 땅속 깊이 묻어버리고 싶은 충동에 휩싸였다.

그는 한숨을 내쉬고는 편지를 다시 주머니에 찔러 넣었다.

11장

로르가 침실 문 틈으로 고개를 들이밀고 물었다.

"아이리스, 옷 좀 빌릴 수 있을까요?"

"그럼요." 아이리스는 옷장을 가리키며 손을 흔들었다. "마음껏 골라요."

두 사람은 한 시간 후에 에스메 부부의 집에 저녁 식사를 하러 갈 참이었다. 아이리스는 목욕 가운 차림으로 화장을 마무리했다.

"나까지 초대하다니, 친절한 이웃이네요." 로르가 말했다.

"좋은 사람이에요. 마음에 들 거예요. 꾸밈이 없고 자기 삶에 만족하는 긍정적인 사람이더라고요."

옷장에서 노란색 패턴 원피스를 꺼내는 로르를 보며 아이리스가 답했다. 아이리스한테도 다리 중간까지 내려오는 긴 원피스라 로르가 입으니 포대자루 같았다.

"어때요?"

"너무 커요." 아이리스가 잘라 말했다. "좀 더 짧은 원피스나 치마를 입어봐요."

로르가 좀 더 짧은 원피스를 꺼냈다. 역시 약간 커서 아이리스가 허리에 맬 검정 가죽 허리띠를 찾아줬다.

"예쁘네요." 아이리스가 날씬한 로르의 모습에 찬사를 보냈다.

로르가 얼굴을 찡그리며 고개를 저었다. "안 어울리는 것 같아요."

"내 옷이 로르 것보다 한 사이즈 커서 그래요. 정말 같이 쇼핑 안 해도 되겠어요? 돌아가기 전까지 내 옷으로 버틸 수 있다곤 했지만 적어도 사이즈가 맞는 바지랑 원피스 한 벌은 있어야죠."

로르가 고개를 저었다. "그럴 필요 없어요. 이미 옷이 너무 많아서 더 늘리고 싶지 않아요."

"알겠어요." 아이리스가 걸린 옷들을 훑어보다가 청치마를 꺼냈다. "이건 어때요, 흰 셔츠랑 같이 입으면?"

"너무 캐주얼해요." 로르가 검정 원피스를 골랐다. "이거 좋은데요."

"입어봐요."

하지만 그 옷도 맞지 않았다. 그렇게 이것저것 고르고 입어보느라 방에는 발 디딜 틈 없이 옷가지가 잔뜩 널렸다. 흡사 옷장에 폭탄이 떨어진 듯한 난리 통 속에서 로르는 새로 산 흰색 원피스를 낙점했다.

"어때요?" 알록달록한 스카프를 허리에 두르고 거울에 전신을 이리저리 비춰 보며 로르가 물었다.

"아주 멋져요." 아이리스는 안도와 짜증이 섞인 말투로 대답했다. 45분 만에 드디어 로르가 마음에 드는 옷을 찾았기에 안도했지만 원래 자신이 입으려던 원피스였기에 동시에 짜증이 올라왔다.

"이제 가야 돼요!" 가브리엘이 아래층에서 외쳤다.

"준비 다 됐어요!" 로르가 소리 높여 답했다.

하지만 아이리스는 준비가 덜 되었다. 그녀는 로르가 입었다 벗어놓은 검은 원피스를 급하게 걸치면서 벌써 진이 빠진 느낌이었다.

아이리스는 아래층으로 내려와, 미리 정원에서 꺾어다 놓은 향긋한 노란 장미 다발을 리본으로 묶었다.

"저거 당신이 입으려던 원피스 아냐?" 가브리엘이 로르를 고개로 가리키며 속삭였다. 로르는 영화배우 같은 차림새에 명품 선글라스까지 걸치고 현관에서 기다리고 있었다.

아이리스가 넋이 나간 표정을 지으며 말했다. "말도 마. 그나저나 미리 말해두는데 침실이 난장판이야."

세 사람은 걸어서 에스메의 집으로 갔다. 바비큐 장작 타는 냄새가 초저녁 공기를 채웠다. 집 뒤뜰에서 웃음소리가 들려올 때마다 아이리스는 다가오는 저녁이 기대되어 웃음이 나왔다. 오늘 밤 외출하게 되어서 기뻤고, 사람 수가 셋에서 다섯으로 늘어나서 다행이었다. 아무리 가브리엘이 함께한다 해도 로르와 한 끼만 더 식사를 같이 했다가는 비명을 지를지도 몰랐다. 매번 화제는 피에르였고, 이젠 그 얘기에 신물이 날 지경이었다. 피에르가 원망스러울 정도로. 그는 가브리엘에게 약속만 해놓고 여태 로르에게 전화 한번

하지 않았다. 두 사람 다 제대로 소통을 하지 않고 있었다. 그녀와 가브리엘 역시 사실상 대화가 없었고 오다가다 입 맞추고 어루만지는 등의 소소한 애정 표현도 이제 하지 않았다. 아이리스는 로르의 기분을 배려해서 그런 거라고 애써 자신을 위로했다. 하지만 가브리엘과의 관계가 저 깊은 곳에서 흔들리고 있는 건 아닐까 싶어 내심 두려웠다.

집 앞에 도착하자 에스메가 나와 맞이해주었다. 에스메는 집 안을 통과해 낡은 소파와 안락의자가 놓인 테라스로 안내했다. 아이리스가 사진으로 봤던, 덩치 큰 남자 휴가 아이리스와 로르를 포옹으로 따뜻이 맞아주었다.

"마실 것 좀 갖다드릴게요." 휴가 가브리엘의 등을 툭 치면서 우렁찬 목소리로 말했다. "에스메가 칵테일을 만들었으니 괜찮으면 드셔보세요."

"그럴게요." 아이리스는 그의 시원시원한 성격이 금세 맘에 들었다.

에스메가 그들에게 자리를 권했다. 발목까지 내려오는 청록색 치마와 흰색 자수 티셔츠 차림에 은색 글래디에이터 샌들까지, 멋들어진 모습이었다. 아이리스는 에스메와 로르에 견주어 자신은 생기 없고 시시한 사람 같다고 느꼈다.

가브리엘이 대화 물꼬를 터주어 휴가 그 집을 어떻게 꾸밀지 이야기했고, 그 이야기를 들으며 아이리스는 긴장을 차츰 내려놓을 수 있었다. 그녀는 에스메가 만든 칵테일(향으로 보아 럼 베이스의)을 손에 들고 버드나무로 된 안락의자에 앉았다. 에스메의 나이가 궁금했는데, 에스메와 로르를 번갈아 보고는 로르보다 좀 더 젊은 30대

후반일 거라 짐작했다. 로르가 마흔셋이니 두 사람 다 자신보다 젊었다. 아이리스는 그 사실에 살짝 약이 올라 쓴웃음을 지었다.

"예순한 살에 이렇게 큰 프로젝트를 맡게 될 거라고는 상상도 못했죠." 휴가 말했다. 그 말에 아이리스는 재빨리 계산했다. 휴가 에스메보다 스무 살이 많다고 했으니 에스메는 마흔하나였다. 에스메 역시 40대라는 사실에 기쁨이 몰려왔다가 그녀가 훨씬 젊어 보인다는 사실에 기쁨은 곧장 실망으로 바뀌었다. 적어도 겉으로는 더 젊어 보였으니까. 순간 아이리스는 가브리엘은 어떻게 생각하는지 묻고 싶었다.

지난 2주 동안 로르와 지내면서 아이리스는 자신의 외모를 더 많이 의식하게 되었다. 늘 외모에 만족해온 그녀였다. 물론 살도 3킬로그램쯤 덜 나가고 짙은 단발 사이로 희끗희끗 늘어가는 새치도 없으면 더 좋았겠지만, 키가 175센티미터보다 작았더라면 하고 바란 적은 없었다. 그런데 로르와 여러 날 붙어 지내다 보니 자신이 볼품없다는 생각이 들었다.

휴가 잔을 들며 말했다. "새 친구들을 위하여."

"그리고 배 속의 아기를 위하여." 가브리엘이 잔을 들면서 덧붙였다. "아이리스가 좋은 소식을 알려주더군요. 두 분 축하드립니다!"

"어쩌다 그렇게 됐는지 어리둥절하다니까요." 휴가 농담을 던졌다. "1월은 거의 스위스에 가 있었거든요."

"3주였거든. 내가 스위스에 가서 며칠 지냈잖아. 기억 안 나?" 에스메가 짐짓 화난 얼굴로 받아치고는 아이리스를 향해 덧붙였다. "자기는 모르는 일인 척하는 데 아주 재미가 들렸어요."

"죄송해요." 중얼거림에 가까운 로르의 말에 웃음소리가 그쳤다. 그녀가 천천히 일어서며 말했다. "몸이 좋지 않네요. 집에 가봐야 할 것 같아요."

휴와 에스메가 걱정 어린 눈빛으로 같이 일어섰다.

"물 좀 갖다드릴까요?" 휴가 물었다.

"좀 누우실래요?" 에스메가 로르의 팔에 손을 올리며 말했다. "우리 침실을 쓰세요."

하지만 로르는 자기 몸에 누가 닿는 걸 못 견디겠다는 듯 손을 뿌리쳤다.

"고맙지만 집에 가야겠어요."

"나랑 같이 가요." 아이리스가 말했다.

"아니, 그냥 있어요. 괜찮아요." 로르가 에스메를 돌아보며 말했다. "정말 미안해요."

로르가 집 안으로 들어갔고 다들 낙담한 얼굴로 그 뒷모습을 쳐다보았다.

"제가 한 말 때문인가요?" 에스메가 근심 어린 표정으로 물었다. "제가 임신한 것 때문에요?"

"아니에요." 아이리스는 그래서일 거라 짐작했지만 안심시키듯 미소 지었다. "따라가야겠어요. 집에 데려다주기라도 해야 할 것 같아요. 오래 걸리진 않겠지만 먼저 식사들 하세요."

아이리스는 가방을 집어 들고 로르를 뒤쫓아 서둘러 집을 나섰다. 에스메의 임신 사실을 로르한테 분명히 말해줬음에도 자책감이 들었다. 현관문에 다다라서 보니 로르가 짙은 머리의 키 큰 남자와 마주 서서 얘기하고 있었다. 아이리스는 걸음을 멈추었다. 조경사 조지프였다. 그녀는 한 걸음 뒤로 물러나 몸을 숨긴 채 두 사람을 지켜보았다.

"됐어요, 고마워요." 로르의 목소리가 울먹임으로 떨렸다. "괜찮아요. 안 멀어요. 길 따라 조금만 가면 돼요."

"정말 괜찮겠어요? 전 정말 상관없으니 바래다드릴게요."

로르가 그사이 걸음을 옮기면서 고개를 저었다. "걸으면 나아질 거예요. 아무튼 고마워요."

조지프는 대문을 향해 걸어가는 로르를 뒤에서 지켜보았다. 이윽고 그녀가 시야에서 사라지자 그는 집 뒤편으로 이어지는 길로 걸어갔다. 아이리스는 바로 로르를 따라가 집에 무사히 들어가는지 확인하려 했다. 그런데 문득 올라온 감정이 발목을 붙들었다. 로르가 같이 있어달라고 할지도 모른다는 두려움이었다. 피에르 이야기로 또 저녁 시간을 보낸다 생각하니 견딜 수 없었다. 오늘 밤은 즐기고 싶었다. 마지막으로 흥에 취해본 게 언제인지 기억도 나지 않았다. 가브리엘과 스코틀랜드에서 근사한 휴가를 보내긴 했지만 기대와 달리 장난치고 웃고 평소처럼 농담을 주고받는 그런 재미는 없었다. 가브리엘은 천연덕스러운 유머로 그녀를 깔깔거리게 만들 수 있었다. 하지만 그러지 않은 지 꽤 된 터였다.

아이리스는 출입로 끝까지 걸어가 멈춰 선 채 손 그늘로 저녁 해를 가리면서 길게 굽이진 길을 내려다보았다. 로르는 벌써 모퉁이를 돌아갔는지 보이지 않았다. 그녀가 집에 들어가도록 10분을 기다렸다가 전화하기로 했다. 혹시 전화를 받지 않으면 따라가서 확인하고, 받아서 괜찮다고 하면 에스메 집으로 돌아가 저녁 식사를 하면 될 것이다.

아이리스는 스스로 정한 타협안에 만족하며 출입로를 되짚어갔다. 캔버스화에 맞닿은 발바닥에서 열이 났다. 시선이 떡갈나무 아래 그네에 멎자 걸음을 멈추었다. 가까이 가서 그네를 살펴보니 직사각형 작은 나무판 한가운데 줄이 꿰어져 있었다. 그네를 타려면 그 줄 양쪽으로 다리를 벌리고 올라앉는 수밖에 없었다.

아이리스는 어깨에서 가방을 내려 걸리적거리지 않는 곳에 둔다음 양손으로 줄을 잡았다. 그네가 자신의 몸무게를 견딜 수 있는지 보려고 줄을 툭툭 당겨보았다. 어린아이나 에스메처럼 몸집 작은 성인만 탈 수 있나 싶어서였다. 타도 괜찮겠다 싶어 그녀는 두 줄을 잡고 몸을 띄웠다. 양팔 근육에 벌써 힘이 바짝 들어갔다. 원피스 차림이라 다리를 끼우기가 힘들었지만, 몸에 반동을 줘서 추진력을 만들자 금세 앞뒤로 그네가 움직였고 이내 왕복하며 가속이 붙었다. 아이리스는 자신감이 생기자 고개를 젖힌 채 두 팔을 죽 뻗고 에스메가 그랬듯 지면과 거의 평행이 되게 몸을 눕혔다. 그러고는 눈을 감고 그 순간을 만끽했다. 근심도 괴로움도 잊은 채 공기를 가르며 살갗에 와 닿는 시원한 미풍을 즐겼다. 그렇게 언제까지고 타고 싶었지만 곧 팔이 저려왔다. 더는 반동을 주지 않고 그네가 멈출 때까지 가만히 기다렸다.

아이리스는 그네에서 내려와 줄을 쥔 채 잠시 서 있었다. 파도에 쓸리는 바다 밑 모래처럼 발아래로 느껴지는 움직임을 음미했다. 가브리엘을 데려와 그네에 태워주고 싶었다. 모처럼 그녀가 맛본 해방감을, 세상이 어찌 되든 상관없는 기분을 그도 느꼈으면 싶었다. 하지만 당연히 상관없을 순 없었다. 그녀는 그넷줄을 놓고 가방을 들어 휴대폰을 꺼냈다.

로르에게서 문자가 와 있었다. 집에 도착했고 일찍 잘 거라며, 그렇게 자리를 떠서 미안하고 다들 즐거운 시간 보내길 바란다는 내용이었다. 아이리스는 가슴을 쓸어내리며 잘 자라고, 아침에 보자고 답장했다.

아이리스는 에스메의 집으로 서둘러 발걸음을 옮겼다. 자리를 너무 오래 비워 자신이 집에 아주 갔다고 다들 생각할 것 같았다. 이번엔 집 안을 통과하지 않고 조지프가 갔던 길로 갔다.

테라스에 도착하자 에스메가 물었다. "로르는 괜찮아요?"

아이리스의 시선이 휴가 앉은 의자 옆으로 꽂혔다. 조지프가 거기 서 있었다. 가까이서 보니 그는 칠흑 같은 머리칼에 선명한 푸른 눈동자를 지닌 대단한 미남이었다.

"네, 집에 가서 일찍 잔대요. 너무 갑작스럽게 나와서 미안하다고 했어요."

휴가 소개할 사람이 있다는 걸 떠올리고는 벌떡 일어서서 말했다. "아이리스, 이쪽은 조지프예요. 우리 가족의 지인이에요. 고맙게도 정원 일을 도와주고 있죠."

에스메가 일부러 크게 한숨을 쉬며 말했다. "말도 마세요. 윈체스터에서 만족하며 사는 사람한테 여기 와서 우리랑 몇 달만 지내달라고 구워삶느라 얼마나 힘들었는지. 저의 부모님이 이 집 상태를 보고 기함을 하는 바람에 그분들 배려하는 차원에서 와준 거예요."

"사실 애써 저를 구워삶을 필요도 없었어요." 조지프가 말했다. "이 근처 시골 풍경이 아름답다는 얘기를 들었거든요."

"창고살이가 그렇게라도 만회된다면 좋겠어요." 에스메가 덩굴 장미로 뒤덮인, 돌로 된 작은 별채를 가리켰다. "지금은 저기서 지 내는데, 집 안에 조지프의 방이 갖춰지는 대로 옮길 거예요."

"안은 어떨지 모르겠지만 정말 예쁜데요." 아이리스가 말했다.

"에스메가 창고살이라고는 했지만 내부가 쓸 만해요. 먹을 곳, 잘 곳, 씻을 곳 다 있어요. 남자 하나 지내기에 그러면 되지 않나요?"

"충분하죠." 아이리스 대신 휴가 대답하고는 다시 자리에 앉으 며 덧붙였다. "저도 에스메는 놔두고 별채로 들어가고 싶었다니까 요." 그러고는 조지프를 올려다보며 물었다. "앉아서 같이 한잔하지 그래?"

조지프가 두 손으로 청바지를 쓸며 말했다. "차림새가 이래서요. 다음에 같이하죠." 그러더니 아이리스와 가브리엘에게 목례를 했다. "즐거운 저녁 보내세요."

조지프가 자리를 벗어나 저만치 걸어갔다. 에스메는 이쪽의 말 소리가 들리지 않을 정도로 그가 멀어진 것을 확인하고 휴에게 말 했다. "그런 말을 하면 어떻게 해."

휴가 반성하는 표정으로 마주 보며 말했다. "미안, 깜박했네."

"조지프를 식사 자리에 안 부른 이유가 있거든요." 에스메가 아 이리스 쪽으로 몸을 돌리며 말했다. "그 사람은 당분간 술 근처에 얼씬도 하면 안 돼요. 오늘 저녁은 술자리가 될 테니 유혹에 빠트리 지 말자 싶었죠." 그러고는 가브리엘과 대화하는 휴를 흘끗 보고는 목소리를 낮췄다. "조지프와는 인연이 오래됐는데 몇 달 전 부모님 집에서 오랜만에 만나 상태가 안 좋은 걸 알게 됐어요. 술에 취해서 두 번이나 큰일을 당할 뻔했더군요. 살아 있는 게 천운이라니까요."

그러잖아도 조지프에게 관심이 갔던 아이리스는 호기심이 일었다. "왜요, 무슨 일이 있었는데요?" 그녀가 물었다.

에스메는 말해도 되나 싶은 듯 망설이다가 말했다. "몇 달 전에 만취 상태로 운전하다 나무를 들이받아 차가 박살 났어요. 그런데도 크게 다친 데 없이 빠져나온 게 기적이죠. 운전면허 1년 정지에 일자리를 잃긴 했지만 목숨 건진 게 어디예요. 그러고 나서 일자리를 구하는 동안 부모님이 일거리를 줬거든요. 한 달 전에 부모님 집에서 일하다가 술에 취해 가스 중독으로 죽을 뻔했어요."

"세상에!"

에스메가 고개를 끄덕이고는 이어 말했다. "조지프가 아버지의 별채에서 차를 끓이려고 주전자에 물을 채우고 가스레인지에 올려놓고선 밸브만 열고 불을 붙이는 걸 깜박한 거예요. 아빠가 발견해서 간신히 별채에서 데리고 나왔는데 술에 취해 몸을 못 가누니 의사를 불렀죠. 의사가 조지프한테 그랬대요. 간질환으로 죽거나, 그 전에 사고를 내서 죽을 거라고."

아이리스의 입이 떡 벌어졌다. "아이고, 최악이었네요."

에스메가 고개를 끄덕였다. "그러니까요. 다행히 부모님이 조지프를 많이 아끼셔서 윈체스터를 떠나 있는 게 좋겠다고 권했죠. 그의 어머니와 알고 지냈거든요."

"거기가 에스메 고향이에요? 윈체스터요."

"네. 아무튼 부모님이 우리랑 얘기한 다음 우리 부부가 정원사를 급히 구한다고 조지프에게 말했고, 그를 설득해 여기서 당분간 지내게 한 거죠. 계속 그렇게 살면 알코올중독이 손쓸 수 없는 지경까지 갈 거란 걸 자기도 깨달았겠죠."

에스메가 잠시 말을 멈추었다. 조용해진 틈에 아이리스의 귀에 찰리 잉그램이란 이름이 들려왔다. 두 남자 쪽을 바라보니 서로 머리를 가까이하고 얘기 중이었다. 가브리엘이 휴를 믿고 속내를 털어놓는 것 같아 아이리스는 마음이 놓였다.

"조지프는 이제 술만 끊으면 돼요." 에스메가 말을 이었다.

아이리스는 순간적으로 헷갈려 얼굴을 찡그렸다가 조지프 얘기를 하던 중이었음을 떠올렸다. "끊을 수 있을까요?"

"끊을 수밖에 없어요." 에스메가 배에 잠깐 두 손을 올렸다가 몸을 일으키며 말했다. "이제 식사하실까요?"

12장

가브리엘은 깍지 낀 손을 베고 누워 천장을 보고 있었다. 에스메 부부의 집에서 보낸 시간을 돌아보는 중이었다. 오늘 저녁이 예상보다 즐거웠던 게 어쩌면 로르가 없어서, 피에르가 아닌 다른 주제로 얘기할 수 있어서가 아니었을까 싶었다.

물론 로르가 처한 상황에는 안타까운 마음이 들었다. 로르가 늘 아이를 갖고 싶어했다는 게 사실이라면 출산을 앞둔 에스메를 축하하는 자리가 불편했을 테니까.

아이리스가 옆에서 뒤척였다. 가브리엘은 행여 그녀를 깨울까 봐 숨을 참았다. 아이리스는 그를 향해 돌아눕더니 다시 깊은 잠에 빠졌다. 가브리엘은 가만히 숨을 내쉬고는 생각을 이어갔다. 아이리스가 로르를 뒤따라갔을 때 그는 혹시 아이리스가 돌아오지 않으면 오늘 처음 본 부부와 꼼짝없이 함께해야 할 텐데 싶어 걱정이 됐다. 하지만 두 사람 다 아주 편하게 대해준 덕분에, 그랬어도 상관없었으리란 걸 곧 깨달았다. 어느 순간 정신을 차리고 보니 자신이 휴에게 채석장에서 찰리를 발견한 이야기를 하고 있어 적잖이 놀랐다. 어쩌다 그 얘기까지 하게 됐는지 알 수 없지만 중간에 에스메가 식사하자고 부르지 않았다면 모조리 털어놓았을지도 모른다. 만약 그랬다면 그날 자신이 한 행동에 대해 감정이 좀 정리되었을 수도 있다.

그날 응급구조대원들이 조금만 더 늦게 도착했더라면 가브리엘도 어느 정도 준비가 되었을 것이다. 하지만 그는 찰리가 방금 눈앞에서 죽었다는 사실을 미처 받아들이지 못하고 있었다. 구조대원들이 그에게 찰리가 발견 당시 의식이 있었냐고 물었는데, 생각을 정리할 시간이 조금만 더 있었으면 의식이 없었다고 답했을 수도 있다. 거짓말이지만, 그랬다면 지금처럼 마음이 무겁진 않았을 테니까. 의식이 있었다고 답하면 당연히 남긴 말은 없냐는 질문이 나오기 마련이건만, 그는 있었다고 답을 했다. 그 질문을 듣고 나서야 그는 아차 싶었다. 찰리가 그에게 전해달라고 부탁한 메시지의 엄청난 무게에 짓눌려 그는 잠깐 동안 아무 말도 하지 못했다. 하지만 무슨 말이든 해야 했고, 그는 찰리가 숨을 거두기 직전에 "엄마한테 사랑한다고 전해주세요"라는 유언을 남겼다고 말했다. 그 말에 구조대원 두 사람은 눈물을 글썽이며 그 어머니에게 큰 위안이 될 거라고 했다. 그러고 곧 경찰이 도착해서 가브리엘에게 같은 질문을 했고 그는 같은 대답을 했다. 찰리가 엄마한테 사랑한다고 전해달라 부탁했다고.

하지만 찰리가 남긴 말은 그게 아니었다.

13장

아이리스는 집 앞에 차를 대고는 곧장 내리지 않고 잠시 시간을 가졌다. 들어가 로르를 마주하기 전에 생각을 가다듬어야 했다.

토요일에 에스메의 집에서 저녁을 보낸 뒤로 로르의 얼굴이 부쩍 침울했다. 이튿날 얘길 해보니 아이리스의 짐작대로 로르가 임신한 에스메와 있기가 너무 힘들었다고 말했다.

"나한테 없는 게 뭔지 실감이 나잖아요." 로르가 눈물을 글썽이며 말했다. "내가 남몰래 원해왔던 유일한 거요."

거기다 3주간의 휴가가 끝나가고 있었기에 피에르와 다시 볼 일을 역시나 걱정하고 있었다.

"그이가 내 말이 맞다고, 클레어가 아이 엄마라고 하면 어떡하죠? 피에르가 정기적으로 아이와 만나는 데 클레어가 동의했으면요? 남편이 마틸드를 이미 알아요. 그 애의 대부거든요." 그러더니 순간 눈동자가 커졌다. "그래서 대부가 됐나 봐요. 대부가 되면 그 애가 살아가는 데 어떤 역할을 할 수 있을 거라고 둘이 합의했을 수도 있어요. 그랬을 것 같지 않아요?"

아이리스는 한참을 머뭇거렸다.

"만약 그렇다면 난 그이를 죽여버릴지도 몰라요." 눈물이 가득 고인 채 로르가 말했다. "이번 주말에 돌아가도 집에서 지내기는 어려울 것 같아요. 빅투아르에게 신세 져도 되겠냐고 물어볼래요."

로르의 어린 시절 친구란 걸 알아챈 아이리스가 물었다. "빅투아르는 알아요? 피에르에게 딸이 있다는 거 말예요."

"아니요, 친구들은 아무도 몰라요. 우리 부부가 힘든 시기를 겪고 있고 따로 시간을 가지려고 내가 여기 와 있다는 것만 알죠. 힘든 이유까진 몰라요."

아이리스는 시동이 켜져 있음을 뒤늦게 알아차리곤 시동을 끈 뒤 차에서 내렸다. 집을 올려다보다가 거실 창문으로 언뜻 얼굴이 비치자 낮은 신음이 나왔다. 로르가 벌써 기다리고 있었다.

아이리스가 문을 열고 들어가자 로르가 물었다. "미팅은 잘했어요?"

아이리스는 가방을 내려놓고 샌들을 벗었다. "네, 아주 생산적인 미팅이었어요. 서맨사가 집 열쇠를 갖고 있어서 이번에는 집 안을 볼 수 있었어요. 멋지더라고요. 진짜 이상적인 프로젝트가 될 것 같아요. 서맨사가 아직 최종 결정은 안 했지만요." 그러고는 미소를 띠며 물었다. "뭐 하고 지냈어요?"

"에스메 만나고 왔어요."

"아. 잠깐만, 손만 씻을게요."

로르는 아이리스를 따라 부엌으로 가서 그녀가 비누로 손을 씻는 동안 기다렸다. "토요일에 뛰쳐나간 일에 대해 사과해야 할 것 같아서요." 로르가 수건을 건네며 말했다.

"에스메도 이해했을 거예요."

로르가 고개를 끄덕였다. "피에르 얘길 했더니 이해해주더군요. 정말 즐거운 수다였어요. 에스메가 옷 사는 데 데려가주겠다고 하지 뭐예요." 그러면서 입고 있는 반바지와 티셔츠를 내려다보았다. "아이리스 옷을 입는 데 너무 익숙해져서 생각도 못 했는데 말이에요."

"쇼핑이 하고 싶으면 얼마든지 데려가줄 수 있어요." 아이리스가 짜증을 누르며 말했다. "내가 데려다준다고 할 땐 싫다면서요. 파리 집에 옷이 너무 많아서 새 옷 사는 게 아깝다고요."

"그랬죠. 하지만 에스메한테도 말했지만 주말에 피에르를 만날 때 새 원피스를 입는 건 나쁘지 않을 것 같아요. 가능하면 매력적으로 보이는 편이 좋잖아요."

아이리스가 웃었다. "로르, 자기는 쓰레기봉투를 입어도 매력적으로 보일 거예요." 그러고는 사이를 뒀다가 물었다. "피에르한테 전화 왔어요?"

"아니요, 내가 파리로 오면 얘기하자는 문자만 어제 받았어요. 그러면 쇼핑하러 가는 거예요? 내일이요? 아니면 목요일이 좋아요?"

"내일 괜찮아요."

"좋아요." 로르가 아이리스를 보며 물었다. "무슨 냄새 안 나요?"

"네……. 설마 저녁을 차린 거예요?" 아이리스가 놀리듯 말했다.

로르가 저녁을 해주겠다고 몇 번 말은 했지만 한 번도 해준 적이 없기 때문이었다.

로르가 고개를 끄덕였다. "에스메한테 레시피를 받아 마컴에 가서 필요한 재료를 구했어요. 그런데 식사가 준비되려면 한 시간은 더 걸릴 거예요."

"잘됐네요. 조깅을 다녀올 시간이 있다는 거니까."

"같이 가요."

아이리스는 실망한 표정을 들킬까 봐 고개를 돌렸다가 말했다. "굳이 그러지 않아도 돼요. 종일 바빴으니 좀 쉬는 게 어때요?"

"아녜요, 괜찮아요." 아이리스는 로르가 이렇게 덧붙이기를 내심 바랐다. "혼자 가고 싶은데 내가 방해하는 게 아니라면요." 하지만 그런 말은 나오지 않았고 아이리스는 로르와 20년을 알고 지냈는데 그녀가 이렇게 낯이 두껍다는 걸 왜 이제야 알았을까 의아했다. 그러다 토요일이면 로르가 떠난다는 사실을 상기하며 숨을 들이쉬었다.

"그럼, 그래요. 가서 옷 갈아입어요."

"이번에도 들판을 지나서 가요?" 로르가 아이리스를 따라 복도로 나오며 물었다.

"숲을 가로지르고 싶으면 그리 가고요."

"숲을 지나서 채석장까지 가는 거죠?"

아이리스가 인상을 찌푸리며 답했다. "거긴 출입 금지 구역이에요."

"그래도 갈 수는 있잖아요, 안 그래요? 정상 둘레에 길이 나 있어서 자주 달렸다고 했잖아요. 기분 전환이 될 거예요. 게다가 출입을 못 하게 막는 장애물이 있는 것도 아니잖아요."

"찰리에 대한 기억이 있죠."

로르가 고개를 떨구었다. "그렇죠. 미안해요. 내가 무신경했어요."

"괜찮아요." 아이리스가 계단 아래서 잠시 멈추었다. "가브리엘한테 나간다고 말해야겠어요. 아직 정원에 있어요?"

"그런 것 같아요. 점심 이후로는 못 봤어요."

"옷 갈아입고 나와요. 10분 후에 밖에서 만나요."

"그래요."

아이리스는 담장 정원으로 걸어갔다. 땅 파는 소리를 들으며 한참 가니 저만치 구석에 있는 가브리엘이 보였다. 파란색 티셔츠가 땀에 젖어 남색이 되도록 일에 열중하고 있었다.

"벌써 이렇게 달라 보이다니 신기해." 그녀가 다가가며 말했다. "당신이 고생하며 일한 보람이 나타나고 있어."

아이리스의 말소리에 그가 흙에 삽을 꽂고 허리를 펴고는 돌아봤다. "그래 보여?"

"응. 그새 적잖이 손을 봤네."

"베스한테 8월에 돌아올 때까지 끝내놓겠다고 약속했는데 내가 좀 만만히 봤나 봐. 자기는 어때? 서맨사와 미팅은 잘됐어?"

"아주 잘 끝났어. 마침 서맨사가 집 열쇠를 가지고 있어서 너무 잘됐지. 그래서 늦게 온 거야. 서맨사 좋은 사람 같아. 아주 마음에 들어. 게다가 나랑 죽도 잘 맞는 것 같으니, 행운을 빌어봐야지."

"계약을 따낼 것 같아? 두 번씩이나 직접 찾아갔던 게 분명 도움이 될 거야."

"그러길 빌어야지. 최종 후보가 나랑 다른 디자이너, 둘로 좁혀졌대."

"잘됐다, 아이리스."

그녀가 웃으며 물었다. "얼마나 더 일할 거야?"

"왜, 몇 신데?"

"7시가 넘었어."

"그래? 어쩐지 배가 고프더라. 가서 샤워해야겠다."

"서두르지 마. 로르와 나는 잠깐 뛰고 올게. 저녁은 로르가 차릴 거야. 8시면 먹을 수 있어."

가브리엘이 웃었다. "로르가 저녁을 차려? 와, 이런 일도 있네." 그가 장갑을 벗었다. "어느 쪽으로 뛸 건데?"

"들판을 지나서 갈 것 같아." 그녀가 뜸을 들였다. "로르가 채석장에 가보고 싶대."

가브리엘이 인상을 썼다. "왜? 거긴 출입 금지잖아."

"알아. 그냥 호기심이겠지."

"음, 왜 하필 채석장이지."

아이리스는 가슴이 철렁했다. "피에르한테선 소식 없어?" 화제를 바꾸려 질문을 던졌다.

"없어. 지난주에 통화한 뒤로 전혀. 피에르는 오지 말라고 했지만 그래도 가서 만났어야 했나?"

가브리엘 때문에, 그가 안고 있는 죄책감 때문에 그녀는 마음이 아팠다. 찰리 일로 괴롭지 않았다면 아마 가브리엘은 피에르가 연락을 거부한 순간 파리로 날아갔을 것이다.

"아니, 그렇지 않아." 그녀가 그의 팔에 가만히 손을 얹었다. "기다리면서 로르가 파리로 돌아간 다음 어떻게 되는지 지켜보자. 혹시 일이 잘 안 풀리면 그땐 피에르가 당신을 찾을 거야."

14장

"나 너무 못된 것 같아." 아이리스가 침대 위 가브리엘 곁으로 올라가며 말했다.

그가 책을 내려놓고 독서용 검은 뿔테 안경을 벗었다.

"왜?"

"로르가 주말에 파리로 돌아간다니 속이 후련해."

"그게 정상이야. 거의 3주 동안 일방적인 대화를 쉬지 않고 받아 줬잖아. 그 정도 인내심이면 성인군자 버금가지."

"로르는 경계가 없는 사람 같아. 전에는 그런 줄 전혀 몰랐는데."

"무슨 뜻이야?"

그녀가 그를 향해 돌아눕더니 앉은 그의 얼굴이 잘 보이게 팔꿈치로 몸을 받쳤다. "아까 조깅하러 갔던 거 알지? 그러곤 집에 와서 각자 샤워를 하러 갔거든. 내가 아래층으로 내려가는데 로르가 방에서 나를 부르는 거야. 그래서 가봤더니 수건만 두르고 서 있더라고. 그러더니 수건을 바닥에 떨구고선 벌거벗은 채로 걸어 다니며 피에르 애길 하는 거 있지.”

가브리엘은 웃음을 참았다. 아이리스는 그와 둘이 있을 때조차 벗은 몸이 부끄러워 얌전을 뺐다. 그녀가 잠옷 차림으로 자는 걸 보면 항상 웃음이 났다. 그녀 말로는 수녀원 부속학교를 다닌 데다가 나이 많은 부모 밑에서 자란 탓에 생긴 버릇이었다.

“그래서 어떻게 했는데?” 그가 물었다.

“어째야 할지 몰라서 로르가 옷을 다 입을 때까지 그냥 딴 데 봤지.” 그녀가 등을 대고 털썩 누웠다. “계속 책 읽을 거 아니면 불 꺼도 될까?”

“읽을 거야. 당신 잘 거면 아래층으로 갈게.”

“아니, 괜찮아. 여기서 읽어도 돼.” 실망한 기색을 보고 가브리엘은 또다시 그녀를 밀어낸 자신이 미웠다. 하지만 이제껏 한 번도 그녀에게 거짓말을 한 적이 없는 데다 무의식적으로 자신이 더 이상 그녀에게 어울리지 않는다고 느껴서인지 혼란스러운 마음을 가누기 힘들었다. 더 큰 상처를 주기 전에 이 죄책감을 극복해야 했다.

아이리스가 잠을 청하는 자세를 취하자 그는 책을 끌어당겼다. 하지만 생각은 다른 데로 흘러갔다. 찰리의 엄마인 매기 잉그램과 얼마 전 받은 편지로. 찰리가 세상을 떠나자 그는 매기가 염려되었다. 매기의 남편은 해외 군부대에서 파견 근무 중이었다. 신문 기사에 따르면 그는 찰리의 장례식을 치르고 바로 떠났다.

사람들은 찰리가 그 늦은 밤 왜 굳이 채석장까지 자전거를 타고 갔을까 궁금해했다. 윈체스터에 있는 찰리의 학교에서 채석장까지는 약 한 시간 거리였으니까. 하지만 아빠가 휴가차 집에 오면 같이 거기서 자전거를 타곤 했다고 하니, 아빠를 그리워하는 마음에 갔겠거니 했다.

가브리엘은 장례식에 참석하지 않았다. 아이리스는 그가 찰리를 알았고 임종까지 지킨 만큼 왜 참석하지 않는지 이해할 수 없었다. 그런 그녀에게 가브리엘은 찰리가 숨을 거두던 순간의 얼굴이 자꾸 떠올라서라고 했다. 그렇지만 사실 그가 마주하기 힘들었던 얼굴은 매기였다. 그 당시 매기는 찰리가 다니는 학교에 돌봄 교사로 있었는데, 가브리엘 생각에 엄마가 늘 가까이 있으니 찰리가 때로 부담스럽지 않았을까 싶었다. 모르긴 몰라도 찰리가 그토록 서슬 퍼런 유언을 남긴 걸 보면 모자 사이에 분명 아주 안 좋은 일이 있었을 것이다. 찰리가 실제로 남긴 말은 "엄마한테 사랑한다고 전해주세요"가 아니라, "엄마한테 절대 용서 못 한다고 전해줘요"였으니까.

15장

아이리스는 잠시 대문 앞에서 숨을 고르며 종아리 스트레칭을 했다. 처음으로 로르가 함께 뛰러 가겠다고 나서지 않았다. 어른거리는 나무 그늘 아래를 혼자 달리는데 얼마나 자유로운지 날아갈 것 같았다.

그날 아침엔 눈을 뜨자마자 안도감이 들었다. 토요일에 로르가 떠나기로 했으니, 그 말인즉 이틀만 더 고생하면 일상을 되찾을 수 있다는 뜻이었다. 아이리스는 이내 몰인정한 자신에 죄책감이 들었지만, 로르가 예상보다 훨씬 같이 지내기 힘든 사람인 건 사실이었다.

아이리스는 마음을 다잡고 대문 안으로 들어섰다. 그런데 그녀를 맞이하러 로르가 복도를 서성이거나 계단을 뛰어 내려올 기미는 보이지 않았다. 들어오는 소리를 못 들었겠지 싶었다. 아이리스는 운동화를 벗어 던지고 양말을 벗은 뒤 목을 축이러 부엌으로 살그머니 걸어갔다. 식기세척기 오른쪽 서랍을 열어 컵을 찾다가 손이 허공에 멈췄다. 서랍에 있어야 할 머그와 유리잔은 온데간데없고 파스타와 쌀통, 그 밖의 여러 식재료가 들어 있었다.

그녀는 인상을 쓰면서 부엌의 맞은편, 찬장이 늘어선 가스레인지 쪽으로 걸어갔다. 원래 그 식재료들이 있어야 하는 곳이었다. 찬장 문을 하나씩 열자 유리잔을 비롯해 머그, 접시, 볼과 작은 식기들이 보였다. 식기세척기 옆 서랍에 있던 것들이 죄다 찬장에 가 있었다.

"왔네요!"

휙 돌아보니 로르가 문가에 서 있었다. "수납 위치를 바꿨네요." 아이리스는 탓하는 말투를 못 숨기고 말했다. 하지만 로르는 눈치 못 챈 듯 밝은 얼굴로 고개를 끄덕였다.

"네, 컵이랑 접시를 서랍에 두다니 웃기잖아요. 전에는 안 그랬으면서."

"안 그랬죠. 그러다 식기세척기에서 식기를 꺼내 부엌을 가로질러 건너편에 갖다 두는 것보다 바로 옆 서랍에 넣는 게 더 편하다는 걸 깨달았거든요." 아이리스가 퉁명스럽게 답했다. "식재료도 마찬가지예요. 가스레인지 옆에 있는 게 더 편하니까요."

"아." 로르가 의기소침한 표정을 지었다. "그럼 원래 자리로 되돌려놓을까요?"

"네, 그래주세요."

"알겠어요. 파리 문제는 결정을 했어요."

아이리스가 얼굴에 미소를 띠었다. 그날 아침, 로르에게 유로스타 기차표를 예약하라고 상기시켜준 터였다.

"잘됐네요. 정원으로 가서 얘기해요."

테라스 바닥이 햇볕에 달궈져 맨발로 디디기에는 너무 뜨거웠다. 아이리스는 재빨리 깡충깡충 뛰어서 그네 의자로 향했고, 로르가 뒤따랐다.

"그러면 몇 시 기차로 가요?" 둘 다 자리를 잡자 아이리스가 물었다.

로르가 고개를 천천히 돌려 마주 보며 말했다. "안 가요. 이번 주말에 파리에 안 가는 걸로 결론 내렸어요. 아직 준비가 안 됐어요. 피에르가 전화하는 성의도 안 보이고 문자로만 얘기하네요. 오늘 아침에 딸아이 문제를 어떻게 할 거냐고 물었더니 마음을 안 정했다는 거예요. 그러는데 내가 가봤자 무슨 소용이겠어요?"

"얘기하러 가야죠." 아이리스가 절박하게 말했다. "두 사람은 대화를 해야 돼요."

"그이가 마음의 결정을 내릴 때까진 안 돼요." 로르가 고집을 피웠다. "내 입장은 밝혔어요, 문자로요. 나냐, 딸이냐, 둘 중에서 정해야 한다고요. 피에르가 아이 인생에 개입하는 쪽을 택한다면 나는 그이의 인생에서 빠질 거예요. 아주 간단해요."

아이리스가 한숨을 쉬었다. "일은 어떡하고요? 휴가를 더 쓸 수 있어요?"

"아니요. 지금 광고업계가 어려워서 쉽지 않아요. 상사한테 말했더니 무기한 봐줄 수는 없대요. 나는 더 이상 휴가를 쓸 수 없고, 회사는 무급휴가를 주려 하지 않고."

"그러면 어쩌려고요?"

"이미 끝났어요. 그만둔다고 했어요."

"아, 와우. 그렇군요." 아이리스는 비난으로 들리지 않을 만한 말을 생각하면서 머리를 묶은 고무밴드를 손으로 빼내 털었다. 로르가 내내 좋아서 다니던 고소득 일자리를, 가뜩이나 경기도 안 좋은데 포기했다니 믿을 수 없었다. 하지만 뭐라고 말을 해야 할지 몰랐다.

로르가 그녀의 팔에 손을 올리며 말했다. "걱정 말아요. 모아놓은 돈이 있으니 두 분에게 짐이 되진 않을 거예요." 아이리스는 그제야 그 말의 의미를 깨닫고 불안에 휩싸였다. '더 있겠다는 건가?'

"그래도 괜찮죠?" 로르가 물었다.

다시 한번 아이리스는 할 말을 찾았다. "어머니한테 갈 생각인 줄 알았어요. 걱정하실 텐데."

"걱정 안 해요. 엄마가 피에르와 내가 잘 헤쳐나갈 거라고, 어느 부부든 살다 보면 고비가 있게 마련이라고 했어요."

"피에르한테 아이가 있다고 말했어요?"

"아니요. 말하면 '그러게 내가 뭐랬냐' 타령만 하겠죠. 엄마가 입버릇처럼 아이 가질 수 있을 때 갖지 않으면 나중에 후회할 거라고 그랬거든요. 피에르는 마음만 먹으면 언제든 아이를 가질 수 있다고 꼬집으면서요." 그녀가 씁쓸하게 웃었다. "엄마 말이 맞았죠."

"피에르한테 이번 주말에 안 돌아간다고 말했어요?"

"네."

"뭐래요?"

"충격받은 것 같아요. 잘됐죠. 언제 볼 수 있냐고 물어서 모른다고 했어요. 이번만은 우위를 점해서 다행이에요."

아이리스는 짧게 미소를 지었다. "샤워 좀 하고 와도 될까요? 뛰었더니 온몸이 땀범벅이에요. 이따 다시 얘기해요."

"그럼요, 갔다 와요. 여기 있을 테니까."

아이리스는 느닷없이 차오르는 눈물을 삼키며 걸음을 재촉해 안으로 들어갔다. '괜찮아. 괜찮아질 거야.'

욕실에서 그녀는 몇 초만이라도 잡념을 씻어내고 싶어서 샤워기를 틀고 옷을 벗은 다음 폭포수처럼 떨어지는 물을 맞았다. 감정을 추스르기가 어려웠다. 로르는 예정대로 파리로 가야 한다. 런던에 가 있던 이틀 빼고 3주를 통틀어 혼자 있어본 시간이 채 15분도 안 됐다. 로르가 피에르 때문에 애정결핍이 된 건지, 아니면 원래 애정결핍이었는지 알 수 없었다. 아이리스는 과거에 로르와 함께 보냈던 주말이며 휴가를 돌이켜보다가 로르가 자신과 정반대의 사람이라는 진실을 통감했다. 그때는 로르가 늘 곁에 있어도 문제 될 게 없었다. 함께 시간을 보내는 게 좋았고, 길어봤자 이틀 내지 일주일이어서 계속 붙어 있어도 힘들지 않았다. 또 기한이 늘 명확히 정해져 있었다. 하지만 이젠 로르와 일주일을 더 지내야 한다는 생각만으로도 견디기 힘들었다.

아이리스는 손을 더듬거려 바디스크럽제 용기를 찾아 뚜껑을 열고는 오돌토돌한 내용물을 떠서 몸에 거칠게 문질렀다. 피부에 얇은 막으로 덮여 있는 것만 같은 수치심을 닦아내고 싶었다. 로르가 조깅에 따라나서지 않은 이유가 자신이 없는 틈에 회사에 연락하기 위해서가 아닐까 하는 의심을 떨칠 수가 없었다.

샤워를 마친 아이리스는 수건을 두르고 침실로 나와 깨끗한 반바지와 티셔츠를 빠르게 입고 방문을 열었다. 로르가 복도를 서성이고 있었다.

"스무디 만들려는데, 마실래요?" 그녀가 물었다.

"내가 만들어서 정원으로 가져갈게요." 아이리스가 말했다.

하지만 로르는 이미 부엌으로 가고 있었다. "오늘 저녁에는 뭘해 먹을까요?" 그녀가 어깨 너머로 외쳤다. "식사 준비를 시작하죠."

아이리스는 더욱 가라앉은 기분으로 로르를 따라 아래층으로 가서, 로르가 스무디를 만드는 동안 저녁 준비를 했다. 가브리엘이 정원에서 돌아오는 소리가 들릴 때쯤에는 그에게 바통을 넘기고 싶은 마음이 굴뚝같았다. 아이리스가 식재료를 손질하는 동안 로르는 조리대에 앉아서 당신이라면 어떻게 했겠냐는 질문을 쉼 없이 해댔다. 그래놓고 아이리스가 뭐라고 답하든 그 말에 반박했다. 싸우려는 게 아니라 피에르와 관련된 모든 것에 이의를 제기하는 거였다. 사실 로르의 마음은 그를 미워했다가 돌아서면 그리워하는 등 갈피를 잡지 못했다. 로르 자신은 직장에 사표를 던지면서 삶의 통제권을 되찾았다고 여길 수도 있지만 아이리스의 눈에는 여전히 길을 잃은 사람 같았다.

"가브리엘이 왔네요." 아이리스가 계속되는 고문이 멈추길 바라며 말했다.

"아, 잘됐네요." 로르가 조리대에서 우아하게 미끄러져 내려왔다. "가브리엘은 어떻게 하는 게 좋을지 말해줄 수 있을 거예요. 가끔씩 보면 가브리엘이 나보다 피에르에 대해 더 잘 아는 것 같다니까요."

'이젠 아니에요.' 아이리스는 이렇게 말하고 싶었다.

가브리엘이 들어와서 로르의 어깨 너머로 아이리스를 보며 눈으로 물었다. '로르는 어때?' 아이리스는 진즉에 정원으로 가서 로르가 파리로 돌아가지 않기로 했다고 그에게 언질을 줬어야 했음을 깨달았다. 그러나 이미 늦었다. 그녀는 그에게 싱긋 웃어주는 것 말곤 할 수 있는 게 없었다.

"기분이 좋아진 것 같네요." 그가 로르에게 말했다.

"새로운 소식이 있어요." 그녀가 선언하듯 말했다.

가브리엘이 조리대에 뒤로 기대며 물었다. "뭔데요?"

"사직서를 제출했어요."

아이리스의 눈에 가브리엘이 놀라움을 억누르는 게 보였다. "그렇군요. 잘됐네요." 그가 사이를 뒀다 물었다. "그러면 앞으로 계획은요?"

"당장은 아무 계획도 없어요." 로르가 눈을 크게 뜨고 물었다. "그래도 괜찮죠? 여기 좀 더 있어도 되죠?"

"네, 그럼요. 당연하죠." 그가 머리칼을 쓸어 넘기더니 급히 덧붙였다. "한잔해야겠어요. 축하하는 뜻으로요."

아이리스가 그를 보고 죽일 듯한 표정을 짓고는 말했다. "그런 거라면 샴페인을 들어요. 내가 가져올게요."

가브리엘이 아이리스에게 눈빛으로 말했다. '미안해.'

아이리스는 그 자리를 벗어난 것에 안도하며 여분의 음식을 보관한 냉장고가 있는 차고로 갔다. 거기에 즉흥 기념 파티에 쓰려고 샴페인을 넣어둔 터였다. 그녀는 냉장고에서 들리는 잔잔한 윙윙 소리로 곤두선 신경을 진정시키며 서 있었다. 여긴 로르가 짐스러울 때 몸을 숨길 수 있는 곳이었다. 로르의 외침을 모른 척할 수 있는 곳. 오로지 평온을 얻기 위해 차고에 숨게 될지도 모른다고 생각하자 아이리스는 목이 콱 막혔다.

냉장고를 열자 냉기가 확 끼쳐 소름이 돋았다. 그녀는 노란 불빛 속에서 눈을 깜빡이며 아래 칸에서 샴페인 병을 꺼냈다. 집 안으로 가니 가브리엘과 로르가 마치 그녀가 와야만 대화를 시작하겠다는 듯이 거실에서 말없이 기다리고 있었다. 낮은 탁자 위에 놓인 샴페인 잔 세 개가 창문으로 비쳐 든 석양빛을 받아 다이아몬드 성처럼 반짝거렸다.

"여기." 아이리스가 가브리엘에게 병을 건네며 웃었다. "자기가 열어."

가브리엘이 코르크를 감싼 철사를 비틀어 마개를 열었다. 순간 펑 하는 소리에 이어 쩍 하고 금이 가는 소리가 들렸다. 동시에 세 사람의 눈이 벽난로 위에 걸린, 은색 테두리를 두른 큰 거울로 확 돌아갔다.

"젠장." 가브리엘이 거울을 세로로 가른 커다란 금을 쳐다보며 말했다.

로르는 한 손으로 가슴을 누르며 말했다. "이런 일은 처음 봐요."

아이리스는 거울에 비친 세 사람을 바라보았다. 흡사 반으로 찢어진 사진처럼 금을 사이에 두고 한쪽에는 가브리엘과 로르가, 다른 쪽에는 자신이 보였다. 그녀가 어색하게 웃으며 말했다. "설마 7년간 재수가 없다는 계시는 아니겠지."

"어떡해요."

"바보 같은 소리, 그냥 사고예요. 안 그래도 저 거울 마음에 안 들었어요." 아이리스는 급히 잔을 집어 들고 가브리엘에게 건넸다. "자, 마십시다."

하지만 뭘 위해 건배해야 할지 셋 중 누구도 알지 못하는 듯했다. 그들은 그저 잔을 부딪치고 환하게 웃음 지었다.

16장

"로르가 기약 없이 계속 있겠다는데 괜찮아?" 가브리엘이 샤워를 마치고 나오자 아이리스가 물었다.

그가 별수 있냐는 듯 어깨를 으쓱했다. "선택의 여지가 없잖아? 나가라고 등을 떠밀 수도 없고. 억지로 파리로 보낼 수 없듯이. 스스로 뭔가 변화를 시도하려고 하지 않는 이상 말이야. 부엌은 원래대로 돌려놓으라고 할 거지?"

"응, 당연하지."

"묻지도 않고 왜 그랬을까?"

"보나 마나 이 집에 더 있을 테니 자기 편한 대로 배치하고 싶었나 보지."

"말도 안 돼."

"우리가 좋아할 줄 알았나 봐. 자기 방식이 더 낫다는 생각을 못

버리더라고.”

거울을 통해 그녀는 가브리엘이 어깨의 물기를 닦느라 수건을 앞뒤로 당기는 모습을 슬며시 지켜보았다. 언제나 보기 좋은 몸매였으나 찰리 잉그램 사건 이후로 살이 좀 빠졌다. 깨끗한 살 냄새에 감각이 살아난 그녀는 그의 넓은 어깨에서부터 복부를 따라 아래로 이어지는 체모를 죽 훑어보았다. 그러다 그가 수건을 내려 허리춤에 묶자 눈길을 거두었다. 그가 그녀의 시선을 봤을까, 그녀의 욕구를 읽었을까?

“더 중요한 건,” 가브리엘이 원래의 화제로 돌아갔다. “로르가 여기에 더 오래 있는 것에 대해 **당신이** 어떻게 생각하는지야.”

“난 괜찮아. 다만⋯⋯.” 아이리스가 말을 하려다 말았다.

“말해봐.”

그녀가 그를 돌아보며 말했다. “선을 너무 넘어. 가끔 난 그냥 혼자 있고 싶어.”

“그러면 그렇다고 말해. 이해해줄 거야.”

아이리스가 빗을 집었다. “혼자서 조깅도 못 가겠어. 게다가 아직도 채석장에 가고 싶다고 졸라대. 집착 수준이라니까.”

가브리엘이 얼굴을 찌푸렸다. “정말?”

“응. 어제는 찰리가 추락한 장소를 보고 싶댔어.”

가브리엘의 눈이 믿기지 않는다는 듯 휘둥그레졌다. “하지만 출입 금지 구역인 거 알잖아? 무단 출입하면 법적 조치를 받게 된다고 적힌 큰 안내판이 있을 텐데.”

“프랑스에서는 인명 사고가 있었다는 이유만으로 그렇게 아름다운 곳에 출입하는 걸 막지 않는대. 그러니까 이런 논리인 거지. 한 사람이 어리석은 짓을 했다고 왜 다른 사람들까지 그 대가를 치러야 하는가?"

가브리엘이 확연하게 움찔하고 놀라더니 수건걸이에서 수건을 집어 얼굴을 가린 채 머리를 말렸다. "사고 현장을 찾아다니며 스릴을 느끼는 사람들을 보면서 어떻게 저럴 수 있나 늘 놀라웠는데 로르가 그런 사람일 줄 몰랐네."

그는 더 이상 말이 없었고 아이리스는 그와의 관계가 너무 달라졌다는 생각에 자기도 모르게 몸서리쳤다. 그전 같았으면 그가 다가와서 그녀가 그를 끌어당겼을 거고, 그러면 그가 수건을 떨어트리고 그녀를 세면대 위로 들어 올린 뒤 두 팔을 단단히 둘러 그녀를 안았을 터였다. 그러면 그녀가 두 다리로 그의 허리를 감싸서 끌어당겼겠지. 하지만 오늘 밤은 아니었다. 그는 그녀에게 다가오기는 커녕 쌩하니 침실로 가버렸다.

그녀는 그를 따라가려다 머뭇거렸다. 가브리엘이 전과 달리 그녀의 몸에 눈길을 주지 않았다. 그가 그녀를 욕망의 눈길로 바라본 게 언제였던가? 그가 거울 앞에 서서 세수를 하는 그녀의 등을 손가락으로 훑던 때가, 간질거림을 참을 수 없어 몸을 비틀고 전율하는 그녀를 보고 웃던 때가 언제던가? 그리고 그녀에게 예쁘다고 마지막으로 말한 때가……? 요즘 상황이 혹시 그가 아니라 그녀 때문이라면 어떻게 할 것인가? 더 정확히 말해, 그녀의 몸 때문이라면.

그녀는 천천히 몸을 돌려 문 뒤에 걸린 거울을 봤다. 언제 마지막으로 몸을 비춰봤는지, 가까이서 자세하게 **진짜로** 본 게 언젠지 기억나지 않았다. 세월이 지나면서 얼굴이 변하고 있음은 인지하고 있었다. 눈가에는 미세한 주름이, 이마에는 가로로 희미한 선이 보였다. 그래도 아직 주름이 그다지 깊지 않았고 걱정하느라 시간을 허비할 만큼 심각하지도 않았다. 하지만 몸을 살펴본 적은, 처지고 늘어진 흔적을 들여다본 적은 없었다. 엄마와 이모들을 비롯해 일가친척 여자들 모두 나이가 들면 젊은 시절보다 살집이 붙었고 아이리스 자신도 다르지 않을 거라 예상했다. 가슴은 늘어지고, 허리는 굵어지고. 그게 인생이었다.

아이리스는 가슴 아래로 두 손을 그러모은 다음 2센티미터가량 위로 올렸다. 그렇게 한껏 올라간 가슴을 보면서 몸을 옆으로 비틀고서야 그곳이 원래 가슴이 있던 자리라는 걸 알아차렸다. 그건 가슴이 확실히 처졌다는 뜻이었다. 그녀는 오른팔을 옆으로 들어 왼손으로 가슴과 겨드랑이 사이를 꼬집어보곤 잡힌 살의 두께에 충격을 받았다. 다시 거울을 마주 보고 두 팔을 앞으로 내밀어 살이 처졌는지 확인했다. 처지진 않았지만 가까이서 보니 처지기 시작하는 조짐이 보였다. 팔을 쭉 뻗은 채로 시선을 허리로 옮겼다. 아직 허리가 있긴 했지만 전처럼 뚜렷이 구분되진 않았다. 그녀는 최근에 청바지를 사면서 치수를 하나 높여야 했던 것을 떠올렸다.

아이리스는 팔을 내리고 거울에서 돌아섰다. 다리는 걱정되지 않았다. 길고 날씬한 두 다리는 자신의 최고 강점이었다. 그녀는 스스로를 논리적으로 설득했다. 몸이 두 배로 불어난 것도 아니고, 기껏해야 3킬로가 늘었을 뿐이다. 그 정도 늘었다고 가브리엘이 그녀를 더 이상 원하지 않는다는 건 말이 되지 않았다. 하지만 그럼에도 몸을 가려줄 잠옷을 입고 잠자리에 들어 다행이다 싶었다.

"에스메는 잘 지낸대?" 침대로 올라오는 그녀에게 가브리엘이 물었다. "아무 소식 없었어?"

"지난 토요일 저녁 식사 이후로는 없었어. 내일 그 집에 가볼까 봐." 아이리스는 또 로르 이야기를 하고 싶지 않아 주저했지만, 마음에 걸리는 부분이 있어 말할 수밖에 없었다. "로르가 퇴사했다고 하면서 저축해놓은 게 있으니 우리한테 경제적으로 짐이 되지는 않을 거라고 했잖아. 그런데 어차피 우린 로르가 비용을 부담하길 기대하지도 않았다고. 만약 기대했다 해도 식료품값 몇 푼 더 든다고 파산하는 것도 아니고. 왜 자기가 경제적으로 부담이 될 수도 있다고 생각했을까. 아주 장기간 머물 생각이 아니라면 말이야?"

"미리 생각하지 말자." 가브리엘이 말했다. "그냥 그날 닥치는 일만 수습하자. 그러다 너무 심하다 싶으면 그때 해결하자고."

17장

가브리엘은 배나무 밑동을 한 번 더 힘껏 잡아당겼다. 그러자 (그가 알기로는) 여태 한 번도 열매를 맺은 적 없는 그 조그만 나무의 메마른 뿌리가 흙에서 모습을 드러냈다. 마지막으로 힘주어 끌어당기자 뿌리가 뽑혀 나왔다.

힘을 과하게 쓴 탓에 헉헉거리던 가브리엘은 잠시 손을 놓고 숨을 돌렸다. 촉수처럼 이리저리 뻗은 나무뿌리를 제거하려고 땅을 파는 데 시간이 꽤 걸렸다. 눈앞의 커다란 구덩이는 너비 1.8미터, 깊이 1.2미터쯤 되는 듯했으나 나무는 아주 작았다. 그가 보기엔 뿌리가 아무도 모르게 서서히 뻗어나간 모양새가 꼭 거짓말을 닮은 듯했다.

뒤늦게 생각해보니 찰리가 자신에게 짐처럼 남긴 유언을 구조대원들과 경찰들에게 사실대로 전하는 게 옳았다. 그랬으면 그들이 그 말을 찰리의 엄마에게 전할지 말지 결정했을 터였다. 가브리엘은 그 말을 전하지 않았을 거라고 거의 확신했다. 그 대신 찰리가 의식을 되찾지 못하고 떠난 것으로 정리했을 것이다. 그렇지만 현실은 가브리엘이 찰리의 뜻을 배신했다는 짐을 떠안게 되었다.

그의 죽음은 사고로 기록되었으나 가끔 어두운 밤이면, 또 다른 공포, 어쩌면 그게 사고가 아니었을 거라는 공포가 가브리엘을 따라다녔다. "엄마한테 절대 용서 못 한다고 전해줘요"가 찰리가 남긴 말의 전부가 아니었으니까. 침묵이 이어졌고, 가브리엘은 자신이 그렇게 숱한 의료 수련을 받은 사람임에도 당장 찰리의 고통을 줄여줄 수 없음에 자책하며 찰리의 손을 꼭 붙잡고 앉아 있었다. 그때 찰리가 그 잔인한 유언의 나머지 부분을 속삭였다. "이건 엄마 잘못이에요. 그런 짓을 하면 안 되는 거였어요." 그리고 마지막 말, "그자가 나한테 그 말을 해선 안 됐어요."

나무 문이 긁히는 소리를 내며 열렸다. 고개를 들어보니 아이리스가 김이 모락모락 나는 커피 잔 두 개를 쟁반에 반듯하게 놓은 채 들고 다가오고 있었다. 그는 자신의 생각이 끝나지 않는 의문, 즉 '매기 잉그램이 무슨 짓을 했기에 아들이 그토록 고통스러워했을까?'로 되돌아가지 않은 것에 안도하며 고마워하는 미소를 지었다.

"완벽한 타이밍에 왔어." 그가 정원 작업용 녹색 장갑을 벗고 손등으로 이마를 닦으며 말했다. 아이리스는 검정색 조깅용 반바지와 티셔츠 차림이었다.

"조깅은 잘했어?"

"응, 좋았어." 그녀가 잔을 건네며 말했다.

"고마워." 그가 그녀의 뒤를 쳐다보고 물었다. "당신 그림자는 어디 갔어?"

"샤워 중이야. 이젠 나도 도사가 다 됐나 봐. 조깅을 하고 돌아오면 로르가 먼저 샤워를 마칠 때까지 기다렸다가 나중에 씻어. 그러면 30분은 평화를 누릴 수 있거든. 로르의 벗은 몸을 보지 않아도 되고."

가브리엘이 웃었다. "현명하네."

그녀가 쓰러져 있는 나무를 고개로 가리켰다. "저거 뽑는 데 진짜 힘 많이 들었겠다."

"힘들었지만 그래도 즐거웠어." 그가 잠시 뜸을 들이다 말했다. "피에르를 보러 가려고 해."

"메시지에 답은 왔어?" 아이리스가 물었다. 로르가 파리로 돌아가지 않겠다고 말하자마자 가브리엘이 피에르에게 전화를 걸었던 터였다. 언제나처럼 그가 전화를 받지 않아 가브리엘이 찾아가겠다는 음성 메시지를 남겼었다.

"아니. 그래서 가보려고. 둘 사이의 이 모든 상황 때문에 미쳐버릴 것 같아. 로르가 파리에 왜 안 가겠다는 건지 이해가 안 돼. 피에르가 보기 싫대?"

"내 생각엔 피에르가 무슨 말을 할지 몰라 겁나는 것 같아. 당신은 언제 갈 거야?"

"금요일에. 그래야 피에르와 주말을 보낼 수 있으니까. 진작에, 일이 터지자마자 갔어야 하는 건데." 그가 벤치로 걸어가 무릎에 두 팔을 기대고 앉아 땅바닥을 바라보았다. "찰리 일 때문에 정신이 팔려서 제대로 신경을 못 썼어."

"자학하지 마. 피에르가 오지 말라고 해서 그의 뜻을 존중해준 거잖아."

"알아. 하지만 지금은 후회돼. 피에르는 내 절친한 친구야. 내가 곁에 있어줬어야 했어."

"곁에 있어줬어." 아이리스가 반박했다. "당신이 얼마나 수없이 전화를 했는지, 문자랑 음성 메시지를 대체 몇 개나 남겼는지 한번 세어봐. 피에르는 염치없이 딱 한 번 전화했어. 문자에 답도 거의 안 했다고."

"피에르답지 않은 행동이야. 그게 이상하다는 징후였던 거야."

"그만하자. 좀 있으면 만날 거잖아. 표는 예약했어?" 가브리엘이 고개를 끄덕였다. "잘했어." 그녀가 무슨 말을 하려고 입을 열었다가 머뭇거렸다.

"뭔데?" 그가 물었다.

아이리스의 얼굴이 붉어졌다. "당신한테 할 말이 있어."

"말해봐."

"내가 어제 에스메 집에 들른 거 알지? 그게, 에스메가 조지프가 일이 별로 없다고 해서……."

"조지프?" 가브리엘이 말을 잘랐다. "아 그래, 그 조경사. 잠깐 휴를 말하는 건가 헷갈려서."

"응, 조지프. 어쨌거나 에스메가 조지프한테 시킬 일이 그렇게 많지 않다고 해서 일주일에 사흘은 우리 집에 와서 당신을 거들어 달라고 했어."

"뭐?" 가브리엘이 그녀를 빤히 보았다. "하지만 난 도움 따위 필요 없어. 더 정확히 말하면 도움을 원치 않아. 여기에 혼자 있는 게 좋아.”

“매일같이 오지는 않을 거야.”

그는 예상치 못한 분노에 사로잡혔다. 이 담장 정원이 자신의 도피처이자 안식처라는 걸 어떻게 그녀가 모를 수 있을까? “그 사람이 여기 있는 거 조금도 원치 않아!”

그는 아이리스가 양보하기를, 지금 보니 조지프가 필요 없을 것 같다고 에스메에게 전하겠노라 말하기를 기다렸다.

“그게, 미안하게 됐어.” 그녀가 완고하게 말했다. “이미 결정 났어. 내일부터 일을 시작할 거야.”

“안 돼.” 그가 고개를 단호히 저었다. “이 동네에 조경사 필요한 집은 널리고 널렸어. 그런 곳에 가서 일하면 되잖아.”

“당신이 반길 줄 알았어. 남자들끼리 조금 어울리면 좋을 거라 생각했다고.”

“아니면 로르가 자기한테 들러붙어 있으니 나한테도 누굴 좀 붙여놔야겠다 싶었든가.” 그가 쏘아붙였다.

“그런 말도 안 되는 소리가 어딨어.”

그녀 말이 옳다는 걸 알아차리고는 그가 그녀를 당겨 안았다. “미안, 미안해. 내가 바보 같은 소리를 했어.” 그의 품에 안긴 그녀의 몸이 여전히 뻣뻣했다. 그는 자신이 받아들여야 한다는 것을 알았다. 에스메를 찾아가 번복하게 되면 아이리스의 입장이 곤란해질 뿐 아니라 자신이 아이리스에게 진 마음의 빚도 있기 때문이었다. 채석장에서 찰리를 발견한 뒤로 그녀에게 안겨준 모든 상처가 그가

갚아야 할 빚이었다. "알았어." 그가 내키지 않는 마음을 티 내지 않
으려 애쓰며 말했다.

"조지프한테 오라고 해."

18장

조지프가 아이리스의 어깨 너머로 부엌 식탁 위에 펼쳐진, 그녀가 디자인한 정원 도안을 유심히 보았다.

"진짜 멋져요, 아이리스." 그가 말했다.

따뜻함이 깃든 목소리에 아이리스는 뺨을 붉혔다. "고마워요."

그가 식탁으로 다가와 팔뚝으로 몸을 받치고는 도안을 가까이 들여다보았다. 야외 작업으로 그을린 두 팔이 짙은 구릿빛을 띠었다.

"이 부분이 정말 마음에 들어요." 그가 수련 연못 자리로 구획해 놓은 부분을 가리키며 말했다. "아주 색다른 디자인이에요."

아이리스는 어제 하루 종일 정원 내부를 디자인하느라 머리를 쥐어짰다. 그리고 그러는 내내 어깨 너머에서 로르가 그녀를 지켜보았다. 지금도 산책을 가겠다고 하지 않았으면 어김없이 그렇게 보고 있었을 것이다.

"이 사이로 물줄기를 흐르게 할까 하는데 어떻게 생각해요?" 아이리스가 조지프에게 물었다. "가능할까요?"

그가 고개를 옆으로 기울이며 말했다. "안 될 거 없죠. 가브리엘이 말한 지하수에서 물을 끌어올 수만 있으면요. 좋은 생각이네요. 원래 얘기했던 분수보다 훨씬 좋아요."

"괜찮다고 하니 다행이네요."

조지프가 몸을 바로 세웠다. "아주 마음에 들어요. 여기서 일하기를 얼마나 고대했는지 모르실 거예요." 그가 고갯짓으로 도안을 가리켰다. "이거 가져가도 될까요? 좀 더 꼼꼼히 살펴보려고요."

"그럼요."

"고마워요. 나중에 봐요, 아이리스."

아이리스는 그가 좁은 길을 걸어가는 모습을 지켜보았다. 자기가 그를 여기로 데려왔다는 죄책감이 아직 가시지 않은 터였다. 좋은 의도로 벌인 일이었다. 가브리엘이 8월에 베스가 돌아올 때까지 정원을 완성하고 싶어한 만큼 그가 고마워할 줄 알았다. 그래서 정원이 완성되면 어떤 모습일지 스케치한 것이었다. 조지프가 마음에 든다고 해서 기뻤지만 어쩌면 가브리엘에게 먼저 보여주는 게 맞을지도 몰랐다. 한숨이 새어 나왔다. 죄책감을 느낄 게 또 하나 늘었다.

"나 왔어요!" 정문이 쾅 하고 닫히는 소리에 이어 로르의 목소리가 들렸다. 아이리스는 로르가 곧 쏟아낼 말들에 마음의 준비를 하며 무의식적으로 물통을 집어 물을 따랐다. 이젠 로르의 기분을 파악하는 데 도가 터서 목소리만 들어도 그녀가 신이 났다는 것을 알 수 있었다.

로르가 함께 쇼핑 가서 샀던 예쁜 하늘색 원피스를 입고 문 뒤에서 나타났다. 아이리스는 그녀를 빤히 바라보았다. 로르가 자신과 똑같은, 어깨까지 내려오는 단발머리를 하고 있었다.

"머리를 잘랐군요." 그녀가 말했다.

"네." 로르가 머리칼을 흔들었다. "맘에 들어요?"

아이리스가 애써 웃음을 지었다. "내 스타일이랑 같은데 마음에 안 들 리가요."

"변화가 필요해서요. 그리고 있잖아요, 조금 전에 피에르가 문자를 보냈어요. 나를 잃고 싶지 않다면서 토요일에 아파트에서 만나자네요." 그러고는 의자에 털썩 앉으며 말했다. "역시 지난 주말에 파리로 돌아가지 않길 잘했어요."

"정말 잘됐어요, 로르!" 아이리스가 그녀를 안아주며 말했다.

로르가 경쾌하게 고개를 끄덕였다. "그이가 더 이상 거짓 인생을 살기 싫다면서 모든 걸 털어놓겠대요."

아이리스가 몸을 곧추세웠다. "그런데, 정말 괜찮아요, 로르? 찬찬히 생각할 시간을 갖고 싶다고 했잖아요?"

"그랬었죠. 하지만 피에르가 내게 진실을, 한 치의 거짓도 없는 진실을 털어놓아야만 생각이 가능하다는 걸 깨달았어요." 그녀가 문에서 걸음을 옮겼다. "표를 예매해야겠어요."

아이리스가 병을 들고 물을 권했지만 로르가 그럴 시간이 없다는 듯 고개를 저었다. "1시에 아파트에서 피에르와 만나기로 했어요. 그러니 아침 시간대 유로스타를 끊어야 해요. 역까지 바래다줄 수 있어요?"

"물론이죠."

로르가 잠깐 뭘 본 듯 창가로 다가갔다. "저 사람 조지프예요?"

"네."

"일을 시작한 거예요?"

"오늘이 첫날이에요. 화, 목, 토요일에 여기서 일할 거예요."

"가브리엘이 괜찮대요?"

아이리스가 인상을 찌푸렸다. "왜요, 그이가 뭐라고 해요?"

"아니요. 그냥 가브리엘이 혼자 밖에서 일하는 걸 좋아한다는, 그러니까 거기서 힐링을 한다는 느낌이 들었거든요."

아이리스는 로르가 자신은 몰랐던 가브리엘의 마음을 파악했다는 사실에 별안간 짜증이 났다. "거기서 혼자 보낼 기회는 차고 넘칠 거예요."

아이리스의 휴대폰이 진동했다. 그녀는 화면을 흘끗 보고 휴대폰을 집어 들었다. "베스예요, 잠시만요."

그런데 로르가 그녀의 휴대폰을 와락 채가더니 전화를 받았다. "베스! 잘 지내니?"

"로르 아줌마! 지금쯤이면 파리로 돌아갔을 줄 알았어요." 베스의 목소리가 부엌에 울려 퍼졌다. 아이리스는 로르 부부가 잠시 별거 중이라는 걸 베스가 모른다는 사실을 떠올렸다. "왜 아직 안 갔어요?"

아이리스는 자신이 베스와 5분도 채 통화하지 못하리란 걸 알고 신선한 공기가 간절해 정원으로 나갔다. 그 순간 조지프가 자기 두 손을 내려다보며 창고에서 나왔다. 손에 뭐가 묻어 온통 새까맸다.

"창고 뒤에 수도가 있어요!" 그녀가 외쳤다.

"그렇군요, 고마워요." 그가 양손을 들어 올렸다. "기름이에요."

"건투를 빌어요!" 그녀가 웃으며 말했다.

그녀는 유리 상판이 놓인 탁자로 천천히 걸어가 고리버들 의자에 깊숙이 앉았다. 물 흐르는 소리가 들리더니 몇 분 후 조지프가 창고 뒤에서 다시 나타났다. 그가 깨끗해진 두 손을 들어 보였고 그녀는 웃으며 두 엄지를 치켜올렸다.

"이제 엄마 바꿔줄게." 로르가 말하는 소리가 들렸다.

"잘 지내, 베스." 로르가 테라스에서 나타나더니 아이리스에게 휴대폰을 건넸다.

"안녕 엄마. 한동안 통화를 못 해서 어떻게 지내나 궁금했어."

베스의 안부 인사에 아이리스는 기쁨이 차올랐다. 베스와 가브리엘이 너무 친해서 세 식구가 함께 있을 때면 혼자 겉도는 듯한 기분이 들 때가 많았다. 베스는 아이였을 때부터 성인이 다 된 지금까지 한결같이 아빠에게 의지했다. 영상 통화를 할 땐 보통 아이리스가 아닌 가브리엘의 번호로 전화를 걸었다. 서운할 때도 있었지만 아이리스는 그저 자신을 탓했다. 임신 트라우마를 겪어서 베스가 태어났을 때 아이와 유대감을 형성하기 어려웠고 그때 생겨난 거리감은 좀처럼 좁혀지지 않았다.

"난 잘 지내." 그녀가 베스에게 말하고는 웃으며 덧붙였다. "네가 내 걱정을 해주니 좋구나."

베스가 목소리를 낮추었다. "로르 아줌마가 아직 집에 있다는 얘기 들으니 엄마가 훨씬 걱정돼. 아줌마를 좋아하긴 하지만 조금 힘에 부칠 것 같은데.”

“절제해서 표현하면 그럴 수도 있겠네.” 아이리스가 로르가 들을세라 눈치를 보며 속삭였다. 하지만 로르는 정원 저만치에서 조지프와 얘기하는 중이었다. 그렇게 빨리 사야 한다던 유로스타 표는 까맣게 잊은 것 같았다.

“로르 아줌마가 피에르 아저씨 일에 대해 말해줬어.” 베스가 말을 이었다. “잘 이겨내겠지? 두 분이 이혼하거나 그러지는 않겠지?”

“나도 몰라.” 아이리스가 말했다. “변수가 너무 많아. 하지만 토요일에 둘이 만난다니까 진전이 있기를 빌어야지.”

“아빠는 어때? 잘 지내고 있어?”

“그럭저럭. 정원 가꾸는 일에 재미를 붙인 것 같아.”

“약속을 잘 지키고 있네. 제발 아빠가 정원 일을 하면서 찰리 사건은 떨쳐버렸으면 좋겠다. 심지어 나도 찰리가 머리에서 지워지지 않아, 몇 년 동안 못 봤는데도.”

“왜 네 아빠가 그 일을 그렇게 못 놓는지 잘 모르겠다.” 아이리스가 속마음을 꺼내놨다. “끔찍한 사건이었던 건 알지만 지금쯤이면 훌훌 털어버릴 줄 알았거든. 찰리를 잊어야 한다는 뜻이 아니야.” 그러고는 급히 덧붙였다. “그냥 삶의 모든 영역에 지장을 받지는 않았으면 좋겠다는 거지.”

“아빠는 반려견이 필요해.” 베스가 말했다.

“그러게 말이다. 그 얘기를 해보긴 했는데 지금은 개를 돌볼 수 있는 정신 상태가 아니라고 하네.”

베스가 안쓰러워하는 표정을 지었다. “불쌍한 우리 엄마. 그 문제로도 모자라 로르 아줌마**까지** 감당해야 한다니." 그러면서 베스는 긴 갈색 머리칼을 두 손으로 모아 정수리에서 비틀었다. 한 손으로 머리를 쥔 채 옆에 놓인 얼룩무늬 집게 핀을 집어 머리를 고정했다.

"너 앞머리 잘랐구나." 아이리스가 말했다. "잘 어울린다."

"고마워." 베스가 머리를 이리저리 돌려 전체를 보여주었다. "색다른 기분이야. 로르 아줌마도 잘랐던데. 단발 잘 어울리더라. 엄마 일은 어떻게 돼가고 있어? 타운하우스 건은 답을 받았어?"

"아직. 지금쯤이면 답이 올 줄 알았는데, 상황을 보니 별로 가망이 없는 것 같네."

"적극적으로 나서." 베스가 말했다. "슬쩍 찔러봐."

"그럴까 봐. 아무튼, 넌 어떻게 지내니? 그리고 로키는 어때? 네 편으로 만드는 데 성공했어?"

"거의 성공했어. 이제 내가 가까이 다가가면 전과 다르게 움츠리지 않아."

자기 일에 대해 수다를 떠는 베스를 보면서 아이리스는 베스가 생동감 넘치고 **성취감으로 충만**하다는 걸 느낄 수 있었다. 반면에 자신은 그 무엇에도 열정을 느껴본 적이 없구나 싶어 허탈해졌다. 자기도 일을 좋아했지만 일에 대해 이야기할 때 베스처럼 빛나지는 않았다.

"좋은 시간을 보내고 있어서 다행이구나." 베스가 잠시 숨을 돌리는 사이 그녀가 말했다.

"응. 나랑 여자애들 몇 명이서 테살로니키에서 온 우리 또래 애들을 만났어. 쉬는 날 그 친구들이랑 어울려 놀면서 그리스어도 몇 마디 배웠어."

"재밌겠네."

베스가 화면의 오른쪽 위를 흘끗 보더니 말했다. "좀 있다가 만나기로 해서 가봐야 돼. 사랑해, 엄마. 또 통화해."

"나도 사랑해."

베스와 통화를 마치고 아이리스는 자리에 앉은 채로 로르가 피에르를 만나러 간다는 사실을 떠올렸다. 그리고 깨달았다. 로르가 토요일에 피에르를 만난다면 가브리엘이 금요일에 그를 보러 가는 게 의미가 없다는 것을.

19장

가브리엘은 장갑을 벗고 벤치로 가서 물병 두 개를 집어 들었다. 그가 노력해야 했다. 조지프가 종일 옆에 붙어 일하면서도 말을 거의 한 마디도 하지 않고 있었다.

정원에 있는 조지프의 존재 말고도 가브리엘의 신경을 건드리는 게 또 있었다. 로르가 토요일에 파리에 가기로 하는 바람에 금요일 일정을 취소했다. 그는 실망을 금할 수 없었다. 피에르를 만나기를, 그래서 진작 가지 못했다는 가책을 달랠 수 있기를 고대하고 있었으니까. 마치 피에르가 자신의 깜짝 방문을 알아채고 자기가 그의 입에서 진실을 끄집어내기 전에 로르에게 말하는 게 낫겠다고 마음먹은 것만 같았다. 짐작건대 로르가 사표를 쓰고 계속 영국에 있겠다고 말한 게 결과적으로 피에르에게 자극제가 된 게 아닌가 싶었다.

그리고 아이리스도 있었다.

"금요일에 피에르를 보러 갈 계획이었잖아?" 그녀가 어젯밤에 말을 꺼냈다. "그게, 나 자기랑 같이 가려고 세인트 판크라스 근처에서 제이드랑 점심 약속을 잡아놨어. 동행이 있으면 당신이 좋아할 거 같아서. 피에르가 자기를 안 만나주거나 당신이 자고 가길 원치 않으면 내가 런던에서 기다렸다가 같이 하룻밤을 보내고 다음 날 점심을 먹으면 되니까. 잠시라도 로르한테서 벗어나고도 싶고." 그녀가 속삭이듯 덧붙였다.

"지금도 안 늦었어. 제이드와 점심 먹고 나서 봐도 돼. 하룻밤 묵고 와도 괜찮고." 그가 그녀를 실망시킨 기분이 들어 말했다.

"아냐, 괜찮아. 토요일은 오롯이 우리 둘뿐이니까. 로르가 주말 동안 파리에 있기로 한다면 더 길어질 수도 있고."

"일이 잘 풀리면 아예 눌러앉을 수도 있겠지." 가브리엘이 말했고 두 사람은 장난처럼 손가락을 꼬면서 행운을 빌었다.

가브리엘이 일하는 조지프에게 다가가 물병 하나를 건넸다. "물 마실래요?"

"고마워요." 조지프가 삽을 내려놓고 물병을 들어 뚜껑을 연 뒤 한참 물을 들이켰다. 손등으로 입을 닦은 그는 둘이서 방금 일궈놓은 가장자리 구역을 고갯짓으로 가리켰다. "진도가 쭉쭉 나가네요."

"그러게요." 가브리엘은 인정하기 싫었지만 조지프가 예상보다 큰 도움이 되었다. 확실히 열다섯 살가량의 나이차(조지프는 30대 중반으로 보였다)를 무시할 수 없는 게, 허리와 팔다리가 쑤시는 밭일에서 내는 성과가 달랐다.

"아이리스가 조경 설계를 멋지게 해놓았더군요." 조지프가 감탄하듯 말했다.

"그러게요. 인테리어 디자인이 정원 디자인에도 통할 줄 몰랐는데 색깔과 공간에 대한 안목이 정말 중요한가 봐요." 가브리엘이 눈위에 손 그늘을 만들어 조지프의 얼굴을 바라보았다. "에스메 부부 집에 오기 전에 마지막으로 일한 곳이 어디예요?" 그는 질문을 던지고 나서야 조지프가 술 때문에 일자리를 잃었다는 사실이 생각났다. "그러니까, 조경 일이었나요, 아니면 일반적인 정원 일이었나요?"

"조경이요."

"그렇군요. 윈체스터에서요?"

"네, 그 부근에서요."

가브리엘은 설명이 이어지길 기다렸지만 조지프가 아무 말이 없자 공통 화젯거리인 정원 설계 이야기로 돌아갔다.

가브리엘의 휴대폰이 진동하며 문자가 왔음을 알렸다. 주머니에서 휴대폰을 꺼내서 보니 아이리스가 잠시 얘기 좀 할 수 있냐는 문자를 보낸 거였다. 그는 얼굴을 찡그렸다. 분명 조지프가 들으면 껄끄러울 얘기일 터였다.

"미안합니다, 아이리스가 잠깐 보자네요. 금방 갔다 올게요."

집에 들어서자 아이리스가 부엌에서 기다리고 있었다.

"문 좀 닫아줘."

그녀의 말투가 너무 심각해서 가브리엘은 그녀가 로르 때문에 기분 나쁜 일이 있나 싶었다.

그가 가슴팍에 팔짱을 낀 채 조리대에 기대 섰다. "무슨 일이야?" 아이리스의 표정이 그토록 심각한 건 처음 봤다. 와락 겁이 났다. 베스 문제일까?

"세탁기를 돌리려는데 당신 바지 주머니에서 이게 나왔어." 그녀가 말했다.

베스 일이 아니라는 사실에 가슴을 쓸어내리느라 그는 그녀의 손에 들린 구겨진 편지를 잠시 알아차리지 못했다. 그는 눈으로 편지를 태워버리기라도 할 듯 뚫어지게 보았다. 온몸이 화끈거리다가 이내 싸늘해졌다. 아이리스가 그의 말을 기다리고 있었다.

"아, 그거." 그가 정신을 차리며 말했다. "쓰레기통에 버리면 돼. 그냥 퇴직 연금 들라는 광고지야."

아이리스의 두 눈이 그녀가 입고 있는 티셔츠 색마냥 붉게 타오르는 것 같았다. 지금 그 말이 거짓이라는 데에 화가 났음을 알리는 붉은빛. 그는 자신의 짐작이 틀렸음을 알아차렸다. 아니다. 그녀가 편지를 읽었을 리 없었다. 그의 앞으로 온 편지였고 그들은 상대방에게 온 편지를 절대 읽지 않았다.

"문제는 말이야," 아이리스가 비정상적으로 차분한 목소리로 말했다. "내가 편지를 읽었다는 거야."

그는 두려움을 숨기려고 분노를 터트렸다. "왜?" 그가 폭발했다. "나한테 온 거잖아. 사적인 편지라고!"

"알아, 미안해. 몇 주 전에 부엌에서 이 편지를 봤어. 우리가 스코틀랜드에 가 있는 동안 로르가 우편물을 챙겨서 부엌에 두었더라고. 광고 전단이었으면 당신이 내내 편지를 갖고 있진 않았겠지. 내가 이걸 읽은 건 혹시 병원에서 온 건가 싶어서였어. 당신이 아픈데 나한테 숨기려는 걸까 봐 걱정돼서."

"그래도 읽으면 안 됐어. 그냥 나한테 물어보지 그랬어?"

"물어봤으면 당신이 사실대로 말해줬을까?"

가브리엘은 한 손으로 머리칼을 쓸었다. 아니, 말하지 않았을 것이다. 아이리스는 자신이 찰리의 엄마를 만나기를 주저한다는 사실을 이해하지 못할 테니까. 그 편지는 매기의 슬픔 치유 상담사가 보낸 것으로, 매기가 찰리의 임종을 지킨 사람을 만나고 싶어하며 그것이 애도 과정의 일부라고 설명하고 있었다.

"난 매기를 만날 생각이 없어. 당신이 궁금한 게 그거라면 말이야. 아무 도움도 안 되는 일이야."

아이리스가 염려가 가득한 눈빛으로 그를 쳐다보았다. "하지만 가브리엘, 그렇게 하면 두 사람 모두 일종의 끝맺음을 할 수 있지 않을까? 앞으로 나아갈 기회가 되지 않을까 말이야."

"절대 그렇지 않아. 그 모든 과정을 다시 되새김질해야 할 뿐이고, 그런 일은 절대 하고 싶지 않아."

"괴로울 거라는 건 알아. 하지만 매기는 어떻게 하고?"

"매기가 뭐?"

"애도를 끝낼 자격이 있지 않아?"

"찰리의 고통스러운 마지막 몇 분에 대해 얘기를 듣는다고 해서 어떻게 애도를 끝낼 수 있다는 건지 모르겠네."

"그건 아니어도 분명 아들이 뭐라고 했는지 듣고 싶을 거야."

"매기도 이미 알아! 내가 구조대원과 경찰한테 말했고 그들이 매기한테 전달했다고. 혹시 전하지 않았더라도 신문에 다 났어." 그가 누군가 무신경하게 언론에 '엄마한테 사랑한다고 전해줘요'라는 말을 흘린 것에 아직 화가 안 풀려 불쾌하게 말했다.

"뭐, 당신한테 직접 듣고 싶은가 보지." 아이리스는 그가 매기와의 만남을 꺼린다는 것을 이해할 수 없어 잠시 멈추었다 덧붙였다. "당신한테 감사 인사를 하고 싶은 걸 수도 있고."

"감사 인사는 필요 없어." 가브리엘이 투덜거리듯 말했다. "내가 아닌 다른 누구였어도 그렇게 했을 거야. 난 구조대원이 도착할 때까지 곁을 지킨 것뿐이라고."

아이리스가 가슴팍에 팔짱을 꼈다. "당신 이러는 이유가 뭐야?"

결혼하고 처음으로 가브리엘은 그녀에게 소리를 지르고 싶었다. 찰리의 엄마를 만나면 끝없는 슬픔과 비통함에 빠질 뿐이라고 외치고 싶었다. 구조대원과 경찰에게 거짓말하는 것과 엄마의 면전에 대고 아들의 마지막 순간에 대해 거짓말하는 건 차원이 달랐다.

"당신이 매기를 모르는 것도 아니잖아." 그가 대답하지 않자 아이리스가 말을 이었다.

"내가 매기를 마지막으로 봤을 땐 찰리가 살아서 축구공을 차고 있었다고."

"알았어." 아이리스가 말했다. "마음을 완전히 굳혔구나. 하지만 당신이 매기의 입장이면 기분이 어떨지 한 번이라도 생각해본 적 있어?"

그녀가 부엌을 나갔다. 이미 수없이 했던 생각이지만 가브리엘은 아이리스에게 찰리의 마지막 말을 사실대로 털어놓고 싶었다. 유족의 고통을 덜어주기 위해 의사, 간호사, 구조대원 등이 선의의 거짓말을 하는 것을 대수롭지 않게 여기는 사람들도 있다. 하지만 아이리스는 거짓말에 관대하지 않은 사람이었다. 제아무리 좋은 의도였다고 하더라도.

20장

아이리스는 에스메를 보러 간다는 생각에 즐겁게 집을 나섰다.

오늘은 날씨가 좀 선선했다. 그녀는 카디건 주머니에 손을 찔러 넣었다가 사용한 휴지와 머리핀을 꺼내며 얼굴을 찌푸렸다. 둘 다 로르의 것이었다. 로르는 여전히 그녀의 옷을 빌려 입고 있었다. 심지어 사이즈가 많이 큰 그녀의 샌들까지 신었다.

에스메의 집에 도착하니 현관문이 열려 있었다. 그래도 노크를 했다. 아무런 답이 없자 아이리스는 조심스레 복도로 들어갔다. 잠시 들르겠다고 말해놨기에 에스메가 기다리고 있을 터였다.

에스메가 낮잠을 자고 있을 수도 있다는 생각에 아이리스는 소리 내어 부르지 않고 복도를 지나 열린 문 사이로 넓은 부엌 안을 들여다보았다. 부엌의 오른편을 본 순간, 그녀는 동작을 멈추었다. 에스메가 쿠션을 베고 머리칼을 펼친 채 소파에 누워 있고 조지프가 낮은 탁자에 걸터앉아 그녀의 불룩한 배 위에 손을 얹고 있었다. 둘의 친밀한 분위기에 아이리스는 어찌할 바를 모른 채 그저 보고만 있었다. 이윽고 에스메가 조지프에게 무슨 말을 중얼거리자 조지프가 몸을 숙여 조금 전 손을 얹었던 배에 머리를 갖다 댔다.

아이리스는 심장이 덜컥 내려앉았다. 얼른 몸을 돌려 재빨리 현관으로 걸어 나왔다. 일단 집으로 돌아간 다음 전화를 걸어서 늦을 거라고 말할 생각이었다. 하지만 마음 한편에서 방금 자신이 목격한 알 수 없는 상황을 깨뜨리고픈 충동이 일었다.

그녀는 마음을 굳히고 숨을 들이마신 뒤 몸을 돌렸다. "집에 있어요, 에스메? 저예요, 아이리스!"

"부엌에 있어요!" 에스메가 대답했다.

아이리스는 조지프가 서둘러 나가는 소리가 들릴 거라 예상했지만 아무 소리도 나지 않았다. 부엌으로 걸어가며 한편으로 그녀는 그가 아직 에스메의 배에 머리를 대고 있을까 봐 들어가기가 겁났다. 다행히도 에스메는 소파에서 몸을 일으킨 채 혼자였다.

"미안해요. 쉬고 있었어요?" 아이리스가 물었다.

"발 올려놓고 5분쯤 있었어요." 에스메가 웃으며 말했다.

"물 좀 갖다줄까요?"

"차가 마시고 싶어요. 제가 할게요."

"아녜요, 제가 할게요."

아이리스는 에스메가 고집을 피우지 않아서 좋았다. 에스메를 안 지 오래되진 않았어도 그녀와 함께 있으면 편안했다. 아이리스는 차를 끓이면서 자신이 본 장면을 머릿속 저편으로 밀어버렸다.

에스메가 조지프와 오래 알고 지냈다고 말하지 않았는가? 순수한 관계에 어떤 의미를 부여하는 건 옳지 않을 터였다.

"조지프가 그러던데 정원 설계를 근사하게 하셨다면서요." 주전자가 끓는 소음 너머로 에스메가 말했다.

"네, 조지프가 맘에 들어하더군요." 아이리스는 가스레인지에서 주전자를 들어 올려, 에스메를 처음 만난 날 그녀가 하던 것처럼 차를 만들었다. "흥미로운 프로젝트예요. 게다가 로르도 정원 일을 돕겠다고 하니 집중할 거리가 생기겠죠. 파리에 남기로 하지 않는 한 말이에요." 그녀는 에스메를 돌아보며 덧붙였다. "피에르가 로르에게 보자고 했대요. 토요일에 파리에 갈 거예요."

"네, 알아요."

아이리스가 얼굴을 찡그렸다. "로르가 말했어요?"

"네, 오늘 아침에 들렀어요."

"아, 몰랐어요. 아무 언질도 없었거든요." 아이리스는 찻주전자를 탁자에 놓은 다음 다시 잔을 가지러 돌아갔다. "산책하러 간다고만 했지 에스메를 보러 간다는 말은 없었어요."

"피에르와 자신을 모르는 외부 사람과 대화를 하고 싶었나 봐요."

"로르한테 조언도 해주고 고마워요."

"사실 조언을 한 건 아니에요. 그보단 아이디어 검증단이랄까. 바로 조지프를 찾으러 가던걸요. 나보다 조지프가 더 도움이 되나 봐요." 에스메가 찻주전자 쪽으로 고갯짓을 했다. "대신 끓여줘서 고마워요. 가끔은 돌봄을 받는 것도 좋네요."

"기분은 어때요?"

에스메의 얼굴이 일그러졌다. "입덧이 너무 심해요." 그러고는 아이리스에게 동정 어린 미소를 지어 보였다. "로르가 그러던데 임신했을 때 몸이 너무 안 좋아서 두 번 다시 아이를 가질 엄두를 못 냈다면서요."

"네, 맞아요." 그렇게 답하는데 로르에 대한 짜증이 치밀었다. 자신에게 큰 후유증을 남긴 아픔을 에스메에게 말한 것도 그렇고 에스메를 보러 간다고 말해주지 않은 것도 그랬다. 왜 숨긴단 말인가? 그녀가 싫어할 거라 생각한 걸까?

에스메가 잔을 집는데 예쁜 매듭이 달린 은색 팔찌가 팔을 타고 흘러내렸다. "임신 공포증이었어요?"

"어느 정도는 그랬던 것 같아요. 그런데 출산 공포나 임신 혐오라는 게 없기라도 한 듯 그런 증상에 대해 제대로 아는 사람이 없더군요. 물론 이제 스무 해 가까이 된 일이에요. 다 지난 일이죠."

하지만 얘길 하면서 나쁜 기억이 되살아났고 별안간 공황이 닥칠 것 같은 느낌에 그녀는 에스메의 주의를 다른 데로 돌렸다. "팔찌가 예쁘네요. 새로 산 거예요?"

에스메의 얼굴이 발그레해졌다. "네, 인터넷에서 보고 주문했어요."

이유 모를 어색한 침묵이 흘렀다.

"조지프는 잘 지내요? 적응은 잘하고 있나요?"

"아주 잘하고 있어요." 에스메가 팔을 들어 살짝 흔들었다. 아이리스는 그녀의 행동이 혹시 단서는 아닐지, 조지프의 이름을 꺼낸 것이 에스메의 마음속에서 무의식적으로 팔찌로 연결된 건 아닐지 의심하지 않을 수 없었다. 그게 맞는다면 그녀가 팔찌 얘기를 꺼냈을 때 에스메의 얼굴이 붉어진 이유가 설명이 됐다. "제일 걱정되는 건 워터셰드가 가까이 있다는 거예요." 에스메가 말을 이었다. "아이리스네처럼 집이 동네 반대편에 있었으면 술집이 그렇게 유혹적이지는 않을 텐데. 하지만 지금까지는 잘 참고 있는 것 같아요."

"다행이네요."

"가브리엘은 어때요? 집에서 지내는 데 적응하고 있어요?"

"정원을 손보기로 마음먹고 나서부터 훨씬 좋아진 것 같아요. 잡념이 사라지나 봐요."

"휴가 그러던데 가브리엘이 채석장에서 그 아이를 발견한 사람이라면서요."

"그 일로……" 아이리스는 설명할 말을 찾았다. "그이가 달라졌어요. 이해는 하죠. 하지만, 잘은 몰라도, 임종 때 찰리의 곁을 지켜줬다고, 찰리가 혼자 죽지 않아서 다행이라고 의미를 둘 수도 있잖아요. 그렇지만 그이는 그 일을 조금도 긍정적으로 보려 하지 않아요. 온통 죄책감뿐이라니까요."

"의사인데 찰리를 살리지 못해서요?"

"그런 이유도 있죠. 구조대원들이 그가 할 수 있는 일이 없었다고 위로해주기는 했지만요. 하지만 그이가 제게 말하지 않는 다른 뭔가가 있어요. 피에르에게는 비밀을 털어놓곤 했는데 그게 제가 피에르한테 화나는 것 중 하나예요. 그가 로르한테 한 짓도 그렇지만 가브리엘한테 하는 행동도요." 그녀가 잠시 말을 멈추었다. "그이가 휴에게는 말할 수 있겠다고 느껴서 다행이에요."

"휴가 같이 술 한잔 하러 가야겠다고 하더군요. 그이한테 말해서 가브리엘한테 전화하라고 할게요."

"그이가 좋아할 거예요." 아이리스가 휴대폰을 흘끗 보았다. "가 봐야겠어요."

에스메가 일어서서 자홍색 샌들을 신었다. "이번 주말에 근사한 계획이라도 있으세요?"

"금요일에 런던에 가서 친구랑 점심 먹고 쇼핑하려고요. 토요일 에는 로르가 떠나요." 그녀가 에스메를 돌아보며 말했다. "일요일에 점심 식사하러 올래요? 혹시 피에르와 얘기가 잘 안 돼서 로르가 돌 아오면 도움이 필요할지도 몰라서요."

에스메가 웃었다. "좋아요. 고마워요, 아이리스."

아이리스는 집으로 걸어가며 자신이 봤던 장면, 조지프가 에스 메의 배에 머리를 대고 있는 그 장면을 떠올렸다. 함께 저녁 식사를 했던 그날 밤, 휴가 말했었다. 에스메가 임신했을 무렵인 1월의 대 부분을 떨어져 지냈었다고. 그러자 에스메가 휴가 있는 곳으로 가 서 며칠을 지냈다고 상기시켜줬고 물론 그의 말도 농담이었다. 하 지만…… 아이리스는 의심을 떨치려 애썼다. 그러나 마음대로 되 지 않았다.

21장

가브리엘은 아이리스가 낮 동안 런던에 가 있는 걸 다행으로 여기
며 동네 술집으로 갔다. 그녀가 매기 잉그램의 상담사가 보낸 편지
를 읽었다는 사실에 여전히 화가 났다. 사생활을 침해당한 일이라
고 해석하며 자신의 분노를 정당화하려 애썼다. 하지만 마음속 깊
은 곳에서 그 분노는 자기 자신을, 자신의 부주의함을 향하고 있었
다. 아이리스가 편지를 읽었으니 이제 매기와의 만남을 피할 수 없
게 되었다. 아이리스한테 인심을 잃고 싶지 않은 한.

　매기의 입장이 되어보라는 아이리스의 말이 가슴을 때렸다. 만
약 베스가 그렇게 죽었다면 당연히 그 애가 숨을 거둘 때 곁을 지킨
사람을 만나고 싶을 것이다. 그리고 직접 들은 사람의 입으로 베스
의 마지막 말을 전해 듣고 싶었을 것이다. 그러고서 나중에야 생각
난 다른 말들이 있기를 바랐겠지.

가브리엘이 두려웠던 건 매기가 그에게 직접 감사를 표하고 싶어해서가 아니라, 찰리가 엄마에게 사랑한다고 말했을 리 없다는 것을 매기 자신이 알기 때문이었다. 어쩌면 모자가 그런 각별한 사이가 아니었을지도 몰랐다. 짐작건대 말다툼 같은 걸 한 뒤에 찰리가 (매기가 한 어떤 일 때문에 괴로워하다가) 자전거를 타고 집을 나섰으리라. 만약 매기가 그에게 찰리의 진짜 유언이 뭐냐고 묻는다면 어떻게 그녀에게 사실을 털어놓는단 말인가? 어떻게 그녀가 남은 평생 그 짐을 떠안고 살도록 할 수 있겠는가? 하지만 마찬가지로 만약 그녀가 그의 눈앞에 서 있다면 어떻게 계속 거짓말을 할 수 있을까?

휴대폰이 울렸다. 베스의 전화번호에 특정 벨 소리를 지정해둔 터라 그 아이란 걸 알았다.

"아빠, 안녕. 약속은 잘 지키고 있는지 확인하려고 전화했어." 베스가 화면 너머에서 웃으며 말했다.

가브리엘이 웃었다. "딱 걸렸네. 휴와 한잔하러 가는 길이야."

"어쩐지 뒤로 보이는 동네가 눈에 익더라. 엄마도 같이 있어?"

"아니, 엄마는 제이드와 점심 먹으러 런던에 갔어."

"잘됐다, 좀 쉴 수 있겠네. 나도 30년 뒤에 어릴 적 친구들이 남아 있으면 좋겠다." 그러더니 뜸을 들였다 물었다. "로르 아줌마네는 어떻게 돼가고 있어?"

"부디 내일 두 사람이 의견을 좁혀서 로르가 돌아와 짐을 싸길 바라야지." 그가 애처로운 표정을 지었다. "로르가 그렇게 나쁜 사람은 아니야. 가고 나면 아마 그리울 거야. 하지만 4주잖니. 그냥 하는 말이다."

베스가 웃었다. "로르 아줌마가 가고 나면 엄마랑 그리스에 와. 전에는 아빠 일 때문에 못 왔지만 이젠 시간이 있잖아. 6개월 가까이 엄마 아빠를 못 봤다고. 보고 싶어."

"우리가 너를 보고 싶은 거에 비하겠니. 꼭 갈게. 바람도 쐬고 좋을 것 같구나. 엄마한테 얘기해보마. 미안하다, 베스, 워터셰드에 도착했어. 가봐야겠다." 그가 화면을 돌려 베스에게 술집을 보여주었다. "휴가 기다리고 있을 거야."

"휴 아저씨가 마음에 드는구나?"

"응, 부부 모두 성격이 좋아. 에스메는 네 엄마한테 딱 필요한 동네 친구야."

"보내줄게, 아빠. 재밌게 놀아, 취하도록 마시진 말고."

"그러마. 사랑한다."

"나도 사랑해."

술집에 들어가니 바에 휴가 앉아 있는 게 보였다. 두 사람은 맥주를 주문해 정원으로 가지고 나왔다.

"수술하던 일상이 그리워요?" 잠시 집에서 벗어나니 좋다는 얘기를 서로 나눈 뒤 휴가 물었다.

가브리엘은 그 물음에 대한 대답을 생각해야 한다는 사실에 내심 놀랐다.

"생각만큼은 아니에요." 그가 말했다. "처음 며칠은 자리를 비웠다는 죄책감 때문에 정말 힘들었어요. 동료들이 제 공백을 어떻게 메우고 있을까, 제 담당 환자들은 상태가 어떨까, 계속 궁금했죠. 하지만 솔직히 제가 의사라는 걸 잊고 지낸 날들도 있어요. 정원 덕분이죠. 정원 가꾸기가 정신 건강에 좋다고들 하던데 저한테는 확실히 그래요. 그런 집중할 거리가 없었으면 직장에 복귀하고 싶어 몸이 근질거렸을 겁니다. 딱히 좋은 상태는 아니었겠죠."

휴가 고개를 끄덕거렸다. "조지프는 어떻게 하고 있나요?"

"잘해요. 훌륭한 일꾼이에요." 가브리엘이 마지못해 인정하는 것이 아닌 아량이 넓은 것처럼 보이려 애쓰며 말했다.

"그렇죠, 저한테도 큰 도움이 돼요." 휴가 가브리엘의 잔에 맥주잔을 쨍하고 부딪쳤다. "젊음을 위하여."

가브리엘은 웃으며 맥주를 죽 들이켰다. "아이리스 말로는 몇 달 전에 어떤 문제에 휘말렸다던데요. 너그럽게도 그를 받아주셨네요."

"네. 음주 운전으로 저먼스에서 잘렸죠. 장인어른이 조지프가 아주 엇나갈까 봐 걱정돼서 우리한테 받아달라고 부탁했어요."

"저먼스요?" 가브리엘도 아는 유명한 조경 회사 이름이었다. "조지프가 어느 회사에서 일했는지 궁금했어요. 그나저나 시골 생활은 마음에 드세요?"

"도시 생활과는 천지 차이예요, 물론 좋은 쪽으로요. 또 좋은 점은 런던이 가까워서 한나절이면 다녀올 수 있다는 거죠."

그들은 술집에 두 시간 정도 있으면서 세상사에 대해 진지하게 의견을 나누었다. 가브리엘은 집으로 걸어가며 진정한 친구가 생긴 것 같은 기분이 들었다. 그리고 휴가 조지프에 대해 했던 말이 떠올랐다.

조지프에게 뭔가 비밀스러운 구석이 있다는 느낌을 떨칠 수가 없었다. 겨우 이틀 함께 일했지만 아무리 말을 걸려고 시도해봐도 대화가 툭툭 끊겼다. 그는 궁금증을 참지 못하고 집에 돌아오자마자 구글에 저먼스를 검색했다. 조지프의 이름이 회사 홈페이지에 있을 가능성은 거의 없었다. 해고를 당했다면 더더욱 그럴 터였다. 게다가 저먼스에는 조경사가 수백 명 고용돼 있을 게 분명했다. 그는 조지프가 음주 운전으로 나무를 들이받았을 당시 어떤 일을 담당하고 있었는지 궁금해서 저먼스가 맡은 프로젝트를 찾아봤다. 프로젝트 목록에는 골프 클럽, 도시 공원, 윈체스터 근교의 학교 세인트 커스버트의 운동장 등이 있었다.

가브리엘은 화면을 뚫어지게 보았다. 세인트 커스버트. 찰리 잉그램이 다니던 학교였다.

22장

아이리스는 잘 익은 토마토가 담긴 그릇과 오븐에서 갓 꺼낸 양파 타르트를 테라스로 가지고 가서 식탁 위에 올려놓았다. 그러고는 정원으로 이어지는 좁은 길을 걸어갔다. 길 양쪽으로 피어 있는 로벨리아, 뱀무, 샐비어 같은 붉은 꽃들의 색감이 너무 강렬해 순간 어지러움을 느꼈다.

그녀는 잠시 멈춰서 몇 차례 심호흡한 다음 계속 걸어갔다. 정원 울타리 입구에 다다르자 걸음을 멈추었다. 조지프가 수레에 커다란 돌덩이들을 싣고 암석 정원이 들어설 귀퉁이 자리로 밀고 가서는 돌을 하나씩 들어 꺼내고 있었다. 앞서 꺼내놓은 돌들 옆에 돌을 내려놓을 때마다 그의 팔 근육이 불끈거렸다.

그녀는 그가 마지막 돌을 놓을 때까지 기다렸다가 외쳤다. "점심 준비됐어요!"

조지프가 몸을 일으키고는 안도감이 깃든 미소를 지어 보였다. "고마워요, 아이리스. 좀 쉬어야겠네요."

"근사하네요."

"이제 50수레만 더 하면 돼요. 오늘 같은 날 로르가 파리에 가서 아쉽군요. 손을 보탤 수 있었을 텐데." 그가 웃으며 말을 이었다. "로르한테 연락은 왔어요?"

"아직이요. 이제 아파트에 막 도착했을 거예요."

두 사람은 테라스를 향했고 도중에 조지프는 손을 씻으러 수돗가로 갔다.

"가브리엘은 같이 안 먹어요?" 그가 아이리스를 따라오더니 두 자리가 마련된 식탁을 고개로 가리키며 물었다.

"시내에 뭘 좀 사러 가서 돌아오려면 시간이 걸릴 거예요."

조지프가 의자를 꺼내서 앉았다. "너무 훌륭한데요, 아이리스. 샌드위치겠거니 했는데. 고생 많았겠어요. 저 같은 사람도 양파 타르트를 만들려면 얼마나 많은 양파가 필요한지는 알거든요."

아이리스가 토마토를 집어 얇게 썰기 시작했다. 돌연 피가 머리로 쏠렸다. 한차례 가슴이 멎는 듯한 현기증에 눈앞이 흐려진 아이리스는 그만 바닥에 칼을 떨어트렸다.

"괜찮아요?" 걱정 가득한 조지프의 목소리가 아득하게 들려왔다.

아이리스는 눈을 감은 채 고개를 끄덕였다. "햇볕을 너무 많이 쬐었나 봐요. 어제 런던에서도 갑갑했는데 지금 또 그러네요."

"물 좀 마셔요." 그가 물컵을 그녀의 손에 쥐여주고 말했다. "제가 할게요." 그러고는 식탁 너머로 손을 뻗어 그녀 앞에 놓인 토마토를 가져갔다.

물컵을 입으로 가져가는 아이리스의 손이 떨렸다. 그녀는 다시 진정이 될 때까지 조금씩 물을 마셨다.

"미안해요." 그녀가 당혹스러워하며 말했다. "요즘처럼 햇볕이 따가울 때는 모자를 꼭 써야겠어요."

"사과할 일이 아니에요. 하지만 모자는 쓰는 게 좋겠어요."

아이리스는 그가 양파 타르트를 접시에 덜게 놔두었다. 식사를 제대로 시작하기도 전에 가브리엘이 나타났다.

"미안해." 그가 말했다. "장을 보려거든 기다렸다 하는 게 좋을 거야. 차가 너무 막혀서 돌아왔어. 저녁에 좀 한산해지면 가려고."

아이리스는 식욕을 잃고 식탁에서 물러났다. "여기, 내 자리에 앉아. 난 어차피 배도 안 고파."

집 안으로 들어가서 침실로 올라가는데 가브리엘이 투덜대는 소리가 귀에 제대로 들어오지도 않았다. 아이리스는 침대에 누웠고 그들의 웅얼거리는 목소리가 귓가에서 잦아들며 잠에 빠졌다.

휴대폰이 울리는 소리에 그녀는 잠에서 깼다. 정신이 혼미한 상태로 눈을 찡그린 채 화면을 보았다. 로르였다. 얼른 휴대폰을 들어 통화 버튼을 눌렀다.

"로르, 어떻게 됐어요?"

"파리 북역이에요." 목소리가 눈물에 잠겨 있는 듯했다. "기차표를 좀 더 이른 시간으로 바꿨어요. 지금 출발하니까 세인트 판크라스에 5시 반쯤 도착할 거예요. 워털루에서 출발하는 열차를 찾아봤는데 마컴에는 7시에 도착할 것 같아요. 데리러 나와줄 수 있어요?”

아이리스는 시계를 확인했다. 3시였다. “그럼요. 그런데 로르, 무슨 일 있었어요? 왜 벌써 오는 거예요?”

“그이가 없었어요. 피에르가 없었다고요.”

“무슨 말이에요? 아파트에서 만나기로 했잖아요?”

“그랬죠, 1시에요. 그런데 안 나타났어요.” 로르가 갑자기 큰 소리로 울음을 터트렸다.

“걱정 말아요, 로르, 잘 해결될 거예요.” 아이리스가 달래며 말했다. “워털루 역에서 기차 타면 알려줘요. 역에서 만나요.”

“그래요. 고마워요, 아이리스.”

아이리스는 잠시 눈을 감았다. 마음을 진정시켜야 했다. 숨을 몇 번 크게 들이마신 다음 욕실로 가서 얼굴에 물을 끼얹었다. 수건으로 얼굴을 닦는데 세면대 위 거울에 비친 자신의 모습이 눈에 들어왔다. 마치 낯선 사람을 보는 것 같았다. 자신이 아닌 것 같은 이상한 기분이 들었다. 마주 보고 선 저 여자는 누구지?

순간, 가브리엘에게 이 새로운 소식을 알려줘야 한다는 생각에 정신이 현재로 돌아왔다. 아래층으로 내려가보니 식탁은 치워져 있었고 가브리엘과 조지프 모두 보이지 않았다. 그녀는 한숨을 억누르며 정원으로 갔다. 편지에 대해 물은 이후로 가브리엘이 그녀를 피하고 있었지만 지금은 그럴 수 없을 터였다.

가브리엘이 벤치에 앉아 무릎에 팔꿈치를 기댄 채 허공을 바라보고 있었다. 그녀는 불쑥 짜증이 올라왔다. 그래, 찰리의 죽음이 비극인 건 맞다. 하지만 그가 있어준 덕분에 찰리가 외로이 죽음을 맞지 않았다는 사실에서 위안을 삼아야 하는 거 아닌가?

"잘 어울리네." 그녀가 로르의 소식을 전하기에 앞서 가벼운 화제로 말을 걸었다.

그는 잠시 어리둥절한 표정을 짓다가 자신이 그녀가 전날 런던에서 사 온 진녹색 폴로셔츠를 입고 있다는 걸 알아차렸다.

"고마워." 미소를 보내는 그의 얼굴이 찰리 사건이 있기 전의 그로 잠시 돌아간 듯 보였다. "로르랑 내 선물도 챙겨주고, 고마워."

"내 물건을 너무 많이 샀다는 죄책감 좀 덜어보려고." 그녀가 전날 쇼핑백을 잔뜩 들고 돌아온 것을 두고 농담을 던졌다. "로르 얘기가 나와서 말인데 방금 전화가 왔어."

그가 살짝 옆으로 옮겨 앉아 그녀의 자리를 만들어줬다. "어떻게 됐는지 로르가 말해줬어?"

"피에르가 아파트에 없었대."

그가 이마를 잔뜩 찌푸리며 그녀를 바라봤다. "그게 무슨 말이야? 거기서 피에르와 만나기로 하지 않았어?"

"그랬지, 1시에."

"그런데 없었다고?"

"로르가 그랬어. 너무 많이 울어서 제대로 말을 못 하더라고. 집으로 오고 있어."

가브리엘이 턱을 문질렀다. "하지만 벌써 오는 거면 얼마나 기다린 거야? 피에르가 외출했다가 일이 생겨 늦는 걸 수도 있잖아."

"그랬다면 로르한테 전화했겠지. 그런데 뉘앙스가 아닌 것 같았어. 이렇게 말하기 싫지만 로르한테 진실을 털어놓으려니까 갑자기 겁이 난 게 아닐까. 피에르한테 너무 화가 나. 로르를 뭘로 아는 거야."

가브리엘은 낮게 욕설을 중얼거리다 일어섰다. "그래, 내가 전화해야겠어. 피에르가 받을 때까지 계속 전화할 거야."

"행운을 빌어." 아이리스가 말했다. 하지만 그는 이미 떠나고 없었다.

아이리스는 피에르가 약속을 어긴 결과를 맞이할 준비를 했다. 로르가 안쓰러웠다. 로르는 짐가방 하나 없이 피에르 앞에 나타나 쉽게 용서해주지 않겠다는 신호를 보내리라, 그렇게 우위를 점하리라 생각하며 파리에 갔다. 하지만 그녀의 작은 저항 행위를 보아줄 관객은 없었다. 그녀는 빈손으로, 게다가 전보다 더 큰 마음의 상처까지 안고 돌아올 터였다.

"괜찮아요?" 조지프의 목소리에 그녀의 생각이 끊겼다.

아이리스는 손으로 햇빛을 가리며 올려다보았다.

"네, 괜찮아요. 그냥 로르가 걱정돼서요. 피에르가 안 나타나서 돌아오는 길이에요."

"파리까지 그 먼 길을 갔는데 헛걸음이 됐다고요? 왜 안 나타난 거예요? 로르가 말해주던가요?" 그가 두 손바닥을 들어 보이며 덧붙였다. "미안해요, 제가 상관할 일이 아닌데."

그녀는 그가 많은 사실을 안다는 것에 놀랐지만 내색하지 않았다. 로르가 그에게 비밀을 털어놓은 게 분명했다. "피에르한테서 아예 연락을 못 받은 눈치예요. 해명도, 사과도 못 들은 것 같아요."

"잔인하네요. 가여운 로르. 너무 속상하겠어요."

하지만 몇 시간 후 아이리스가 기차역으로 그녀를 태우러 갔을 때 로르는 생각만큼 낙담해 있지 않았다.

"기차에서 승객이랑 얘기하면서 왔어요." 그녀가 선글라스를 머리 위로 밀어 올리며 말했다. "맞은편에 앉은 남자가 내가 기분이 안 좋은 걸 알아차려서 그 사람한테 속상한 마음을 쏟아냈지 뭐예요. 그 사람이 그러더라고요. 피에르가 나를 파리까지 불러놓고 만나는 성의조차 보이지 않은 건 진지하게 우리 관계를 원상복귀시킬 생각이 없는 거라고. 그 말이 맞는 것 같아요."

"그러면 피에르는 어디로 갔을까요?" 로르의 기분을 풀어준 사람이 있었다는 사실에 기뻐하며 아이리스가 물었다.

"전혀 감이 안 와요. 클레어 집에 있나 싶어 그 여자한테 전화해봤는데 안 받았어요. 그 집에 가볼까 했지만 피에르한테 받은 모욕은 이만하면 충분해요. 나도 정리하고 결혼 생활이 끝났다는 걸 받아들여야죠." 그녀가 아이리스에게로 눈길을 돌렸다. "어떻게 사람을 그렇게 잘못 볼 수 있었을까요, 아이리스? 어떻게 피에르를 그토록 몰랐을까요? 그 긴 세월 동안 그이가 이런 짓을 할 거라고는 눈곱만큼도 생각하지 못했어요."

"가브리엘이 피에르에게 전화하고 있어요." 아이리스가 시동을 걸면서 말했다.

"괜한 수고 하지 말아요. 피에르는 선택을 했고 이제 나도 선택해야 해요. 그리고 나는 혼자 힘으로 새 인생을 시작하는 길을 선택했어요."

프랑스에서, 아니면 영국에서? 아이리스는 묻고 싶었다.

23장

가브리엘로서는 구식 전화기가 아쉬운 순간이었다. 수화기를 세게 내려놓아 화가 났음을 알릴 수 있는 전화기가.

피에르 쪽에서 보면 그건 그리 중요하지 않았다. 가브리엘의 목소리만으로도 그가 얼마나 화가 났는지 알 수 있을 테니. 좌절감을 물리적으로 표현할 방법이 필요했던 쪽은 가브리엘이었다. 그는 안락의자에 휴대폰을 집어 던지는 걸로 대신했다.

피에르의 행동이 너무 그답지 않아서 가브리엘은 그가 혼돈의 늪에 완전히 빠져 있는 게 몹시 걱정되었다. 피에르가 특히 로르에게 그렇게 상처 주는 행동을 할 수 있을 줄은 몰랐다. 그녀를 떠받들다시피 해온 그였으니까. 가브리엘로서는 자신이 아이리스에게 거짓말을 해서 죄책감을 느꼈듯 피에르 역시 로르에게 죄책감을 느껴 그녀를 마주할 수 없는 것이라고 추측할 수밖에 없었다.

가브리엘은 한숨을 내쉬었다. 자신과 연락하길 거부하는 피에르를 두고 그가 할 수 있는 건 원래 계획대로 파리에 가는 것뿐이었다. 월요일에 가면 될 터였다. 피에르가 주말에 파리를 떠났을 수도 있으니 내일 가는 건 의미가 없었다. 게다가 휴와 에스메가 와서 점심을 같이할 예정이었다.

피에르에게 연락해야 하는 상황 덕에 정원을 벗어나 조지프에게서 멀어질 구실이 생긴 건 좋았다. 낮에 아이리스가 갑자기 식사 자리를 뜬 틈을 타(조지프가 어지럼증 때문이라고 알려주기 전까지는 자신이 장을 못 보고 돌아와서 그런 줄 알았다), 그는 조지프가 저먼스에 다닐 때 세인트 커스버트 프로젝트에 투입됐었는지 알아볼 기회를 잡을 수 있었다.

"휴가 그러던데 여기 오기 전에 저먼스에서 일했다면서요." 그가 양파 타르트를 먹으며 물었다.

조지프가 컵을 들고 물을 마셨다. 가브리엘 눈에는 시간을 끌기 위한 뻔한 계략으로 보였다.

"맞아요."

"오래 일했나요?"

"3년쯤이요."

"흥미로운 프로젝트도 있었겠네요."

"그랬죠."

그는 좀처럼 입을 열지 않았다. 하지만 가브리엘은 멈추지 않고 좀 더 밀어붙였다.

"정원을 손봐야겠다고 마음먹었을 때 저먼스 홈페이지를 찾아

봤어요." 그는 짐짓 거짓말을 했다. "하지만 최근 계약 목록을 보다가 학교 정원 조경이 있는 걸 보고 내 프로젝트는 이 업체가 맡기엔 너무 소규모겠구나 싶었죠."

"놀라실 겁니다. 우리 회사는 굉장히 규모가 작은 프로젝트도 맡아 했거든요."

"윈체스터 출신이죠." 가브리엘이 지금 막 깨닫기라도 한 것 같은 말투로 말했다. "그 홈페이지에 적혀 있던 학교가, 제 기억으로는 세인트 커스버트였던 것 같은데, 윈체스터에 있더군요. 그 프로젝트도 맡았나요?"

"아니요. 제가 마지막으로 맡았던 일은 개인 고객이 의뢰한 건이었어요."

"그렇군요." 그는 내심 실망했다. 만약 조지프가 세인트 커스버트 작업을 했다면 찰리에 대해 언급했을 것이다. 물론 그랬더라도 조지프가 그를 알 확률은 낮았겠지만. 세인트 커스버트 같은 학교에는 재학생이 수백 명인 데다 정원에서 일하는 조경사 조지프가 학생들과 접할 기회도 거의 없을 테니까.

그는 조지프 생각을 접어두고 안락의자에서 휴대폰을 가져와 마지막으로 한 번 더 피에르에게 전화를 걸었다. 그리고 수신음이 음성 메시지로 넘어가자 짜증 섞인 한숨을 뱉으며 메시지를 남기지 않고 전화를 끊었다.

24장

"오늘 저녁에 로르가 얼마나 들떠 있었는지 자기도 눈치챘어?" 로르가 자러 들어가고 난 뒤 아이리스가 물었다. "흥분 수준이던데."

"그럴 수 있지." 가브리엘이 빈 와인 잔을 싱크대에 갖다 놓고 물을 틀면서 말했다. "화가 많이 났으니까."

아이리스가 아무 말이 없자 그가 돌아봤다. "무슨 일인데?"

"자기는 별거 아니라 생각할 거야."

"그래도 말해봐."

"로르가 아침에 나갈 때랑 다른 옷을 입고 왔어."

그가 일그러진 미소를 지었다. "나는 눈치 못 챘는데. 파리 집에 갔을 때 갈아입었나 보지."

"나도 그런 줄 알았지. 그런데 내가 옷이 예쁘다고 칭찬하니까 파리에서 샀다고 하더라고. 카디건도. 샌들까지 새거였어."

"쇼핑으로 분풀이를 한 건가." 아이리스가 얼굴을 찌푸리자 가브리엘이 눈썹을 치켜올렸다. "내가 뭘 놓친 거야?"

"로르가 런던행 유로스타를 타기 전에 옷을 샀다고 했어. 그런데 파리 북역에서 나한테 전화했을 때 화가 나서 제정신이 아니었다고."

"그런데?"

"나라면 제정신이 아닐 때 쇼핑하지 않아."

"흠." 가브리엘이 잠시 생각했다. "제정신이 아니었던 게 쇼핑한 다음일 수도 있잖아? 그러니까…… 화가 난 채로 집을 나섰고, 기분 풀려고 쇼핑을 하고 기차역으로 갔다가 당신 목소리를 들으면서 감정이 다시 올라온 거지."

아이리스가 고개를 끄덕였다. "당신 말이 맞겠다."

가브리엘이 문을 쳐다보다 목소리를 낮추었다. "월요일에 파리에 갈 건데 로르한테는 알리지 마."

"알았어. 그런데 왜?"

"지난번에 가려고 했을 때 로르가 내 부탁을 무시하고 피에르한테 말한 것 같아서. 그 바람에 피에르가 로르한테 만나자고 하게 된 게 아닌가 싶어."

"그러면 처음부터 약속 시간에 나타날 의도가 없었던 건가." 아이리스가 혼잣말하듯 중얼거렸다. "어쩌면 당신을 못 오게 하려고 머리 쓴 걸지도 모르지. 로르는 피에르가 클레어 집에 있었다고 생각해. 마틸드가 피에르의 딸이라고 굳게 믿고 있어."

"자기는 어떻게 생각해?"

"전에도 말했다시피 말은 되지." 그녀가 사이를 두었다 말했다. "파리에 가는 걸 로르한테 비밀로 할 거면 무슨 일인지도 지어내야 해. 아니면 로르가 자기가 어디 갔는지 궁금해할걸. 병원에서 업무 복귀 시기를 두고 회의가 있다고 하든가." 놀라는 가브리엘의 얼굴을 보고 그녀가 말했다. "일을 쉰 지 벌써 6주야, 가브리엘. 충분히 가능하지."

"그렇게 됐어? 그래, 그런 것 같네." 잠시 그의 표정이 궁지에 몰린 짐승처럼 보였다.

"로르에게 회의가 있는 척만 하는 거야." 아이리스가 나긋하게 말했다. "아직 복귀에 대해선 생각할 필요 없어."

"두 달이면 충분할 것 같아서 쉰다는 데 동의한 거야. 하지만 돌아갈 준비가 안 됐어. 2주 후에는 힘들어. 일이 너무 많아. 피에르 일도 있고, 매기가 만나자고 하는 것도 그렇고."

그의 목소리가 잦아들었다. 그녀가 지난 화요일에 편지에 대해 따지고 든 이후로 매기 얘길 꺼낸 건 처음이었다. "괜찮아, 가브리엘." 그녀가 말했다. "자기가 원하는 만큼 쉬어도 돼. 동료들도 그러라고 했잖아."

그가 고개를 끄덕였지만 직장으로 복귀하는 것에 얼마나 겁을 먹었는지 그녀는 알 수 있었다.

"매기 일은 결정했어?" 그의 표정이 굳었다. "매기의 부탁을 거절할 수는 없어, 가브리엘."

"엄밀히 따지면 할 수는 있지." 그가 대답하고는 다른 말 없이 부엌을 나가서 문을 닫았다.

25장

아이리스는 부엌 창문 너머로 완벽한 일요일 오후가 저무는 광경을 바라보았다. 가브리엘이 휴와 함께 탁자에 앉아서 휴가 하는 말에 웃음을 지었다. 에스메는 불룩한 배 위에 한 손을 보호하듯 올려놓은 채 사과나무 아래 선베드에 편하게 누워 있었다. 밀짚모자가 얼굴에 그늘을 만들어 나뭇가지 사이로 비쳐 드는 햇살을 막아주었다. 로르만 그 자리에 없었다. 그녀는 점심 식사 후 한 시간 동안 햇빛 아래 누워 있다가 극심한 두통을 느끼고 쉬러 간 터였다.

로르에게 두통을 안긴 것이 햇빛만이 아님을 아이리스는 알고 있었다. 점심 식사 전에는 진토닉 두 잔을, 식사 시간에는 화이트 와인 여러 잔에 이어 레드 와인까지 마신 터였다. 아이리스는 슬픔을 잊고 싶어하는 그녀를 탓하지 않았다. 겉으론 태연한 척했지만 '더 이상 피에르 따위 상관없어' 하는 로르의 태도는 자기 방어에 불과했다. 속으로는 무너지고 있었다.

아이리스는 쟁반에 커피 메이커를 올린 다음 정원으로 가지고 나갈 채비를 했다. 테라스로 막 걸음을 옮기려는 찰나, 조지프의 목소리가 들렸다. 순간 그녀의 몸이 얼어붙었다. 정원을 살피느라 눈동자만 움직일 뿐이었다. 그가 에스메와 대화를 나누고 있었다. 아이리스는 재빨리 부엌 뒤편으로 가서 조리대에 쟁반을 더듬더듬 내려놓았다.

"정신 차려, 아이리스." 그녀가 스스로 힐책하듯 말했다. 하지만 머릿속에서 떨쳐버릴 수 없는 이미지가 있었다.

어제 아이리스는 기차역에서 로르를 데려온 다음 가브리엘과 대화하게 둔 채, 조지프를 오늘 점심 식사에 초대하려고 찾으러 나섰었다. 정원으로 향하는데 창고 뒤에서 물이 흐르는 소리가 들리기에 조지프가 손을 씻고 있나 보다 했다. 하지만 그녀의 눈앞에 뜻밖의 광경이 펼쳐졌다. 거대한 쇠걸이에 호스를 대강 걸쳐 만든 간이 샤워기 아래서 조지프가 실오라기 하나 걸치지 않고 서 있는 게 아닌가.

본능을 따르자면 뒤로 물러나야 했다. 하지만 왠지 발을 뗄 수가 없었다. 조지프는 눈을 감은 채 쏟아지는 물줄기 아래서 고개를 뒤로 젖히고 있느라 그녀를 보지 못했다. 그의 순수한 육체성에 얼어붙은 그녀는 한 발짝도 움직일 수가 없었다. 남자의 알몸을 본 게 처음은 아니었지만 그처럼 아름다운 몸은 처음이었다. 그가 머리에 물을 끼얹으려고 손을 들었을 때에야 그녀는 겨우 물러날 수 있었다.

어제 그 일을 떠올리니 뺨이 달아올랐다. 그녀는 잠시 숨을 고른 뒤 부엌으로 가서 찬장에서 컵을 하나 더 꺼내 조금 전에 내려놓은 쟁반에 담아 정원으로 가져갔다. 조지프가 가브리엘과 휴와 함께 탁자에 앉아 있었다. 그녀가 다가가자 조지프가 올려다봤다.

"왔어요, 조지프!" 아이리스가 아무렇지도 않게 인사했다.

"아이리스." 그가 눈 위에 손 그늘을 만들었다. "제가 와서 귀찮게 해드린 건 아닌가 모르겠네요. 휴에게 할 말이 있어서요."

아이리스가 쟁반을 내려놓으며 말했다. "귀찮다뇨, 전혀요." 그러면서 과감히 그와 시선을 마주했다. "커피 마실 시간 있어요?"

그가 주저하자 휴가 끼어들었다. "네, 됩니다." 그러고는 조지프를 보고 말했다. "일단 새는 건 멎었다니 커피나 한잔 하지. 이따가 같이 가서 살펴보자고."

휴가 에스메를 선베드에서 일으켜 세워 모두 탁자에 둘러앉았다. 조지프는 아이리스 옆에 자리를 잡았다. 아이리스는 그의 몸에서 뿜어져 나오는 열기를 의식하지 않을 수 없었다. 햇볕이 강렬했다. 가슴 사이로 땀이 흐르자 그녀는 옷을 손으로 눌러 땀을 흡수시켰다.

"로르는 어때요?" 가브리엘이 커피를 따르는데 조지프가 조용히 물었다.

"잘 모르겠어요."

"피에르와는 얘기해봤다고 하던가요? 왜 안 나타났는지 들었대요?"

"피에르와 연락이 되는 사람이 없어서 무슨 일이 있었는지, 왜 로르와 만나기로 해놓고 마음을 바꿨는지 아무도 몰라요." 아이리스가 대답했다. "피에르를 변호하려는 게 아니라, 중대한 기로에 서 있는 게 분명해요. 평소라면 절대 이런 식으로 행동하지 않을 거예요."

"로르가 안쓰러워요. 희망에 한껏 부풀었다가 내동댕이쳐지다니. 그래도 아이리스와 가브리엘이 있어서 다행이에요."

가브리엘이 그들에게로 고개를 돌렸다. "내 이름이 들린 것 같은데?" 그가 물었다. 아이리스는 가브리엘이 끼어들자 살짝 신경에 거슬렸다.

"당신과 아이리스가 로르를 보살펴줘서 참 다행이라는 말을 하던 중이었어요." 조지프가 설명했다.

"마땅한 일을 하는 거죠." 가브리엘의 그 말이 아이리스에겐 살짝 우쭐대는 것으로 보였다. "로르는 가족이나 다름없어요. 우리가 언제나 곁을 지켜줄 겁니다."

아이리스가 못 참고 입을 열었다. "마땅한 일 얘기가 나와서 말인데, 찰리 엄마를 만나는 건 결정했어?"

가브리엘이 어이없다는 표정으로 빤히 쳐다보자 아이리스는 방금 뱉은 말을 주워 담았으면 싶었다. 에스메가 가브리엘의 팔에 손을 올리면서 불편한 침묵을 깼다.

"말하기 싫으면 안 해도 돼요. 하지만 우리가 도움이 될지도 모르잖아요?"

그가 두 주먹을 꽉 쥐기에 순간 아이리스는 그가 탁자를 확 밀어버릴 줄 알았다. 하지만 그는 곧바로 어깨를 축 늘어트렸다.

"찰리의 엄마를 도와주는 상담사가 편지를 보내왔어요. 그분, 그러니까 찰리의 엄마가 나를 만나고 싶어하는 것 같아요."

"어떻게 하고 싶은데요?" 휴가 조심스레 물었다.

"모르겠어요." 가브리엘이 턱을 문질렀다. "내 말은, 그렇게 한들 무슨 소용이겠어요. 둘 다 괴롭기만 할 거예요."

"하지만 두 사람 모두 일종의 마침표를 찍는 데 도움이 될 수도 있어." 아이리스가 끼어들면서 가브리엘과 그 일을 두고 처음 이야기했을 때 했던 말을 반복했다.

"어떻게 마침표를 찍는다는 거야. 우리가 찰리를 아주 잊을 것도 아니잖아."

"하지만 엄마가 아들의 임종을 지킨 사람을 만나고 싶어하는 건 당연한 일이야." 아이리스가 주장을 굽히지 않았다.

"내가 엄마라면 만나고 싶을 거예요." 에스메가 온화하게 말했다. "그냥 그곳에 있어줘서, 아들이 외로이 눈감지 않게 해줘서 고맙다고 인사하고 싶어서요."

"감사 인사는 이미 경찰을 통해서 받았어요. 어찌 됐건, 아무것도 한 게 없으니 인사는 필요 없어요."

"엄마한테 사랑한다고 말할 기회를 줬잖아." 아이리스가 말했다. "그게 얼마나 대단한 건데."

가브리엘이 어찌나 질색하는 표정으로 그녀를 바라보았는지 아이리스의 몸이 움찔했다. 왜인지는 몰라도 자신이 너무 나간 모양이었다.

"그 아이의 엄마를 만나는 게 의무는 아니잖아요?" 조지프가 또 한 번의 불편한 침묵을 깨면서 말했다.

가브리엘의 표정이 마치 구명 밧줄이라도 건네받은 듯했다. "그렇죠, 의무는 아니죠."

"그러면 중압감은 버리세요. 본인한테 가장 좋은 길을 택하세요."

아이리스가 눈살을 찌푸렸다. "아들을 잃은 엄마에게 좋은 길을 택해야 하는 거 아니에요?" 가브리엘의 두 눈에 짙은 두려움이 비치자 그녀가 재빨리 수습했다. "미안해. 이 얘기를 꺼내는 게 아닌데. 우리 딴 얘기 할까요?"

"좋은 생각이에요." 휴가 가브리엘의 어깨를 툭 쳤다. "담장 정원이 어떻게 돼가고 있는지 조지프랑 같이 보여주실래요?"

아이리스는 그들이 자리를 뜰 때까지 기다렸다. "아무 말도 하지 말았어야 했는데." 그녀가 두 손 위에 머리를 내려놓으며 신음했다. "가브리엘이 찰리의 엄마를 만나지 않겠다니 이해가 안 가요. 매정하잖아요. 하지만 가브리엘은 매정한 사람이 아니란 말이에요. 제가 아는 가장 상냥한 사람이라고요."

"자학은 그만해요." 에스메가 단호히 말했다. "다양한 의견을 들었으니 도움이 됐을 거예요." 그러고는 머뭇거리다 말했다. "물어보고 싶은 게 있는데…… 인테리어에 사용할 패브릭이랑 색감을 고르는 데 아이리스의 도움을 받고 싶어요. 물론 정식 고객으로서요. 어때요, 관심 있어요?"

따스한 온기가 아이리스의 몸을 타고 퍼졌다. "관심 있고말고요."

"타운하우스 소유주한테서 계약 소식 오길 기다리는 거 알아요. 기다리는 동안 이 일을 하면 딱 맞겠다 싶었어요."

"맞아요, 고마워요."

"잘됐네요." 에스메가 웃어 보였다. "하루 날 잡아 아기방에 들여놓을 가구 보러 런던에 같이 가도 좋고요. 이번 주에 괜찮은 날 있어요?"

"화요일 어때요?"

"좋아요."

"완벽하네요." 아이리스가 말했다. 정말 완벽할 것이다. 로르가 같이 간다고 하지만 않는다면.

26장

가브리엘은 기차 창밖으로 빠르게 스쳐가는 프랑스 시골 풍경을 바라보았다. 집에서 벗어나 하루를 보낼 수 있어 기뻤다.

그리고 아이리스에게서 벗어난 것도. 어제 점심에 도대체 왜 매기 이야기를 꺼낸 건지 아직도 이해할 수 없었다. 아이리스가 자신을 못마땅해하는 건 알지만 뭘 바라고 그런 걸까? 모두가 자기편이 돼서 그에게 찰리 엄마를 만나라고 말할 거라고? 그런 일은 일어나지 않았다. 에스메는 그가 매기를 만나야 한다고 생각하는 듯했지만 조지프는 자신에게 좋은 쪽을 택하라 했고 휴는 중립을 지켰다.

마음속 깊은 곳에선 가브리엘 역시 싫어도 견뎌야 한다는 걸 알았다. 아이리스의 말이 맞았으니까. 조지프가 뭐라 했든 간에 그는 자신이 아니라 매기에게 최선의 길을 택해야 했다.

파리 북역에 곧 도착한다는 기관사의 안내방송이 나왔다. 가브리엘은 선반에서 1박용 짐이 든 가방을 내린 뒤 주머니에 이어폰을 찔러 넣었다. 친구를 본다는 생각에 설레면서 동시에 불안했다. 피에르 부부의 아파트까지는 역에서 걸어서 30분 거리였다. 겨우 5시였고 피에르는 7시가 돼야 집에 올 터였다. 가브리엘은 레퓌블리크 광장의 카페에 들러 에스프레소를 한 잔 주문하고 테라스에 앉았다.

세상이 돌아가는 풍경을 지켜보며 그는 매기 생각을 했다. 기차 안에서 작전을 세운 터였다. 매기가 바라는 게 감사 인사를 전하고 찰리의 마지막 순간을 되새기는 것뿐이라면 '엄마한테 사랑한다고 전해주세요'라는 시나리오를 유지한다. 그리고 찰리가 절대 그렇게 말했을 리 없다고 그녀가 주장할 경우, 사실은 찰리가 남긴 말이 없는데 그녀에게 위안을 주려고 거짓말을 한 거라고 말한다. 이 두 가지 버전 중 하나를 매기가 받아들이고 만족해서 돌아간다면 그도 마음의 짐을 덜 것 같았다.

커피를 마신 뒤 가브리엘은 피에르 부부가 사는 동네인 오베르캉프를 향해 가다가 초콜릿 빵을 사려고 빵집에 들렀다. 눈앞에 놓인 일들에 비하면 의외로 마음이 느긋했다. 피에르와는 어떤 대화를 해도 어렵지 않으리라는 생각이 있어서였다.

이윽고 피에르네 아파트 앞에 도착했다. 외부 출입문 비밀번호가 그대로여서, 들여보내달라고 누구한테 부탁할 필요가 없었다. 그는 현관 복도의 왼쪽 벽에 죽 붙은 우편함을 흘긋 쳐다보고는 내부 출입문 버튼을 누른 뒤 승강기를 지나 계단으로 올라갔다. 왜 그들 부부가 큰 대로변에 있는 멋진 아파트에 살 형편이 되는데도 이런 삭막한 건물을 택했는지 가브리엘은 이해가 가지 않았다.

2층에 다다라 초인종을 눌렀다. 예상대로 응답이 없자 그는 바닥에 앉아서 벽에 등을 기댄 채 기다렸다. 휴대폰을 꺼내서 우울함을 더해줄 소식을 접하며 한 시간가량 느긋하게 보낼 심산이었다. 1층에서 문이 딸깍하고 열릴 때마다 그는 피에르가 올라오는 발소리가 들리기를 바라며 고개를 들었다. 그러나 들려오는 건 아래층에서 누군가 승강기 버튼을 눌러 윙 하고 승강기가 올라가는 소리였다.

7시가 되었고, 지났다. 가브리엘은 자세를 바꾸고 두 다리를 앞으로 죽 뻗었다. 슬슬 불안감이 엄습했다. 피에르가 저녁 약속을 잡은 건 아닐까? 로르의 짐작대로 클레어와, 아니면 누가 됐든 아이의 엄마와 함께 있는 걸까? 로르가 없으니 아이 엄마 집에서 지내는지도 모른다. 그는 나지막이 피에르를 욕했다. '나를 실망시키지 않는 게 좋을 거야, 피에르. 안 오기만 해봐.'

아래층 문이 다시 딸깍 열렸고 이번에는 누군가 계단을 올라오는 소리가 들렸다. 얼른 일어났지만 그의 앞에 나타난 사람은 피에르가 아니었다. 어떤 남자가 호기심 띤 얼굴로 "봉수아(안녕하세요)" 하고 인사를 건넨 뒤 복도를 따라 3층, 이어서 4층까지 올라갔다. 열쇠가 쟁그랑 하는 소리가 희미하게 들리더니 문이 쾅하고 닫혔다. 그러고 다시 정적이 흘렀다.

이제 8시였다. 피에르의 집 열쇠를 가져왔다면 안에 들어가서 기다리고 싶었을지 모른다. 하지만 열쇠 챙길 생각은 하지 않았다. 집주인인 두 사람의 허락을 받고 들어가는 것과 그들 모르게 들어가는 건 엄연히 다른 얘기니까.

가브리엘은 주위를 둘러보았다. 2층에는 다섯 가구가 더 있었는데 피에르와 로르의 대화를 통해 그들 부부가 이웃과 어울리지 않는다는 걸 알고 있었다. 그것이 이토록 인간미 없는 건물에서 살기로 결정한 이유라고 피에르가 농담 삼아 말한 적이 있었다. 그는 이웃끼리 서로 집에 드나드는 곳에서 살기는 싫다고 했다. 그런 면에서 피에르는 수수께끼 같은 친구였다. 필요한 사회생활은 아주 능숙하게 해서, 같은 공간에 있는 누구에게든 쉽게 말도 건넸고 보통은 파티의 활력소이자 주인공이 되곤 했다. 하지만 평소에는 수다 떠는 데 흥미가 없었고 모르는 사람하고 말을 섞지 않는 편이었다. 내향적인 외향형 인간이라고 가브리엘은 생각했다.

전에 아이리스와 함께 이 집에 놀러 와 있을 때 앞집에 사는 노부인과 두어 번 마주쳤던 기억이 났다. 그는 일어나서 옷을 털어 매무새를 가다듬고 앞집으로 가 초인종을 눌렀다.

얼마간 안에서는 텔레비전 소리만 들렸다. 그 소리가 커서 뉴스를 틀어놓았다는 걸 알 수 있었다. 잠시 후 현관문 안쪽에서 인기척이 났다. 노부인이 누군지 확인하려고 작은 문구멍을 들여다보고 있는 것 같았다. 곧 걸쇠가 달그락거리더니 문이 삐걱하고 열렸다.

"쉬시는데 죄송합니다만," 가브리엘은 노부인이 얼굴을 볼 수 있도록 몸을 구부정하게 낮추고 운을 뗐다. 프랑스어 구사 실력이 나쁘지 않은 데다 어려운 질문이 아니라서 이어 말했다. "피에르를 찾고 있습니다." 그가 맞은편 피에르 집을 가리켰다.

노부인이 고개를 끄덕였다. 그를 알아본 눈치였다.

"한동안 못 봤수." 그녀가 말했다. "부인 되는 사람은 토요일에 있었어. 들어가는 걸 봤거든. 그런데 남편 양반은 못 봤어."

"그 사람을 최근에 보신 게 언제인가요?"

그녀가 잠시 생각했다. "지난주에 안마당 쓰레기통에 쓰레기 버리려고 내려갔을 때. 그 양반은 나가는 길이었어." 그러고는 멈추었다 말했다. "부인은 한동안 못 봤어, 토요일 말고는."

"영국에서 저희와 함께 지냅니다."

"아!" 노부인의 얼굴에 미소가 스쳤다.

그는 밤에 피에르가 들어오면 자신이 찾고 있다는 말을 전해달라고 부탁할까 생각했다. 하지만 폐가 될 것 같았다.

"그 양반을 보게 되면 댁이 왔었다고 전해주리다." 그녀가 그의 심란한 속내를 들여다보기라도 한 것처럼 말했다.

그가 웃으며 인사했다. "감사합니다. 좋은 저녁 보내세요."

가브리엘은 노부인이 현관문을 닫을 때까지 기다렸다가 휴대폰을 꺼내서 피에르에게 전화를 걸었다. 연결음은 곧장 음성 메시지로 넘어갔다. "피에르, 나야, 가브리엘. 파리에 와 있어. 자네 집 앞에서 기다리는 중이야. 전화 좀 주겠나? 몇 시에 들어올지 알려줘." 그러고는 같은 내용으로 문자도 보냈다.

그는 길을 건너 맞은편 식당으로 갔다. 테라스에 자리를 잡고 프랑스식 스테이크 메뉴인 스테크 프리트와 레드 와인 한 잔을 주문했다. 음식이 빨리 나오는 바람에 식사 시간을 연장하려고 디저트에 이어 커피까지 주문했다. 9시 30분에도 피에르의 모습이 보이지 않고 문자도 오지 않자 가브리엘은 식당에서 나와 호텔에서 하룻밤을 보냈다. 이튿날 피에르의 직장으로 찾아가 만날 생각이었다.

27장

아이리스는 휴대폰에 가브리엘 이름이 뜨자 얼른 집어 받았다. 가브리엘이 어젯밤 전화해서는 피에르가 집에 없어 파리에서 하룻밤 묵을 거라고 말한 터였다.

"내일 아침에 회사로 찾아갈 거야." 어제 그가 한 말이었다. "어디에 있는지 알아야만 파리를 뜰 수 있겠어."

아이리스가 그의 말을 전하자 로르가 단언했다. "클레어랑 있는 거예요."

"그건 모르죠. 그래도 주소를 알려주면 가브리엘이 가서 확인해볼 수 있을 거예요. 로르가 괜찮다면요."

로르는 고개를 저었다. "상황을 악화시킬 뿐이에요."

"만났어?" 아이리스가 가브리엘에게 다그치듯 물었다. "피에르 만났냐고."

"아니."

"어째서?"

"보채지 마, 말해줄 테니까. 그러니까 어제 말했듯이 오늘 아침에 회사로 가서 안내 데스크에서 피에르를 찾았어. 안내원이 내선 번호로 연결해줬는데 어떤 동료가 받더니 피에르가 휴가를 갔다고 하는 거야. 혹시 어디로 갔는지 아느냐고 물으니까 당연히 말해주길 꺼리더라고. 그래서 내가 피에르의 오랜 친구고 몇 주나 연락이 안 돼서 걱정된다고 했지. 그의 아내는 영국 우리 집에서 지내고 있고, 나는 그를 만나러 파리까지 온 거라고 하니까 그제야 피에르의 상사로 짐작되는 아르노라는 동료가 말해주더라고."

"뭐라고 했는데?" 아이리스가 다급히 물었다.

"말해주는 이유가 순전히 내 이름을 알아서라는데 듣자 하니 피에르가 내 얘길 한 적이 있는 모양이더라고. 실은 피에르가 최근 들어 굉장히 내향적으로 변해서 회사에서도 다들 그가 큰 어려움을 겪고 있구나 싶었대. 본인은 아무한테도 속사정을 말하지 않았지만 동료 한 명이 로르의 친구인 빅투아르와 같은 동호회에 가입하면서 로르가 몇 주 전에 파리를 떠나 영국 어디에 가 있다는 소문을 들은 거지. 그래서 둘의 결혼 생활에 문제가 있다고 다들 추론한 거야."

"그 아르노라는 사람한테 피에르에게 딸이 있다는 사실에 대해 뭐 아는 거 없냐고 물어본 건 아니지?"

"그럼. 피에르를 곤란하게 만들기는 싫었어. 그리고 그 말이 사실인지도 잘 모르겠고."

"그게 무슨 말이야?"

"그게, 생각해보면 그 얘기는 로르한테서만 들은 거잖아. 만약 사실이 아니면? 만약 딸은 없고, 로르가 다른 어떤 걸 덮기 위해 지어낸 이야기라면?"

아이리스의 얼굴이 저절로 일그러졌다. "이를테면 어떤 걸?"

"나도 모르지. 하지만 혹시 피에르가 아니라 본인이 한 짓 때문에 집을 나온 거라면?"

"설마." 아이리스가 고개를 저었다. "로르가 우리한테 거짓말을 했을 리가." 그녀가 잠시 멈췄다 말했다. "거짓말일까?"

"어쩌면." 석연찮은 기운이 공중을 맴돌았다. "어쨌거나 피에르가 아르노한테 문자로 말하길, 미안하지만 며칠 쉬겠다면서 7월 31일 월요일에 복귀하겠다고 했대."

"그게 언제였는데?"

가브리엘이 숨을 크게 들이쉬었다. "금요일 오후." 의기양양한 목소리였다.

잠깐 시간이 흐르고서야 아이리스는 말뜻을 이해했다. "그러니까 그 말은 피에르가 토요일에 로르를 만날 생각이 전혀 없었다는 거네?"

"내 생각엔 만나려고 했다가 당신 말대로 갑자기 겁이 난 것 같아. 금요일 오전까지는 사무실에 있었는데 점심시간 후로 돌아오지 않았대. 아르노는 당일 아침에 피에르한테 좀 쉬라고 권했기 때문에 그 문자를 받고도 그리 놀라지 않은 거고. 그렇게 갑자기 휴가를 쓸 줄은 몰랐지만 그럴 수 있다고 생각한 거지."

"피에르가 어디로 갔는지도 말해줬어?"

"아니, 하지만 브르타뉴에 있지 않을까. 아르노 생각도 같아. 그가 잠수 탈 때마다 가는 곳이잖아."

"그렇지. 그러면 당신은 어떻게 할 거야? 브르타뉴에 갈 거야? 로르가 피에르가 묵을 만한 곳을 알지도 몰라."

"피에르는 나를 만나기 싫다는 의사 표시를 확실히 했어. 파리에 왔다는 내 문자도 봤을 테고 내가 음성 메시지도 두 번 남겼어. 그러니까 아니, 브르타뉴에는 안 가." 그가 머뭇거리다 말했다. "생각해봤는데, 우리가 로르를 그렇게 길게 우리 집에 있게 해줘서 불쾌한 걸 수도 있지 않을까? 우리가 로르 편을 든다고 생각하는 걸지도? 만약 그에게 딸이 있다는 이야기가 전부 거짓말이면, 그리고 그들의 문제가 로르가 저지른 일에서 비롯한 거면, 우리가 로르의 행동을 용납한다고 생각할지도 모르잖아."

"그런 생각은 못 해봤네. 하지만 로르가 전부 지어냈다 해도 우리가 그걸 어떻게 알아내겠어? 그 부부의 친구 중에 아는 사람이 있는 것도 아니고. 딱 한 번, 피에르의 마흔 살 생일 파티에서 몇 사람 보긴 했지만 그들이 사는 곳은 몰라. 웃긴 게, 로르한테 당신이 클레어 집에 가서 피에르가 있는지 확인해보면 어떻겠냐고 물어봤거든. 그런데 오히려 상황만 악화될 거라고 하더라."

"흥미롭네. 우리가 할 수 있는 건 로르한테 피에르의 그 딸이라는 존재에 대해 다시 물어보는 것뿐이야. 만약 거짓말이면 결국 제 발에 걸려 넘어지고 말 거야. 거짓말쟁이는 그러게 돼 있어."

28장

아이리스는 운동화를 신고 조용히 대문을 나섰다. 아침 6시 반밖에 안 됐는데 밤새 뒤척인 터였다. 이따가 에스메와 런던에 갈 예정이라 머리를 맑게 하고 싶었다.

울타리 디딤대를 넘어 언덕으로 이어진 길을 따라갔다. 그쪽은 평소에 달리던 길보다 경사가 가파르지만 언덕 정상에서 보이는 경치가 멋졌다. 꼭대기에 거의 다다르자 그녀는 넓적한 돌을 찾아 이른 아침 해를 마주하고 앉았다. 저 너머로 채석장이 있는 동네의 경계선이 보였고 정면에는 들판이, 그 바로 오른편에는 숲이 보였다. 그녀는 띠를 이룬 길을 눈으로 죽 좇았다. 오리가 사는 연못을 거쳐 에스메와 휴의 집을 지나서 술집 워터셰드에 이르기까지. 더할 나위 없이 평화로워 보이는 광경에 우울감이 물밀듯이 밀려왔다. 눈앞에 펼쳐진 아름다운 풍경은 내면의 추함을 도드라지게 할 뿐이었다.

로르가 와서 함께 지낸 지 6주째였다. 그사이 아이리스는 길을 잃었다. 전에는 자신이 누구인지 잘 알았다. 아이리스 펠리, 가브리엘의 아내이고 베스의 엄마이자 주택 개선 전문가였다. 하지만 이젠 상황이 달랐다. 여전히 가브리엘의 아내였지만 전과 같지 않았다. 두 사람의 육체적 관계는 끊겼고 그가 그녀를 거부하는 상황이 심상치 않은 여파를 미치고 있었다. 전에는 그 누구에게도 환상을 품은 적 없었으나 요즘은 꿈에 조지프가 자꾸 나타났다. 솔직히 말해 그를 두고 헛된 공상에까지 빠지곤 했고, 그런 자신이 부끄러웠다. 그녀는 가브리엘을 사랑했고 그것으로 만족해야 마땅했다. 하지만 더 이상 그러지 못했다.

그녀와 조지프가 서로에게 손을 흔드는 의식으로 아침을 시작하지만 않았더라도 그가 이토록 마음에 큰 자리를 차지하지 않았을 것이다. 겉으로 보기엔 그저 순수한 의식이었다. 시작은 지난주, 화요일 아침이었다. 우연히 침실 창문 밖을 봤는데 조지프가 정원에 서서 집을 올려다보고 있었다. 그녀는 그 모습을 지켜보며 그가 무슨 생각을 하고 있을까 생각했다. 회색 슬레이트 지붕 위로 태양이 솟아오르는 멋들어진 풍경을 감상하고 있는 걸까? 이런 집에 살면, 이런 집을 가지면 어떨까 생각하는 걸까? 그녀가 창가로 다가가 손을 슬며시 흔들자 그제야 그가 마법에서 풀려났다. 그는 손을 들어 응답한 뒤 그날 작업을 준비하러 창고로 갔다.

그저 우연한 일이라 여겼기에 그녀는 그가 다음 작업날인 목요일에 정확히 똑같은 장소에 같은 자세로 서 있는 걸 보고 살짝 놀랐다. 이번에도 아이리스는 손을 흔들었고, 조지프 역시 손을 들어 인사를 받아주었다. 토요일에도 그가 거기에 서 있는 걸 보자, 그녀는 그가 얼마 동안이나 거기 있을지, 자신이 손을 흔들어주기까지 얼마나 기다릴지 궁금해서 커튼 뒤에 숨어 지켜보았다. 그녀가 모습을 드러내기까지 최소 1분은 걸렸으니 꽤 한참이었다. 집에서 다소 멀리 떨어진 거리였는데도 그녀는 그가 웃고 있음을 알 수 있었다. 마치 그녀가 기다리게 했다는 걸 알기라도 하는 것처럼. 그리고 이틀 전인 화요일, 그들은 그 의식을 차례로 다시 거쳤다. 그것이 무엇을 의미하는지, 어떤 의미가 있기라도 한 건지 그녀는 확신할 수 없었다. 손 인사에 불과한 의식이었지만 그녀는 짜릿한 흥분을 느꼈다. 인사하는 단순한 손짓일 뿐인데도 왠지 사회 통념을 거스르는 은밀한 사이가 된 듯한 느낌이 들었다.

거기엔 베스도 한몫했다. 아이리스도 딸과의 관계가 가까웠던 적이 없다는 사실을 받아들이긴 했지만 그들 사이에 생긴 물리적 거리(베스가 그리스에 있었으므로)가 감정적 거리를 더욱 증폭시켰다. 서늘한 미풍이 살랑거리는 지금에 와서야 아이리스는 베스가 그리스에서 1년간 휴식기를 보내고 이듬해 8월에 돌아올 거라고 했을 때 자신이 실망했었음을 알아차렸다. 베스가 대학 생활이 시작되는 9월 초까지 3주 동안 같이 지낸다 해도 친구들과 어울리다가 자기 길로 돌아갈 게 뻔했고 그러면 부모와 있을 시간은 얼마 되지 않을 터였다. 두어 차례 같이 쇼핑을 갈 수도 있겠지만 그게 다겠지.

그리고 로르의 영향도 있었다. 파리에서 돌아온 지 2주가 되었지만 실망스럽게도 로르는 다시 갈 의사가 없어 보였다. 오히려 정원 일을 돕겠다고 나서면서 그들의 삶에 한층 더 깊이 뿌리를 내리고 있었다. 마치 로르가 떠나주길 간절히 바라는 그들 부부의 마음을 감지하고 스스로를 꼭 필요한 존재로 만들려고 애쓰는 듯이.

"로르가 파리로 돌아갈지 말지에 대해 무슨 말 없었어?" 가브리엘이 간밤에 물었다.

"없어. 나도 알고 싶어서 무슨 계획 있냐고 물었더니 당분간은 하루하루만 신경 쓰며 살고 싶대."

"언제까지? 일주일, 한 달, 1년? 왜 파리 집에서 하루하루만 신경 쓰며 살 수는 없는 거지? 갈 곳이 없는 것도 아니잖아."

아이리스는 달래듯이 그의 팔에 손을 올렸다. "로르한테 2주의 시간을 더 주자. 그래도 나갈 조짐이 안 보이면 나가달라고 하면 돼."

"로르가 정말 피에르를 포기한 거야?"

"그런 것 같아. 피에르가 클레어와 자기 딸과 함께 행복한 가족 놀이를 하고 있다고 확신하고 있어. 보니까 피에르가 7월 한 달간 쉬겠다고 회사에 문자를 보냈던 날이 학교 여름방학 시작일이었더라고."

이 대화를 떠올리며 아이리스는 한숨을 쉬었다. 로르가 껌딱지처럼 달라붙어 있지 않은 건 속이 후련했지만(이제 그녀를 감당하는 건 가브리엘의 몫이었다), 덕분에 일감이 줄어든 게 한층 눈에 띄었다. 서맨사 에버렛이 타운하우스 건을 계약하자는 연락을 주지 않아 불안하던 차에 마침 에스메의 의뢰가 들어와 다행이었다. 베스가 서맨사를 슬쩍 찔러보라고 했지만 실은 무소식이면 희망이 있다는 의미였고, 아이리스는 그런 희망이 필요했다.

불쑥 눈물이 샘솟아 눈꺼풀이 따끔거렸다. 그녀는 눈을 깜빡여 눈물을 거두었다. 아직 무너질 때가 아니다. 그녀는 눈을 감고 주위를 감싸는 정적을 음미했다.

집에 돌아오니 가브리엘이 부엌에서 커피를 내리고 있었다.

"일찍 일어났네." 그가 눈썹을 치켜올리며 말했다.

"잠이 안 와서 산책 갔다 왔어."

"도로 눈 좀 붙이지 그래?"

그녀는 찬장에서 빵을 꺼내 두 조각을 토스터에 넣었다. "안 돼. 에스메랑 런던에 가기로 했어."

"그러면 집에 로르만 있겠네."

"왜, 당신은 어디 가?"

그가 그녀 뒤로 손을 뻗어 주전자를 집었다. "오늘은 정원 일 좀 쉬고 자전거 타고 펍에 가서 점심이나 먹고 올까 했지. 밖에서 혼자만의 시간을 보내고 싶어. 집은 좀 번잡할 것 같아서."

"무슨 뜻인지 알겠어. 물 충분히 챙겨 가는 거 잊지 마. 더울 거야."

그는 아침 식사를 마친 뒤 자리를 떴고 아이리스는 준비를 하러 위층으로 올라갔다. 9시가 다 돼가고 있었다. 늦어도 9시 30분에는 에스메를 태워야 9시 45분 런던행 기차를 탈 수 있었다. 침실에 들어간 그녀는 창가로 살그머니 다가가 밖을 내다보았다. 뺨이 후끈 달아올랐다. 조지프가 여느 때와 같은 자세로 서 있었다.

순간 휴대폰이 울렸다. 침대 옆 탁자로 몸을 돌려 휴대폰을 집어든 뒤 화면을 확인했다. 에스메였다.

"아이리스, 미안해요. 견딜 만큼 견뎌보다가 전화하는 거예요. 몸이 나아질 줄 알았는데 그렇지 않네요. 식중독에라도 걸렸는지 밤새 앓았어요. 미안하지만 런던에 못 갈 것 같아요."

"아, 어떡해요. 힘들겠어요." 아이리스가 걱정스레 말했다. "뭐라도 도와줄까요? 휴는 집에 있어요?"

"그이가 오늘 동생을 보러 가긴 하지만 상관없어요. 실망시켜서 정말 미안해요."

"미안하긴요, 괜찮아요."

"그래도 런던에 갈 거죠?"

"아, 모르겠어요."

"가줬으면 해요. 제가 좋아할 만한 게 보이면 뭐든 사진 찍어주세요."

"네, 그렇게 하죠. 아니면 몸이 좋아진 다음으로 미뤄도 돼요."

"그래도 되지만 아기가 태어나기 전에 작업을 시작하고 싶어요."

아이리스는 얼굴을 일그러뜨렸다. 초조해하는 모습이 에스메답지 않았다. "알았어요, 혼자 갈게요."

"로르가 같이 가줄지도 몰라요."

"좋은 생각이네요. 물어볼게요. 내가 도울 일이 없는 거 확실해요?"

"네, 진짜예요, 괜찮아요. 밤새 뜬눈으로 지새웠으니 고비를 넘기고 좀 잘 수 있기를 기대해야죠." 그녀가 웃었다. "종일 침대에서 지내는 것도 나름 해볼 만한 일이에요."

"최대한 누리길 빌어요. 저녁에 안부 전화 할게요."

"고마워요, 아이리스. 좋은 하루 보내요."

아이리스는 로르를 찾으러 가려다 조지프에게 손을 흔들지 않았음을 떠올렸다. 하지만 그는 이미 갈퀴를 어깨에 걸친 채 걸어가고 있었다. 그녀는 실망감을 삼켰다. 에스메가 런던에 못 가는 것도 그렇고 아침부터 일진이 별로였다.

로르의 방 앞에서 아이리스는 멈칫했다. 가브리엘이 혼자만의 시간을 보내고 싶다고 했던 말이 불현듯 귓전을 맴돌았다. 로르가 런던에 같이 가주길 내가 정말 바라나? 아니었다. 하지만 혼자 간다고 생각하니 어쩐지 더 싫었다.

방문을 두드리고 말했다. "로르? 들어가도 될까요?"

"네, 그럼요."

아이리스는 문을 열었다가 도로 뛰쳐나올 뻔했다. 로르가 끈 쪼가리나 다름없는 팬티만 걸친 채 방 한복판에 서 있었다. 아이리스는 마치 해서는 안 될 짓을 하다가 걸린 사람마냥 볼이 새빨개졌다.

"시간이 벌써 이렇게 됐다니." 로르가 말했다. "늦잠을 잤나 봐요."

"괜찮아요, 서두를 필요 없어요. 혹시 나하고 같이 런던에 갈 생각 있는지 물어보러 온 거예요. 에스메가 몸이 안 좋은데 나 혼자라도 다녀오라고 해서요."

"저런, 에스메가! 무슨 일이 있는 거예요? 아기 문제는 아니죠?"

"아니요, 식중독인가 봐요."

로르가 천천히 고개를 끄덕였다. "고맙지만, 아이리스, 괜찮으면 난 집에 있을게요. 이혼 변호사를 알아봐야 해요."

"아, 로르, 이렇게 돼서 너무 안타까워요. 같이 있어줄까요?"

"아니, 아니요. 나 혼자 해결할 일이에요. 가브리엘이랑 같이 가는 건 어때요? 둘이서 하루 바람 쐬고 오면 좋을 텐데."

"그이는 놀러 나갔어요. 자전거 타고요."

"정말요?"

"네, 그리고 걱정 말아요. 혼자 가도 괜찮으니까. 9시 45분 기차는 놓쳤으니 10시 15분 기차를 타야겠네요. 가기 전에 커피 한잔 더 해야겠어요."

"옷 좀 걸치고 같이 마실게요."

로르가 부엌에 왔을 때 커피는 준비돼 있었다. 아이리스가 컵 두 잔에 커피를 따르고는 같이 창가에 서서 커피를 마셨다.

"몇 시에 돌아와요?" 로르가 물었다.

"오후 늦게요."

"그러면 가브리엘은요?"

"비슷하지 않을까요. 펍에서 점심 먹고 온다고 했거든요."

"괜찮으면 내가 저녁을 할게요."

"그래주면 좋죠. 하지만 냉장고가 텅 비다시피 해서 장을 봐야 할 거예요."

"보면 되죠." 하지만 마음이 딴 데 가 있는 듯한 그녀의 말투에 아이리스는 집에 돌아왔을 때 저녁이 차려져 있으리란 기대는 접어 두기로 했다.

"장 볼 시간이 없으면 알려줘요."

로르가 고개를 끄덕였다. "가봐야 하지 않아요? 기차 놓치겠어요."

아이리스는 남은 커피를 따라 버리고 컵을 싱크대에 두었다. "이따가 봐요."

로르가 포옹하며 말했다. "좋은 시간 보내요."

로르가 현관까지 나와 배웅하고는 문을 닫았다. 아이리스는 그녀가 이혼 변호사를 찾아보기 위해 노트북을 가지러 위층으로 터덜터덜 올라가는 모습을 그려봤다. 벌써 이혼을 생각하다니 의외였지만 지난 6주 동안 로르에 대해 알게 된 점이 있다면 변덕이 죽 끓듯한다는 거였다. 며칠 있으면 재결합을 운운할 수도 있었다.

29장

아이리스는 차를 몰고 동네를 지나 역으로 향했다. 에스메의 집을 지나면서 진입로를 무심코 봤는데 에스메가 차에 올라타고 있었다. 당황스러웠다.

그녀는 속도를 늦추고 길에서 조금 떨어진 도로 경계석에 차를 세웠다. 에스메가 한 시간 전까지만 해도 몸이 안 좋아 외출하기 힘들다고 말하지 않나. 병원에 가려는 건가.

아이리스가 차에서 내려 자신이 태워다 주겠노라고 말하려는 찰나, 에스메의 차가 멈춰 섰다. 그녀를 불러 세우려는데 놀랍게도 에스메가 반대쪽, 즉 이 동네 끄트머리 쪽으로 차를 돌렸다. 아이리스의 얼굴이 일그러졌다. 몸 상태가 좋아져서 함께 런던에 가기로 마음을 고쳐먹은 걸 수도 있다. 하지만 그렇다면 왜 그녀에게 전화해서 알리지 않았을까? 그리고 왜 그녀의 집으로 차를 몰고 온단 말인가?

애초에 하려던 대로 자신의 차를 타고 가는 게 맞지 않나. 아이리스는 혹시 자신이 벨 소리를 못 들었나 싶어서 가방을 뒤져 휴대폰을 꺼냈다. 부재중 전화는 없었다. 시간에 맞춰 역에 도착했냐고, 10시 15분 기차를 탈 수 있겠냐고 묻는 로르의 문자 메시지뿐이었다.

아이리스는 다시 차를 몰고 역으로 향했다. 주차를 한 뒤 로르에게 탑승까지 시간이 충분하다는 문자를 보내 안심시켰다. 하지만 뭔가 이상하다는 느낌에 차에서 내릴 수가 없었다. 에스메가 굳이 혼자라도 런던에 가달라고 하던 게 수상쩍었다. 아기가 태어나기 전에 다 준비하고 싶다고 했지만 출산일까지는 아직 7주나 남았다. 그리고 로르도 이상하긴 마찬가지였다. 서둘러 떠나주길 바라는 눈치인데다 제시간에 역에 도착했는지 확인하는 문자까지 보냈다. 에스메와 로르가 자신을 빼놓고 단둘이 있고 싶은 거라는 생각이 스쳤다. 그럼 왜 그렇다고 말하지 않았을까? 왜 에스메는 아픈 척을 했을까? 그래, 둘이서 오붓한 하루를 보내겠다고 하면 상처를 받았을 수도 있다. 하지만 거짓말이 더 나빴다.

차 문을 열고 내리는데 열기가 훅 덮쳤다. 선로를 쳐다보니 기차가 역으로 다가오는 것이 보였다. 뛰어야 했다. 하지만 그녀는 그 자리에 가만히 서 있었다. 두 발이 좀처럼 떨어지지 않는 것이 열기 속에서 뛸 엄두가 안 나서인지, 아니면 대체 무슨 일이 벌어지고 있는 건지 알아봐야 한다는 생각 때문인지 알 수 없었다. 게다가 가브리엘이 자전거를 타고 외출하기로 한 것조차 평소 같지 않았다. 찰리 잉그램 사건 이후로 자전거를 탄 적이 없다가 왜 하필 오늘 마음을 먹은 걸까?

아이리스는 다시 차를 타고 천천히 집으로 갔다. 집 안으로 가만히 들어가서 귀를 쫑긋 세웠다. 아무 소리도 나지 않았다. 즉 로르가 나가고 없다는 얘기였다. 그녀는 위층으로 올라가 창밖을 내다보았다. 로르의 햇빛 차단용 모자가 정원 입구 옆 나뭇가지에 걸려 있었다. 가서 로르에게 런던에 가지 않기로 했다고 말해야지 싶었다.

아이리스는 원피스를 벗고 반바지와 티셔츠로 갈아입었다. 정원으로 가는데 땅이 열기로 달아올라 어른거렸다. 마치 모든 생명체가 움직일 힘을 잃기라도 한 듯 정적이 손에 만져질 듯했다. 창고를 지나는데 소리가 들리기에 조지프가 안에서 쉬고 있나 보다 했다. 그에게 인사를 하려고 창고로 걸어갔다. 문을 밀어 열려는 찰나, 신음이 들렸다. 그녀는 걸음을 멈추었다. 조지프가 아픈 걸까? 에스메처럼 식중독에라도 걸린 걸까? 소리가 좀 더 이어졌고, 곧 그녀는 귀에 들려오는 소리의 실체를 알아차리고선 뺨을 붉힌 채 빠르게 뒷걸음질을 쳤다. 어쩌면 그토록 바보 같을 수가 있을까. 에스메가 조지프와 섹스를 하기 위해 이 모든 계략을 꾸몄다는 걸 어떻게 눈치채지 못했을까? 신호는 사방에 있었다. 자기 없이 런던에 가라면서 로르를 데려가길 권한 것, 휴가 외출한다는 말. 순식간에 분노가 아이리스의 온몸에서 솟구쳤다. 당장 문을 힘껏 열어젖히고 두 사람을 향해 소리를 질러 수치심을 안겨주고 싶었다. 하지만 차마 그럴수 없었다.

문 앞에서 물러나는데 문득 두 가지 사실이 떠올랐다. 하나는 밖에서 에스메의 차를 보지 못했다는 것, 또 하나는 가브리엘이 오늘 외출한다는 사실을 에스메가 알 리 없다는 것. 그 순간, 창고 문 안

쪽에서 숨 가쁜 말들이 흘러나왔다. 사랑의 말, 갈망과 욕정의 말. 영어가 아니었다. 프랑스어였다.

30장

가브리엘은 차고에 자전거를 들여놓고 집으로 들어갔다. 오랜만에 즐거운 하루를 보낸 기분이었다. 오늘 아침 창문으로 비쳐 드는 부드러운 햇살에 자전거를 타러 나가고픈 욕구가 살아났다. 조지프와 하루를 보내야 한다는 달갑잖은 예상도, 정원에서 놀기로 작정한 로르를 어린아이마냥 돌봐야 하리란 생각도 탈출 욕구를 자극했다.

잠깐의 외출로 그는 생각할 여유를 얻었다. 매기의 상담사가 보내온 요청에 아직 답하지 않은 상태였다. 답을 하지 않으면 문제가 절로 사라지리라 무의식적으로 기대했는지도 모른다. 하지만 무한정 답을 회피할 수만은 없었다. 매기에게도 불공평한 처사였고, 어쨌거나 어떻게 대응할지 작전을 세우지 않았던가? 그는 맥주와 샌드위치로 점심을 때우려 들어간 펍에서 휴대폰으로 전화를 걸었다.

집으로 돌아가는 길에 그는 일하는 병원에 들러 좀 더 쉬겠다고 말했다. 동료들에게 2주 안에 업무에 복귀할 수 있는 상태가 아니라고 솔직히 털어놓았다. 다행히 그들도 그럴 거라 생각했다며, 두 달이면 충분하다고 우긴 건 가브리엘이라는 사실을 점잖게 상기시켜주었다.

부엌에 들어서니 아이리스가 프라이팬을 뒤적거리고 있었다.

"오늘 잘 보냈어?" 그가 손을 씻으러 싱크대로 가며 물었다.

"별로."

그가 손에서 물기를 털고 수건을 집었다.

"왜, 무슨 일 있었어?"

"에스메가 아파서 혼자 런던에 갔어." 그녀가 딱 끊듯이 말했다.

"로르더러 같이 가자고 하지."

"했지. 그런데 집에 남아 이혼 변호사에게 연락해야 한다잖아."

가브리엘은 그녀의 기분이 가라앉은 이유를 찾은 데 안도하며 말했다. "그렇다고 꼭 이혼을 하는 건 아니야."

"이혼하든 말든 상관 안 해."

그가 인상을 썼다. "진심은 아니지?"

"진심이야. 로르와 피에르가 우리의 시간과 에너지를 너무 많이 잡아먹었어."

그렇게나 언짢아하다니 아이리스답지 않았다. 그는 그녀의 기분을 북돋아줄 만한 얘길 꺼냈다. "매기 잉그램의 상담사에게 전화했어. 그 사람이 매기에게 연락해 약속을 잡아주겠대."

그녀가 가스레인지에서 몸을 돌리더니 실망스럽다는 듯이 고개를 흔들었다. "해야 마땅한 일을 하는데 그렇게 오래 걸렸다니." 그러고는 프라이팬에서 나무 숟가락을 집어 들어 싱크대에 던져 넣었다. "그럼, 난 목욕할 거야. 이따가 봐."

가브리엘은 그녀의 뒷모습을 빤히 바라봤다. 무슨 일이 있는 게 틀림없었다. 로르와 관련 있을 거란 짐작이 갔다. 그의 얼굴이 험하게 구겨졌다. 로르가 민폐일 정도로 오래 머물고 있는 건 사실이었다. 그녀가 우정을 빌미로 급기야 그들 부부의 입에서 나가달라는 말까지 나올 지경으로 만든 것에 별안간 화가 치밀었다. 로르가 아이리스를 속상하게 하는데 참기만 할 수는 없었다. 만약 아이리스가 아무 조치도 취하지 못한다면, 그래, 자신이라도 행동할 작정이었다.

31장

아이리스는 침실에서 에스메의 집에 갈 채비를 했다. 창밖을 흘끗거리다 로르와 조지프가 가브리엘의 몇 미터 뒤에서 정원의 좁은 길을 걸어가는 모습을 보았다. 로르가 걸음을 늦추고 가브리엘을 힐끔 보더니 조지프를 붙잡고 그에게 입을 맞췄다. 가브리엘은 아무것도 모른 채 빠른 걸음으로 앞서가고 있었다.

조지프를 볼 때마다 온몸이 창피하다 못해 몸서리가 쳐져 그녀는 뒤돌아섰다. 창가에서 조지프가 자신을 지켜본다고 착각하다니 어쩌면 그렇게 바보 같을 수가. 그가 쳐다본 사람이 로르였다는 걸, 아이리스는 이제 알았다. 로르의 침실은 바로 옆에 붙어 있었다. 런던에 가겠냐고 물으러 로르의 침실에 들어갔다가 반나체 상태를 맞닥뜨린 그날 아침, 로르는 분명 창문가를 오가며 그를 위해 쇼를 하던 중이었을 것이다.

로르와 조지프가 함께 있는 소리를 들은 후로 일주일이 지났다. 창문 너머로 그들을 볼 때마다 로르의 행동에서 둘이 사귀는 티가 어찌나 나던지, 아이리스는 가브리엘이 눈치를 못 챘다는 게 믿기지 않았다. 가브리엘이 집 안으로 들어오는 소리가 들렸다. 어쩌면 지금이 그에게 최신 정보를 알려줘야 할 때인지도 몰랐다.

아래층으로 내려가니 가브리엘이 냉장고에 머리를 들이밀고 있었다.

"배고파?" 그녀가 물었다.

그녀의 목소리에 그가 화들짝 놀랐다. "그냥 점심까지 버틸 요깃거리가 없나 해서." 그러면서 미안한 듯한 미소를 띠며 그녀를 돌아봤다.

그녀가 그의 옆으로 비집고 들어가 알루미늄 포장지에 싸인 뭉치를 꺼냈다. "돼지고기 파이인데 이걸로 될까?"

"너무 좋지." 그가 생일 선물을 열어보는 어린아이마냥 들떠서 포장지를 풀었다.

그가 파이를 두 번째 베어 물었을 때 그녀가 말했다.

"로르와 조지프가 사귀는 것 같아."

가브리엘이 씹던 파이를 꿀꺽 삼켰다.

"내가 제대로 들은 거야?" 아이리스가 고개를 끄덕였다.

"아니…… 어떻게 피에르를 그렇게 빨리 정리할 수가 있어?"

"모르지. 제정신이 아니거나 조지프랑 바람을 피워서 기분 전환을 하려는 거거나."

가브리엘이 머리를 긁적였다. "확실해? 두 사람이 사귀는 거? 그

둘과 거의 온종일 붙어 있는데 나는 전혀 눈치 못 챘어."

"내가 봤어." 그녀가 말했다. "창문으로. 둘이 아무도 안 보는 줄 알 때."

"얼마나 된 거야?"

"처음 알아차린 건 일주일쯤 전이야. 하지만 그보다 오래된 것 같아."

두 사람이 섹스하는 소리를 들었다는 얘기는 하고 싶지 않았다. 그날 그녀는 재빨리 집에서 나와 마컴의 카페에 가서 몇 시간을 앉아 있다가 저녁 5시에 돌아왔다. 모두가, 심지어 에스메조차 그녀가 런던에서 하루를 보냈으려니 생각했지만 그들에게 사실대로 말할 이유는 없었다. 당장은 로르에게 조지프와의 관계에 대해 안다고 알리기 싫었다. 로르가 본인 입으로 말할지 두고 볼 심산이었다. 적어도 로르가 그 정도는 해야 한다고 봤다.

가브리엘은 입맛이 떨어져 남은 파이를 도로 포장지로 쌌다. "어떻게 할 거야?"

"우리가 뭘 하겠어." 그녀가 짜증스레 말했다. "두 사람은 성인이야, 가브리엘."

그의 표정이 어두워졌다. "이건 아닌 것 같아. 피에르는……."

"뭐라고 할 자격 없어."

"당신 말이 맞아. 그에게 딸이 있다는 게 사실이라면." 그는 정원을 흘끗 쳐다보았다. "지금은 저리로 돌아가고 싶지 않네. 휴와 에스메도 알까?"

"모르겠어."

"말해줘야 할까?"

"우리가 낄 일이 아니잖아."

그가 포장지를 다시 풀어서 파이를 대충 베어 물었다. "로르가 파리에 가기 전부터 사귀었을까? 그래서 로르가 피에르를 마냥 기다리지 않은 걸 수도 있잖아. 이미 조지프와 만나고 있으니까."

아이리스가 주전자에 물을 채우다 동작을 멈췄다.

"몰라. 피에르가 안 나타났다고 제정신이 아니었는데."

"파리에서 당신한테 전화할 때만 제정신이 아니었던 거지, 돌아왔을 땐 괜찮았잖아. 그리고 로르가 기차 타기 전에 쇼핑을 했다고 그러지 않았어? 그게 이상하다고 했잖아."

그녀가 돌아서서 그를 쳐다보았다. "무슨 소리를 하는 거야?"

"당신한테 전화했을 때 힘든 척한 것뿐인지도 몰라. 어쩌면 피에르를 만났고, 피에르에게 이 결혼은 끝났다고 말했는지도 모른다고. 이미 조지프와 만나는 중이었으니까."

"와우." 그녀는 그의 말을 곰곰이 되짚었다. "그러면 그날 로르의 이상한 행동도, 파리에서 단 하룻밤도 묵지 않고 돌아온 것도 설명되네. 로르가 피에르하고 어떻게 될지 알기도 전에 바로 돌아온다고 해서 이상했거든. 피에르와 얘기하면 상대방 입장을 들을 수 있으니 도움이 될 텐데. 하지만 그런 일은 없겠지?"

"피에르가 이달 말에 파리로 돌아와야만 가능하겠지." 가브리엘이 잠시 사이를 뒀다 말했다. "이따가 뭐 할 거야? 외식하는 거 어때? 우리 둘이. 집에서 좀 나가 있자."

"고마워. 그런데 다음에 하면 안 될까? 에스메를 보러 가야 해."

"그러자. 에스메는 어떻게 지내?"

"심심해 죽으려고 하지."

"안 봐도 훤하다. 에스메 같은 사람이 침대에 묶여 있는 게 쉽지 않을 거야."

함께 런던에 가기로 했던 다음 날, 에스메가 그녀에게 전화해 그 전날 식중독에 걸린 게 아니라 진통이 왔었다고 말했다. 그날 아침에 동네에 사는 산파에게 전화하니 자기네 집으로 오라고 한 거였다. 아이리스가 목격했을 때 그녀의 행선지가 바로 그 산파의 집이었다.

"미안해요, 사실대로 말했어야 했는데." 에스메가 말했다. "하지만 걱정 끼치기 싫었어요. 이른 아침부터 깨우기도 싫었고 출산일도 7주나 남았잖아요."

"산파는 뭐래요?"

"정밀 검사를 받으라고 해서 갔는데 아무 이상은 없지만 쉬어야 한대요. 외출하면 안 된대서 온종일 그냥 소파에 누워 있어요. 아직 할 일이 많다 보니까 너무 답답해요. 나머지 부분은 기다릴 수 있지만 아기방이 완성되면 한시름 덜 것 같아요." 그러곤 잠시 멈추었다 말했다. "혹시 커튼 견본을 가지고 우리 집에 와줄 수 있어요? 그러면 내가 제작을 맡길게요."

"당연히 그럴 수 있죠. 오늘 오후에 가지고 갈게요."

에스메가 꼼짝도 하면 안 되는 몸이었기에 그 뒤로 며칠 동안 아이리스는 친구도 만나고 휴에게 휴식 시간도 줄 겸 기쁜 마음으로 에스메의 집을 찾았다. 아침이면 에스메는 침대에서 부엌 소파로 이

동했는데 그때 말곤 걷는 일이 없었다.

아이리스는 에스메에게 로르와 조지프 사이에 대해 말하지 않았다. 에스메가 먼저 꺼내주길 바라서였다. 에스메와 조지프가 짐작대로 가깝다면 그가 그녀에게 로르와의 관계에 대해 당연히 말하지 않겠는가? 그녀가 모르길 바라는 게 아니라면. 아이리스는 조지프가 에스메의 배에 머리를 대고 있는 모습을, 그 친밀한 분위기를 머릿속에서 도저히 떨쳐낼 수가 없었다. 그저 친구일 뿐인 남자가 그러는 걸 반기거나 권유하는 임신부는 별로 없을 것이다. 그러니 만약 조지프가 친구 이상이라면 그가 로르와 사귀는 걸 에스메도 알 권리가 있지 않을까?

아이리스는 그늘을 따라 걸으며 이웃집들을 지났다. 에스메의 집 현관문이 열려 있었지만 노크를 했다.

"들어와요!"

부엌으로 들어가니 에스메가 소파에 누워 있었다.

"쉬고 있는 걸 보니 마음이 놓이네요. 좀 어때요?"

"너무너무 지루해요. 그거 말고는 괜찮아요."

"다행이네요. 마실 거 갖다줄까요?"

"커피가 마시고 싶어요. 제대로 된 에스프레소요. 저쪽 찬장에 이탈리아식 커피 기구가 있을 거예요."

아이리스는 커피 내리는 도구를 찾았다.

"로르는 어때요?" 에스메가 물었다.

"아주 잘 지내고 있어요. 요새 부쩍 행복해 보여요."

"잘됐네요. 정말 피에르와 헤어지기로 맘먹은 거예요?"

"그런 것 같아요."

"당신과 가브리엘도 마음이 힘들겠어요."

"그렇죠." 아이리스가 멈추었다 말했다. "로르가 새출발하겠다는 걸 탓하는 건 아니에요. 하지만 조지프를 만나지 않으면 그렇게 빨리 정리했을지 잘 모르겠어요." 에스메의 얼굴이 일그러지는 것을 보고 그녀가 서둘러 덧붙였다. "로르가 조지프랑 얘길 많이 하잖아요, 조언도 구하고요."

찌푸렸던 에스메의 눈썹이 원래대로 돌아왔다. "순간 둘 사이에 뭔가 있다는 뜻인 줄 알았어요."

아이리스는 커피가 완성되자 에스메에게 가져다주며 물었다. "둘 사이에 뭔가 있으면 신경 쓰일 것 같아요?"

"네, 그럴 거예요."

"왜요?" 아이리스가 탁자에 커피 잔을 놓으며 물었다. "제 말은, 둘 다 성인이잖아요."

"네, 그렇죠. 하지만 로르는 조지프와 엮이면 안 돼요."

"왜 안 되죠? 미안해요, 그냥 궁금해서 그래요."

"로르한테 좋을 게 없으니까요." 에스메가 커피를 한 모금 들이켜곤 말했다. "딱 내가 원하던 거예요. 고마워요, 아이리스. 참, 가브리엘은 어때요? 찰리의 엄마는 만나기로 했어요?"

에스메가 곧바로 화제를 바꾸자 아이리스는 불편한 속내를 미소로 감추고 가브리엘의 심경 변화에 대해 말해주었다. 처음으로 에스메와 함께 있는 게 편하지 않았다. 아이리스는 한 시간 뒤 집으로 걸어가면서 그 이유가 자신이 로르와 조지프에 대해 솔직하게 말하지 않아서인지, 아니면 로르한테 좋을 게 없다는 에스메의 말이 협박처럼 들려서인지 종잡을 수 없었다.

32장

가브리엘은 차라리 아이리스한테서 아무 말도 안 들은 걸로 하고 싶었다. 처음에는 아이리스가 착각했을 거라 여겼다. 로르가 정원에 그렇게 오래 있었어도 조지프와 친구 이상의 관계인 듯 행동한 적이 딱히 없었기 때문이다. 그런데 그 말을 듣고 나니 확실히 그런 낌새가 눈에 들어왔다.

그의 마음이 더 불편한 건, 로르가 뜨거운 눈길로 조지프를 흘끔거리는 거나 도발적인 자세로 삽자루에 몸을 기대고선 그에게 도와달라고 하는 게, 일방적인 관계 같아서였다. 로르는 가브리엘이 아무것도 못 보고 못 듣는 줄 아는 게 분명했다. 반면 조지프는 몸가짐을 조심했다. 지난 한 주 동안, 로르가 바짝 다가가면 조지프가 거리를 둔다거나 그의 몸에 그녀가 양팔을 두르면 그가 떼어내려고 하는 모습이 몇 번이나 보였다. 아까는 조지프가 그녀에게 그만하라고 말하는 소리도 들렸다. 조지프가 잘생긴 청년이며 여성들의 마음을 사로잡는 굉장한 매력을 지녔다는 건 가브리엘도 알았다. 다만 그가 보기에 로르가 그에게 더 끌리는 건 그가 그녀보다 관심을 덜 보이기 때문인 듯했다. 조지프가 로르를 이용하는 듯한 상황이 가브리엘은 마음에 들지 않았다. 로르는 지금 정서적으로 취약한 상태이고, 조지프는 이 일이 그녀에게 미칠 영향을 별로 고민하지 않고 언제든 관계를 끝낼 수 있었다.

가브리엘과 아이리스는 로르에게 아무리 질렸다 한들(맙소사, 로르가 와서 지낸 지 두 달이 다 됐다) 그녀를 보호할 의무가 있었다. 그리고 로르를 조지프에게서 보호해줄 사람이 있다면 그건 피에르일 것이다. 가브리엘은 혹시 로르가 미련을 버렸다고 피에르에게 말하면 피에르가 자극을 받아 움직일지도 모른다는 생각이 들었다. 7월이 끝나가고 있었다. 이번 주말이면 피에르가 월요일 아침 출근을 위해 파리로 돌아올 터였다. 딱 맞춤한 시점이었다.

그는 휴대폰을 꺼내 피에르에게 문자를 보냈다. 로르가 다른 사람을 만나고 있으며, 돌아와서 그가 벌여놓은 이 난장판을 해결하지 않으면 그녀를 영영 놓칠 거라고.

창밖으로 구름이 몰려오는 것이 보였다. 오늘 밤 큰 폭풍이 닥친다는 예보가 있었다. 어쩌면 이것이 전조인지도 몰랐다.

33장

아이리스는 컴퓨터 화면을 빤히 보고 있었다. 비로소 용기를 내어 서맨사 에버렛에게 보낼 이메일을 쓴 참이었다. 타운하우스의 인테리어를 누구에게 맡길지 정했냐고 묻는 이메일이었다. 그녀는 '보내기' 버튼을 누른 다음 뒤로 기대앉았다. 이제 손을 떠났으니 기다릴 일만 남았다.

드디어 날씨가 바뀌었다. 어젯밤에 폭풍이 몰아닥쳐 몇 주 내내 모두를 무기력하게 만들던 열기를 날려버렸다. 그녀는 기온이 급격히 내려가서 좋았다. 아침에는 섭씨 9도로 비를 잔뜩 머금은 먹구름이 낮게 걸려 있었다. 오늘 밤엔 어제보다 한층 거센 폭풍이 예고돼 있었다.

목요일 이후로 에스메를 만나지 않았다. 오늘 역시 딱히 보고 싶은 마음은 없었다. 로르와 조지프가 사귈지도 모른다는 암시를 줬을 때 에스메가 보인 반응으로 보아 그녀와 조지프가 단순한 친구 이상일 수도 있다는 의심이 짙어졌다. 아이리스는 그들이 처음 함께 저녁 식사를 했던 때를 떠올렸다. 에스메가 자신의 배에 손을 올리면서 조지프가 금주를 할 수밖에 없다고 했던 것에 더해 아이가 생겼을 즈음에 휴가 먼 데서 지냈다는 얘기까지 들으며 혹시 조지프가 아이 아빠인 건 아닐까 의심이 절로 일었다.

조지프가 창고로 들어가는 게 보였다. 2분 뒤, 로르가 집에서 나오더니 그를 따라 창고 안으로 들어갔다. 그녀는 아이리스의 고무장화를 신고 있었다.

아이리스의 휴대폰이 울렸다. "아이리스? 서맨사 에버렛이에요."

심장이 쿵 울렸다. 고대하던 답이 나올까. 이메일 보내기를 잘했다 싶었다.

"서맨사, 안녕하세요. 이메일로 문의드려 기분 상하진 않으셨을까요. 혹시 결정하셨나 궁금해서요."

"결정이야 했죠. 아이리스가 견적서를 수정할 수 없다고 하셔서 너무 아쉬웠어요."

"아니요. 견적서야 당연히 재검토할 수 있죠."

뭔가 어리둥절한 침묵이 흘렀다. "오해가 있나 보네요. 혹시 수정하실 수 있으면 이틀 안으로 알려달라고 제가 말했잖아요. 한 달도 더 전에요." 서맨사가 잠시 멈추었다가 말했다. "제 의사는 분명히 전달했어요."

"그게 언제죠?" 아이리스는 미친 듯이 스크롤을 내리며 이메일을 검색했다. "날짜를 말해주실 수 있어요? 견적을 수정해달라는 이메일을 받은 적이 없는 것 같아서요.”

“이메일이 아니에요. 전화를 했죠. 보자, 적어놨을 텐데…… 6월 29일 오후네요. 그때 집에 계시던 친구분한테 전했어요. 당신이 외출했다기에 메시지를 전해달라고 부탁했죠. 디자인은 마음에 드는데 견적에 대해선 논의하고 싶으니 수정할 수 있으면 가능한 한 빨리 연락하시라고 남겼어요. 아무 연락도 없기에 관심이 없나 보다 했죠.”

“아뇨……. 아무 메시지도 못 받았어요. 친구가 전해주질 않았어요. 왜 연락이 안 올까 궁금해하면서 계속 기다렸다고요.” 아이리스는 자신이 정신없이 지껄이고 있다는 걸 알았지만 제어할 수 없었다. “믿을 수 없네요. 뭐라, 뭐라 말해야 할지 모르겠어요. 제가 관심이 없다고 생각하셨다니 마음이 너무 안 좋아요. 그 타운하우스 일을 얼마나 하고 싶었는데요. 얼마나 신이 났었는데요.” 그녀는 눈물이 나올 것 같아 잠시 숨을 고르고 말했다. “지금은 너무 늦은 거겠죠.”

“네, 미안하지만 그래요. 너무 미안해요. 이젠 제 마음이 무척 안 좋네요.”

“전혀 그러실 일 아녜요. 서맨사 잘못이 아니에요. 혹시, 부탁드려도 될지 모르겠지만, 인테리어 디자이너를 구하는 분이 있으면 저에게 소개해주시겠어요?”

“네, 당연히 그렇게 할게요. 정말 미안해요. 조금이라도 위로가 될지 모르겠지만 연락을 안 주셔서 굉장히 낙심했었어요.”

“고마워요. 어쨌거나 다 잘되길 빌어요. 분명 멋진 집으로 변신

할 거예요." 아이리스는 자기 입에서 무슨 말이 나오고 있는지도 몰랐다.

"저도 그러길 빌어요. 잘 지내요, 아이리스. 언제 같이 일할 날이 있겠죠."

아이리스는 전화를 끊고 휴대폰을 쥔 채 눈물을 흘렸다.

34장

가브리엘이 아이리스를 보러 사무실에 들렀다.

"오늘도 자전거 타고 나갈까 봐. 지난번처럼 펍에서 점심도 먹고."

"그래."

"무슨 일 있어?" 자기가 와 있는 줄도 모르는 듯이 앞만 멍하니 보는 그녀 모습에 그가 의아해 물었다.

"서맨사 에버렛한테 이메일 보냈어."

"그래, 잘했네. 적어도 답은 오겠지."

"벌써 왔어. 서맨사가 전화했어."

"아." 책상 끝에 걸터앉으며 그가 물었다. "뭐래?"

"수수료를 조금만 조정해줬으면 계약할 수 있었대."

"조정하기 힘들었던 거야?"

"아니, 조정할 수 있었지. 그럴 기회가 없었을 뿐." 그녀가 그의 눈을 보고 말했다. "6월 29일에 전화했었대. 로르가 전화를 받았고, 서맨사가 사정을 설명하면서 가급적 빨리 연락해달라고 했어. 그런데 난 그 메시지를 못 받았어." 그녀의 언성이 높아졌다. "한 달 전에, 가브리엘, 서맨사가 연락한 게 한 달 전인데 로르가 나한테 전달을 안 했어. 그래서 계약이 다른 사람한테 넘어갔어."

"뭐? 세상에, 어떡해, 아이리스. 로르가…… 그러니까 그냥 까먹은 거야?"

"아마도."

"어떻게 할 거야?"

"뭘 어쩌겠어. 이제 와서."

"그렇지만 로르는? 그냥 넘기면 안 되지. 한 소리 할 거지?"

아이리스가 어깨를 으쓱했다. "그런다고 무슨 소용이 있겠어? 그냥 까먹은 거야, 그게 다야. 머릿속이 복잡할 때였잖아. 로르 마음만 안 좋을 거야."

"안 좋으라지." 가브리엘이 분개해서 말했다. "로르 때문에 당신이 계약을 놓쳤어. 아이리스, 그렇게나 원하던 계약을 말이야. 서맨사 에버렛을 두 번이나 찾아간 것 하며, 당신이 쏟아부은 그 많은 노력을 생각해봐."

"알아."

"내가 대신 한마디 해줄까?"

"고맙지만 괜찮아."

"내 생각엔 그녀도 알아야 해."

"그런가. 하지만 지금은 아니야. 난 조용히 하루를 보내고 싶어. 당신이 말하면 로르가 미안한 마음에 사과하느라 내 곁에서 얼쩡거릴 거야."

"나랑 같이 나가자." 그가 말했다. "자전거는 안 타도 돼. 차를 몰고 해변에 가자."

"괜찮아, 정말로."

"그럼 나도 집에 있을게. 안 나가도 돼."

아이리스가 웃었다. "자전거 타고 나가, 가브리엘. 난 정리 좀 한 다음에 한참 느긋하게 목욕할 거야. 나중에 봐."

"당신이 정 그러겠다면. 그래도 난 로르가 알아야 한다고 봐." 그가 얼굴을 찡그리며 덧붙였다. "그리고 이게 로르를 내보낼, 이제 떠날 때가 됐다고 말할 좋은 구실이 될 거야. 내가 본 바로는 조지프도 로르한테 질린 것 같아. 피에르가 이번 주말에 파리로 돌아올 테니 로르도 돌아가서 해결을 봐야지."

아이리스가 고개를 끄덕였다. "좋아, 오늘 밤에 로르한테 말하자."

"약속하지? 로르는 우리 인생을 침범할 대로 침범했어, 아이리스."

"약속해."

사무실에서 나온 가브리엘은 당장 로르를 찾아가 따지고 싶었다. 당신이 다 망쳤다고 말하고 싶은 마음이 속에서 치밀어 올랐다. 아이리스가 지켜보지만 않았어도 집 안이 아니라 정원으로 곧장 갔을 것이다. 아이리스를 혼자 두는 게 마음에 걸렸지만 그는 그녀를 잘 알았다. 그녀가 혼자 있고 싶다고 하면 정말 그러고 싶은 거였다. 아이리스가 놓친 기회를 종일 되새김질하는 동안 로르는 자기가 어떤 손해를 끼쳤는지 까맣게 모른 채 조지프 곁에 있을 거라 생각하니 짜증이 났다. 동시에 나쁜 생각이 슬며시 고개를 들었다. 혹시 로르가 일부러 서맨사의 메시지를 전하지 않은 건 아닐까 하는.

간밤에 비가 온 탓에 땅이 축축했다. 자전거를 타고 물웅덩이를 지나다 바지에 흙탕물이 튀었다. 페달을 밟으며 그는 피에르 생각을 했다. 로르가 미련을 접었다고 문자로 알렸건만 답이 없었다. 휴대폰을 확인하니 읽지 않음 표시가 남아 있었다. 그건 피에르가 휴대폰을 꺼놨다는 뜻이었다. 그는 자전거에 화풀이하듯 페달을 더 세게 밟았다. 그리고 생각을 매기 쪽으로 옮겨갔다. 화요일에 그녀를 만날 예정이었다. 상담사가 날짜와 시간을 적어 답신한 이후로 머릿속에 그 생각이 먹구름처럼 드리워져 어느 때보다도 날짜가 빠르게 지나가는 느낌이었다. 그나마 다행인 것은 만나기로 한 장소가 상담사의 사무실이 아닌 그의 집이라는 점이었다. 그와 매기가 원래 아는 사이인 데다 매기도 상관없다고 해서 상담사가 받아들여주었다. 그가 바라는 건 오직 하나였다. 그 만남이 끝나고 마침내 원래의 삶으로 돌아가는 것.

35장

아이리스는 밖에서 들려오는 격앙된 목소리에 욕실에서 나와 침실 창가로 갔다. 커튼에 몸을 숨기고 내다보니 로르와 조지프가 창문 바로 아래 테라스에 있었다. 얼굴은 마주 보고 있었지만 로르가 뒤로 물러선 듯 둘 사이에 거리가 있었다.

"못 해요." 로르의 목소리가 열린 창문을 통해 들려왔다.

"해야 돼요." 조지프가 그녀의 팔을 잡으며 말했다.

"싫어요." 그녀가 그의 손을 뿌리쳤다. "지금은 아니에요. 조깅하러 갈 거예요."

"로르!" 하지만 로르는 이미 대문 쪽으로 달려가고 있었다.

조지프가 그녀의 뒷모습을 바라보다가 주머니에서 휴대폰을 꺼냈다. 아이리스를 등진 자세였지만 고개를 숙이고 휴대폰 화면을 본다는 건 알 수 있었다. 다음 순간 그가 갑자기 달리기 시작하더니 집

모퉁이를 돌아 사라졌다. 호기심이 발동한 아이리스는 얼른 집 앞쪽의 다른 침실로 가서 그가 대문 밖으로 나가는 모습을 지켜보았다.

로르가 점심에 와서는 조지프와 함께 샌드위치를 먹으려는데 같이 들지 않겠냐고 묻고 간 뒤로 보이지 않던 터였다. 아이리스는 속으론 화가 남아 있었지만 애써 미소를 띠며 괜찮다고 사양했다. 로르는 조지프가 오는 날이면 온종일 정원에 죽치고 있었기에 얼굴을 보기 힘들었다. 그녀가 정원 일에 얼마나 도움이 되는지 아이리스는 도통 알 수 없었다.

"그러면 나중에 같이 달릴까요?" 로르가 조지프와 어울리느라 그녀를 등한시했다는 사실을 인지했는지 이렇게 물었다.

"고맙지만 정리할 일도 있고 느긋하게 목욕도 할 생각이어서요." 아이리스가 답했다.

그녀는 혹시 로르의 기억을 살짝이라도 건드릴까 싶어 서맨사 에버렛의 연락을 기다리고 있다고 말하고 싶었다. 하지만 그래봤자 무슨 소용이겠는가? 이미 손해는 입은 뒤였다.

"그래요." 로르는 개의치 않는 듯했다. 아이리스는 그녀가 이 집에 온 뒤로 너무나 많은 것이 변했다는 생각을 멈출 수 없었다.

"이번 주말에 피에르가 파리로 돌아올 거예요. 가서 만날 생각이 있어요?"

"지금은 없어요. 피에르가 연락하는지 봐서요."

아이리스가 창가에서 돌아서는데 휴대폰이 울렸다. 가브리엘이었다.

"그냥 당신이 괜찮나 해서." 그가 말했다.

"고마워라. 난 괜찮아. 목욕하려던 참이었어."

"그래. 로르는 봤어?"

"응."

"그런데?"

"서맨사 에버렛 얘기는 안 꺼냈어. 자기가 묻는 게 그거라면 말이야." 그러고는 잠시 뜸을 들이다 말했다. "내 생각엔 로르가 조지프랑 다툰 거 같아."

"그래? 좋은 소식은 아니네. 또 끼워 맞출 퍼즐 조각이 생긴 건 아니어야 할 텐데. 얼마 전엔 조지프가 로르한테 그만하라고 말하는 소리도 들었어."

"로르의 자리는 피에르 곁이야, 조지프 옆자리가 아니라. 아까 로르한테 피에르가 이번 주말에 파리로 돌아올 텐데 보러 갈 거냐고 물었거든. 아니라고 하더라. 가끔은 로르가 여기 아주 눌러살 작정인가 싶다니까."

"그건 절대 안 될 말이야." 매몰찬 대답에 가브리엘의 어두워진 표정이 절로 그려졌다. "서맨사의 메시지를 잊으면서 마지막 선을 넘은 거야. 더는 로르 눈치를 보면서 지낼 수 없어."

"당신은 어때?" 아이리스가 얼른 화제를 바꿨다. "오늘 잘 보냈어?"

"나쁘지 않았어. 큰길로만 갔으면 더 좋았겠지만. 밤사이 들이닥친 폭풍 때문에 샛길은 온통 부러진 가지들로 엉망이더라고. 아무튼 돌아가는 길이야." 그가 숨을 돌리고는 물었다. "그럼 로르는 지금 어디 있어?"

"조깅하러 갔어. 내가 없으니 채석장에 갔을지도 모르지."

"어쨌거나 당신은 평화롭게 목욕을 즐길 수 있겠네."

"맞아."

한 시간 뒤 가브리엘이 집에 돌아왔을 때 아이리스는 여전히 목욕 중이었다.

"로르는 조깅 갔다 왔나?" 그녀가 물었다.

그가 세면대에서 수도를 틀고 몸을 숙여 물을 받아 마셨다. "들어오는 길엔 안 보이던데."

"조지프는?"

가브리엘이 허리를 펴고 말했다. "정원에 없어? 아직 5시니 한 시간은 더 작업할 텐데."

"로르를 뒤따라 나가는 것 같았는데."

"샤워 마치고 확인해볼게. 저쪽 욕실 쓸까?"

"아니, 다 했어. 물이 식어서 나가려고."

그가 욕조에 손을 담갔다. "차디차네. 당신 몸에 닭살이 돋을 만도 하지."

그녀가 욕조 양옆으로 물을 튀기면서 일어나 몸에서 물을 뚝뚝 흘리며 나왔다. 가브리엘이 수건을 건넸다.

"고마워. 오늘은 어디로 갔어?"

"패러데일까지 타고 갔어."

"그렇게 멀리까지? 거기서 점심을 사 먹었어?"

"아니, 굳이 그러기 싫어서 샌드위치를 가져갔지."

아이리스는 어깨를 살짝 움츠리며 수건을 가운처럼 둘렀다. "알았어. 이제 난 옷 입고 와인 한잔 할 거야. 당신도 한잔할래?"

"샤워 먼저 하고. 내 옷은 세탁기에 넣을게. 길이 진흙투성이라 옷이 엉망이야."

"알았어. 정원에서 만나. 바깥 날씨가 너무 좋다."

"폭풍 전야 같네."

아이리스가 웃었다. "그렇담 최대한 즐겨야지."

36장

"로르가 전화를 안 받아." 아이리스가 가브리엘의 반응을 살피며 말했다. "에스메한테 전화해볼까?"

7시부터 저녁이 차려져 있었지만 아이리스는 로르를 기다리자고 했다. 조깅하러 간 뒤로 그녀에게서 아무 소식이 없었다.

아이리스는 혹시 가브리엘의 기분이 언짢은 게 조지프가 안 보여서인지(오늘 오후에 일을 하러 돌아오지 않았다), 아니면 화요일에 예정된 매기 잉그램과의 약속 때문인지 알 수 없었다. 자전거를 타고 다녀온 뒤로 말수가 부쩍 줄어든 그였다.

그가 와인 잔을 집었다. "에스메한테는 왜 전화하려고?"

"로르를 봤나 물어보려고."

"에스메가 로르랑 조지프의 관계에 대해 알아?"

"아니, 아닐걸."

"그러면 통화할 때 말조심해."

하지만 에스메 역시 전화를 받지 않았다.

"다 같이 저녁 먹느라 벨 소리를 못 듣나." 아이리스가 기분이 상한 듯 말했다. "로르가 나한테 최소한 말은 해줬어야지." 잠시 사이를 뒀다 가브리엘에게 물었다. "당신이 휴한테 전화해볼래?"

"에스메가 안 받으면 휴도 안 받을 텐데."

"해줘, 가브리엘. 로르가 거기 있는지만 확인하려고 그래."

그가 한숨을 누르면서 휴대폰을 꺼내 휴에게 전화를 걸었다.

"당신 말대로 식사 중인가 봐." 휴가 전화를 받지 않자 가브리엘이 말했다.

"집에는 어떻게 오지? 비가 억수같이 퍼붓는데!"

"휴가 집까지 태워주겠지. 아니면 조지프와 함께 밤을 보내든가." 그가 덧붙였다. "이제 먹어도 될까?"

두 사람은 거의 말없이 식사를 마쳤다. 가브리엘이 그나마 성의 있게 대답해준 건 아이리스가 베스 얘길 꺼냈을 때뿐이었다. 사실 그녀도 반쯤은 생각이 딴 데 가 있었다. 로르와 에스메에게 두 번 더 전화했는데도 받지 않자 그녀는 더 이상 견딜 수가 없었다.

"가브리엘, 조지프한테 전화 좀 해주면 안 돼?"

그가 노려보았다. "응, 싫어. 너무너무."

"좀 해주라. 그러니까, 로르가 조지프랑 있다는 건 그냥 짐작이 잖아. 혹시 같이 안 있으면?"

"아니면 어디에 있겠어?"

"모르지. 길이 진흙투성이일 텐데 혹시 들판을 지나다가 미끄러져서 다쳤으면 어떡해."

"알았어. 그러다 조지프랑 있기라도 하면 우리 다 민망해지는 거야."

"나도 듣게 스피커폰으로 해줘."

조지프는 뜻밖에도 바로 전화를 받았다.

"조지프, 가브리엘이에요. 시간 많이 빼앗지 않을게요. 에스메 부부한테 연락해보려는데 혹시 같이 있는 건 아니죠?"

"아니요, 두 사람은 저녁 먹으러 워터셰드에 갔어요."

"혹시 로르도 같이 갔나요? 전화해봤는데 안 받네요."

"아니요, 아닐걸요."

"에스메 부부가 로르를 봤다거나 통화했다고 하진 않던가요?"

"네, 그런 말 없었어요. 하지만 두 사람이 들어오면 물어봐줄게요. 오래 걸리지 않을 거예요."

"그래주면 고맙겠어요." 그가 뜸을 들였다. "혹시 로르를 본 적은 없죠?"

"로르요? 아니요, 오늘 오후에 댁에서 보고는 못 봤어요."

"그래요, 고마워요."

가브리엘은 전화를 끊었다. "이제 에스메랑 휴가 왜 전화를 안 받았는지는 밝혀졌네. 워터셰드에서 저녁 먹고 있다는군. 아마 로르도 같이 있을 거야."

"정말 그럴까. 로르가 그 부부와 식사하기로 했다면 우리한테 분명 알렸을 텐데."

"걱정 그만해. 에스메 부부가 돌아오면 조지프가 전화해준다잖아.”

“한참 걸릴 거야. 내가 직접 가서 확인해볼까 봐.”

“그래야 마음이 편해지겠다면야.”

그런데 아이리스가 문을 나서기 전에 조지프에게서 전화가 걸려왔다.

“워터셰드에 가봤어요.” 그의 목소리가 들려왔다. “로르는 없던데요.”

아이리스가 휴대폰을 집었다. “그래, 내가 경찰에 연락할게.”

“직접 가봐줘서 고마워요.” 가브리엘이 조지프에게 말했다.

“지금 아이리스가 경찰에 연락한다고 했나요?”

“네.”

“왜요?”

“로르가 오후에 조깅하러 나간 후로 안 보여서요. 처음엔 에스메 부부나 당신과 함께 있겠거니 하고 별걱정 안 했어요.” 그가 자신의 말이 충분히 전달되기를 잠시 기다렸다. “그런데 저녁 식사 시간이 돼도 안 오잖아요. 그때부터 걱정이 된 거죠.”

“로르가 조깅하러 나간 이후로 본 사람이 없다는 말이에요? 그러니까, 여섯 시간 전부터요?”

“네.”

“무슨 일이 있는 게 틀림없어요.” 그의 목소리에서 아이리스는 불안을 읽었다. “제가 찾으러 나갈게요. 어느 쪽으로 갔는지 아세요?”

“나도 같이 갈게요.” 가브리엘이 갑자기 사태의 심각성을 깨달은 듯이 말했다. “우리 집으로 와서 같이 로르가 갔을 만한 길로 가

216

봅시다. 로르랑 아이리스는 주로 들판을 지나는 길로 달려요."

"10시에 합류할게요."

가브리엘은 전화를 끊었다. 이제는 그도 걱정이 되었다.

37장

아이리스는 두 팔로 몸을 감싼 채 사납게 날뛰는 폭풍우를 내다보며 창가에서 떨고 있었다. 어찌나 걱정을 했던지 배가 아파왔다. 가브리엘과 조지프가 나간 지 한 시간이 지났다. 가브리엘에게 15분마다 전화를 걸어 로르를 찾았는지 물었다.

"도저히 못 찾겠어!" 마지막으로 전화했을 때 그가 요란한 비바람 소리를 배경으로 소리쳤다. "집으로 가는 길이야. 바람이 잦아들면 다시 나올 거야."

경찰은 로르가 실종됐다고 신고 전화를 했을 땐 협조해주었지만 구조대원을 보내달라는 요청에는 시큰둥했다. 아이리스가 로르(그녀가 누구이고 왜 그들과 같이 사는지)에 대해 설명하자 경찰은 파리로 돌아갔을 수도 있다고 추측했다. 아이리스는 로르가 알리지도 않고 돌아갔을 리 없다고 주장했지만 경찰은 받아들이지 않았다.

인기척이 들려 창문에 얼굴을 바짝 대고 보니 가브리엘이 바람에 맞서 웅크린 채 힘겹게 걸어오고 있었다. 그가 들어서자마자 아이리스는 문을 쾅 닫았다.

"자, 도와줄게." 그녀가 흠뻑 젖은 재킷을 벗겨주었다. 그는 머리칼이 이마에 찰싹 달라붙어 있었고 빗물이 얼굴을 타고 흘러내렸다. "수건 갖다줄게."

"언덕 꼭대기까지밖에 못 갔어." 가브리엘이 잠긴 목소리로 말했다. "계속 불렀는데 아마 로르가 30센티 앞에 있었더라도 못 들었을 거야. 비바람이 너무 세." 그가 몸을 숙여 부츠를 벗었다. "수건은 됐어, 바로 샤워할 거야. 몸을 좀 데워야겠어. 그래도 뜨거운 차 한잔은 단숨에 해치울 수 있지."

그가 샤워를 하는 동안 아이리스는 차를 끓였다. 같이 부엌 식탁에 앉았고 가브리엘은 비스킷 한 봉지를 비웠다.

아이리스가 말했다. "경찰이 한 말이 있는데, 들을 때는 무시했지만 지금은 그런가 싶기도 해. 로르가 파리로 가는 중일지도 모른다고 했거든. 하지만 우리한테 말도 안 하고 갔을 리 없잖아, 안 그래?"

가브리엘의 표정이 구겨졌다. "그건 아닐 것 같아."

"갑자기 사라지면 우리가 걱정하리란 걸 모르지 않잖아. 그리고 조지프한테도 간다고 무슨 말이든 남기지 않았겠어?"

"두 사람이 다투지 않았을 때 얘기지. 다툰 것 때문에 잠적한 걸지도 몰라."

"하지만 에스메 집 말고 어디로 가겠어? 아는 사람이 없잖아."

"호텔에 갔을 수도 있지."

"그치만 우리한테 말도 없이 그런다고?"

가브리엘이 들고 있던 빈 비스킷 봉지를 구겼다. "일단 잠을 자자. 날이 밝는 대로 다시 나가볼게."

"자는 동안 로르가 나타나면? 어떻게 알지?"

그가 머리를 긁적였다. "내가 안 자고 있을게. 당신은 가서 자."

"정말?"

"응, 그럴게. 계속 로르한테 전화해볼게. 소식 오면 깨울게."

38장

아이리스는 잠에 취해 몽롱한 상태로 로르의 침실 문을 열었다. 방은 여전히 비어 있었다.

"아이리스?" 아래층에서 가브리엘의 목소리가 들려왔다. 그가 눈을 비비며 복도에 서 있었다. "로르는 왔어? 깜빡 몇 분을 졸았네."

그녀가 계단참으로 가서 말했다. "아니. 지금 몇 시야?"

"몰라. 마지막으로 시계를 봤을 때가 4시였는데 잠깐 졸았으니까 4시 반쯤 됐으려나? 확인해볼게." 그가 거실로 다시 가더니 외쳤다. "4시 35분이야! 날이 밝았으니 찾으러 갈게."

"같이 가. 옷만 갈아입고."

들판을 지나는데 하늘이 옅은 푸른빛이었다. 바람이 밤새 위력을 떨치고 제풀에 지친 듯 대기가 잠잠했다. 폭풍이 휩쓸고 간 피해의 흔적이 사방에 널려 있었다. 잔가지들이 오솔길에 어지러이 흩어져 있어 가브리엘이 몇 번이나 몸을 굽혀 가지들을 치워야 했다. 들판을 지나는 경로를 택했는데 한 시간이 지나도록 로르의 자취는 찾을 수 없었다.

"채석장도 가보자." 집으로 향하는 길에 아이리스가 말했다.

가브리엘이 돌연 걸음을 멈추고 물었다. "왜?"

"글쎄. 다만, 전에 말했듯이 로르가 늘 채석장에 가자고 졸랐거든."

그가 한 손으로 머리칼을 쓸었다. "거긴 출입 금지 구역이야. 들어가면 안 돼. 게다가……." 거기까지 말하고 입을 다물었지만 아이리스는 그가 하려는 말을, 거기에 가기 싫다는 그의 마음을 알 수 있었다.

"알았어." 그녀가 그의 팔에 손을 올리며 말했다. "내가 갈게."

"경찰한테 맡기는 게 어때?"

그녀가 발끈하며 손을 확 거두었다. "경찰이 움직일 때쯤에는 너무 늦을까 봐 그러잖아! 채석장에 갔다가 떨어져서 다치기라도 했으면, 발목을 삐었거나 그랬으면 어떡해? 폭우 속에서 밤새 다친 몸으로 쓰러져 있으면 어떡할 거냐고!"

가브리엘이 마른침을 삼켰다. "당신 말이 맞아. 가보자."

두 사람은 말없이 숲길로 접어들었다. 채석장 꼭대기로 이어진 오솔길을 오르면서 로르의 이름을 소리쳐 불렀고, 혹시나 그녀가 몸을 숨기고 있을지도 몰라 오솔길과 채석장 끄트머리 사이에 장벽처럼 둘러쳐진 빽빽한 수풀을 들여다봤다. 빗물이 주렁주렁 매달린 가지들을 헤치고 걸으니 물방울이 목을 타고 흘렀다. 어느 지점부턴가 수풀이 듬성듬성해지더니 채석장 끝이 한 걸음 앞으로 다가왔다.

"찰리가 길을 벗어난 지점이 여기일 거야." 가브리엘이 잿빛 얼굴이 되어 말했다.

아이리스는 자기도 모르게 몸서리를 쳤다. "저 아래서 그 애를 발견한 거야?" 목을 길게 빼고 그녀가 물었다.

그가 그녀의 팔을 확 잡아챘다. "절벽에서 물러서!"

"괜찮아."

"아니, 안 괜찮아! 바닥이 얼마나 미끄러운지 못 봤어?"

그녀는 그의 목소리에서 공포를 읽었다. "미안해."

"자, 이제 집에 가자. 로르는 여기 없어. 경찰 말대로 파리로 돌아간 게 틀림없어."

그녀가 고개를 저었다. "로르가 피에르를 만나러 갔다면 우리한테 말해줬을 거야. 로르한테 무슨 일이 생긴 거라고." 그러고는 다시 걸음을 재촉했다. "경찰서는 밤새 열려 있지?"

39장

가브리엘은 아이리스가 몇 시간 내내 우느라 정신적, 감정적으로 탈진한 끝에 잠든 것을 확인하고는 겨우 안도했다. 그는 침실 문을 조용히 닫았다. 아직도 믿을 수 없었다. 같은 말을 수없이 되뇌어도 실감이 안 났다.

로르가 죽었다.

아이리스는 로르가 같이 달리러 가겠냐고 물었을 때 목욕하겠다고 한 자신을 원망하며 괴로움에 몸부림쳤다. 그때 같이 갔더라면 로르가 채석장에 가지 않았을 거라고 그녀는 말했다.

경찰의 질문에 아이리스는 로르가 찰리 잉그램이 추락한 장소에 대해 많은 걸 궁금해했다고 대답했다. 그래서 경찰은 그것이, 즉 로르가 혼자 그 장소를 보러 갔다가 절벽에서 발을 헛디딘 것이 사고의 원인이라고 보았다.

로르는 경찰에게 발견되었다. 가브리엘이 찰리를 발견한 장소에서 멀지 않은 곳이었다. 그녀의 시신은 그보다 뒤쪽인 큰 바위 뒤에 있었다. 자전거의 속력 때문에 바위 너머까지 떠밀린 찰리와 달리 그녀는 바로 위에서 추락한 것이었다.

가브리엘은 차마 그 장면을 떠올려볼 수도 없었다. 너무 끔찍한 일이었다.

40장

초인종이 울렸다. 아이리스는 눈을 감고 중얼거렸다. "제발 로르였으면. 제발 끔찍한 착오라면 얼마나 좋을까."

가브리엘이 아이리스의 양어깨를 힘주어 감싸 쥐었다 놓고는 문을 열러 나갔다. 아이리스가 감은 눈을 떴을 때는 경찰관이 그녀 앞에 서 있었다.

"좀 어떠세요, 아이리스?" 금발 머리를 뒤로 단정하게 묶은 키 큰 경찰관이 물었다. 아이리스는 그녀가 로케 순경이라는 것을 기억해 냈다.

아이리스가 고개를 흔들며 대답했다. "끔찍한 착오였기를 계속 바라게 되네요."

로케 순경이 동정 어린 미소를 띠며 다시 물었다. "앉아도 될까요? 몇 가지 질문을 드리고 싶어요."

"네, 그러세요. 그런데 지금 막 딸에게 전화를 걸려던 참이었어요." 아이리스가 로케 순경 뒤에 서 있는 가브리엘로 시선을 옮겨 말을 이었다. "베스가 내일 집에 온다고 해서 생각해봤는데, 장례식 때까지 기다렸다가 오는 게 낫지 않을까? 장례식을 언제 할지는 모르지만 베스가 오면 그냥 여기 앉아 기다리기밖에 더 하겠어? 적어도 그리스에서는 몸을 정신없이 놀릴 일이라도 있잖아."

가브리엘이 고개를 끄덕였다. "당신 말이 맞아."

"어제 그러셨죠, 로르가 베스의 대모라고." 로케 순경이 끼어들었다.

"네, 그래서 베스가 많이 속상해해요. 당신이 전화 좀 해줄래, 가브리엘?"

"물론이지." 가브리엘이 이 자리를 벗어날 수 있어 안도하는 게 느껴졌다.

순경이 그가 방을 나갈 때까지 기다렸다가 입을 열었다. "방해해서 죄송하지만 로르에 대해 물어볼 사안이 몇 가지 더 있습니다."

"피에르는 아니요?"

"제가 알기로는 경찰이 전화했을 때 집에 없었어요. 이웃을 탐문하고 지인 목록도 확보하는 중입니다."

아이리스가 몸을 앞으로 내밀며 말했다. "클레어 드 바이양이라는 이름은 전달했나요? 로르의 절친한 친구예요. 피에르가 그녀와 함께 있을지도 몰라요."

"네, 선생님이 주신 정보는 전부 전달했습니다. 피에르를 찾기 위해 할 수 있는 모든 일을 하고 있습니다."

아이리스는 그제야 고개를 끄덕이고 의자에 몸을 털썩 기댔다.

"로르를 마지막으로 봤던 때로 되짚어 가보죠." 로케 순경이 자신의 아이패드를 보면서 말을 이었다. "이틀 전, 토요일 오후였죠. 2층 침실에 계시다가 창밖으로 로르가 조경사인 조지프와 대화하는 모습을 보셨죠. 그런 다음 그녀가 집 밖으로 나가는 걸 봤고요."

"네, 그 전에 저한테 조깅하러 갈 거라고 했어요."

"어제 저에게, 로르와 같이 갈 걸 그랬다고 말씀하셨죠."

"네, 같이 못 간 게 마음에 걸렸어요. 하지만 느긋하게 목욕을 즐길 생각이었거든요. 그런 기회가 자주 오는 게 아니라."

"로르의 기분은 어때 보였나요?"

아이리스는 머뭇거렸다. "괜찮았어요."

"확신하시는 건 아니군요."

"그게, 격앙된 목소리가 들렸거든요. 그래서 창가로 가서 밖을 내다본 거예요." 생각할 겨를도 없이 말들이 허둥지둥 입 밖으로 나왔다.

"로르와 조지프가 다투고 있었나요?"

"그렇다고 생각했어요. 두 사람이 사랑싸움을 하나 보다 했죠."

"로르와 조지프가 사귀는 사이였나요?"

"네."

"얼마나 오래요?"

"두어 주요. 더 길 수도 있는데 확실하진 않아요."

"그러니까 창밖을 내다본 게, 언성이 높아서였다?"

"네."

"뭐라고 말하는지 들었나요?"

"로르가 뭔가를 하고 싶지 않다고 말하자 조지프가 해야 한다고 했어요. 그러더니 조지프가 로르의 팔을 잡았고 로르가 뿌리치면서 조깅하러 갈 거라고 했고요."

"그 후엔 조지프가 어떻게 했나요?"

"정원 밖으로 나가는 로르의 뒤에 대고 소리쳤지만 로르는 돌아보지 않았어요. 그리고 그도 나갔어요."

"곧장요?"

"곧장은 아니에요. 휴대폰을 꺼내 잠시 보더군요. 그러고는 곧 자리를 떴어요. 하기로 했던 정원 일을 팽개치고 나가서 놀랐죠."

"조지프는 어때 보였나요?"

"왠지 급해 보였어요."

"로르와 얘기할 때 말투는요?"

아이리스는 잠시 생각했다.

"짜증이 난 것 같았어요."

"화난 게 아니라요?"

"네."

아이리스가 맞잡은 두 손을 비틀며 말했다. "마음이 별로 좋지 않네요."

"거의 끝났습니다. 로르가 4시 즈음 집을 나섰다고 하셨죠."

"네. 욕실에 들어갈 때 시계를 본 기억이 나는데 4시 10분이었어요. 로르가 나간 다음 욕조에 물을 받기 시작했고 다 채우는 데 5분 정도 걸리니까 4시쯤 나갔을 거예요."

"가브리엘이 그날 자전거를 타고 패러데일까지 갔었다고 하던데요. 몇 시에 돌아왔는지 혹시 기억하십니까?"

"4시 15분쯤이었을 거예요. 막 목욕을 시작했을 때거든요."

로케 순경이 고개를 끄덕였다. "시간 내주셔서 고마워요, 아이리스. 피에르를 찾으면 곧바로 알려드릴게요."

가브리엘은 로케 순경이 나갈 때까지 기다렸다가 그녀가 가고 나서야 아이리스를 찾았다.

"별문제 없었어?" 가브리엘이 물었다.

"딱히 없었어. 베스는 어때?"

"아직 속상해하지. 그래도 급히 돌아오니 장례식 날짜가 정해질 때까지 기다리는 게 낫겠다는 데 동의했어." 가브리엘이 생각을 정리하려는 듯 고개를 흔들었다.

"장례식 말이야, 그러니까, 어떻게 장례식에 갈 수 있겠어. 우리가 어떻게 로르의 장례식에 갈 수 있겠냐고."

아이리스가 초조한 눈빛으로 가브리엘을 쳐다보며 말했다. "내가 해서는 안 될 말을 로케 순경에게 했을까 봐 염려돼. 조지프에 관해 묻기에 그때 우연히 다투는 모습을 봤다고 얘기했거든. 그리고 조지프가 나가서 오지 않았다는 것도."

가브리엘이 앉아서 아이리스의 두 손을 잡았다.

"당신이 들은 걸 말했을 뿐이야."

"하지만 조지프한테 불리한 얘기잖아. 혹시라도 경찰이 조지프를……."

"경찰은 수만 가지를 고려하고 그게 그들의 일이야. 무슨 일이 일어났는지 정확히 밝혀지기 전까지 우리 모두 용의자일 수 있어."

아이리스가 고개를 들어 가브리엘과 눈을 마주쳤다. "순경이 당신에 대해서도 물어봤어. 자전거를 타러 갔다가 몇 시에 돌아왔냐고. 내가 목욕을 시작한 직후인 4시 15분쯤에 돌아왔다고 대답했어. 실은 5시였지만."

가브리엘이 얼굴을 찡그렸다. "왜 그런 거짓말을 했어?"

"왜냐면 혹시…… 설마 그럴 리 없겠지만…… 범죄와 관련 있기라도 하면 이상하게 비칠까 봐서."

그가 잠시 빤히 쳐다보더니 턱을 문지르며 낮게 중얼거렸다. "젠장. 그렇긴 하지."

41장

가브리엘은 담장 정원의 나무 벤치에 앉아 눈부신 햇살을 피하려 두 눈을 감은 채 고개를 뒤로 젖혔다. 그들의 세계가 이렇게 느닷없이 붕괴되지 않았다면 매기 잉그램을 기다릴 시간이었다. 가브리엘은 로르의 죽음으로 매기와의 만남을 미룰 핑계가 생겼음을 깨닫고 자신이 안도했다는 사실에 죄책감을 느꼈다. 상담사가 그에게 조의를 표하면서 매기를 만날 준비가 됐다는 생각이 들 때 알려달라고 했다. 그러나 그런 기분이 들려면 한참은 걸릴 터였다.

가브리엘은 정신을 다잡기 위해 담장 정원으로 나온 참이었다. 집 안은 비탄에 잠긴 아이리스의 모습과 소리, 다시 말해 일그러진 얼굴, 붉게 충혈된 두 눈, 낮은 흐느낌, 간간이 터져 나오는 믿을 수 없다는 울부짖음으로 가득해 머리를 명쾌하게 정리하기가 어려웠다.

채석장을 향한 로르의 병적인 집착 때문에 가브리엘은 그녀의 죽음을 처음에는 사고사라 여겼다. 그러다 그녀의 정신 상태를 떠올렸다. 파리 방문은 로르에게 감정적 재앙이었다. 피에르는 약속 시간에 나타나지 않음으로써 로르를 사실상 거부한 셈이었다. 그래서 피에르에게 보복하고자 로르는 조지프와의 관계에 뛰어들었다. 아이리스가 우연히 들었던 다툼, 로르가 하기 싫다고 하자 조지프가 해야 한다고 우겼다던 그 장면의 전말이 조지프가 로르에게 자신을 혼자 내버려두라고 말하는 것일 수도 있었다. '그만해'라는 말을 들은 적도 있었을 뿐 아니라 로르가 너무 가까이 다가가자 조지프가 물리적으로 로르를 떨쳐내기도 했었다. 가브리엘이 보기에 그것은 조지프가 로르에게 싫증을 느낀다는 표시였다.

아이리스는 경찰에 그들의 다툼에 대해 언급했다고 죄스러워했지만 뭐든 숨기려 하면 경찰이 직감적으로 알아차릴 게 뻔하니 그가 보기엔 잘한 일이었다. 천만다행으로 피에르가 휴대폰을 꺼놓은 덕분에 그가 지난 목요일에 로르가 미련을 접었다고 써서 보낸 문자를 아직 확인하지 않았을 터였다. 만약 피에르가 그 문자를 봤으면 경찰이 그가 와서 로르를 살해했다고 추측할지도 몰랐다. 가브리엘은 왜 피에르가 여태껏 전화기를 켜지 않는지 이해할 수가 없었다. 오늘은 7월 31일이었다. 원칙대로라면 피에르는 이제 회사에 복귀했어야 했다. 그러나 한편으로는 로르가 죽었다는 소식을 전해야 한다고 생각하니 너무 끔찍해서 그와 연락이 닿지 않는 게 오히려 다행이었다. 하지만 자신의 친구가 경찰한테서 그 소식을 듣는 것도 싫었다. 가브리엘이 남긴 '피에르, 급히 전화 좀 부탁해. 로르에 관한 일이야'라는 같은 내용의 음성 메시지가 차곡차곡 쌓여가고 있었다.

가브리엘은 조지프에게로 생각을 돌렸다. 곱씹어보면 무언가 앞뒤가 맞지 않는 부분이, 사건 당일 살짝 이상하다 싶은 부분이 있었다. 하지만 그게 뭔지 여태 알 수가 없었다. 그는 토요일, 로르가 안 보인다고 아이리스와 걱정하기 시작한 무렵까지 거슬러 올라갔다. 에스메와 휴에게 연락이 닿지 않자 조지프가 그들이 워터셰드에서 저녁 식사를 하는 중이라고 말했다. 그러고는 두 사람이 돌아오면 로르에 대해 물어보겠다고 하더니 얼마 후 전화를 걸어와 워터셰드에 가서 에스메와 휴를 만났는데 그들도 로르를 보지 못했다고 전해줬다.

"여기 있었구나." 가브리엘이 눈을 뜨자 눈이 벌겋게 충혈되고 눈가가 퉁퉁 부은 아이리스가 시야에 들어왔다. "찾았잖아."

가브리엘이 자세를 고쳐 앉으며 물었다. "무슨 일 있어? 경찰에서 피에르와 연락이 닿았대?"

"아니." 아이리스가 다가와 그의 옆에 앉았다. "그냥 혼자 있기 싫어서. 로르가 없으니 집이 너무 적막해." 가브리엘은 아이리스의 목소리에서 흐느낌을 감지하고 그녀를 자기 쪽으로 끌어당겼다.

"무슨 생각 하고 있었어?" 아이리스가 물었다.

"조지프에 대해서." 가브리엘이 말했다. "마음에 걸리는 게 있어."

"뭔데?"

"조지프가 에스메와 휴를 찾아 워터셰드에 갔다고 했잖아." 그의 설명에 아이리스가 어리둥절한 표정을 지었다. "다들 전화를 안 받았을 때. 있잖아, 토요일에."

"응, 그래. 그게 왜?"

"조지프가 워터셰드에 간 것 같지 않아."

"무슨 말이야?"

"시간이 부족해, 그건 확실해." 가브리엘이 아이리스를 놓아준 뒤 주머니에서 휴대폰을 꺼내 통화 목록을 스크롤했다. "7분이야. 조지프가 다시 전화해서는 에스메와 휴에게 물어보려고 워터셰드에 갔다 왔다는 말을 한 게 7분 후라고. 아무리 빠르게 뛴다 해도 워터셰드에 갔다 오기에는 시간이 부족해."

"펍에서 전화했을 수도 있잖아. 집으로 돌아가는 길이나."

그가 고개를 저었다. "배경 소음이 전혀 안 들렸어. 여하튼 그것 말고 또 있어. 지금 와서 생각하니, 휴와 에스메 둘 다 집에 도착해서 로르를 찾았냐는 확인 전화를 안 줬어. 어제 겨우 문자만 보냈지. 전화가 아니라 문자 말이야."

아이리스가 얼굴을 찌푸렸다. "무슨 소리를 하려는 거야?"

"어제까지 로르가 실종됐다는 걸 몰랐다는 거야. 이유는 몰라도 조지프가 그들에게 말을 안 한 거겠지? 모르겠어. 그냥 좀 이상해."

아이리스의 눈에 눈물이 차올랐다. "맞아. 모든 게 이상해. 피에르가 여태 모른다니 마음이 너무 안 좋아."

가브리엘은 아이리스의 기분을 상하게 하고 조지프에게 의심의 화살을 날린 자신을 책망하며 그녀를 두 팔로 꼭 안았다. 조지프를 향한 의심이 휴와 에스메에게로 이어졌다. 하지만 사람이 갑작스레 죽으면 이런 일이 벌어지기 마련이었다. 명백한 사고사가 아니면 희생자를 아는 사람들에게 시선이 향하는 게 인지상정이었다. 동네 사람들도 혹시 가브리엘이 이 일과 관련 있나 하고 의심의 눈초리로 그를 주시하고 있을지도 몰랐다. 외부인의 눈에는 로르가 그들 집에 들어와 살던 상황이 이상하게 비칠 수도 있으니까. 가브리엘과 로르 사이에 무슨 일이 있던 건 아닐까 의심할 수도 있었다.

그래서 가브리엘도 아이리스가 침착함을 잃지 않고 경찰에게 그가 토요일에 자전거를 타러 나갔다가 실제보다 45분 일찍 집에 돌아왔다고 말해서 다행이다 싶었다. 경찰이 그날의 행적을 물었을 때 그는 아이리스가 경찰에게 말한 그대로 4시 15분에 돌아왔다고 대답했다. 하지만 지금은 그게 잘한 일인지 의심스러웠다. 만에 하나 경찰이 살인 사건이라 판단하고 수사를 진행하면 어떻게 할 것인가. 누군가 4시 15분이 지난 시각, 아이리스가 경찰에게 그가 이미 집에 왔다고 진술한 그 시각에 그가 자전거를 타고 자신의 집을 지나는 모습을 보았을 수도 있잖은가.

그러면 그는 굉장히 곤혹스러운 상황에 처할 터였다.

42장

"찾았어요?"

다음 날 아침 현관 계단에 서 있는 로케 순경에게 아이리스가 묻고는 덧붙였다. "피에르요."

"프랑스 경찰 측에서 피에르가 어제 출근하지 않았다는 소식만 알려줬어요."

아이리스의 어깨가 축 처졌다. "그러면 그는 대체 어디에 있는 거죠?"

"그쪽에서도 찾아내려 애쓰는 중입니다."

"피에르가 로르 일을 모른다는 게 견딜 수 없어요. 이건 잘못된 일이에요."

"무척 힘드시리라는 거 알아요, 아이리스, 그러니 오래 붙들지 않을게요. 제가 들은 건 설리번 씨가 조사를 위해 경찰서에 출두해서 출근이 어렵다는 사실을 알려드리기 위해섭니다.”

“설리번 씨요?”

“조지프요.”

아이리스가 충격을 받은 표정으로 로케 순경을 멍하니 쳐다보았다. “조지프가 구속됐어요?”

“아니요, 단지 몇 가지 물어볼 게 있어서요.”

아이리스가 두 손으로 머리를 감쌌다. “제가 뭐라고 떠벌려서 그런 건 아니겠죠.”

“그날 들은 내용을 말씀해주신 건 잘한 일이에요.” 순경이 단호히 말했다. “조지프를 수사선상에서 제외하기 위한 일입니다.”

“하지만 로르는 사고사 아닌가요?”

“모든 가능성을 살펴보는 게 저희 임무예요.” 순경이 가려고 돌아섰다. “새로운 소식이 들어오는 대로 연락드릴게요.”

아이리스는 로케 순경의 모습이 사라지길 기다렸다가 부엌으로 돌아갔다.

“왜 온 거야?” 가브리엘이 물었다.

아이리스가 의자에 털썩 주저앉았다. “모든 게 엉망진창이야. 경찰이 조지프를 데려가 조사하고 있대.” 그녀가 가브리엘을 올려다보았다. “내가 두 사람이 다투는 소리를 들었다고 진술한 걸 경찰이 조지프한테 말할까?”

그가 대답하기도 전에 아이리스의 휴대폰이 울렸다. 아이리스가 탁자에서 휴대폰을 잡아챘다.

“에스메야.” 그녀가 속삭였다.

"받는 게 좋겠어."

가브리엘의 말에 아이리스가 고개를 끄덕이며 전화를 받았다.

"아이리스, 괜찮아요?" 염려가 묻어나는 에스메의 따뜻한 목소리가 전화기 너머로 들려왔다.

아이리스는 가브리엘을 흘끗 보았다. "별로 좋진 않지만 괜찮아지겠죠. 문자 잘 받았어요. 우리 생각을 해줘서 고마워요."

"로르 일은 너무 안됐어요. 가슴이 찢어지네요."

"그러게요."

"아이리스, 힘든 와중에 미안하지만 방금 휴가 그러는데 경찰이 조지프를 조사하려고 데려갔대요. 혹시 무슨 이유 때문인지 아나요?"

"아니요." 아이리스가 할 말을 골랐다. "로르가 조깅하러 나가기 전에 조지프와 함께 있었기 때문 아닐까요?"

"이해가 안 돼요. 로르의 죽음은 사고잖아요?"

"제가 알기로도 그래요."

"로르가 조깅하러 나가기 전에 조지프가 함께 있었다는 건 어떻게 알아요?"

"로르가 집을 나서기 직전에 제가 침실 창문 너머로 봤어요. 아마 경찰은 로르의 마음 상태가 어땠는지 파악하기 위해 두 사람이 무슨 말을 나눴는지 물어보려는 걸 거예요."

"왜 집에서 물어보지 않고요? 경찰서까지 데려갈 이유가 있는 거예요?"

순간 아이리스는 솔직히 말해야 한다는 것을 깨달았다. "두 사람이 다투는 걸 우연히 들었어요."

"다퉈요?"

"제가 잘못 들었을 수도 있어요." 아이리스가 서둘러 말을 이었다. "하지만 만약 그렇다면 분명 조지프가 상황을 설명할 거예요. 그나저나 에스메는 어때요?"

"그게, 이제는 임신부가 아니에요." 웃음기가 섞인 에스메의 말을 이해하는 데 시간이 잠깐 걸렸다.

"출산했어요?"

가브리엘이 입 모양으로 '뭐?'라고 하며 놀라워했다.

"네!"

"언제요?"

"음, 토요일에요." 에스메가 조심스러운 듯 대꾸했다. 아이리스는 감정이 복받쳤다. 로르가 죽은 날이었다.

"그래도 경사네요!" 아이리스가 얼른 냉정을 되찾으며 말했다. "축하해요, 에스메! 아들이에요, 딸이에요?"

"예쁜 아들이에요. 이름은 해미시고요."

가브리엘이 다가와 아이리스 옆에 앉으며 전화기를 향해 소리쳤다. "축하해요, 에스메! 휴한테도 축하한다고 전해줘요. 우리한테 딱 필요한 근사한 소식이네요."

"어떻게 된 거예요?" 아이리스가 물었다. "자세하게 말해줘요!"

"그게, 아침에 진통이 시작됐어요. 병원에 가야겠다고 생각할 때쯤 휴는 하필 산 중턱을 오르고 있었죠. 그래서 조지프한테 전화해 부탁했더니 그가 저를 병원으로 데려다줬어요. 병원에 도착하고 숨

돌릴 틈도 없이 해미시가 태어났으니 운이 좋았죠. 분만을 미룰 수 없어서 너무 안타까웠어요. 그 말인즉 휴가 출산 순간을 못 본다는 거니까요. 그래도 다행히 조지프가 곁을 지켜주었어요."

"우리한테 말하지 그랬어요." 아이리스가 말했다.

"그날 저녁에 말하려고 했는데 조지프가 병원에 있는 휴에게 전화해 로르가 조깅하러 갔다가 돌아오지 않아서 두 사람 찾고 있다고, 무슨 일이 생긴 건 아닐까 걱정하고 있다고 알려줬어요. 그런 상황에 기쁜 소식을 전하는 게 좀 부적절해 보였어요. 나중에 로르가 발견되고 나서는 말하기 더 어려웠고요." 에스메가 다시 뜸을 들였다. "지금도 말하는 게 맞나 모르겠네요."

아이리스가 울음이 터질 듯한 흐느낌을 간신히 억눌렀다. 로르가 아니라 에스메에게 집중해야 했다. "당연히 해야죠! 가브리엘 말이 옳아요. 이게 정확히 우리에게 필요한 소식이에요. 모든 잡념을 떨칠 수 있는 사랑스러운 소식이요." 아이리스는 잠시 멈췄다가 말을 이었다. "그러면 해미시는 5주가량 일찍 태어난 건가요? 아기 상태는 어때요?"

"좋아요, 하지만 아직 병원에 있어요. 체중이 좀 더 늘 때까지 입원해야 한대요."

"언제 가서 보면 좋을지 알려줘요."

"우리가 집에 갈 때까지 기다려줄래요? 미안한데 가봐야겠어요. 해미시 젖 먹일 시간이에요."

"잘 지내요, 에스메. 해미시한테 입맞춤을 보내요. 곧 만나요."

"와우." 아이리스가 전화를 끊자 가브리엘이 기다렸다는 듯 입을 열었다. "이건 예상 못 한 일이네."

"그러게."

"이러면 조지프가 워터셰드에 간 척했던 일도 그렇고 많은 것이 설명되는군. 두 사람은 펍이 아니라 병원에 있었고, 조지프는 병원에 있는 그들에게 전화해서 로르에 대해 물어본 거야." 말을 마친 가브리엘이 아이리스를 보면서 덧붙였다. "당신 이제 마음이 놓이겠어."

"왜?"

"토요일 오후에 조지프가 에스메를 병원에 데려다주고 분만할 때 곁을 지켰으니 로르가 실종된 시간에 완벽한 알리바이가 있는 거잖아."

43장

아이리스는 앞에 놓인 휴대폰의 검은 화면을 빤히 내려다보았다. 로르가 그날 오후 언짢았던 게 아니라 몹시 화가 났었다는 조지프의 증언과 더불어 그날 오후 그에게 완벽한 알리바이가 있다는 사실은 정황상 로르의 죽음이 타살이 아님을 의미했다. 채석장에 대한 그녀의 집착, 즉 찰리 잉그램이 추락한 장소를 보고 싶다고 수차례 말한 것 또한 사고사라는 결론에 힘을 실었다. 아무도 나서서 그렇게 말하진 않았지만, 이 사건이 호기심이 지나치면 위험할 수 있음을 증명하는 안타까운 사례라는 기사가 지역 신문에 실리기까지 했다.

아이리스는 만약 자신이 가브리엘이 자전거를 타고 나갔다가 로르가 조깅을 나가고 몇 분 후에 돌아왔다는 알리바이를 제공하지 않았으면 어떻게 됐을지 생각해보곤 했다. 경찰이 가브리엘이 45분 후에야 돌아왔다는 걸 알았으면 그를 심문했을까? 어쩌면 지금까지 불러서 조사하고 있을지 모른다. 차마 생각하기도 싫을 만큼 끔찍해서 그녀는 거짓을 고한 것을 후회하지 않았다. 경찰이 가브리엘과 로르 사이에 혹시 뭔가 있지는 않았을까 추측하기 시작하면 가브리엘에게 불리한 논거가 얼마나 쉽게 만들어질지 그녀는 알고 있었다. 아이리스 자신도 조사받았을 수 있다. 그녀가 가브리엘과 로르의 불륜 사실을 알아냈는지, 혹은 둘 사이를 의심했는지, 그래서 로르를 없애고 싶어했는지 의문을 품을 만했다. 경찰이 실질적 증거를 못 찾는다 해도 어쨌거나 오명을 벗기 어려우리라는 건 누가 봐도 뻔했다. 그러니 이편이 나았다.

사무실 문이 열리면서 가브리엘이 들어왔고 로케 순경이 그 뒤를 따랐다.

"제발 프랑스 경찰이 피에르를 찾았다고 말해주세요." 아이리스가 말했다. "벌써 사흘이나 됐어요."

"죄송하지만 아직 못 찾았습니다." 로케 순경이 의자를 꺼내 앉았다. "설리번 씨가 선생님이 우연히 들었던 그 다툼에 대해 충분히 해명한 건 이미 아시겠죠." 순경이 잠시 말을 멈췄다가 다시 입을 열었다. "조지프는 자신들의 관계를 두 분께 털어놓자고 했고 로르는 원치 않았던 것 같아요. 피에르 때문에 두 분이 인정하지 않을 거라 생각한 거죠. 그리고 조지프가 그 후에 여기서 나간 건 급한 호출을 받고 친구를 병원에 데려가기 위해서였어요."

아이리스는 고개를 끄덕였다. "에스메요. 알아요, 그녀가 말해줬어요." 순간 아이리스는 자신이 수사를 방해하려 했다고 로케 순경이 생각할 수도 있겠다 싶었다. "제가 헷갈리게 했다면 죄송해요."

그녀가 덧붙였다.

"아니요, 전혀 그렇지 않습니다. 알려주신 건 잘한 거예요." 또다시 말이 끊겼다. "설리번 씨는 선생이 로르를 성가셔했을 수도 있다고 생각하더군요. 그게 사실인가요? 로르 때문에 성가셨다는 게?"

"아니요, 전혀 그렇지 않아요. 로르가 곁에 있어서 즐거웠어요."

"가브리엘, 선생은 어떤가요? 비슷한 감정인가요?"

"네, 그럼요."

로케 순경이 웃었다. "그럼, 더 시간 뺏지 않겠습니다. 일어나지 마세요. 이만 가볼게요."

44장

가브리엘이 계단을 쿵쿵거리며 내려와 부엌으로 불쑥 들어왔다.

"경찰이야. 방금 밖에 경찰차가 서는 걸 봤어. 로케 순경이랑 모르는 남자야."

아이리스는 손을 다급히 가슴께로 가져가며 대꾸했다. "피에르를 찾았나 보네."

"그러길 바라야지."

두 사람은 경찰이 초인종을 누를 때까지 잠시 심호흡을 하며 기다렸다. 초인종이 울리자 가브리엘이 문을 열어주러 나갔고 아이리스는 부엌에 그대로 있었다.

"안녕하세요, 아이리스." 로케 순경이 문 앞에 와서 말했다. "제 동료인 라메시 순경입니다." 그러고는 가브리엘을 돌아보며 물었다. "같이 차 한잔 할 수 있을까요?"

"그럼요, 당연히요."

가브리엘은 주전자를 들어 물을 채우면서 뭔가 잘못됐다고 생각했다. 로케 순경이 차를 마다하지 않은 건 이번이 처음이었다. 게다가 보통 혼자 왔는데 오늘은 동료와 함께였다.

로케 순경이 의자를 꺼내 아이리스 맞은편에 앉았다. 라메시 순경은 아이리스 옆자리를 가브리엘을 위해 비워두고 로케의 옆자리에 앉았다.

"설탕 넣으세요?" 가브리엘이 찬장에서 머그 네 개를 꺼내 조리대에 놓으면서 물었다. 컵을 나란히 줄 세우는 모습을 아이리스가 빤히 쳐다보았다. 그의 그런 행동 또한 뭔가가 잘못됐음을 감지했다는 신호였다.

"하나요." 라메시 순경이 말했다.

"전 괜찮습니다." 로케 순경이 말하며 아이리스에게 미소를 지어 보였지만 눈을 마주치지는 않았다.

주전자가 딸깍 소리를 내며 꺼졌다. 세 사람은 가브리엘이 머그에 물을 붓고 홍차 티백을 담가 잠시 흔든 다음 티백을 하나씩 꺼내 쓰레기통에 넣는 모습을 지켜보았다. 이어 그가 식탁에 머그와 함께 설탕과 우유 한 팩, 티스푼 네 개를 놓을 때쯤엔 부엌의 긴장감이 손으로 만져질 듯했다.

"고맙습니다." 가브리엘이 의자에 앉자 로케 순경이 말했다. 이어서 그들은 우유를 돌렸다. 마시기 힘들 만큼 뜨거운데도 로케 순경이 머그를 들어 한 모금 홀짝이자 모두 그녀를 따라 했다.

"프랑스 경찰이 피에르를 찾았습니다." 로케 순경이 말했다.

아이리스의 입에서 휴, 하고 한숨이 새어 나왔다. "정말 다행이
네요."

"죄송하지만 희소식은 아닙니다."

"무슨 말인가요?" 가브리엘의 목소리가 날카롭게 울렸다.

아이리스가 그의 손을 잡고 꼭 쥐었다. 그를 위해서이기도 했지
만 자신을 위해서이기도 했다.

"말씀드리기가 쉽지 않네요." 로케 순경이 말했다. "안타깝지만
피에르는 사망했습니다."

무시무시한 정적이 감돌았다. "뭐라고요?"

"프랑스 경찰이 오늘 오전에 피에르의 시신을 발견했습니다."

아이리스가 자리에서 일어나자 의자가 덜컹 소리를 내며 뒤로
움직였다.

"아니, 아니요. 그럴 리가 없어요. 착각하신 거예요!"

"아이리스……."

부엌이 빙빙 도는 느낌에 아이리스는 식탁 가장자리를 더듬었
다. 이어 가브리엘이 두 팔로 자신을 잡아 쓰러지지 않게 붙드는 것
이, 다음으로 두 손을 자신의 어깨에 올리는 것이 느껴졌다.

"앉으시죠." 로케 순경이 그녀를 의자에 앉히며 말했다. "가브리
엘도요."

둘 다 의자에 털썩 앉았다. 가브리엘은 곧장 두 손에 얼굴을 파
묻었다.

"어째서요?" 가브리엘이 울음을 삼키며 물었다. "어째서 피에르
가 죽었다는 거죠? 어떻게 참변이 이렇게 이어질 수 있나요? 도저히

감당이 안 되네요.”

“유감입니다.” 로케 순경이 자상한 목소리로 말했다.

“어떻게 된 거예요?” 아이리스는 이가 덜덜 떨렸다. 온기가 필요해 머그에 손을 뻗었지만 컵을 들어 올리려 하자 차가 넘쳐흘렀다.

“숨을 좀 돌리시죠.” 라메시 순경이 권했다. “서두르실 거 없습니다.”

아이리스가 멍한 표정으로 고개를 끄덕이고선 떨림을 멈추기 위해 양손을 꽉 눌렀다. 가브리엘이 벌떡 일어나 옆에 놓인 키친타월을 집더니 한 장을 뜯어서 코를 풀었다.

“알겠습니다.” 가브리엘이 떨리는 목소리로 말했다. “준비됐습니다.”

그러고는 자리에 앉았다. 아이리스가 그의 손을 다시 찾아 단단히 쥐었다.

“피에르의 시신이 오늘 오전 그의 아파트 지하실에서 발견됐습니다. 보아하니 각 아파트 건물마다 지하실에 작은 창고가 배정돼 있더군요.”

가브리엘이 고개를 끄덕였다. “피에르와 로르가 스키 장비며 자전거를 그곳에 보관했어요. 여분의 냉동고도요. 그리고 공구도…… 톱도 있었어요. 세상에.” 그가 얼굴을 문질렀다. “그렇게 된 건가요? 거기서 사고를 당한 거예요?”

“아니요, 사고가 아닙니다.”

“그러면…… 그게 무슨 소린가요? 피에르가 자살했다는 건가요?” 가브리엘이 언성을 높이다 울부짖었다. “이런 세상에, 제가 보낸 문자 때문인가요?"

로케 순경이 얼굴을 찡그렸다. "무슨 문자였는데요?"

가브리엘이 말하고 싶지 않다는 듯한 표정을 지었다. "로르가 죽기 며칠 전에 피에르에게 로르가 마음을 접었다고, 그가 오지 않으면 그녀를 영영 잃을 거라고 문자를 보냈어요."

"피에르가 답장을 했나요?"

"아니요. 그래서 경찰에 언급하지 않았어요." 그가 고통이 선연한 얼굴로 로케 순경을 쳐다보았다. "그 문자가 그를 낭떠러지로 몬 건가요? 읽음 표시가 없어서 피에르가 안 본 줄 알았어요."

"그래서 아르노한테 7월 말까지 쉬겠다고 말했나 봐요." 아이리스의 목소리가 흔들렸다. "아무도 자신을 찾지 않길 원했어요."

가브리엘이 고개를 푹 숙여 두 손에 얼굴을 파묻었다. "제 잘못이에요. 피에르한테 아무 말도 하지 말았어야 했는데."

"가브리엘." 로케 순경이 그의 팔에 손을 올렸다. "피에르는 자살한 게 아니에요."

가브리엘이 고개를 들었다. "뭐라고요?"

"그 문자 좀 볼 수 있을까요?"

그는 고개를 끄덕이고 휴대폰에서 문자를 찾아 그녀에게 건넸다.

"아직 읽지 않음으로 돼 있네요." 로케 순경이 말했다.

"이해가 안 돼요." 가브리엘의 얼굴에 좌절감이 역력했다. "자살한 게 아니라면 피에르가 어떻게 죽었다는 건가요?"

라메시 순경이 헛기침을 하더니 말했다. "말씀드리기 유감스럽지만 피에르는 살해당했습니다."

45장

아이리스는 두 팔로 몸을 감싼 채 침실 창가에 섰다. 라디오에서 기온이 30도대 중반이라고 하더니, 오늘도 날씨가 화창했다. 집 안에 드리운 숨 막힐 듯한 적막함을 깨우기 위해 라디오를 계속 틀어놓은 터였다.

더운 날씨에도 그녀는 몸을 떨었다. 피에르 부부의 아파트 지하실 창고에 있던 냉동고에서 피에르의 시체가 발견됐다는 말을 라메시 순경에게 들은 뒤부터 한기를 느꼈다. 마치 그녀의 몸이 피에르에게 벌어진 일을 그대로 비추고 있는 것만 같았다. 그는 심장에 칼을 맞은 상태였다고 했다.

울음이 도무지 멈추질 않았지만 그녀의 눈물이 가브리엘의 고통을 더했으므로 그쳐야 했다. 가브리엘은 무너졌다. 철저히, 완전히 무너졌다. 얼굴은 핼쑥하니 수척해졌고, 며칠 새 흰머리가 듬성

듬성 난 탓에 부쩍 나이가 들어 보였다. 큰 충격을 받으면 하룻밤 사이에도 머리가 하얗게 센다더니 아이리스는 이제야 그 말이 사실임을 깨달았다.

어쩌면 그녀도 그럴지 몰랐다. 거울을 안 봐서 알 수 없었다. 굳이 옷을 갖춰 입고픈 마음이 생기질 않았다. 그날 아침에야 몸에서 나는 땀 냄새를 맡고 겨우 샤워를 했다. 그것도 자신이 아니라 가브리엘을 위해서였다. 그녀는 샤워를 마친 다음 벗어둔 레깅스를 도로 입었다. 셔츠 역시 커피를 쏟지 않았으면 땀 냄새가 나든 말든 아마 그대로 입었을 것이었다.

아이리스는 간신히 옷장으로 걸어가 선반에서 스웨터를 꺼내 힘겹게 걸쳤다. 전신이 슬픔으로 딱딱하게 굳어 팔다리가 자연스레 구부러지지 않았다. 그녀는 계단으로 걸어가 몸을 지지하기 위해 난간을 잡고 천천히 내려갔다. 부엌 한편에 친절한 이웃이 가져다준 전골 요리가 놓여 있었다. 가브리엘은 베스를 데리러 개트윅 공항에 가고 없었다. 베스가 그날 아침, 원래 예정보다 3주나 앞당겨 그리스를 떠나 이곳으로 오고 있기 때문이었다. 아이리스와 가브리엘은 입맛이 없다 쳐도 베스는 배가 고플지도 몰랐다.

오븐을 열어 전골을 집어넣고 문을 닫았다. 서 있는 것만으로도 기운이 너무 빠져 서둘러 앉으려다가 오븐을 켜지 않은 게 생각났다. 손을 뻗어 다이얼을 반쯤 돌린 다음 의자에 털썩 주저앉았다.

베스는 피에르가 살해당한 것을 아직 모른다. 아이리스와 가브리엘은 논의 끝에 로르가 죽은 지 얼마 되지 않은 이때 베스가 그 일까지 혼자 감당하기는 너무 힘들 거라 판단했다. 그렇지만 그들이 직접 말해주기도 전에 소셜미디어를 통해 알게 되면 어쩌나 싶어 피에르가 죽은 채로 발견됐다고만 알려주었다. 베스는 자세히 물어보지 않고 그저 집에 오고 싶다고만 했다. 그들은 베스에게 사실을 말해주기가 두려웠다. 궁금한 것이 한두 가지가 아닐 테지만 그들에겐 해줄 답변이 없었다.

자동차가 진입로에 들어서는 소리가 들렸다. 아이리스는 식탁을 잡고 몸을 천천히 일으켜 세웠다. 차 문이 철컥 닫히는 소리가 연이어 들렸다. 그녀는 복도로 가서 창밖을 내다보았다. 참담한 얼굴로 들어서는 베스를 보고 아이리스는 안도의 한숨을 쉬었다. 가브리엘이 벌써 사실을 말해준 게 분명했다.

46장

로케 순경이 다시 찾아왔다. 로르가 죽은 지 9일, 피에르의 시체가
냉동고에서 발견된 지 4일째 되는 월요일 아침이었다.

"피에르가 살해된 시점이 프랑스 경찰이 처음 생각한 것보다 이
른 것 같습니다." 어느덧 친숙한 장소가 되어버린 부엌 식탁에 모두
둘러앉자 로케 순경이 말을 이었다. "6주 전일 가능성이 커요."

아이리스가 복도 끝 계단을 바라보며 눈을 깜빡였다. 베스가 아
직 자고 있어서 다행이었다. 베스에게는 어떤 소식이든 자신과 가
브리엘이 전해주고 싶었다. 그 순간 로케 순경이 방금 한 말이 뇌리
에 꽂혔다.

"6주요?" 가브리엘이 한발 빨랐다. "피에르가 6주 전에 죽었다고
요?"

"네, 프랑스 경찰은 7월 초쯤에 살해당한 것으로 추정하고 있어

요.”

“7월 초요?” 아이리스가 할 말을 잃은 듯한 표정으로 가브리엘 쪽을 돌아보았다. “그 시기면 로르가 피에르를 만나러 파리에 갔을 때잖아. 세상에, 그래서 피에르가 안 나타났던 걸까? 이미 이 세상에 없어서?”

“맙소사.” 가브리엘이 중얼거렸다.

아이리스의 두 눈에 눈물이 차올랐다. “로르는 피에르가 마음이 식어서 안 나타났다고 생각했잖아. 하지만 사실은 그가 이미 사망한 후라 안 나타난 거라면? 이렇게 황망한 경우가.”

“그게 언제였나요?” 로케 순경의 다급한 목소리에 놀라 아이리스가 고개를 들었다. “로르가 피에르를 보러 파리에 간 날이 언제입니까?”

“음, 정확히는 모르겠어요.”

“아이리스, 중요한 문제입니다.”

로케 순경이 다그치자 아이리스는 휴대폰을 찾아 달력 어플을 열었다. “제가 제이드란 친구와 만나서 점심을 먹은 다음 날이었어요. 여기 있네요. 제이드와의 점심이 7월 1일 금요일이었어요. 그러니 로르가 피에르와 만난 건 2일일 거예요.”

로케 순경이 얼굴을 찌푸렸다. “2일이요?”

“네.”

다시 아이패드를 확인하는 아이리스 위로 정적이 드리웠다.

“아이리스, 그날 하루를 순서대로 설명해줄 수 있나요? 로르가 피에르를 만나러 파리에 갔던 날이요. 로르가 몇 시에 떠났죠?”

"이런, 기억이 안 나요. 제가 역까지 바래다줬기 때문에 일찍 서두르긴 했어요. 1시에 피에르와 집에서 만나기로 했고 프랑스는 한 시간 늦으니 9시쯤에는 유로스타를 타야 했을 거예요. 그래, 맞아요, 9시 유로스타를 예약했어요. 두 시간 반 정도 걸리니까, 프랑스 시간으로 북역에 12시 반에 도착했을 거예요. 그러면 1시에 집에 도착하기에 시간이 충분해요."

"그런데 피에르가 집에 없었나요?"

"네."

"피에르가 집에 없다는 말을 로르가 언제 했나요?"

"오후 3시쯤이요. 북역에서 전화했어요."

"그러면 프랑스 시간으로 4시겠군요."

"네, 열차표를 조금 더 이른 시간으로 바꿨다고, 좀 있으면 출발한다고 말했어요."

"다른 말은 없었나요?"

"네, 별다른 얘기 없이 마컹 역으로 데리러 나와달라고만 했어요. 늦게까지 안 올 줄 알았기 때문에 놀랐죠. 로르가 당일치기를 할 거라고 말하긴 했지만 진짜 돌아올 줄은 솔직히 몰랐어요. 피에르와 관계를 수습하기를 바랐으니까요. 피에르와 어떻게 됐냐고 물어보니 로르가 울음을 터트리면서 그가 집에 없었다고 말했어요."

"집에서 얼마나 오래 기다렸는지 말하던가요?"

"아니요. 하지만 지하철을 타고 아파트에서 북역까지 가는 데 15분 정도 걸려요. 로르가 저한테 전화했을 때는 이미 북역에 도착해 이른 시간으로 표를 바꾼 후였어요." 아이리스는 프랑스 시간으로 4시부터 그날 일을 힘겹게 되짚어나갔다. "그러려면 3시쯤에는 집을 나섰을 거예요. 아니, 그것보다 일렀겠군요. 집을 나서서 북역에 도착하기 전에 쇼핑을 했거든요."

"쇼핑이요?"

"네, 로르를 데리러 역에 갔을 때 새 옷을 입고 있었어요. 제가 옷이 예쁘다고 칭찬하자 자신에게 새로운 뭔가를 선물하기로 결심했다고 하더군요."

로케 순경의 얼굴이 일그러졌다. "역에 데리러 나갔을 때 로르의 기분이 어떻던가요?"

"기분이 여전히 가라앉아 있을 줄 알았는데 아니었어요. 도전적인 느낌이랄까. 가만 보니 기차에서 누구랑 대화를 나눴는데 그 사람이 피에르는 그녀와 함께할 자격이 없고 그녀는 더 나은 대접을 받을 수 있다고 말했던 모양이에요." 아이리스가 미소를 살짝 머금고 덧붙였다. "그 말을 마음에 새기기로 다짐한 게 분명해요."

"집에서 나설 때 입었던 옷은 어디에 있었나요?"

"가방에 있었겠죠." 아이리스는 잠시 생각했다. "아, 그리고 보니 가방에 없었네요. 핸드백만 들고 있었거든요. 그보다 큰 짐은 없었어요. 말했다시피 당일치기를 염두에 뒀으니까요. 그러니 돌아오는 표를 샀죠."

"옷을 산 가게에서 받은 쇼핑백은 손에 없었나요?"

"네, 없었던 것 같아요. 본 기억이 없어요."

"파리에 갈 때는 무슨 옷을 입었는지 기억나세요?"

"네, 하늘색 원피스에 파란색 캔버스화요. 색깔 맞추는 걸 좋아했거든요. 하늘색 원피스는 저랑 같이 산 옷이에요. 그래서 집에 돌아왔을 때 다른 옷을 입고 있다는 걸 눈치챘죠."

"그 옷을 볼 수 있을까요? 원피스와 신발이요."

"그럼요."

로케 순경은 아이리스를 따라 위층으로 올라갔다. 아이리스가 로르의 침실 문을 열고선 우뚝 멈춰 섰다. 로르가 사망한 후로 그 방에 발을 들인 게 처음이었다. 경찰이 드나들긴 했지만.

"처음, 처음 들어오는 거예요. 침대보조차 못 벗겼어요." 아이리스가 더듬거리며 말했다. "언젠가는 마주해야 한다는 걸 알지만 차마 못 하겠어요."

"당분간은 모든 물건을 있는 그대로 두는 게 최선입니다."

"로르 냄새가 나요." 아이리스의 목소리가 흔들렸다. "로르의 향수 냄새요."

"천천히 하세요."

아이리스가 고개를 끄덕인 다음 옷장으로 걸어갔다. 옷장 문을 열고 로르가 입었던 옷마다 각각 떠오르는 기억들에 괴로워하며 옷걸이에 걸린 옷을 훑었다. 그렇게 많지는 않았다. 이 집에 빈손으로 왔던 터라 두 사람이 함께 쇼핑을 가서 원피스 두 벌, 치마 한 벌, 청바지 한 벌, 반바지와 티셔츠 몇 벌만 구매했었다.

"여기 없네요." 아이리스가 눈물을 참으면서 말했다. "원피스요. 세탁실에 있나 봐요."

"로르가 신었던 캔버스화는 어떤 건가요?"

로르가 신던 신발 몇 켤레가 옷장 바닥에 줄지어 가지런히 놓여 있었다. 아이리스는 재빨리 신발을 훑어보았다.

"그것도 없어요. 아래층에 있나."

두 사람은 다시 계단을 내려갔다. 아이리스는 복도를 확인한 후, 그녀와 가브리엘이 신발을 보관해두는 계단 아래 선반과 뒷문 바깥쪽까지 살펴보았다. 심지어 차고까지 둘러봤다. 하지만 로르의 파란색 캔버스화는 어디에도 보이지 않았다. 하늘색 원피스도 세탁실에 없었다.

아이리스는 로케 순경을 흘끗 쳐다보았다. 순경의 표정을 보니 옷이 그곳에 없다는 사실에 어떤 의미를 부여하고 있음을 알 수 있었다.

"로르의 방을 한 번 더 둘러봐도 될까요?" 로케 순경이 물었다.

"그러세요."

"고맙습니다."

아이리스는 가브리엘과 라메시 순경이 기다리고 있는 부엌으로 돌아갔다. 가브리엘이 양손에 얼굴을 파묻고 있다가 고개를 들었다. "무슨 문제 있어?"

"로르의 옷이 옷장에 없어. 로르가 파리에 갈 때 입었던 거랑 신발." 아이리스가 대꾸했다.

"그게 무슨 관련이 있는데?"

아이리스가 가브리엘 옆 의자에 털썩 앉으며 말했다. "나도 몰라."

"맙소사."

"물 좀 드릴까요?" 라메시 순경이 물었다.

"주세요."

"가브리엘은요?"

"전 괜찮아요."

라메시 순경은 잔에 수돗물을 담아 아이리스에게 가져다주었다. 아이리스는 로케 순경이 어서 내려오기를 바라면서 천천히 물을 마셨다. 그녀가 원하는 건 그들 부부가 완전히 무너지기 전에 로케와 라메시 순경이 집에서 나가는 것뿐이었다.

그때 계단을 내려오는 발소리가 들리더니 로케 순경이 부엌으로 들어왔다. 그녀는 고무장갑을 낀 채 휴대폰을 들고 있었다.

"두 분 중에 이 휴대폰 보신 분 있어요?" 로케 순경이 휴대폰을 들고 물었다. 감청색 케이스가 씌워져 있고 뒷면에는 흰색 로고가 있는 휴대폰이었다.

아이리스가 고개를 저었다. "아니요."

가브리엘의 얼굴이 하얗게 질렸다. "피에르 휴대폰 같은데요."

47장

가브리엘은 믿지 않으려 했다. 도무지 이해할 수 없었다. 하지만 프랑스 경찰의 발표에 따르면 로르가 피에르를 죽였다고 했다.

프랑스 경찰은 로르가 거짓말을 했다고, 피에르는 그날 아파트에 있었고 그녀에게 살해당했다고, 계획 살인 즉 그녀가 피에르를 죽일 의도로 그곳에 갔거나 언쟁 끝에 살인을 저지른 거라고 단정했다.

아이리스는 로케 순경에게 그토록 가냘픈 로르가 어떻게 피에르의 시체를 들어서 냉동고에 넣을 수 있느냐 물었고, 순경은 피에르 역시 몸집이 작았기 때문에 가능했을 거라 답했다. 프랑스 경찰은 시체를 들어 올리고 힘껏 떠밀기를 수차례 반복하면 로르가 옮기는 게 가능했으리라 보았다. 그리고 그날 저녁 그녀가 돌아왔을 때 다른 옷을 입고 있었던 것도 문제가 됐다. 프랑스 경찰이 로르가 프랑스에 갈 때 입었던 옷을 찾기 위해 수색 작업을 벌였지만 이미 매립지에 가 있는지 영영 못 찾을 것 같다고 알려왔다. 그러니 이제 가브리엘과 아이리스도 받아들여야 했다. 로르가 피에르를 살해했다는 사실을.

추억이 가브리엘의 머릿속으로 밀려왔다. 네 사람이 노르망디 해변에서 함께 보낸 시간들, 피에르가 두 팔로 로르를 안고서 바다로 첨벙첨벙 들어가 물속에 던지던 것, 로르가 비명을 지르며 다리를 버둥거리던 모습, 가장 좋아하는 파리 레스토랑에서 함께했을 때, 해산물이 수북이 쌓여 있던 접시, 로르와 피에르가 마지막 남은 작은 바닷가재를 놓고 싸우던 광경, 도르도뉴강 언덕 꼭대기에서 로르가 피에르의 어깨에 머리를 기댄 채 함께 석양을 바라보던 일…… 어떻게 그녀가 그를 죽이게 될 거라 상상할 수 있겠는가? 그리고 왜? 피에르에게 없던 아이가 **생겨서**? 그가 바람을 피워서? 그가 다른 여자와 새로운 삶을 꾸리고 싶어서? 그녀가 다른 남자와 새출발하고 싶어서? 둘 다 죽었는데 어떻게 알 수 있겠는가?

가브리엘은 피에르가 살해당했다는 사실을 감안했을 때 로르가 사망한 원인에 달라지는 점이 있는지 로케 순경에게 물었다. 순경은 불편한 표정을 지으며 비공식적으로 말하는 것이지만 자살일 가능성도 있다고 답했다. 언젠가는 경찰이 창고를 수색하게 될 테니 피에르가 살해당했다는 사실이 결국 드러나리라는 걸 로르도 알았을 터였다.

그는 로르가 더 이상 안쓰럽지 않았다. 그녀는 피에르를 죽였고, 가브리엘과 아이리스는 그것도 모른 채 그녀를 위해 눈물을 흘리고 슬퍼했다. 그에게 그보다 더한 배신은 없었다.

48장

아이리스와 가브리엘은 결연한 분위기에도 불구하고 겉으론 태연해 보이려 애쓰며 길을 걸었다. 사실 아이리스는 자신이 끔찍하리만치 눈에 띌 게 분명하다고 생각했다. 그들의 집과 에스메의 집 사이에 사는 모든 이웃이 커튼 뒤에 숨어 그들을 훔쳐보며 이렇게 수군거릴 것 같았다. '어머, 저기 좀 봐. 그 집 부부가 드디어 밖에 나왔네. 세상과 담쌓고 산대도 이해할 만하지. 자기 집에 와 있던 친구가 죽는 일이 흔히 있는 일은 아니잖아. 사고사라던데 글쎄, 믿어야 하나. 게다가 얼마 안 돼서 그 친구의 별거 중인 남편도 살해당했다잖아. 들자 하니 범인이 부인인 그 친구라던데. 그런데 여러모로 조금 수상쩍지 않아? 가끔 우리가 모르는 뭔가가 있을 수도 있겠다는 의심이 든다니까. 무슨 말인지 알지.' 그야말로 부끄러움으로 점철된 길이었다.

아이리스는 에스메의 초대에 응한 것을 잠시 후회했다. 하지만 여태까지 그 집 아기를 보지 못한 데다 요즘 매일같이 그랬듯 어제도 에스메와 전화 통화를 하다가 베스가 2주 전 집에 온 후로 안에만 틀어박혀 있어 걱정이라고 털어놓았다. 베스는 정원에서 가브리엘과 함께 일하다가 들어와 점심이나 저녁을 준비하는 아이리스를 도와주며 지내는 데 만족하는 듯했다. 아이리스는 그녀가 베스를 걱정하는 것처럼 베스도 그들을 걱정한다는 걸 알았다. 그들은 모두 서로를 걱정했다. 적어도 겉으로는 그렇게 보였다.

"내일 건너와요." 에스메가 말했다. "제발 거절하지 말아요, 아이리스. 우리 둘 다 당신과 가브리엘이 보고 싶어요. 베스도 만나고 싶고요. 그리고 해미시도 봐야죠. 오면 휴의 아들 마커스도 있을 거예요. 자기 또래를 만나면 베스에게도 좋지 않겠어요? 내키지 않으면 오래 안 있어도 돼요. 하지만 환경이 바뀌면 도움이 될 거예요."

아이리스는 에스메의 말이 맞는다고 생각해 초대를 승낙했다. 그리고 오늘 아침에 외출을 준비하면서(추리닝 바지와 티셔츠가 아닌 다른 옷을 입을 수밖에 없어서 다행이었다) 그제야 해미시의 탄생과 관련된 사실들이 머릿속에 떠올랐다. 피에르가 살해당한 참담한 사건이 아닌 다른 일에 대한 생각으로 한숨 돌릴 수 있는 건 반가운 일이었지만 아이리스는 자신의 생각이 에스메에, 그녀와 조지프의 관계에 꽂히지 않았으면 했다. 그러나 휴가 아닌 조지프가 출산 현장에 있었다는 사실이 영 마음에 걸렸다. 그가 에스메를 병원에 데려간 것은 이해할 수 있었다. 하지만 그가 병원에서 분만하는 내내 그녀 곁을 지켰다는 것, 갓 태어난 아기를 처음 안은 사람이 그라는 것은 아무래도 잘못된 것 같았다. 그런 상황을 일부러 만들 수는 없었다. 물론 에스메가 조지프를 곁에 두기 위해 휴가 등산 갔을 때 아이를 낳아야겠다고 계획했을 리도 만무할 터이다. 하지만 그래도 찜찜했다.

이런 연유로 아이리스는 조지프를 보는 것이 불편했다. 에스메의 집이 가까워지자 그녀는 조지프가 집에 없기를 바랐다. 게다가 자신이 경찰에 조지프와 로르의 다툼에 대해 들었다고 털어놓은 문제도 있었다. 그녀는 그에게 사과해야 한다고 생각했지만 모든 사람이 보는 앞이 아닌 단둘이 있을 때 하고 싶었다.

그날 아침, 로르와 사귀던 조지프는 어떤 기분일지 궁금하다고 한 가브리엘의 말을 듣고 아이리스는 자신이 그간 자기 감정에만 빠져서 정작 이 혼돈 속에 있을 조지프에 대해선 생각해본 적이 없다는 사실을 깨달았다. 그녀는 고작 몇 주밖에 안 되는 시간에 조지프의 감정이 그렇게 깊어졌을 리 없다고 스스로를 변호했다. 하지만 로르가 피에르를 살해했다는 사실은 그에게 커다란 충격일 것임이 틀림없었다.

세 사람이 나란히 걷기에는 보도가 너무 좁아서 아이리스는 뒤로 슬쩍 빠져 베스를 염려스러운 눈길로 쳐다보았다. 베스가 집에 막 도착했을 때는 큰 충격을 받았음에도 구릿빛 피부에 두툼한 밧줄처럼 땋아 내린 매끄러운 갈색 머리칼까지 어우러져 놀랍도록 건강해 보였다. 그러나 이제는 대부분의 시간을 정원에서 보내는데도 얼굴은 백지장처럼 창백했고 눈 아래는 퀭했다. 살도 빠졌다. 다들 마찬가지였다. 가브리엘은 옷이 전부 헐렁헐렁해서 청바지가 내려가지 않게 허리띠를 차야 했다.

　호기심 넘치는 주민들의 이목을 피하고자 그들은 에스메네가 가까워질수록 걸음을 빨리했다. 이윽고 도착해서 그 집 가족과 서둘러 따뜻한 포옹을 나누고 해미시와 마커스를 소개받았다. 마커스는 머리칼이 있고 수염이 없는 것만 빼면 아버지와 판박이였다. 아이리스는 베스가 해미시를 두 팔로 안은 채 정원을 거닐면서 마커스가 하는 말에 웃음을 터트리는 모습을 보고 긴장이 스르르 풀리는 것을 느꼈다.

　"고마워요." 에스메가 차가운 화이트 와인 잔을 손에 쥐여주자 아이리스가 말했다. "우리가 이런 걸 얼마나 필요로 했는지 이제야 알겠어요." 아이리스는 가브리엘과 휴가 대화하고 있는 쪽을 흘끗 쳐다보았다. "특히 가브리엘이요. 그이와 피에르가 워낙 돈독했거든요. 피에르의 인생이 그렇게 잔혹하게 끝났다는 게 그이한테는 고문일 거예요."

　"두 분이 얼마나 힘들지 저는 상상조차 안 돼요."

　아이리스가 고리버들 의자로 걸어가서 앉았다. "피에르에게 아이가 있다는 그 사실만으로 로르가 그토록 극단적인 행동을 하지는 않았을 거예요. 가브리엘이 어느 순간부터 그런 의문이 들었다고 하더군요. 문제는 우리는 그게 뭔지 결코 알 수 없을 거라는 거예요." 그녀가 와인을 기다렸다는 듯 홀짝였다. "모든 상황이 너무 혼란스러워요. 어떤 기분을 느껴야 하는지조차 모르겠어요. 로르가 무슨 짓을 했든 그녀는 내 친구였어요. 그리고 그 일에 대해 나도 부분적으로 책임이 있어요. 그녀의 마음이 어떤지 눈치채고 좀 더 관심을 기울였어야 했는데 말예요. 로르가 파리에서 돌아왔을 때, 북역에서 전화했을 때와는 딴판으로 몹시 흥분한 상태였어요. 솔직히 그녀가 더 이상 우울해하지도, 울지도 않아서 난 그냥 반갑기만 했죠. 그녀의 감정 변화에 의문을 가질 생각도 못 했어요." 아이리스가 잠시 뜸을 들였다. "당시 가브리엘은 혹시 내가 전화했을 때 로르가 고통스러워하던 게 연기가 아닐까 의심했어요. 그게 맞았던 것 같아요."

"자책하지 말아요, 아이리스. 로르가 파리에서 돌아왔을 때 정신적으로 불안정하다는 걸 알아차렸대도 그녀가 피에르를 죽였을 거라곤 추호도 생각지 못했을 거예요."

에스메가 위로하자 아이리스가 대꾸했다.

"분명 살인을 하게 만든 도화선이 있었을 거예요. 로르가 그를 죽일 의도를 갖고 파리에 갔을 리 없어요. 피에르가 무슨 말을 해서 로르가 자제력을 잃은 게 틀림없어요."

"파리에 다녀온 다음 날 아이리스 집에 가서 로르를 봤는데 굉장히 침착했어요. 24시간도 안 되는 시간 전에 피에르를 무참히 살해했다는 게 믿기지 않을 정도로요."

"로르가 그날 일찍부터 술을 마셨던 게 기억나요. 자신이 저지른 짓을 잊고 싶었나 봐요." 이어 아이리스는 말을 돌렸다. "정원이 훨씬 근사해 보이네요."

에스메가 고개를 끄덕였다. "조지프가 지난 3주 동안 풀타임으로 일한 게 확실히 도움이 됐어요."

"조지프는 어때요?"

"충격에서 헤어 나오지 못하고 있어요. 로르의 죽음으로 큰 충격을 받은 데다 조사를 받은 것도 타격이 컸어요. 두 사람이 사귀는 걸 몰랐던 터라 우리 둘도 충격이었죠." 에스메가 잠시 말을 멈추었다. "아이리스가 제게 귀띔해주려 했지만 난 그게 사실이 아니었으면 했어요. 조지프가 로르에게 좋은 사람이 아니라고 여겼거든요. 하지만 조지프는 로르를 사랑했던 것 같아요. 경찰이 자신이 그녀의 죽음에 연루됐을지도 모른다고 생각했다는 걸 믿지 못했죠."

"조지프에게 사과해야 해요."

"오늘은 집에 없어요. 엄마를 보러 갔어요." 에스메가 주저하다 말을 이었다. "이번 주에 파리에 가나요?"

아이리스가 고개를 끄덕였다. 가브리엘과 아이리스 둘 다 지난주 로르의 장례식에는 참석하지 못했지만 피에르의 장례식에는 갈 계획이었다. "네, 화요일에요. 장례식이 수요일이니까요. 그리고 목요일에 돌아와요." 에스메가 천천히 고개를 끄덕였다. "왜요?" 아이리스가 물었다.

"조지프는 로르가 피에르를 죽였다는 걸 믿지 않더라고요."

"우리도 그래요. 하지만 정황상 그렇잖아요."

"조지프 말로는 로르는 감히 그런 짓을 할 사람이 못 된다고 하더군요."

"로르에겐 우리가 모르는 부분이 훨씬 많았어요." 아이리스의 목소리가 슬프게 들렸다. "그리고 안타깝지만 조지프가 로르와 알고 지낸 건 겨우 몇 주예요. 그 짧은 시간에 로르의 진짜 모습을 알 수는 없어요."

"동감이에요. 슬픔이 커서 그러는 거겠죠." 에스메가 고개를 돌려 정원 쪽을 내다보았다. "베스는 사랑스러운 아이예요. 정말 자랑스러우시겠어요."

아이리스가 웃었다. "고마워요. 네, 그럼요. 자랑스럽고말고요. 베스가 곁에 있으면 기분이 좋아져요, 베스는 별로 좋지 않겠지만요. 가브리엘과 내가 지금 그다지 즐거운 말벗이 되지 못하고 있거든요."

"베스도 이해할 거예요. 혹시라도 베스가 분위기 전환이 필요하다고 하면 언제든 와서 해미시를 껴안으라고 하세요."

"너무 좋은 분들이야." 두 시간 뒤 집으로 걸어가면서 베스가 말했다. "에스메 아줌마가 그러는데 오고 싶으면 언제든 와도 좋대."

아이리스가 고개를 끄덕였다. "그것만 봐도 너무 좋은 사람이지. 그 집 문은 말 그대로 항상 열려 있어. 사람들이 아무 때나 들어와도 개의치 않아."

베스가 웃었다. "정말 멋있다. 나라면 싫을 텐데. 얼굴에 마스크 팩을 붙이고 있거나 잠옷 차림일 때 누가 들어온다고 상상해봐."

"에스메는 그런 일들이 일어나도 전혀 당황하지 않아. 나라면 그보다 최악이 없을 거야."

"하지만 엄마도 로르 아줌마가 불쑥 나타났을 때 반갑게 맞아주고 편히 지내게 해주었잖아."

아이리스는 베스의 칭찬에 울컥했지만 그럴 자격이 없다는 기분이 들어 고인 눈물을 억지로 삼켰다. "겉으로는 그래 보였겠지. 하지만 로르 때문에 갈수록 짜증이 났어. 지금은 그런 마음을 가졌던 게 너무 미안해. 게다가 장례식에도 안 갔잖니." 그녀가 떨리는 목소리로 덧붙였다. "차마 갈 수 없었어. 우리가 그녀가 한 짓을 용서하는 것 같아서."

베스가 아이리스에게 팔짱을 꼈다. "그 일로 자책하지 마, 엄마. 안 가길 잘했어. 그리고 마음이 안 좋으면 로르 아줌마가 남편을 죽였다는 걸 떠올려." 베스의 목소리가 단호했다. "그러면 로르 아줌마를 향한 일말의 연민도 사라질 거야."

49장

가브리엘은 열차에 앉아 창문 너머를 응시했다. 피에르의 장례식이 끝나자 그동안 그를 지탱해준 얼마 없는 에너지마저 바닥나버렸다. 곧 세인트 판크라스 역에 도착할 예정이었지만 지칠 대로 지쳐버려 기차에서 내릴 수나 있을지 의문스러웠다.

가브리엘이 가장 두려운 건 머릿속에서 그 일들을 떨쳐내야 하지만 그럴 수 없을 것 같다는 불안감이었다. 그랬다, 힘든 한 해였다. 사랑하는 아버지와 그만큼 사랑했던 반려견을 잃었고, 채석장에서 숨이 끊어지기 직전의 찰리를 발견했다. 가장 친한 친구가 아내에게 살해당했고, 그의 아내는 그 후 투신자살을 했다. 기분이 우울하다 해도 이상할 게 없었다. 하지만 자신을 버티게 해줄 긍정적인 요소를 조금도 찾을 수 없다는 것이 걱정스러웠다. 결혼 생활은 순탄치 않았고 병원으로 돌아갈 의욕도 나지 않았다. 아침에 그를 눈

뜨게 해주는 유일한 존재인 베스는 곧 대학에 갈 예정이었으며, 정원은 완성이 목전이라 그나마 있던 할 일마저 사라질 터였다.

베스는 장례식에 참석하지 않겠다고 했는데 가브리엘과 아이리스 입장에서는 베스를 두고 가는 게 차라리 다행이었다. 가브리엘은 자신이 눈물을 못 참고 흘리는 모습을 딸에게 보이기 싫었다. 자신이 괴로워하는 모습을 보고 딸이 괴로워하는 걸 감당할 수 없을 것 같았다. 또한 그건 그와 아이리스 둘이서 함께 치러야 할 일이었다. 상황이 어느 정도 정리되고 나면 그제야 그들의 삶을 살 수 있으리라는 공통의 안도감으로 둘 사이가 좀 더 가까워질 테니까. 하지만 현실은 달랐다. 간밤에 호텔에서 둘 다 서로에게 입도 뻥긋하지 않아 각방을 쓴 것과 별로 다르지 않았다. 그 어떤 말로도 그들 사이의 거리를 메울 수는 없을 것 같았다.

집에서도 마찬가지였다. 가브리엘은 부엌에 들어갔다가 아이리스가 있는 것을 보면 "미안"이라 중얼거리며 하려던 일을 재빨리 해치우고 자리를 떴다. 그러면서 우리 집 부엌에 들어가는데 왜 미안하다는 거지, 하고 생각했다.

가브리엘은 차창에 비친 아이리스의 모습을 보기 위해 머리 받침에 머리를 기댔다. 아이리스는 꼿꼿하게 앉아 정면을 보고 있었다. 그녀의 얼굴에 서린 황량함에 그는 본능적으로 그녀의 손을 잡았다. 그녀는 그의 손을 움켜쥐지도, 심지어 잡지도 않았다. 그녀의 손은 그의 손길을 견디고 있을 뿐이라는 듯이, 손을 홱 빼면 무례하니 어쩔 수 없다는 듯이, 그의 손안에 힘없이 놓여 있었다.

"괜찮아?" 가브리엘이 아이리스 쪽으로 고개를 돌리며 나긋하게 물었다. 아내의 눈 속에서 이글거리는 분노를 보고 '어떨 것 같아?'라는 답이 날아오리라 생각하고 마음을 굳게 먹었다. 하지만 다른 승객을 의식해서인지 아이리스는 고개만 작게 끄덕였다. 맞은편에 앉은 여자가 아이리스를 흘끗 쳐다보는 게 보였다. 여자가 가브리엘에게로 시선을 돌려 동정 어린 미소를 보내자 그는 몸을 앞으로 내밀며 내 아내가 무슨 일을 겪었는지 알지도 못하면서 마음대로 판단하지 말라고 소리치고 싶었다. 하지만 일단 입을 열면 분노와 빈정거림, 억울함이 속에서 봇물 터지듯 터져 나와 멈출 수 없을까 봐 두려웠다.

클레어도 장례식에 참석했다. 장례식이 끝나고 화장터를 떠나면서 가브리엘은 그녀에게 말을 걸고 싶었지만 그녀는 친구들과 함께였고 아이리스는 그들을 방해하고 싶어하지 않았다. 그런데 아이리스가 피에르의 직장 동료들과 대화하는 사이, 혼자 서 있는 가브리엘에게 클레어가 다가와 말을 걸었다.

"정말 유감이에요." 클레어가 말했다. "로르를 그렇게 보낸 지 얼마 되지도 않아 이런 일이 벌어지다니 두 분 모두 정말 힘드시겠어요. 네 사람이 얼마나 친했는지 알아요. 우리한테도 무척 힘든 일이에요." 그녀가 친구들 무리를 가리켰다.

"둘 다 그렇게 되다니 말도 안 돼요." 가브리엘이 말했다. "게다가 그렇게 끔찍하게 말이에요." 가브리엘은 머뭇거리다가 솔직히 물었다. 그녀를 다시는 못 볼 테니 물어봐야 했다. "어떤 일이 있었는지, 로르가 왜 피에르를 떠났는지 아세요?"

클레어는 고개를 저었다. "피에르가 말해준 건 두 사람이 각자만의 시간을 갖기로 결정했다, 로르가 영국의 당신 집에 당분간 지내러 갔다는 게 전부예요. 이유를 말해준 적도 없고 제가 물은 적도 없어요. 본인이 말하고 싶었으면 했을 테니까요. 그가 말해준 얼마 안 되는 정보로 미루어 짐작건대 합의해서 내린 결정 같았어요." 클레어는 가브리엘과 유감스러운 미소를 주고받았다. "피에르가 평소에 자기 얘기를 얼마나 잘 안 했는지, 자기 문제를 얼마나 혼자서만 삼키는지 알잖아요. 기분이 우울할 때면 혼자 푸는 편이었죠. 그래서 피에르가 7월 한 달 동안 쉬겠다는 문자를 보냈을 때 별생각 없었던 거예요. 늘 하던 행동이었으니까요." 그녀가 말을 계속해도 괜찮나 싶은 듯 머뭇거렸다. "로르 일은 믿을 수 없어요. 진짜 믿기지 않아요. 믿어야 하는 건 알지만…… 모르겠어요, 도무지 이해가 안 돼요. 피에르가 바람을 피웠다는 것도 믿기지 않지만, 설령 그렇다 해도 왜 죽인 거죠?"

그는 피에르에게 아이가 있다는 사실에 대해 들은 바가 없냐고 클레어에게 묻고 싶었다. 하지만 그러지 않았다. 그 일에 대해 생각하면 할수록 로르가 거짓말을 했다는 확신이 점점 강해졌기 때문이었다. 진실은 결코 알 수 없고 따라서 진정한 종결은 절대 없을 거라는 사실이 미련을 버리고 앞으로 나아가는 것을 두 배로 힘들게 만들었다.

아이리스가 손을 빼내는 바람에 가브리엘은 상념에서 깨어났다. 혹시 가방을 뒤적이거나 눈을 비비려는 건가 하고 기다렸지만 그녀는 무릎 위에 놓인 다른 손 위에 손을 포갤 뿐이었다. 그는 아내를 향한 연민을 금할 수 없었다. 그녀의 내면에 몰아치는 혼란이 눈에 보이는 듯해서 할 수만 있다면 최대한 돕고 싶었다. 하지만 아이리스는 손이 닿지 않는 먼 곳에 있는 듯했다.

그리고 매기 잉그램 건도 있었다. 매기를 너무 오래 기다리게 했다는 생각에 다음 주 화요일에 만나기로 약속을 다시 잡아두었다. 좀 더 일찍 만날 수도 있었지만 피에르의 장례식이라는 너무나 고단하고 절망적인 일을 치른 뒤엔 약간의 휴식이 필요할 것 같았다. 가브리엘은 매기를 만나고 나면 모두가 자신을 혼자 내버려두기를, 그래서 비로소 마음 놓고 친구를 애도할 수 있기를 빌었다.

50장

아이리스는 가브리엘의 손에서 자신의 손을 빼낸 것이 못내 미안했다. 그가 자신을 만지는 게 참을 수 없다는 사실이, 특히 그가 가장 친한 친구를 떠나보낸 이런 시기에 자신이 그를 위로할 수 없다는 사실이 싫었다. 하지만 자신이 내면에 쌓인 끔찍한 감정을 가두기 위해 쳐놓은 단단한 장벽을 그가 침범하도록 내버려둘 순 없었다. 그 감정들이 대규모로 걷잡을 수 없이 터질까 봐 두려웠다. 만약 그런 일이 벌어진다면 그녀는 끝날 터였다. 아이리스 펠리는 더는 존재하지 않을 게 분명했다.

자신의 머릿속을 가장 혼란스럽게 하는 존재가 가브리엘도, 피에르도, 심지어 로르도 아니라는 사실 역시 싫었다. 런던으로 돌아가는 기차에 앉아 있는 그녀의 머릿속을 차지한 사람은 바로 조지프였다. 조지프를 보러 간 것이 실수였음을, 조지프가 자신을 용서

할 거라 생각한 것이 실수였음을 아이리스는 혹독하게 깨달았다.

월요일에 에스메의 집에 그를 보러 갔었다. 현관문이 평소와 달리 닫혀 있었다. 아이리스는 전날 에스메가 이튿날 아침 해미시를 데리고 병원에 간다고 했던 말을 기억했다. 그녀는 조지프가 정원에서 일하고 있을 거라 짐작하고 집 옆쪽으로 난 작은 길로 걸어갔다. 그러나 그는 보이지 않았고, 그가 머무는 별채의 문을 두드려도 아무 답이 없었다.

별채 안에 들어가서는 안 되는 거였다. 이제는 알겠다. 하지만 문을 슬쩍 밀어보니 마치 그녀를 반기기라도 하는 것처럼 문이 활짝 열렸다. 안 그래도 궁금하던 차였다. 별채에 사는 조지프에 대한 우스갯소리가 하도 많아서 집이 어떤지 보고 싶었다.

집은 의외로 안락해 보였다. 문을 열자마자 넓은 실내가 나왔는데, 오른쪽 벽에는 소파가, 왼쪽에는 화구가 두 개인 가스레인지와 냉장고가 딸린 부엌이 있었다. 공간 한복판에는 작은 나무 식탁과 의자 두 개가 놓여 있었다.

왼쪽에 있는 문을 열자 더블 침대와 서랍장이 놓인 침실이 나왔다. 로르와 조지프가 그곳에 함께 있었던 이미지를 떨쳐내면서 그녀는 침대 오른쪽 문으로 걸어갔다. 예상대로 작은 샤워실로 이어졌다.

다시 메인 공간으로 돌아온 그녀는 찬장 문을 열었다. 푸른색과 흰색 줄무늬가 새겨진 오븐용 그릇, 소스 팬, 콩 통조림, 병아리콩, 수프가 들어 있었다. 그때 그 집을 나가 밖에서 조지프를 기다렸어야 했다. 그러나 그녀는 소파에 앉아, 모든 사람과 모든 것에서 떨어

져 그곳에 살면 어떨지 상상했다. 그리고 이렇게 생각했다. '이곳이라면 평화를 찾을 수 있을지도.'

"여기서 뭐 하세요?" 분노와 의심이 가득한 조지프의 목소리가 그녀의 생각을 불쑥 뚫고 들어왔다. 그가 혐오감 어린 어두운 얼굴로 문간에 무섭게 서 있었다.

"사과…… 사과하러 왔어요." 아이리스가 말을 더듬으며 허둥지둥 일어났다. 그러나 그녀가 말을 더 잇기도 전에 그가 길을 열어주듯 문에서 한발 물러섰다.

"나가세요."

"그저 설명하고 싶었어요." 아이리스가 당황하여 말했다. "정말로 실수였어요. 난 진짜로 당신과 로르가 말다툼을 하는 줄 알았다고요. 나는……." 그녀가 말을 멈추었다. 조지프가 그녀 쪽으로 걸어오더니 소리쳤다. "지금 당장!"

그날의 기억을 떠올리니 아이리스의 두 뺨이 부끄러움으로 달아올랐다. 그녀는 가브리엘에게 묻고 싶은 말이 있었지만 말을 뱉기 위해 침을 모으기까지 시간이 걸렸다.

"조지프가 우리 집에 다시 일하러 오는 건 아니지?" 마침내 그녀가 물었다.

가브리엘이 눈썹을 추켜세운 채 돌아보자 그녀는 자신의 말이 얼마나 이상하게 들릴지 알아차렸다. 어제 피에르의 장례식에 참석한 이후로 두 마디나 했을까, 그래놓고 느닷없이 조지프에 대해 물어봤으니.

"아니, 지금쯤 집에 와 있을 거야. 일요일에 휴한테 정원 작업을 끝내도록 그를 다시 보내줄 수 있냐고 물었더니 이번 주에 그러겠다고 했어. 아마 화요일에도 왔을 거야. 조지프가 왔는지 베스한테 물어봤어야 했는데."

"왜?" 아이리스는 당황스러움을 숨기려 애썼다. "내 말은, 왜 자기가 끝내면 안 되는데? 이제 할 일이 별로 없지 않아?"

"없지. 그래도 베스가 학교로 가기 전에 끝내고 싶어. 조지프가 도와주지 않으면 그 전까지 끝내긴 힘들 거야."

"그때까지 끝내는 게 중요해?"

"응, 중요해." 가브리엘이 목소리를 낮추었다. "베스한테 집에 돌아오면 완성돼 있을 거라고 약속했는데 이 모든 일들 때문에 약속을 못 지켰어. 그러니 나한테는 베스가 떠나기 전 몇 주 동안 정원을 즐기도록 만드는 게 중요해."

"얼마 동안이나? 얼마나 더 우리 집에 오는 거야?"

"글쎄, 두 주 정도이지 않을까. 저기, 둘 사이가 조금 껄끄러울 수 있다는 거 알아. 하지만 당신이 잘 설명하면 괜찮을 거야."

"로르와 너무 많은 시간을 보낸 곳이라 조지프가 있기 싫어할 거라 생각했어." 아이리스가 목소리를 깔고 화난 듯 말하자 맞은편의 여자가 다시 쳐다봤다가 읽고 있던 책으로 시선을 돌렸다.

"그 생각은 못 했어." 가브리엘이 말했다. "그러면 안 왔을 수도 있겠네." 그가 주머니에서 휴대폰을 꺼냈다. "휴한테 문자로 물어볼게."

아이리스는 좌석에 머리를 기대고 눈을 감은 채 조지프가 로르의 죽음에서 받은 충격으로 이제 그들 집에 일하러 오지 않겠다고 했기를 조용히 기도했다.

그때 가브리엘의 목소리가 그녀의 머릿속을 비집고 들어왔다.

"휴가 방금 확인해줬어. 조지프가 집에 와 있대."

아이리스는 눈을 깜빡이며 눈물을 삼켰다. 다시는 조지프를 보고 싶지 않았다. 하지만 이젠 그가 집에 오는 날마다 그를 피해 다니는 수밖에 도리가 없었다.

51장

가브리엘은 매기 잉그램을 기다리면서 거실을 서성였다. 그러다 금이 간 거울 속의 자신을 흘끗 쳐다보았다. 얼굴이 시체처럼 창백했지만 부디 이 만남 때문에 겁에 질려서가 아니라 지금껏 겪은 충격 때문에 그런 거라고 매기가 생각해주었으면 했다.

잠재의식 속에서 그것이 당시 그들의 관계를 나타낸다고 생각한 걸까, 그와 아이리스는 거울을 교체할 생각을 좀처럼 하지 않았다. 둘 사이가 회복되어야만 새 거울을 걸게 될 것 같았다. 이따금 아이리스와의 관계가 손쓸 수 없을 정도로 망가졌다고 느낀 가브리엘은 거울을 부숴버려야 하나 잠시 고민했다. 베스가 대학 입학을 위해 떠나고 나면 분명 그들 부부도 버티지 못하리라 싶었다. 베스가 둘 사이의 정적을 메워주고 있었다.

초인종이 울리자 가브리엘의 두 발이 제자리에 얼어붙었다. 그는 애써 두려움을 떨쳐냈다. 지난 몇 주 동안 겪은 모든 일에 비하면 이건 아무것도 아니라며.

복도를 걸어가 문을 열었다. 7년여 전 본 뒤로 짧지 않은 시간이 흘렀건만 매기의 모습은 거의 그대로라 다행이었다. 미소가 그다지 밝지 않고 두 눈에 슬픔이 어려 있었지만 가브리엘은 단번에 그녀의 얼굴을 알아보았고 덕분에 마음이 다소 편해졌다.

"이렇게 힘든 시기에 들이닥쳐서 정말 죄송합니다." 매기가 가브리엘의 안내를 받아 거실로 가면서 말했다. "이 일 말고도 해결할 일이 산더미일 텐데 만나줘서 고마워요." 그러곤 머뭇거리다 물었다. "좀 어떠세요?"

그는 극도로 황폐한 자신의 감정을 요약할 단어를 찾았다.

"상실감이 큽니다. 허망하기도 하고요. 마음의 상처가 아물 날이 올지 모르겠어요."

그녀가 고개를 끄덕였다. "좀처럼 쉬워지질 않죠." 그녀가 나지막이 말했다. "그냥 달라질 뿐이에요."

"앉으세요. 차나 커피 드릴까요?"

"아니요, 괜찮습니다."

"찰리 일은 정말 너무 마음이 아픕니다." 가브리엘이 매기의 맞은편에 앉으며 말했다. "찰리에 대해선 좋은 기억이 아주 많아요. 세인트 커스버트에서도 계속 축구를 했으면 싶었죠."

"계속했어요, 럭비와 테니스도요. 스포츠 마니아였죠." 그녀가 짧게 웃어 보였다. "가브리엘이 그 아이의 마지막 순간에 곁을 지켜줘서, 그 아이가 알던 사람과, 아주 좋아하고 존경하던 사람과 함께였어서 정말 다행이에요. 얼마나 큰 위로가 되었는지 모르실 거예요." 그녀가 뜸을 들였다. "그 아이가 혼자…… 혼자 숨을 거뒀다면 저는 못 견뎠을 거예요. 그리고 당신이 그곳에 없었으면 그 아이가 저를 용서했는지도 결코 알 수 없었을 테죠. 저랑 크게 말다툼을 하고 나서 단단히 화가 났었거든요. 어찌나 크게 화를 내던지 해명할 여지도 안 주더군요. 그렇게 집을 박차고 나갔고, 그게 마지막 모습이었어요."

"힘드시겠어요."

"감사해요. 이제 베스 얘기를 해주세요. 어떻게 지내고 있나요?"

가브리엘은 매기에게 베스가 고등학교 졸업 후 한 해를 쉬면서 그리스에서 지냈다는 얘기를 하면서 매기의 너그러움에 겸허해졌다. 자기 아들과 또래인 아이의 이야기를, 인생을 충만히 경험하고 앞날이 창창한 아이의 이야기를 듣는 것이 그녀에게 얼마나 고통스러운 일일지 감히 상상도 되지 않았다. 동시에 창피했다. 그렇다, 그는 친구 둘을 끔찍하게 잃었지만, 매기는 외동아들을 잃고도 자신처럼 자기 연민에 빠져 있지 않고 여전히 매일 침대를 박차고 나왔다.

"아직 보건의 일 하세요?" 베스 얘기를 마치자 매기가 물었다.

가브리엘은 답하길 주저했다. "지금은 아닙니다. 잠시 쉬고 있어요."

"그러시겠죠." 매기가 공감한다는 듯 고개를 끄덕였다. 가브리엘은 자신이 휴가를 쓴 것이 최근이며, 찰리가 아닌 로르와 피에르의 일과 관련이 있다고 그녀가 생각한다는 걸 알아차리고 안도했다.

"피에르 때문에 죄책감이 너무 심해요." 그가 느닷없이 속마음을 털어놓았다. 아이리스에게도 절대 언급한 적 없는, 늘 마음속에 지니고 다니던 지독한 죄의식을 왜 매기에게 털어놓고 있는지 자신도 의아했다. "피에르는 제 가장 친한 친구였습니다. 그런데 그의 기대를 저버렸어요. 로르가 우리 집에 머물기 위해 오자마자 찾아갔어야 했는데 그러지 못했어요. 한 달이 지나서야 갔죠. 초반에 곧장 갔더라면 일이 이 지경이 되지는 않았을 거예요." 매기가 자신의 말을 이해하지 못할 수 있다는 것을 깨닫고 가브리엘이 말을 멈추었다. "죄송해요, 신문 기사를 못 보셨을 수도 있는데."

"봤어요." 그녀가 안심시키듯 말했다. "로르가 발견됐을 때 둘 다 채석장에서 발견됐다는 이유로 언론에서 찰리 사건과의 유사점에 많이 주목했죠."

가브리엘이 질겁한 표정을 지었다. "얼마나 힘드셨을까요."

매기가 웃으며 대꾸했다. "피에르 얘기로 돌아가자면, 후회는 심각한 감정 낭비예요. 아무리 간절히 원해도 과거는 바꿀 수 없어요. 우리가 저지른 실수를 인정할 필요는 있지만 실수가 일상의 모든 순간을 방해하도록 놔둬서는 안 돼요."

"맞는 말씀이에요. 하지만 훌훌 털고 나아가는 게 쉽지 않군요." 가브리엘이 잠시 말을 멈췄다. "매기는 어때요? 지금 일을 하고 계세요?"

매기가 고개를 저었다. "정원에 온 정신을 쏟고 있어요. 학교에서 일할 때 남는 시간에 텃밭 일을 거들곤 했는데 언젠가는 자급자족하며 살고 싶어요. 닭도 키우고요."

"요즘 제 삶이 그래요." 가브리엘이 맞장구쳤다. "전에는 정원을 가꿀 시간이 없었지만 휴직 후 무슨 일을 하면서 시간을 보낼까 찾다가 이전 집주인이 폐허가 되도록 방치한, 담장으로 둘러싸인 오래된 정원을 손봐야겠다고 결심했죠. 그곳에 나가 일하는 시간이 얼마나 즐거운지 모르겠어요."

"담장으로 둘러싸인 정원이라니." 매기가 잠시 눈을 감고 숨을 내쉬었다. "궁극의 꿈이네요."

"구경하실래요?" 가브리엘이 충동적으로 물었다. "바쁜 일이 없으시다면요."

"네, 없어요. 저도 보고 싶군요. 감사합니다."

가브리엘은 담장 정원을 보여줄 사람이 있다는 사실에 기뻐하며 매기를 데리고 집을 통과해 테라스로 나갔다. 그는 끔찍했던 지난 몇 달이 정리되고 나면 아이리스가 정원의 진가를 알아볼 거라 확신했다. 그러나 지금은 그곳이 그녀가 가장 있기 싫어하는 장소였다. 그녀가 다투는 소리를 들었다고 경찰에 말한 일 때문에 조지프가 가까이 있는 게 더는 편치 않다는 사실을 알았다. 그런 점에서 가브리엘이 조지프를 몇 주 더 필요로 한다는 건 불운이었다. 정원만 아니면 가브리엘도 조지프에게 그만 오라고 했을 것이다. 하지만 경험 부족과, 인정하기 싫지만 힘이 달리는 탓에 혼자 할 수 없는 일이 남아 있었다.

"아름다워요." 함께 좁은 길을 걸어가면서 매기가 꽃이 한가득 핀 정원 가장자리를 보고 감탄했다. "이 모든 걸 혼자 하나요? 아니면 부인이 도와줘요?"

"아이리스는 보통 가장자리를 가꾸고 저는 잔디를 깎죠. 하지만 정원 일을 도와주는 사람이 있어요.”

입구에 도착하자 가브리엘이 문을 밀어 열었다.

“정말 근사하네요!” 매기가 소리쳤다. 그러고는 안으로 들어가 주위를 둘러보았다. “작은 길들이 하나같이 너무 예뻐요. 벌써 손을 꽤 많이 보셨네요. 이 관목들은 오랫동안 이곳에 있었던 것 같아요.”

“네, 둘 수 있는 건 그대로 살렸어요. 하지만 보시다시피 심을 게 많습니다. 전에는 어땠는지 사진을 찍어둘 걸 그랬어요. 그러면 석 달 만에 얼마나 많이 진척됐는지 확인할 수 있었을 텐데. 조지프의 공이 크죠. 그 친구가 모든 조경 지식과 전문 기술을 갖추고 있거든요.”

“조지프요?”

“네, 저 구석에 있는 사람이에요. 최근 이 동네에 이사 온 친구네에서 가로채왔죠.” 가브리엘은 말을 멈추었다. 그때 매기가 그의 팔을 와락 잡기에 고개를 돌려 쳐다보니 그녀의 얼굴이 핏기 하나 없이 창백했다. “매기, 괜찮아요? 좀 앉으실래요?” 그녀가 금방이라도 쓰러질까 봐 겁이 난 그는 그녀의 어깨에 팔을 두르고 그녀를 나무 벤치로 데려가려 했다. 하지만 매기는 손을 뿌리치고 몸을 돌리더니 열린 문으로 뛰쳐나갔다. 그러고는 집 쪽으로 난 오솔길을 달려갔다.

“매기!” 가브리엘이 서둘러 그녀를 따라갔다. 멀리서 그녀의 거친 숨소리가 들려왔다. 부엌 창문에 아이리스가 얼굴을 비추었다가 매기에게 미닫이문을 열어주러 뛰어가는 바람에 곧바로 사라졌다.

“잠시 앉으실래요? 물 좀 갖다드릴까요?” 아이리스가 묻는 소리가 들렸다.

매기는 아이리스를 지나쳐 현관문 쪽으로 걸어갔다. "아니, 아니요, 미안해요. 가야겠어요. 잠시 몸이 좋지 않았어요. 하지만 지금은 괜찮아요."

"잠깐 앉아 있다 가지 않아도 괜찮겠어요?" 가브리엘이 뒤쫓아 와서 물었다. "몸이 안 좋으면 운전하기도 힘들 텐데요."

"아니, 정말 지금은 괜찮아요." 그녀가 걸쇠를 찾느라 더듬거리자 가브리엘이 손을 뻗어 문을 열어주었다.

"정 그러시다면." 가브리엘이 말했다.

"괜찮아요. 친절하게 대해주셔서 고맙습니다." 매기가 가브리엘을 지나쳐 아이리스가 서 있는 곳을 쳐다보았다. "안녕히 계세요." 인사를 남기고 매기는 갔다.

가브리엘과 아이리스는 자동차가 진입로를 빠져나가는 소리가 들릴 때까지 그 자리에 서 있었다.

"이게 다 무슨 일이야?" 아이리스가 어안이 벙벙해서 물었다.

"모르겠어. 갑자기 현기증이 일었나 봐. 집까지 안전하게 가야 할 텐데."

"그러게. 그건 그렇고, 대화는 어땠어?"

"아주 좋았어."

"매기와 얘기를 나눈 게 도움이 됐어?"

"응, 큰 도움이 됐어." 가브리엘이 답했다. 그의 거짓말이 매기에게 도움이 되었다면, 그녀가 지난 일을 잊도록 해주었다면 그도 더는 그 일에 대해 죄책감이 들지 않을 것 같았다.

52장

아이리스의 귀에 계단을 내려오는 베스의 발소리가 들렸다.

"무슨 일 있었어?" 베스가 부엌에 들어와 물었다. "침실에서 보니까 찰리의 엄마가 황급히 나가던데."

"무슨 일인지 나도 잘 모르겠어." 아이리스가 자신이 마실 탄산수를 컵에 따르며 말했다. 병을 들고 베스에게 마시겠냐고 묻자 베스는 고개를 저었다. "아빠랑 정원에 있었는데 갑자기 집으로 뛰어 들어오더라고. 몸이 안 좋다고 해서 잠시 앉히려고 했는데 간다는 거야."

"아빠가 무슨 말을 했나? 기분이 상할 만한 말 같은 거? 그러니까, 찰리에 대해 말이야."

"아닌 것 같아. 네 아빠도 나처럼 놀란 것 같았어."

"이상하네." 베스가 조리대에 등을 기댔다. "아빠가 걱정돼, 엄

마. 얼굴이 너무 안 좋아.”

“알아. 하지만 매기와 만난 게 도움이 될 거야.”

베스가 냉장고를 열어 주스를 꺼냈다. “이따가 에스메 아줌마 집에 갈 거야. 해미시를 잠시 봐주기로 아줌마랑 약속했거든.”

‘또?’라고 아이리스는 말하고 싶었다. 하지만 베스에게 잔을 건네며 마음과는 다르게 말했다. “잘했네.” 베스를 탓할 수 없었다. 엄마 아빠와 24시간 붙어 있으면 우울할 게 뻔했으니까.

“2층에 올라가서 책 좀 읽을까 봐.”

“그래.” 아이리스가 베스를 좀 더 붙잡아둘 만한 일이 없을까 궁리하며 웃어 보였다. “토요일에 쇼핑 갔다가 외식하자.”

“좋아.” 베스가 즐겁게 답했다. “같이 시간 보내면 정말 좋겠다.”

베스가 자리를 뜨고 아이리스의 생각이 어젯밤 베스가 에스메 집에서 돌아와 했던 말로 흘러갔다.

“조지프가 해미시를 어찌나 아끼는지 정말 다정하다니까.” 베스가 아이리스 옆 소파에 털썩 주저앉으며 말했다.

아이리스가 책을 내려놓으며 물었다. “어떤 면에서?”

“그냥 해미시한테 홀딱 빠졌어. 에스메가 해미시를 안아주거나 아기 침대에서 데려오거나 재워줄 사람을 찾으면 나와 휴가 가기도 전에 벌써 가 있어. 심지어 마커스는 주말 동안 한 번도 기회를 못 잡았어. 오로지 해미시를 보려고 여기 왔는데 말이야.”

“휴가 싫어하진 않아? 조지프가 그러는 거?”

베스는 웃었다. “다행이라 여기는 눈치야. 부부가 지금 탈진 상태거든. 밤에 해미시 때문에 아직도 두 번씩 잠을 깨서 저녁에 누구든 도와준다고 하면 반가워해."

"그러면 조지프는 매일 저녁 그 집에 있어?"

"매일 저녁은 아니고, 종종. 아빠는 어디 있어?"

"샤워하는 중이야."

베스가 머리 위로 두 팔을 쭉 뻗었다. "난 자러 가야겠어." 그러고 하품하면서 말했다. "엄마는? 안 자?"

"조금만 있다가."

베스가 몸을 기울여 아이리스에게 입을 맞추었다. "잘 자, 엄마. 너무 늦게 자지 말고."

아이리스는 둘의 역할이 바뀐 걸 깨닫고 미소를 지었다. "그럴게."

하지만 에스메와 조지프에 대한 의심이 다시 수면 위로 올라와 그녀는 늦도록 잠들지 못했다. 에스메가 조지프와 연인 사이였을 수 있다는, 지금도 부적절한 관계일 수도 있다는 생각에 아이리스는 휴를 대신해 분개했다. 그들 부부가 각자 연애를 허용하는 계약 결혼이라면 또 모르겠지만. 하지만 만약 계약 결혼이라면 해미시가 정말 자기 아들인지 휴가 의심하지 않을까?

그녀는 저녁에 먹을 스테이크에 곁들일 샐러드를 만들기 시작했다. 베스는 에스메 집에 갈 거라 함께 먹지 않을 터였다. 요사이 그녀와 가브리엘은 식사를 하는 중에 뉴스를 틀어놓기 시작했다. 전에는 절대 없던 일이거니와 베스와 함께 밥을 먹을 때는 그러지 않았다. 아이리스는 두 사람 모두 하는 일이 없으니 할 말이 많지 않은 게 정상이라고 자신을 위로했다. 전에는 각자의 하루 일과에 대해 수다를 떨었다. 지금은 자리에 앉기도 전에 대화 소재가 떨어졌다.

"멍하니 무슨 생각 중이야?"

가브리엘이 미소로 걱정을 가리려 애쓰며 문간에 서 있었다.

"무슨 일인데?" 그녀가 스테이크를 상온에서 해동하려고 냉장고에서 꺼내며 물었다.

"매기 일. 계속 그 일을 되새기는 중이야. 우리가 정원에 있을 때 조지프가 한쪽 구석에서 일을 하고 있었거든. 매기가 갑자기 불편해했던 게 내가 그를 가리켰을 때였어."

그녀가 얼굴을 찡그렸다. "우연 아니야? 매기가 조지프를 알 리 없잖아."

"혹시 매기가 근무하고 찰리가 공부하던 그 학교에서 조경 일을 했다면? 거기서 마주쳤을 수도 있잖아." 가브리엘이 부엌으로 들어와 그녀 앞에 섰다. "문제는 휴의 말에 따르면 조지프가 그들 집에 일하러 오기 전에 저먼스라는 조경 회사에서 일했다는 거야. 그 회사에 대해 찾아봤더니 수주한 사업 중에 세인트 커스버트 운동장 조경 업무가 있더라고. 그래서 조지프한테 그 학교에서 일한 적 있냐고 물었는데 없다고 했거든. 그런데 혹시라도 그가 거짓말을 한 거라면?"

"조지프가 거짓말을 왜 해?"

"나도 모르지. 그곳에서 일했다는 사실을 숨기고 싶어서일 수도 있고." 가브리엘이 뜸을 들였다. "조만간 에스메를 보러 갈 계획 없어?"

"내일 아침에 갈 생각이었어. 왜?"

"조지프가 에스메 집에 오기 전에 어디서 일했는지 알아봐줄 수 있어? 에스메한테 대놓고 물어보지는 말고. 우리가 뒷조사한다는 걸 조지프가 몰랐으면 좋겠어."

"진심으로 조지프와 매기가 서로 안다고 생각하는구나?"

"아는 사이가 아니면 매기가 갑자기 그런 격한 반응을 보일 리 없잖아."

"알았어." 그녀가 답했다. "방법을 생각해볼게."

53장

아이리스가 에스메 집의 부엌문을 밀어젖히며 말했다.

"저만 왔어요."

"아이리스!" 에스메가 부엌을 가로질러 와 그녀를 안아주었다. "이렇게 기쁜 깜짝 방문이 있을까! 얼굴 봐서 너무 좋아요."

"내가 방해한 건 아니죠?"

"전혀요. 와서 앉아요. 너무 오랜만이에요." 에스메의 두 눈에 책망의 기운이 살짝 엿보였다.

"베스한테 눈치 주기 싫어서 오고 싶어도 참았어요." 아이리스가 소파로 걸음을 옮기며 해명했다. "지난 몇 주 동안 두 분과 지내면서 베스가 아주 많이 좋아졌어요."

"저희도 베스가 와 있으면 너무 좋아요. 해미시를 돌보는 데도 큰 도움을 주고 있고요. 그래, 뭐 마실래요? 차? 차가운 음료? 아니면 좀 더 센 거?" 에스메가 새처럼 파닥거리며 그녀 곁을 맴돌았다.

"차가운 음료가 좋을 것 같아요. 해미시는 어디 있어요?"

"천만다행히 자고 있어요. 테라스에서요."

에스메가 과일 주스인 코디얼이 담긴 병과 잔 두 개를 탁자로 가져와 소파에 앉았다. "그래, 어떻게 지내요?" 그녀가 병을 들면서 물었다.

"많이 좋아졌어요. 베스가 곁에 있어서 정말 많은 도움이 됐어요. 베스를 위해서 그만 우울해해야겠다, 그 생각이 우리를 강인하게 만들었어요. 그 애가 없었으면 우울의 늪에 빠졌을 거예요. 우리둘 다 베스가 가고 나면 어쩌나 걱정하고 있어요."

에스메가 코디얼을 붓자 얼음이 잔 속에서 쩽그랑 소리를 냈다.

"오늘 와줘서 다행이에요, 아이리스. 부탁할 게 있었거든요. 정확히 말하면 휴와 내가 부탁하고 싶은 건데 그이가 지금 없으니 내가 대신 해도 되겠죠." 그녀가 심호흡을 했다. "해미시의 대모가 되어주세요."

아이리스의 두 눈이 휘둥그레졌다. "내가요?"

에스메가 웃었다. "네, 아이리스가요. 괜찮으시면요. 이미 대자녀가 많을 수도 있으니 힘들면 말해줘요."

"많지 않아요." 아이리스가 멍한 채로 말했다. "두 명뿐이에요. 그리고 한 명은 자주 안 봐요. 다만 우리가 서로를 아직 잘 모르잖아요."

"시간만 따지면 그렇죠. 하지만 마음속으론 당신과 아주 오래 알고 지낸 것 같은 느낌이 들어요. 우리가 언제까지고 친구로 지낼 거라는 감이 와요.”

“다른 할 만한 사람이 없어요? 자매 중 한 명이라든가?”

에스메가 고개를 저었다. “휴와 나는 당신이 꼭 맡아줬으면 좋겠어요.”

“글쎄요, 그렇다면, 기쁘게 받아들일게요. 고마워요.”

“정말요? 오, 세상에, 너무 기뻐요. 이제 우리 진짜 가족이 되는 거예요!”

“대부는 누구예요?” 아이리스가 물었다. “마커스?”

“아니요. 조지프한테 부탁했어요.” 그녀에게서 행복감이 흘러넘쳤다.

“조지프요?”

“네, 그가 해미시를 받아준 사람이라 결정하기 어렵지 않았어요.” 에스메가 아이리스의 반응에 언짢은 표정을 지었다. “많이 놀랐나 봐요?”

“그게 그냥, 모르겠어요. 조지프가 아기와 너무 가까워 보여서요.”

에스메의 표정이 더욱 어두워졌다. “무슨 뜻이에요?”

“그래요, 터놓고 말할게요.” 아이리스의 말이 다급하게 흘러나왔다. “언젠가 조지프가 당신 배에 손을 올리고 있는 모습을 봤는데 좀 스스럼없어 보였어요. 그런데 출산할 때도 병원에서 당신 곁을 지켰잖아요. 그것도 아주 친밀한 행위죠. 그리고 베스 말로는 조지프가 해미시를 보살필 때가 많다더군요. 저녁마다 주로 아기를 돌본다고 들었어요.”

에스메의 양 볼이 붉어졌다. "조지프가 해미시의 아빠라고 생각하는군요."

"아니요, 하지만……." 아이리스는 에스메처럼 뺨을 붉힌 채 말을 멈추었다.

"조지프는 해미시의 아빠가 아니에요."

아이리스가 고개를 끄덕였다. "그래요."

"한때 그와 연인 사이이긴 했어요." 에스메가 아이리스와 시선을 마주쳤다. "아무한테도 말한 적 없는 얘기예요."

"굳이 말할 필요 없어요." 아이리스가 황급히 말했다.

"아이리스에게는 말해도 괜찮아요. 하지만 휴는 우리가 과거에 친구 이상의 관계였다는 걸 몰라요. 그리고 그가 몰랐으면 해요. 지금 아무 사이가 아닌데도 혹시 둘 사이에 뭔가가 있다고 생각할까 봐요. 그러면 상황만 복잡해질 거예요." 그녀가 병을 들어 다시 잔을 채웠다. "3년 동안 사귄 연인과 헤어지고 부모님 집에 들어와 살면서 시작됐어요. 정서적으로나 심리적으로나 제 상태가 좋지 않았다는 건 말했을 거예요."

"네, 기억나요."

"조지프가 부모님 집에 들러 정원을 조금씩 손봐주곤 했어요. 두 분이 조지프의 부모님을 알기도 하고 조지프가 조경사 훈련을 받고 있어서 재주껏 정원을 꾸며보라고 일을 맡기신 거죠. 여름이었고 직장도 그만둔 터라 난 온종일 잔디에서 일광욕을 하며 시간을 보냈어요. 그 바람에 화단 가장자리를 만들고 있던 조지프에게 점점 방해가 됐죠. 처음에는 그냥 어린애에 불과했지만 알면 알수록 그도 나처럼 정신적 외상에 시달리고 있다는 걸 깨달았고 우리는 서로의 문제를 공유하기 시작했어요. 나는 그에게 서른 살에 버림받는 기분에 대해, 그는 나에게 스물셋에 알코올중독에서 벗어나려 노력하는 기분에 대해 털어놓았어요."

"하지만 그때는 휴를 만났을 시점 아닌가요? 남자친구와 헤어지고 부모님 집에 돌아왔을 때요?"

"맞아요, 하지만 처음에는 그 사람 집에서 일만 했어요. 휴와 사랑에 빠진 건 서서히 벌어진 일이에요. 그렇게 되기까지 2년이 걸렸죠."

"조지프와는 얼마나 오래 사귀었어요?"

"길지 않아요." 그녀가 잠시 말을 멈추더니 고개를 떨구었다. "그와 사귄 지 3개월 뒤에 임신 사실을 알았고, 난 조지프의 뜻을 어기고 아이를 지웠어요. 사실 그걸로 우리 관계는 끝이 났죠."

아이리스는 그녀의 목소리에서 고통을 느끼고 손을 맞잡았다. "미안해요."

에스메가 눈물이 그렁그렁한 채 고개를 들었다. "이 이야기는 누구한테도 말한 적 없어요. 특히 해미시를 가진 후부터 나 자신을 용서하기 어려운 일이 되어버렸어요. 만약 그때 지우지 않았다면 그 아이가 어떤 모습으로 자랐을까 하는 생각이 계속 들었거든요. 하지만 당시엔 다른 선택지가 없어 보였죠. 조지프는 겨우 스물셋이었고 나와 결혼해 아이를 낳기를 원했어요. 불가능한 상황이었죠. 결국 그가 내 의견을 존중해줬어요. 함께 병원에 가주었고 이후 나를 돌봐줬어요. 그리고 내 몸 상태가 좋아졌다는 생각이 들자 떠났죠. 그 후 본 적이 없다가 몇 달 전 부모님 집에서 만난 거예요."

"어떻게요?" 아이리스가 물었다.

"10년이 흘러서 우리 둘 다 새 삶을 살고 저는 유부녀가 됐는데도 서로 만나자마자 잘 통했어요. 그가 그사이 진지한 관계가 두 번 있었지만 알코올 문제로 끝났다고 말했죠. 게다가 음주 운전으로 차가 박살 나서 직장까지 잃은 상태였어요. 그는……."

"충격이 컸겠어요." 아이리스는 재빨리 끼어들어 가브리엘이 궁금해하는 부분을 알아낼 기회를 잡았다. "어디서 일을 했는데요?"

"저먼스에서요. 학교 운동장 조경 일이었어요."

"어느 학교요?"

아이리스가 그녀의 머뭇거림을 감지했다. "세인트 커스버트요."

"세인트 커스버트요? 찰리 잉그램이 다니던 학교 아니에요?"

"네, 하지만 조지프는 그 애를 몰랐어요."

"가브리엘이 찰리를 발견한 걸 알 텐데 거기서 일한 걸 일언반구도 안 했다니 이상하네요."

"기분을 망치기 싫어서 그랬을 거예요. 우리 모두 가브리엘이 그 문제에 대해 얘기하기 싫어하는 거 알잖아요. 어쨌거나." 에스메가 말했다. "직장을 잃고 나서 조지프는 다시 부모님 집에 들어갔고, 우리 아버지가 폐인이 된 그에게 일거리를 줬어요. 하지만 가스에 질식사할 뻔했던 사고 이후로 부모님이 그에 대한 책임을 내려놓고 싶어했어요. 70대 후반의 노인이라 걱정거리를 안고 사는 게 싫으셨던 거죠. 그래서 내게 혹시 조지프를 데려가서 정원 일을 맡길 생각이 없냐고 물었어요. 그에게 나쁜 물을 들이는 것 같은 친구들한테서 떼어놓을 심산이기도 했고요. 휴한테 전화해서 조지프에 대해 말하면서 알코올중독에서 벗어나려 애쓰는 친구인데 잠시 머물 곳이 필요하다고 했더니 휴가 그에게 일거리를 주자고 동의했어요."

"부모님은 당신과 조지프가 수년 전 연인이었다는 사실을 아세요?" 아이리스가 물었다. 조지프가 매기 잉그램과 같은 학교에서 일했다는 얘기 때문에 아직도 심장이 두근거렸다.

에스메가 고개를 저었다. "아니요."

"휴한테도 말 안 했고요?"

"네. 돌이켜보면 말했어야 했어요. 솔직히 말했어도 휴가 조지프가 와 있도록 허락해줬을 거예요. 거절하면 나를 신뢰하지 못한다고 말하는 것과 같을 테니까요. 하지만 제가 조지프와 얘기를 나눌 때마다 뭔가 있는 건 아닐까 신경 쓰게 만들기 싫었고 그래서 입을 다물기로 결심한 거예요. 조지프가 우리 집에 계속 있을 것도 아니고 그나 나나 서로에게 아무 문제도 없으니까. 우리 사이에 더는 아무것도 없어요. 우정과 태어나지 못한 우리의 아기에 대한 기억 외에는."

"쉽지 않았겠어요."

"그렇죠. 다시 만났을 때 그 일에 대해 아무 언급이 없기에 그가 다 잊은 줄, 적어도 기억 저편으로 치운 줄 알았어요. 제가 임신한 걸 알았을 때는 예정일이 언제냐는 평범한 질문만 하더군요. 일주일쯤 지나서야 그가 아직 그 일로 얼마나 힘들어하는지 알았죠."

"왜요? 무슨 일이 있었는데요?"

에스메가 일어나 창가로 걸어가더니 잠시 서서 밖을 내다보았다. "2층 침실에 있는데 휴가 와서 조지프가 술을 마신 것 같다고 하더군요. 보아하니 그이가 조지프한테 정원에서 뭔가를 해달라고 했는데 안 돼 있어서 그를 찾으러 갔는데 몸이 좋지 않다는 둥 장황하게 이야기를 늘어놓았나 봐요. 휴는 그가 술이 덜 깼다고 판단했고, 몇 주 동안은 입에 술을 한 방울도 안 대고 정말 잘해준 터라 저는 실망이 이만저만이 아니었죠. 그래서 그에게 가봤어요." 그녀가 잠시 멈췄다가 이어 말했다. "휴의 말이 맞았어요. 술을 마셨더군요. 너무 화가 나서 그에게 그 자신뿐 아니라 우리 아빠까지 실망시켰다고 쏘아붙였죠. 그때 그가 그러더군요. 우리 사이에 태어났을지도 모를 아이에 대해 생각하지 않은 적이 없고, 그러다 보니 제 임신 소식에 너무 속이 상했다고요." 에스메가 고개를 돌려 아이리스를 쳐다보았다. "이상하죠. 대개 남자는 여자보다 임신 중절과 유산의 충격이 덜하다고 여기잖아요. 중절 수술을 받은 다음 조지프가 오랫동안 제가 회복하도록 돌봐줬는데도 저는 그의 기분이 어떨지 거의 신경을 안 썼어요. 그가 뭐라고 했는지 아세요? 그 긴 세월 동안, 아기의 대략적인 출생일을 계산한 다음 매년 3월 29일이 되면, 두 살짜리, 네 살짜리, 일곱 살짜리 아이가 있으면 어떤 기분일까를 상상했대요. 그가 나보다 우리 아기에 대해 훨씬 많이 생각했다는 사실이 너무 슬프고 또 죄스러웠어요." 그녀가 다시 소파로 돌아가 앉았다. "조지프는 언제나 아이를 간절히 원했어요. 그래서 제 임신 소식이 왜 그를 불안정하게 만들었는지 이해할 수 있어요. 어쨌거나 우리는 한참 대화를 나눴고 그는 다시는 술을 입에 대지 않겠다고 약속했죠. 제가 아는 한은 잘 지키고 있어요. 아마도 임신 기간에 그에게 곁을 내준 게 도움이 된 것 같아요. 보셨다시피 조지프는 제 배 위에 손을 올리고 아기의 태동을 느끼는 걸 좋아했어요. 가끔 제가 누워 있으면 아기가 움직이는 소리가 들리나 하고 배에 귀를 갖다 대기도 했죠. 하지만 조금 이상해 보일 수도 있으니 주위에 아무도 없을 때만요."

"그렇죠, 남편이 아닌 남자가 배에 머리를 갖다 대도록 허락하는 임신부는 많지 않을 테니까요." 아이리스가 말했다. "조지프가 해미시를 자기 아들로 생각한 게 아니라면요."

"아니요, 당연히 그건 아니에요. 하지만 출산할 때 곁을 지켰기 때문에 분명 해미시와 친밀감을 강하게 느낄 거예요. 그래서 아이의 대부가 되어달라고 부탁한 거고요." 에스메가 말을 멈추었다. "또 못마땅한 표정이네요."

"그냥 휴가 조지프와의 지난 관계에 대해 안다면 그가 대부가 되는 것을 좋아하지 않을 것 같다는 생각이 들어서요. 그게 다예요."

에스메가 눈썹을 치켜올렸다. "휴가 그렇게 옹졸한 사람일 리가요."

"당신 말이 맞아요. 당연하죠." 아이리스가 황급히 말했다.

"세례식을 빠른 시일 안에 하고 싶어요." 에스메가 재잘거렸다. "교구 신부님과 얘기했는데 10월 둘째 주 일요일로 생각하고 있어요. 그날 괜찮겠어요? 혹시 베스는요? 베스도 와줬으면 좋겠지만 대학 입학 때문에 떠난 직후겠죠. 혹시 세례식을 보러 올 수 있을까요?"

아이리스는 재빨리 셈을 한 뒤 약 3주 후라는 사실을 깨닫고 에스메에게 웃어 보였다. "날짜 좋아요."

54장

"조지프가 세인트 커스버트에서 일했던 거 맞아." 아이리스가 가브리엘에게 와인 잔을 건네며 말했다. "에스메한테 물어봤어. 그리고 조지프가 왜 당신한테 그 얘길 안 했냐고도 물어봤는데 기분 상하게 하기 싫어서 그런 게 아니겠냐고 하더라."

가브리엘은 그럴 법한 해석이라고 생각했다. 그럼에도 조지프가 거짓말을 한 게 못마땅했다. 하지만 자신도 매기에게 거짓말하지 않았던가?

그는 와인을 한 모금 마시고 물었다. "에스메는 어때?"

"잘 지내. 휴와 함께 해미시의 세례식을 준비하고 있는데 나한테 대모가 되어달라고 했어."

"세상에, 너무 고마운 제안이다. 당신을 친구로 굉장히 좋아한다는 뜻이잖아. 승낙했겠지?"

"응. 하지만 대부를 조지프한테 부탁한 걸 알았으면 사양했을 거야."

"조지프한테?" 가브리엘이 놀라며 물었다. "의외인데? 마커스한테 부탁할 거라 생각했잖아. 아니면 마커스가 안 하겠다고 했나?"

"아니. 조지프가 출산 때 곁을 지켜주어서 부탁했대."

"그렇구나." 그가 아이리스를 가만히 바라봤다. "그것 말고 또 뭐가 있구나?"

그녀가 잔을 옆에 내려놓고 조리대에 등을 기대더니 반응을 기대하는 듯한 얼굴로 그를 마주 보았다.

"에스메랑 조지프가 사귀었대."

"뭐? 언제? 그러니까, 지금 조지프가……."

"아니, 몇 년 전에. 에스메가 휴를 만나기 전에. 에스메가 동거인과 헤어지고 부모님 집에서 지낼 때 조지프가 그 집에서 정원 일을 했대. 휴는 전혀 몰라."

"왜 숨긴 거야? 지난 일이라면서?"

그녀가 잔을 집었다. "휴한테 말하면 조지프가 일하러 오는 걸 싫어할까 봐."

"하지만 만약 지금 알게 되면 왜 에스메가 솔직히 말하지 않았을까 의심할 텐데."

"모를 거야. 지금 둘 사이에 뭐가 있는 건 아니야."

"흠. 그래도 내가 에스메라면 휴한테 말할 거야."

"그건 당신이 고결한 사람이라 그래."

가브리엘은 웃으면서도 눈을 마주치지는 못했다.

"난 정원을 좀 걸으려고." 그가 말했다. "허리 근육을 좀 풀어야 겠어. 삽질이 이렇게 고된 일일 줄 꿈에도 몰랐네."

"종일 밖에 있었잖아."

"응. 조지프가 없을 때 나가 있고 싶어."

"우리 둘 다 그러네."

그가 잔을 들었다. "이거 가지고 나갈게."

"오늘 저녁엔 우리 둘뿐이니 천천히 해."

"베스는 에스메 집에서 먹어?"

"응."

그는 건성으로 고개를 끄덕이고는 정원으로 나가며 조지프에 대해 생각했다. 에스메와 연인이었고, 로르와도 사귀었으면, 매기와 불륜이었을 가능성은? 그래서 아이리스가 매기의 상담사한테서 연락이 왔다고 사람들 앞에서 말했던 날 조지프가 매기를 만날 의무는 없다고 강조한 걸까? 매기와 얘기하다가 자기 이름이 튀어나올까 봐? 가브리엘은 너무 앞서가지 말자고 스스로 다독였다. 매기와 조지프가 불륜이라는 건 순전한 추측이었다. 매기가 그를 보고 뛰쳐나간 다른 이유는 얼마든지 있을 수 있었다. 그렇지만 가브리엘은 조지프가 에스메나 로르와 사귄 시기가 상대가 심적으로 취약했을 때라는 게 마음에 들지 않았다. 에스메는 오래 사귄 동거인과 헤어진 상태였고 로르는 피에르와 잠시 떨어져 있었다. 그게 조지프의 정체일까? 상처받기 쉬운 여자들이 가장 힘들어할 때를 노리는 남자?

거기까지 생각이 미치자 가브리엘은 로르가 죽던 날 그녀와 다툰 것에 대한 조지프의 진술에 의문을 품지 않을 수 없었다. 혹시 그가 말한 것과 다르다면, 즉 둘이 다툰 게 로르가 그들 부부에게 조지프와의 관계를 말하고 말고의 문제가 아니었다면? 그가 처음 짐작한 대로 조지프가 로르에게 관계를 끝내자고 말한 거라면? 그렇다고 달라질 건 없었다. 로르가 자살을 한 이유가 피에르를 살해한 사실이 결국 드러날 거라는 걸 알았기 때문이든, 아니면 조지프와 헤어졌기 때문이든 간에, 중요한 건 로르가 죽었다는 사실이다. 다만 만약 후자가 맞다면 그녀의 죽음에 대한 책임은 조지프에게 있었다.

55장

"엄마, 아빠, 잠깐 시간 좀 내줄 수 있어?"

가브리엘과 아이리스는 부엌에 서 있다가 동시에 몸을 돌려 대답했다. "그래."

두 사람이 답하는 목소리에서 정적이 깨진 데 대한 안도감이 배어 나왔다. 둘 사이는 조지프가 매기를 알지도 모른다는 걱정을 공유하고 그가 세인트 커스버트에서 일했는지 알아내는 과정에서 잠시 가까워졌다. 하지만 이내 다시 멀어졌다.

둘은 베스를 따라 테라스로 나갔다. 가브리엘의 손에는 커피 잔이 들려 있었다. 아이리스의 머릿속에선 베스가 꺼낼 법한 얘기 수백 가지가 떠다녔다. 아이리스는 베스가 의자를 꺼내 털썩 앉는 모습을 지그시 바라보았다. 최근 들어 베스가 부쩍 행복해 보이는 데에는 에스메의 공이 크다는 걸 알고 있었다.

가브리엘이 아이리스에게 어서 앉으라는 눈짓을 보냈다. 머리칼을 쓸어 넘기는 그의 모습에서 긴장감이 읽혔다. 그의 머릿속에선 분명 베스가 큰 병에 걸렸다고 고백하는 장면이 대문짝만하게 떠다니고 있을 터였다.

"무슨 일이니, 베스?" 가브리엘이 긴장된 분위기를 서둘러 깨며 물었다.

"응, 그게 말이야, 학교에 입학 1년 연기 신청을 했어. 아직 대학에 갈 준비가 안 된 것 같아."

"아." 아이리스가 놀라움을 감추지 못했다.

"가긴 갈 거야." 베스가 재빨리 덧붙였다. "올해가 아닐 뿐이야."

가브리엘의 입에서 안도의 한숨이 새어 나왔다. "알았어, 베스. 충분히 이해한다." 그러고는 아이리스를 돌아보며 물었다. "안 그래?"

"응, 네가 준비가 안 된 것 같다면 그렇게 해야지. 학교에서 연기 신청을 받아들일 것 같니?"

"그러길 빌어야지. 이메일로 전부 설명했어. 맞아, 피에르 아저씨와 로르 아줌마 일에 대해서. 특별 배려로 수락해주지 않을까."

"그러면 계획 같은 건 있어? 사회 경험을 해보려고? 아니, 당장은 아니고. 너도 조금은 놀고 싶을 테니까."

베스가 손을 올려 말총머리를 묶고 있던 끈을 풀고는 머리칼을 흔들었다. "물론 잠깐은 놀아야지. 두 분이 내가 집에 좀 더 있어도 된다고 한다면." 그녀가 웃으며 말했다.

"그건 두말하면 잔소리지." 가브리엘이 말했다. "네가 있고 싶은 만큼 있어도 된다는 거 알잖니."

아이리스가 고개를 끄덕였다. "잘한 결정인 것 같아, 베스. 여러 일을 겪었으니 좀 쉬렴."

베스가 일어서더니 두 사람을 차례로 안아주었다. "이해해줘서 고마워. 우리 점심 먹으러 나갈까? 세상에서 최고로 좋은 부모님께 내가 감사의 의미로 쏠게."

아이리스가 웃었다. "기특하기도 해라. 하지만 네 아빠가 네가 내도록 놔두지 않을걸."

"네가 낼 일은 없어." 가브리엘은 입학을 1년 미루겠다는 베스의 결정에 기쁨을 감출 수 없었고, 아이리스는 그 1년 동안 베스가 집에 있다면 열한 살 이후로 세 식구가 가장 길게 함께하게 되리란 걸 깨달았다. 이번이 딸에 대해 제대로 알 수 있는 기회이자, 늘 결여된 것만 같았던 모녀지간의 유대감을 다질 수 있는 기회라는 생각에 가슴이 설렜다. 그녀는 어디서 외식할지를 두고 아빠에게 신나게 재잘거리는 베스를 보면서 혹시 베스도 우리 사이에 뭔가 부족하다고 느낀 적이 있을까, 감정적 거리감을 조금이라도 느낀 적이 있을까 생각했다. 그러나 곧 죄책감을 떨쳐냈다. 베스는 행복하고 자신감 넘치는 아이였다. 그러니 엄마로서 아주 잘 키운 게 맞으리라.

가브리엘이 휴대폰을 꺼내 그들이 좋아하는 예쁜 펍에서 3인석 테이블을 골랐다. 예약 가능한 시간은 12시 15분 또는 2시였다.

"2시가 좋겠다." 아이리스가 말했다. "안 그러면 지금 나가야 해."

"엄마, 12시 15분으로 하면 안 될까?" 베스가 물었다. "에스메 아줌마한테 오늘 오후에 해미시를 봐주겠다고 했거든."

아이리스가 미소를 지었다. "안 될 게 어딨니."

"다행이다. 아빠도 괜찮지?"

"응, 당연하지. 잠시만, 예약만 하고. 됐다." 그가 고개를 들고 말했다. "그럼 차를 탑시다."

베스가 탁자에서 일어나 집 안으로 뛰어가며 외쳤다. "가방 가져올게!"

아이리스가 가브리엘을 보며 말했다. "로르와 피에르와 자주 갔던 그 펍이야."

그의 두 눈에 그늘이 드리웠다. "알아. 하지만 이 근처에 그 부부랑 같이 갔던 곳이 어디 한두 군데인가. 평생 그 장소들을 피해 다닐 순 없어. 우린 우리 삶을 살아야 해. 지금을 만끽하면서 말이야. 인생이 한순간에 어떻게 바뀌는지 똑똑히 봤잖아. 누릴 수 있을 때 누리자고. 베스랑 같이 있는 순간을 최대한 즐겁게 보내야지. 다시 정상 궤도로 돌아가는 거야." 그가 그녀의 손을 잡으며 물었다. "어떻게 생각해?"

아이리스는 아주 오랜만에 긍정적인 감정이 올라오는 것을 느꼈다. "아주 좋은 생각이야." 그녀가 답했다.

56장

가브리엘의 휴대폰이 울렸다. 그는 삽질을 멈추고 주머니를 뒤져 휴대폰을 꺼내서 화면을 보았다. 모르는 번호가 떠 있었다. 받고 싶지 않았지만 베스가 자동차를 빌려 학교 친구를 만나러 간 것이 떠올라 전화를 받았다. 심장이 벌써 빠르게 뛰었다.

"가브리엘?" 누구 목소리인지 생각나지 않자 정말 베스한테 사고가 났나 싶어 겁이 났다.

"네?"

"매기예요, 매기 잉그램이요. 불쑥 전화드려 실례가 됐을까요. 제 상담사 아네트가 번호를 알려줬어요."

그제야 가브리엘은 긴장이 풀렸다. "아녜요, 괜찮습니다. ……잘 지내세요?"

"잘 지내요, 고맙습니다. 지난번에 급하게 뛰쳐나와서 사과드리고 싶었어요. 해명해야 할 것 같아서요."

"안 하셔도 됩니다." 가브리엘이 답했다.

"너그러우시네요. 그래도 해명하고 싶어요. 찰리와 관련 있는 얘기예요." 그녀가 잠시 숨을 고르고 말했다. "어디서 커피 한잔 하실래요? 제가 마컴으로 갈게요."

"좋습니다."

"번트 체리 카페가 아직 있나요?"

"네, 있어요."

"그러면 거기서 만날까요? 시간 되시면 내일이요."

"네, 됩니다."

"3시 어때요?"

"네, 그때 뵐게요. 들어가세요, 매기."

그는 전화를 끊고 잠시 서 있었다. 매기가 전화해주어 마음이 놓였다. 지난주에 그렇게 갑작스레 가버린 게 걱정돼서 상담사에게 전화번호를 물어볼까 하던 참이었다. 다만 그러면 상담사가 매기와의 만남은 어땠냐, 왜 연락하려 하느냐고 물을 텐데 거기에 답하기 싫어 망설이고 있었다.

살짝 들뜨고 고마운 마음이 뒤섞인 채로 그는 매기가 하려는 말이 뭘까 궁금했다. 뭔지 몰라도 조지프와 분명 관련이 있으리란 생각이 들었다. 매기가 그날 정말 아팠다면 굳이 해명할 필요를 못 느꼈을 것이다. 게다가 찰리와 관련된 일이라고 했다. 조지프가 곧 떠난다니 다행이었다. 일전에 휴와 술 마실 때 그가 세례식을 마치는 대로 조지프가 떠날 거라고 했다.

"그래도 지장 없어야 할 텐데요." 휴가 말했다. "정원 작업이 그 때까지 마무리가 될까요?"

가브리엘이 얼른 가늠해보았다. "7일이나 8일 정도만 더 하면 끝납니다. 지장 없을 거예요."

그는 휴대폰을 쥔 채 정원에서 나와 아이리스를 찾으러 갔다. 그 녀는 테라스에서 책을 읽고 있었다. 한 번 읽었는데 기억이 안 나 다시 처음으로 되짚어가기라도 한 듯이 몇 주 동안 같은 책을 붙들 고 있었다. 그는 그녀가 걱정스러웠다. 겉보기엔 두 사람의 생활을 정상 궤도로 돌려놓고 싶어하는 것 같은데도 정작 노력은 기울이지 않는다는 게 문제였다. 자신도 그랬고 지금도 그렇기에 그녀의 무 심함을 이해 못 하는 건 아니었다. 하지만 그에겐 정원이 힘이 되어 준 것과 달리 아이리스에겐 아무것도 없지 않은가. 새로운 일감을 찾아보라고도 얘기해봤지만 베스가 입학을 1년 미룬다니 여유 시간 이 있어야 한다고 중얼거리며 시큰둥한 반응이었다. 베스가 입학을 연기한 덕분에 그는 기쁜 것을 넘어 우울증마저 한결 나아졌다. 하 지만 아이리스에게는 효과가 없어 보였다. 짐작건대 베스가 해미시 를 돌보느라 에스메의 집에 종일 붙어 있기 때문이 아닐까 싶었다. 에스메 부부가 급여를 주겠다고 고집하는 바람에 이젠 정식 아르바 이트가 되어버린 터였다. 아직 집 정리에 손이 많이 가는 데다 부부 가 다 칠하고 꾸미는 데 관심이 많아서 그들은 베스가 해미시를 맡 아 돌봐주는 걸 좋아했다.

"괜찮은 거지?" 그가 아이리스에게 물었다.

그녀가 그를 올려다보며 눈 위에 손 그늘을 만들었다. "응, 괜찮

아. 당신은?"

그가 의자를 꺼냈다. "좀 전에 매기한테서 전화가 왔어. 저번에 급하게 가버린 이유를 설명하고 싶으니 카페에서 만나재."

아이리스는 고개를 끄덕였다. "잘됐네. 적어도 미스터리 하나는 풀리겠네."

그가 웃었다. "그럼 풀어야 할 다른 미스터리도 있는 거야?"

"응, 로르."

"무슨 말이야?"

"혹시 로르가 조깅하러 나간 날 에스메가 조지프에게 알리바이를 만들어준 건 아닐까? 병원에 있었다거나 실제 도착 시간보다 일찍 도착했다고 말해서. 내가 당신을 위해 그랬던 것처럼."

가브리엘이 인상을 썼다. "무슨 말이야, 아이리스? 조지프가 로르를 죽였다는 거야?"

"그럴 가능성도 있지."

"그런 가설이라면, 내가 로르를 죽였다는 가설도 가능하겠네."

"가능하지."

가브리엘의 입이 떡 벌어졌다. "진심이야? 그러니까, 진심으로 내가 로르를 죽였다고 생각한 적이 있냐고?"

"내가 왜 당신의 알리바이를 만들어줬다고 생각해?"

"맙소사, 아이리스."

"진정해. 당신이 안 죽였다는 거 알아. 다만 아주 잠깐이지만 그런 생각이 스치긴 했어."

"나한테 무슨 살해 동기가 있는데?"

"왜 그래, 가브리엘. 로르한테 질려했잖아. 로르가 서맨사 에버 렛한테서 온 메시지를 전해주지 않아서 내가 계약을 놓친 것 때문에 이를 갈았잖아. 만약 경찰한테 그 일을 말했으면 당신을 훨씬 더면밀히 조사했을걸. 정말로."

가브리엘은 그녀의 말이 맞다는 걸 인정했다. 하지만 충격받은 것도 사실이었다.

"게다가 그날 밤 로르가 안 들어왔을 때 찾으러 나가기 싫어했잖아." 아이리스가 말을 이었다. "조지프가 로르를 찾으러 가겠다고하니까 그제야 나갔지."

"왜냐면 그때까지는 로르가 조지프와 함께 있는 줄 알았으니까! 그리고 빌어먹을 폭풍이 몰아치고 있었어, 기억하는지 모르겠지만!" 그가 머리칼을 쓸어 넘겼다. "세상에, 아이리스, 그런 생각이다 어디서 나온 거야?"

아이리스가 어깨를 으쓱했다. "곰곰이 생각하다 보니."

"그러면 생각은 그만하고 쓸모 있는 일을 하는 게 어때?" 그가의자를 뒤로 밀치며 화난 목소리로 말했다. "로르는 자살했어, 아이리스. 피에르의 시체가 결국 발견되리란 생각에 닥쳐올 후환이 두려웠던 거야."

"하지만 로르는 행복했어. 로르한텐 조지프가 있었잖아."

"글쎄, 작심하고 마지막으로 한바탕 즐겼나 보지. 그리고 당신의추론은 죄다 헛소리야. 조금 전에는 조지프가 로르를 죽였다고 하더니, 금방 말을 돌려 조지프가 있어서 로르가 행복했다니……. 아니왜, 로르가 우리한테 조지프와의 관계를 밝히기 싫어해서 조지프가

314

그녀를 죽였다고 하지. 안 그래, 아이리스? 그렇게 생각하는 거 아냐?"

"왜 그렇게 화를 내고 그래? 난 그냥 가설을 제시한 것뿐이야."

가브리엘이 고개를 저었다. "다음에는 에스메를 범인으로 몰겠네. 실은 그때 병원에서 아이를 낳은 게 아니다, 로르와 조지프가 사귀는 걸 시기해서 밖으로 나와 그녀를 죽였다, 그러면서. 아니면 휴는 어때? 에스메와 조지프의 관계를 알고서 조지프에게 죄를 뒤집어씌워 그들의 인생에서 쫓아낼 요량으로 로르를 죽인 거야. 이런 가설은 어때?"

아이리스가 뒤로 홱 돌아섰다. "자기야말로 말도 안 되는 소리 하지 마."

"내가?" 그가 어이없다는 표정으로 그녀를 보았다. "정말이지 정상적인 삶으로 돌아가야 해, 아이리스. 이렇게 죽치고 앉아 허공만 바라보는 건 좋지 않아."

그는 낮게 욕설을 내뱉으며 자리를 떴다.

57장

아이리스는 가브리엘을 몰아세운 것이 마음에 걸렸다. 하지만 어쩔 수 없었다. 자신과 달리 그는 지난 일을 정리하고 있는 것 같아서 약이 올랐다.

자신도 정리할 수 있을 줄 알았다. 베스랑 같이 점심 먹으러 나갔던 날, 가브리엘이 과거는 묻고 앞으로 나아가야 한다고 말했을 때 동의했었다. 죄책감과 후회, 끔찍함으로 얼룩진 모든 것이 지겨웠으니까. 그녀는 같이 해나갈 거라고, 날마다 조금씩 가브리엘과 함께 절뚝거리며 천천히 나아가다 보면 찰리 잉그램이 죽기 전의 둘 사이로 돌아가리라고 생각했다.

하지만 가브리엘은 그녀를 기다려주지 않았다. 베스가 1년간의 휴식기를 갖겠다는 말에 그는 새로운 목표가 생겼다. 매기와의 일도 그랬다. 매기와 만나고 나서 그는 마치 어깨에서 무거운 짐을 내려놓기라도 한 듯이 밝아졌다. 의료인인데도 찰리를 살리지 못한 게 정말로 원인인지도 몰랐다. 만약 매기가 그런 죄책감을 덜어주었다면 그녀도 기뻐해야 마땅했다. 그러나 그저 억울함만 느껴졌다.

베스가 어제 정원에 앉아 멍하니 허공을 바라보는 그녀를 보고는 심리 치료를 받으라고 권했다.

"너무 많은 일을 겪었잖아, 엄마." 베스가 아이리스의 어깨에 팔을 두르고 그녀를 안아주었다. "웬만한 사람이었으면 지난 몇 달 사이 중압감을 견디지 못하고 무너져 내렸을 거야. 처음엔 아빠였다가 그다음엔 로르 아줌마, 그 뒤엔 피에르 아저씨. 엄마가 지금 어디에도 집중할 수 없다고 해도 이상하지 않아."

그건 사실이었다. 시작은 가브리엘이었다. 만약 그가 채석장에서 찰리를 발견하고 나서부터 그토록 급작스럽게 무너지지 않았다면, 그녀가 그를 짊어지고 걱정할 필요가 없었다면, 온전히 로르에게만 신경 쓸 수 있었을 터였다. 그리고 로르에게 집중할 수 있었으면 뒤따른 비극들을 막을 수 있었을지도 몰랐다. 가브리엘 때문에 그녀는 주의를 기울이지 못했다. 그리고 주의를 기울이지 못했기에 피에르가 살해되었고 로르가 조지프의 품에서 위안을 찾았다. 이런 생각들이 그녀의 머릿속을 맴돌면서 원망이 차곡차곡 쌓였고, 그녀가 모든 것을 뒤로하고 앞으로 나아가지 못하게 가로막았다.

그녀는 노트북을 끌어당겨 검색창을 연 다음 대모의 의무를 확인했다. 다행히 세례식 말고는 대부와 얽힐 일이 없었다.

휴대폰을 보니 벌써 6시 30분이었다. 저녁 식사를 준비할 시간이었다. 하지만 굳이 차리고 싶지 않았다. 베스가 외출했으니 가브리엘과 둘뿐일 것이다. 게다가 낮에 그런 얘길 한 마당에 가브리엘이 같이 식사를 하고 싶을까 의문이었다.

차라리 가서 자는 게 나을 듯싶었다.

58장

가브리엘은 매기가 벌써 와 있는 것을 보고 안도하며 번트 체리 카페로 들어섰다. 매기는 왼쪽 벽을 따라 구석에 박혀 있는, 다른 손님들과 약간 거리가 있는 탁자에 앉아 있었다. 가브리엘은 그녀가 사생활 보호를 위해 그 자리를 택했으려니 짐작하면서 손을 들어 인사했다.

"어떻게 지냈어요?" 매기의 맞은편에 앉으며 그가 물었다.

"잘 지냈어요, 고마워요. 조금 뒤에 할 말 때문에 긴장되네요." 그녀가 말했다.

"긴장하지 마세요. 뭐 드실래요?"

그는 매기를 위해 차를, 자신을 위해 커피를 주문했다. 그러고는 음료를 기다리는 동안 그녀가 긴장을 풀 수 있도록 말을 건넸다. 세인트 커스버트로 근무하러 떠난 뒤로 마컴에 다시 온 게 처음인지 그녀에게 물었다.

　"두 달에 한 번씩 차를 끌고 와서 찰리 친구들의 엄마들과 친구처럼 편하게 어울리곤 했어요. 하지만 찰리가 죽고부터는 안 왔죠. 좀 어색할 것 같아서요." 그녀가 그를 보고 웃었다. "자식이 죽으면 엄마들 모임에 계속 끼기 힘들어요. 다들 내 눈치를 보면서 자식들 얘기를 안 하려고 하거든요. 엄마들의 경우 대화의 주된 화제가 주로 가족이라서 그러면 껄끄러워지죠." 종업원이 음료를 탁자 위에 놓는 동안 그녀가 잠시 말을 끊었다. "나와줘서 고마워요. 지난주 일에 대해 해명하고 싶었어요." 그러고는 숟가락을 들고 차를 저었다. "그 남자, 그 댁 정원사를 알아요. 세인트 커스버트의 운동장 조경 시공을 담당한 업체에서 일했어요." 그녀가 고개를 들고 물었다. "그 사람도 댁이 채석장에서 찰리를 발견한 사람이라는 걸 아나요?"

　"네, 아이리스와 제가 언젠가 친구들과 함께한 자리에서 그 얘기를 꺼냈는데 조지프도 그 자리에 있었어요."

　"그가 댁한테 찰리 얘길 한 적 있나요?"

　"아니요. 솔직히 말하자면, 그 사람이 저먼스에서 해고됐다는 얘기를 듣고 온라인으로 찾아보다가 그 회사가 세인트 커스버트의 정원 조경 시공을 맡았다는 걸 알았어요. 그래서 혹시 그 일에 투입된 적 있냐고 했더니 아니라고 하더군요. 제가 찰리를 발견했다는 걸 알았으니, 그 자리에서 자기가 그 학교에서 일했다고 말하지 않은 걸 제가 이상하게 여길까 봐 거짓말한 것 같아요."

　"아니면 자기가 일자리를 잃은 이유를 들키기 싫어서이거나요." 매기가 차를 한 모금 마시더니 의자에 등을 기댔다. "조지프는 나 때문에 해고됐어요. 한 학생이 돌봄 교사인 저를 찾아와서 자기 친구가 조지프한테 푹 빠졌고 둘이 여름에 함께 태국 여행을 하자는 문자를 주고받았다면서 걱정된다고 하더군요. 저도 조지프가 누군지 알았어요. 운동장에서 일하는 것도 봤고, 몇몇 학생에게 어떤 영향을 미치는지도 알았죠. 수업을 오가는 길에 잘생긴 남자랑 인사를 나누게 됐다고 다들 아주 신이 나 있었으니까요. 여하튼 저는 곧장 교장 선생님께 그 사실을 알렸어요. 학생에게 휴대폰 번호를 줬다는 것만으로도 조지프는 이미 선을 넘은 거였어요. 교장 선생님이 저먼스 측에 연락했고 조지프는 곧바로 해고됐어요." 그녀의 두 눈에 눈물이 가득 차올랐다. "그러고 나서 그가 복수를 했죠."

"어떻게요?" 가브리엘은 매기가 두 번 심호흡하는 동안 정적을 메우기 위해 물었다.

"찰리와 제가 살던 학교 부지 내 교직원 사택을 찾아왔더군요. 저는 교장 선생님이 조지프의 몰지각한 행동을 폭로한 사람이 나라고 밝힐 줄도 몰랐지만, 조지프가 우리 집을 찾아와 난리 피울 거라곤 상상도 못 했죠. 하도 시끄럽게 소란을 피워서 집 안으로 데리고 들어갔어요. 처음에는 그가 술에 취한 줄 몰랐어요. 맨정신이었으면 그렇게 잔인하게 굴었을까 싶어요. 그가 말하길, 자기한테 먼저 찾아왔어야 했다고 하더군요. 그러면 자신과 그 학생의 관계가 순수한 우정 그 이상도 이하도 아니며, 그 학생에게 번호를 준 건 자기가 혹시 여행 시기가 겹치면 태국을 구경시켜주겠다고 한 걸 그 학생의 부모가 알고는 자기한테 연락하고 싶어했기 때문이라고 나한테 설명했을 거라면서요. 둘이서 태국에 함께 가는 건 말도 안 되는 소리라고 하더군요. 모두가 볼 수 있는 장소인 학교 운동장에서 그 학생과 대화를 나누다가 그가 매년 8월 방콕에 간다는 것을 그 애가 알게 됐고 자기도 8월에 방콕에 가니 구경시켜줄 수 있느냐고 그에게 물었다는 거죠. 들어보니 그 애의 부모가 허락한다는 전제하에 그러겠다고 답한 것 같았어요." 그녀가 잠시 숨을 고르고 말했다. "제가 물었죠. 그 문제의 학생이 자신한테 푹 빠졌다는 걸, 그 학생이 그 감정을 그와 공유했다고 믿거나 바랄 수 있다는 걸 몰랐느냐고. 그러자 그가 분란을 일으키려는 수작이라며 일축하더군요. 저는 그 학생이 겨우 열일곱이고, 그 학생과 엮이면서 조지프가 자기 위치를 위태롭게 만들고 있다고도 지적했죠. 하지만 조지프는 자신이 뭘 잘못했는지 전혀 깨닫지 못하더군요." 그녀가 숨을 크게 내쉬었다. "어쨌거나 마침 2층에 있던 찰리가 무슨 일인가 하고 뛰어 내려왔어요. 그러자 조지프가 그 아이한테 자기가 방금 막 직장에서 잘렸다고, 저더러 오지랖 넓은 망할 년이라고 하면서 제가 그 학교 화학 교사랑 바람이 난 걸 아느냐고 묻는 거예요. 찰리는 웃으면서 제가 부인하기를 기다렸어요. 하지만 전 부인할 수 없었어요. 사실이었으니까요. 그걸 알아차린 찰리는 얼굴이 하얗게 질렸고 조지프는 그 아이를 조롱하기 시작했어요. 너만 빼고 다 알고 있었다, 화학 시간에 모두가 네 뒤에서 비웃고 있었다는 걸 알게 되니 기분이 어떠냐, 화학 시험에서 점수가 잘 나왔으면 이제 그 이유를 알 거다, 등등의 말을 하면서요. 듣다못해 찰리가 덤벼들어 조지프를 바닥에 넘어뜨렸고, 조지프는 저와 찰리에게 온갖 쌍욕을 퍼부었어요. 너무 위협적이고 무서워서 제가 휴대폰을 꺼내 경찰을 부르겠다고 했죠. 그

322

러자 그가 집에서 나갔고, 찰리와 저, 단둘이 남았어요."

"너무 힘드셨겠어요, 매기."

"조지프가 저와 앤드루의 관계를 어떻게 알았는지 모르겠어요. 그 사람과 3년가량 만났지만 학교에서는 절대 마주치지 않도록, 적어도 최소한으로 마주치도록 주의했거든요. 정말 어쩌다 한 번씩 밖에서 데이트를 했는데 어느 토요일 저녁 윈체스터에서 조지프가 우리가 함께 있는 모습을 봤다고밖에는 설명이 안 돼요. 앵거스, 그러니까 찰리 아빠와의 결혼 생활은 진작에 끝났었어요. 하지만 찰리가 대학에 가기 전까지는 부모 역할을 하자고 합의를 봤죠. 찰리가 아빠를 끔찍이 좋아하는 데다가 앵거스가 한 해의 대부분을 타지에서 지냈기 때문에 어렵지 않은 일이었어요. 앵거스와 제가 처신을 잘해서 그가 집에 있을 때면 우리 가족은 근사한 시간을 보냈어요. 몇 년 전 그가 새 사람을 만났고 곧바로 제게 솔직하게 말해줬죠. 저는 축하해줬고요. 제가 앤드루를 만나기 시작했을 때 그가 축하해줬듯이요."

"찰리한테 그 모든 사실을 설명했나요?"

"설명하려고 했지만 들으려 하지 않았어요. 찰리가 저한테 어떻게 아빠를 배신할 수 있느냐고, 어떻게 자기를 학교에서 웃음거리로 만들 수 있느냐고 소리치더군요. 제가 맹세컨대 아무도 모를 거라고, 아무도 비웃지 않을 거라고 말했지만 그 아이는 다음 날 학교에 못 갈 거라고, 학교를 그만둬야 할 거라고 했어요. 앵거스가 찰리와 직접 통화해 전부 설명할 수 있도록 그에게 전화를 걸었죠. 하지만 훈련 중이어서 그가 전화를 걸었을 때는 이미 찰리가 나간 뒤였어요.

녀석을 붙잡으려고 애를 썼지만 제 근처에는 얼씬도 하기 싫다고 하더군요." 매기가 두 눈을 치켜떴고, 가브리엘은 그녀의 눈동자에서 괴로움을 읽을 수 있었다. "그래서 우리 아이가 댁에게 남긴 메시지가 제게는 너무 소중해요. 덕분에 계속 살아갈 힘을 얻었어요."

"저야말로 곁을 지킬 수 있어 감사했습니다." 가브리엘이 나직이 말했다.

매기가 찻잔을 드는데 손이 덜덜 떨렸다. "자전거를 타고 나간 아들 녀석을 뒤쫓았지만 이미 날이 어두컴컴해서 어느 쪽으로 갔는지 안 보였어요. 그 애의 여자친구인 지나를 비롯해 친구들한테 전화했지만 아무도 연락 못 받았다고 하더군요. 제가 지나한테 혹시 학교에서 저에 대한 소문을 들은 적 있냐고 물었죠. 물어야만 했어요. 그러면서 찰리가 집을 뛰쳐나간 것과 관련이 있으니 혹시 들었으면 제발 알려달라고 했죠. 하지만 지나가 아무것도 들은 얘기 없다고 분명히 말하더군요. 제 질문에 매우 놀라는 걸로 봐서는 진짜 같았어요. 그러고 나서 찰리가 10시까지 집에 돌아오지 않자 경찰에 신고했어요." 그녀가 차를 한 모금 마시고 찻잔을 접시에 가만히 내려놓았다. "나머지는 아시죠."

"조지프를 보고 왜 그러셨는지 알겠어요. 그간 겪으신 모든 일들이 정말 안타까워요, 매기."

"술김에 그랬다는 건 알지만 찰리한테 저와 앤드루의 관계에 대해 말하면 안 되는 거였어요. 그자가 그 말만 안 했어도 찰리는 죽지 않았을 거예요. 그보다 최악은 몇 달 후면 앵거스와 제가 각자의 관계에 대해 찰리에게 말해줬을 거라는 거예요. 그 아이가 대학에 가기 전, 여름방학 때 말할 계획이었거든요." 그녀가 희미하게 웃었다. "애를 보호하려다가 되레 죽인 거나 다름없다는 생각을 안 할 수가 없네요."

"제발 그렇게 생각하지 마세요." 가브리엘이 놀라서 말했다. "그건 당신이 아니라 조지프의 잘못이에요. 그런 사실을 알았다면 우린 절대 그를 고용하지 않았을 겁니다. 제 친구들도 마찬가지일 거예요. 이달 말 그가 떠나지 않으면 제가 당장 떠나라고 할 겁니다. 상황이 어떻게 되든 그렇게 할 거예요."

그러자 매기가 고개를 홱 들었다. "우리가 만났다는 사실은 제발 그에게 알리지 말아주세요. 제가 지금 어디 사는지 그자가 모른다 해도 그날 밤엔 정말 위해를 가할 것 같았어요. 나를 물리적으로 공격할까 봐 얼마나 겁에 질렸는지 몰라요."

"경찰을 불렀어야 하는데 안타깝네요."

"그가 나가서 그저 다행이다 싶었어요."

"말씀해주셔서 고맙습니다." 그는 갑자기 머리가 아파서 관자놀이를 문지르고 싶었지만 참았다. '그자가 나한테 그 말을 해선 안 됐어요'라는 찰리의 말이 무슨 뜻인지 이제야 알 수 있었다. 찰리가 말한 그 사람은 조지프였다.

그는 다시 매기에게 주의를 돌려 그녀가 방금 털어놓은 이야기에서 벗어날 수 있도록 화제를 바꿨다. 그렇게 45분이 지나, 가브리엘은 매기와 헤어지면서 대화하고 싶으면 언제든 전화하라고 말했다. 그런 다음 그는 조지프를 향한 끓어오르는 분노를 안고 차를 몰아 집으로 갔다.

59장

아이리스는 그날 아침 한결 희망찬 기분으로 눈을 떴다. 베스와 쇼핑 가기로 한 토요일이었다.

3주째 토요일마다 베스와 쇼핑을 하고 있었다. 그녀는 이런 모녀만의 나들이가 얼마나 소중했던지 베스가 1년 더 곁에 있겠다고 한 김에 아예 정기 행사가 되었으면 싶었다. 베스와 함께하는 게 좋았고 베스도 즐기는 것 같았다. 두 사람은 즐겁게 수다를 떨고, 같이 웃고, 가브리엘과 에스메와 휴에 대해 얘기했다. 물론 좋은 얘기만. 이제 토요일은 아이리스에게 최고의 요일이 되었다.

부엌 창가에 서서 시리얼을 먹으며 베스를 기다리는데 그녀의 시야에 조지프가 들어왔다. 순간 기분이 불쾌해졌다. 그녀는 가브리엘이 담장 정원이 완성될 때까지 조지프를 써야 한다고 고집을 피운 게 원망스러웠다. 거기다 베스가 더 있기로 해서 더더욱 그랬다. 화, 목, 토요일이면 행여 그와 마주칠까 봐 담장 정원에 가지 못하는 게 분했다. 천만다행으로 그는 곧 떠날 예정이었다.

보아하니 조지프에 질겁하는 사람이 그녀만은 아닌 듯했다. 가브리엘이 매기를 만나 알게 된 얘기를 들려주었다. 조지프가 한 학생에게 전화번호를 줬다는 사실을 교장에게 알렸다는 이유로 그가 매기에게 어떤 폭언을 퍼부었는지에 대해.

"그러면 조지프한테 떠나라고 할 거지?" 아이리스가 말했었다.

"그러려고 했는데 세례식 마치고 간다고 하니 2주만 참으면 돼."

그녀는 안도했다. "간대?"

"응, 자기한테 말하지 않았나. 휴가 지난주에 한잔하면서 알려줬어."

이제 그녀 내면의 평화를 방해하는 일은 세례식뿐이었다.

입맛이 떨어진 그녀는 그릇을 옆으로 치우고 베스가 준비됐는지 보러 갔다. 침실 문이 잠겨 있어 조심스럽게 노크했다. 베스가 에스메 집에 갔다가 한밤중에 들어온 게 떠올랐다. "베스?"

"응." 그녀가 졸린 목소리로 답했다. "들어와."

아이리스가 문을 열자 베스가 까치머리를 하고 이불 위로 고개를 내밀었다.

"좋은 아침." 베스가 베개로 몸을 받치며 물었다. "몇 시야?"

"10시 반이 다 됐어."

"뭐?" 베스가 휴대폰을 움켜잡고 확인했다. "어쩌다 시간이 이렇게 됐지?"

"어제 에스메 집에 갔다가 새벽 1시 넘어서 들어왔잖아." 아이리스가 일깨워주었다.

베스가 찡그린 표정을 지었다. "밤에 나 때문에 깼어? 미안."

"아니, 안 자고 있어서 문소리를 들었어." 아이리스가 침대에 앉으며 말했다. "아빠는 나가서 저녁에나 들어올 거야. 그러니 우리끼리 나가서 점심 먹자."

"자전거 타고 나갔어?"

"응."

"요즘 좋아 보이네. 그렇게 우울해하지도 않고."

아이리스가 침대 커버를 반듯하게 펴며 말했다. "삶은 계속돼야 한다는 걸 깨달은 것 같아. 짧은 기간에 많은 죽음을 겪으면서 삶이 얼마나 소중한지 알아차린 게 아닐까." 그러고는 베스의 다리를 쿡 찔렀다. "몇 시면 준비가 끝날 거 같아?"

베스가 머리를 다시 베개에 내려놓았다. "실은, 엄마, 다음에 가면 안 될까? 오늘은 늦잠 자고 싶어. 나 없이 혼자 가도 되니 엄마 내키는 대로 해."

"아." 아이리스의 행복감이 바람 빠진 풍선처럼 오그라들었다. "다음 주 세례식에 입을 원피스를 사야 하니까. 알았어, 나 혼자 갈게." 그러곤 덧붙였다. "네가 고르는 걸 도와줬으면 했는데."

"미안, 엄마. 진짜 피곤해."

"괜찮아." 아이리스는 실망을 감추며 일어났다. "뭐 필요한 건 없어? 오는 길에 슈퍼마켓에 들를 거거든."

베스가 고개를 저었다. "아무 생각이 없어."

"알았어. 그럼 푹 쉬어. 저녁은 집에서 먹을 거지?"

베스의 얼굴에 죄책감이 가득했다. "에스메 아줌마한테 같이 저녁 먹겠다고 했는데."

"그렇구나. 알았어. 이따가 보자."

아이리스는 자기 연민에 젖어 방을 나섰다. 베스한테는 엄마 아빠가 그렇게 함께하기 어려운 존재일까? 아이리스는 최근 부부 사이에 대화가 끊기면서 베스가 방에 들어올 때마다 둘 다 대화 상대를 만난 반가움에 얼마나 득달같이 달려들었는지 떠올렸다. 베스도 자신이 부모를 묶어주는 연결 고리란 걸 알아차린 걸까? 그건 보통 부담스러운 짐이 아니었다. 그러니 베스가 에스메 부부와 같이 있고 싶어하는 걸 탓할 순 없었다.

그러나 잠시 후 상실감과 질투심이 뒤엉킨 감정이 훅 밀려왔다.

30분 뒤 아이리스는 시내에 차를 세우고 원피스를 둘러보러 갔다. 옷 가게에서 나오는데 길 건너편에 휴가 있었다.

"휴!" 그녀가 차 소음을 뚫고 외쳤다.

그가 이쪽을 보더니 손을 흔들고는 건너오겠다는 손짓을 했다. 잠시 도로 경계석에 서서 자동차들이 멈추기를 기다렸다가 길을 건넜다.

"만나서 반가워요, 아이리스." 그가 살짝 포옹하며 말했다.

"저도 반가워요. 잘 지내요? 해미시는 어때요?"

"잘 지내죠. 너무 빨리 커서 아기 잠옷을 몇 벌 더 사려고 나왔어요. 에스메가 손님용 침실에 페인트칠을 끝내고 싶다면서 저한테 아기 옷 사는 임무를 맡겼어요." 그가 웃으며 말했다.

"거의 마무리가 된 거예요? 세상에, 작업 속도가 진짜 빠르네요."

"그러니까요. 장인 장모님이 세례식 때문에 우리 집에 와 계실 거라 그 전에 마치고 싶어해요."

"그렇겠죠."

"아이리스가 제안한 그 녹색이 아주 마음에 든대요."

"아, 다행이네요."

휴가 풍성한 눈썹 아래로 그녀를 유심히 보았다. "괜찮아요?"

"네, 괜찮아요. 그냥 에스메를 도와줘야 하는데 하고 생각했어요. 그런데 저한테 그럴 기운이 없나 봐요."

"좀 쉬어요, 아이리스. 그간 많은 일을 겪었잖아요."

"많이 좋아졌어요." 그녀가 미소를 지었다. "늦게 주무셨을 텐데도 기운이 쌩쌩해 보이다니 놀라워요."

"제 얘기가 아니네요." 휴가 쾌활하게 말했다. "전 10시에 잤거든요."

"그럼 에스메랑 베스가 온 지구상의 문제들을 해결하기 위해 토론이라도 했나 보네요." 그녀는 불만처럼 들리지 않도록 주의하며 말했다.

"아니요, 베스랑 수다를 떤 건 마커스와 조지프예요. 에스메는 저보다 일찍 잠들었어요."

"마커스랑 조지프요?"

"네, 세 사람이 아주 친해요. 해미시가 있어서 최고로 좋은 일 중 하나죠. 마커스를 훨씬 자주 보게 됐거든요." 그가 잠시 멈추었다 말했다. "베스가 조지프에게 힘이 돼주고 있어요. 당연한 일이지만 로르가 죽은 후로 가라앉아 있었는데 베스가 용케도 그를 웃게 한다니까요. 정말 대단한 아이예요, 아이리스. 두 분 모두 베스가 참 자랑스러우시겠어요."

"자랑스럽죠." 아이리스가 답했다. "휴, 미안하지만 가봐야겠어요. 세례식에서 입을 원피스를 사야 하거든요. 에스메한테 안부 전해줘요."

"그럴게요. 다음 주 일요일에 봐요. 그 전에 못 보면요."

아이리스는 멍한 상태로 두 다리를 가까스로 움직여 주차한 곳으로 걸음을 옮겼다. 고개를 하늘로 향한 채 막 내리기 시작한 보슬비를 맞았다. 곧 불운이 닥칠 것 같은 예감을 애써 떨치려 했지만 떨쳐지지 않았다.

60장

가브리엘은 일주일 전 매기를 만난 뒤로 조지프와 정원에서 함께 일하지 않았다. 그 대신 조지프가 오는 날 아침이면 그가 마무리해줬으면 하는 업무를 상세하고 구체적으로 적어 문자로 보냈다.

가브리엘은 그날 카페에서 나오자마자 곧장 그를 찾아가 따지고 싶었지만 참았다. 화가 너무 치밀어 횡설수설할 것 같았다. 침착해야만 그에게 하는 말에 더 힘이 실리리라 생각했다.

그는 조지프에게 왜 자신이 정원에 나가지 않았는지는 말하지 않았다. 그저 그가 이달 말에 떠날 거라는 말을 들었고, 그러니 29일 목요일까지 근무하면 된다는 문자만 보냈다. 세례식에서는 얘기할 틈이 거의 없을 테니 그 전날인 10월 1일 토요일에 시간이 되면 보자는 말도 덧붙였다. 그러자 조지프가 답 문자로, 저녁 6시에 자기 별채에서 보자고 했다.

가브리엘은 조지프가 부모 집에서 두 달 살다가 에스메의 집에 처음 왔을 때를 기점으로 사건을 시간순으로 구성해보았다. 그 결과 조지프가 음주 운전 사고를 낸 때가 찰리가 죽고 며칠 후라는 확신이 들었다. 찰리한테 한 말에 대한 죄책감이 그 사고에 영향을 미쳤을까? 가브리엘은 삽을 땅속 깊이 박다가 문득 자신이 거짓으로 말한 찰리의 유언이 그의 죄책감을 덜어주었을 수도 있겠다는 생각에 기겁했다. 조지프는 사실을 알아야 했다. 자기가 내뱉은 잔인한 말 때문에 찰리가 자전거를 타고(일부러든 괴로워서든 거칠게 몰아서) 채석장 절벽으로 내달렸다는 것을.

"좀 더 깊이 파야지!"

가브리엘이 삽에 흙을 한가득 퍼 올리다 고개를 들었다. 아이리스가 다가오고 있었다. "뭐라고?"

"시체를 묻으려면."

그가 음산하게 웃으며 옆의 흙더미에 흙을 붓고는 삽을 땅에 퍽 하고 꽂았다.

"저녁 먹을 시간이야?" 그가 팔뚝으로 이마에 맺힌 땀을 닦으며 물었다.

"거의 다 됐어."

"베스는 에스메 집에 있어?"

"응." 아이리스가 그의 눈을 보며 말했다. "새벽 1시가 넘어서 집에 들어왔어. 아까 시내에서 휴를 만나 들었는데 에스메는 10시쯤 잤다네."

"무슨 소리야?"

"베스가 마커스, 조지프와 같이 있었다고. 세 사람이 아주 친해졌나 봐. 듣자 하니 로르가 죽은 뒤로 베스가 조지프한테 힘이 됐나 보더라고."

가브리엘의 눈이 휘둥그레졌다. "휴가 그렇게 말해?"

"응."

"그렇게 말한 다른 뜻이 있을까?"

"어떤?"

"모르지. 조지프와 베스가 과하게 친하다든가?"

"걱정스러운 부분이 있었다면 우리한테 말했겠지. 하지만 상황을 계속 지켜볼 필요는 있어. 베스가 그 집을 워낙 자주 드나드니까."

가브리엘이 머리칼을 쓸어 넘겼다. "그래서 베스가 그 집에 그렇게 오래 있는 건가? 조지프가 있어서?"

"그럴지도 모르지. 하지만 우리랑 떨어져 있고픈 마음이 더 클 거야. 인정하자. 우리가 같이 어울리기에 썩 재미있는 사람들은 아니잖아?"

그녀가 자리를 뜨고 가브리엘은 다시 삽질을 시작했다. 삽이 흙에 턱 하고 박히는 소리가 마치 쿵 하는 그의 심장 소리처럼 들렸다.

61장

"엄마 아빠, 잠깐 얘기 좀 할 수 있을까?"

아이리스가 고개를 들어보니, 베스가 샤워를 마치고 머리가 젖은 채 테라스에서 쭈뼛거리고 있었다.

아이리스는 해미시에게 줄 선물로 노아의 방주가 아름답게 새겨진 조각을 포장하다가 옆으로 치웠다. "물론이지."

"결국 대학에 아예 안 가기로 했다는 얘기만 아니라면." 가브리엘이 청바지에 두 손을 닦으며 농담을 던졌다. "정말 그렇다고 해도 나는 걱정 안 한다. 네가 네 길을 알아서 개척할 거라 믿으니까."

"아빠, 고마워." 베스가 그에게 다가와 포옹하며 말했다. "대학에 갈 생각은 변함없지만 내 미래에 대해 얘기하려는 건 맞아. 가까운 미래에 대해서." 그녀가 덧붙였다.

"아, 그렇구나." 가브리엘이 베스에게 미소를 지어 보였다. "우리가 뭘 도와주면 될까?"

"여행을 가려고 해." 베스가 의자를 빼내 아이리스 맞은편에 앉았고 가브리엘도 그렇게 했다. "대학 가기 전에 세상을 보고 싶어."

"여행을 간다고?" 가브리엘이 물었다. "어디로? 그러니까, 계획을 다 세운 거야, 아니면 아직 생각하는 단계야?"

"어느 정도는 세웠어. 그냥 당분간 떠나고 싶어."

"그 마음 이해해." 아이리스가 말했다. "요사이 너무 많은 일을 겪은 데다 지금 네 아빠와 내가 같이 살기에 그다지 유쾌한 상대도 아니지."

"그래서가 아니야." 베스가 서둘러 답했다. "엄마 아빠랑 집에 있는 건 너무 좋아. 하지만 세상에 가볼 곳이 너무 많은데 1년 동안 마컴에만 있는 게 조금 시간 낭비 같아."

"그러면 어디로 갈 생각이니? 유럽?"

베스가 고개를 저었다. "아니, 아시아. 그다음엔 남미로 갈 것 같아."

"아시아?" 가브리엘이 놀라며 물었다. "아시아 어디?"

"일단 방콕에서 시작해 거기서 생각해보려고."

"혼자서?"

"처음엔 혼자서. 그러다 거기서 만난 사람들과 동선이 맞으면 같이 갈 수도 있고."

가브리엘이 턱을 문질렀다. "이건 얘기를 좀 해봐야겠다, 베스."

"알았어. 하지만 내 마음은 정해진 거나 마찬가지야. 이력서에 적을 만한 괜찮은 경력을 쌓아야 해. 미래의 고용주가 어떤 경험을 하고 대학에 들어갔는지 물어볼 텐데 부모님 집에서 지인의 아기를 돌봐줬다고 말하면…… 음, 좀 부실해 보일 것 같아."

"언제 갈 생각이야?" 아이리스가 물었다.

"다음 달."

"다음 달?" 가브리엘의 얼굴에 실망의 기색이 역력했다. "왜 다음 달이야? 크리스마스 지나고 가면 안 돼?"

"안 돼. 그러면 항공권이 더 비싸져."

"차액은 내가 내주마."

"가브리엘." 아이리스가 그를 살짝 흘겨봤다. "그만해. 그러면 베스가 불편하잖아."

"미안하다." 가브리엘이 베스를 보며 말했다. "좀 서두르는 것 같아서 그래. 충분히 생각하고 내린 결정인가 싶고."

"이 얘긴 내일 마저 해도 될까, 아빠? 오늘 저녁에 해미시를 봐주기로 했어. 에스메 아줌마 부부가 외식하러 나갈 거라서."

"조지프가 대신 보면 안 되는 거야?" 아이리스도 못 참고 나섰다. "아기 보는 걸 좋아한다고 그랬잖니. 한 번쯤은 우리랑도 저녁 먹으면 좋잖아."

"내일은 같이 먹을게, 약속해." 베스는 이미 문 쪽으로 뒷걸음질 치고 있었다. "그때 얘기 더 해요. 미리 운을 떼놓으려고 말한 거야." 그녀가 손 키스를 날렸다. "이따 봐."

아이리스가 가브리엘을 흘끗 쳐다보았다. 그는 마치 세상이 끝나기라도 한 듯 몸이 축 처져 있었다. 그도 그럴 것이 베스는 그의 세상이었다.

"베스가 1년을 온전히 여기서 보내리라 기대한 건 아니잖아?" 그녀가 물었다.

가브리엘이 고개를 들었다. "왜, 당신도 바라지 않았어?"

"제대로 생각을 안 해봤어. 그런데 지금 보니 베스가 왜 1년 동안 외국에서 뭔가 유익하고 성과가 남는 경험을 하고 싶어하는지 알겠어."

"베스가 조지프와 같이 안 가리라는 보장 있어?"

"조지프?" 그녀가 놀라서 그를 쳐다보았다. "무슨 뜻이야?"

"방콕에 간다면서. 조지프가 그 학교 학생한테 전화번호 줬다고 했던 거 기억나? 매기 말로는 조지프가 그 학생더러 방콕을 구경시켜준다고 했대. 듣자 하니 태국에 아주 훤해서 여름은 주로 거기서 보내더라고." 그가 그녀의 눈을 들여다보며 물었다. "만약 내일 베스가 조지프랑 같이 태국에 간다고 말해도 그렇게 심드렁하게 반응할 거야?"

"그런 일은 절대 없을 거야." 아이리스가 이를 악물고 말했다. "베스가 그 인간이랑 어딜 가는 일은 없어. 그자는 알코올중독자야! 지금은 끊었다지만 장담하는데 얼마 못 가서 또 술에 손대고 말걸."

"그자를 안 만났으면 좋았을 것을." 가브리엘이 쓸쓸하게 말했다. "그자를 우리 삶에 끌어들이는 게 아니었어. 말썽만 일으키는 놈이야. 조지프가 아니었으면 찰리는 안 죽었을 거야. 그리고 로르도. 또 로르가 녀석을 만나지 않았으면 피에르도 아직 살아 있었을지 몰라."

"로르가 피에르를 죽인 건 조지프랑 사귀기 전이야."

"그건 모르지. 어쩌면 그날 파리에서 로르가 피에르한테 다른 남자가 생겼노라 말했고, 그래서 싸움이 시작됐을 수도 있잖아. 피에르가 절대 보내줄 수 없다고 하는 바람에 로르가 그를 죽였을지 또 누가 알아. 우리는 몰라, 아이리스. 그게 지독한 비극이지. 절대 알 수 없다는 거." 그가 의자를 제자리로 밀어 넣었다. "내가 아는 건 딱 하나야. 베스가 아시아에 가기로 맘먹은 이유가 조지프라면, 내가 빌어먹을 그놈을 죽이겠다는 거."

62장

아이리스는 쟁반에 식기를 담아 들고 거실로 갔다. 포장해온 음식을 먹으며 베스가 고른 영화를 볼 예정이었다. 가뭄에 콩 나듯 찾아오는, 세 식구가 함께하는 토요일 저녁 시간이었다.

모녀는 그날 아침 태국 여행용 배낭을 사러 갔다. 지난주 베스가 다음 달에 여행을 가겠다고 했을 때만 해도 그들은 9월 말이 코앞이고 '다음 달'이 고작 며칠 뒤라는 사실을 생각지 못했다.

그 일주일 동안 세 식구는 베스의 여행에 대해 여러 얘기를 나누었고, 베스는 10월 20일쯤 떠날 예정이라고 했다. 그 말인즉 가족과 함께할 시간이 3주밖에 남지 않았다는 뜻이었다. 아이리스는 가브리엘의 상심을 덜어주기 위해, 크리스마스가 되면 베스가 어디에 있든 그리로 가서 만나자고 했다.

"와!" 베스가 엄마의 제안을 뛸 듯이 반겼다. "정말 좋은 생각이야. 아빠는 어때? 좋은 생각 같지?"

"응, 물론이지."

"목소리에 확신이 없는데."

"내가 확신이 안 드는 건 네가 혼자 여행을 한다는 거야."

"혼자 여행하는 사람들이 얼마나 많은데, 아빠. 그리고 말했듯이 태국에 가면 사람들이랑 같이 다닐 거야. 그게 다야. 친구를 사귀고, 경험을 나누고, 우리가 사는 세상을 둘러보는 거." 그러면서 베스는 가브리엘의 어깨에 팔을 둘렀다. "아빠가 응원해줬으면 좋겠어."

"네 말이 맞아, 베스." 가브리엘이 성의를 보이려 애쓰는 걸 아이리스는 알 수 있었다. "아주 큰 경험이 될 거야. 내 생각에도 마컴에서만 지내기보다 훨씬 재미있는 일을 해야 아쉬움이 남지 않을 것 같아."

"그러면 엄마 말대로 크리스마스에 만나러 올 거지, 아빠? 그때쯤이면 아직 태국에 있을 테니 사무나 푸켓 같은 섬에서 같이 크리스마스를 보내면 되겠다."

"그래." 가브리엘이 말했다. "꼭 그렇게 하마. 기다릴 일이 생기겠구나."

"겨우 두 달 떨어져 있는 거야. 날 그리워할 새도 없을걸."

에스메는 베스가 여행 간다는 얘기를 듣자마자 보모를 고용했다. 보모가 월요일부터 출근하기로 해서, 아이리스와 가브리엘은 출국 전까지 베스와 더 많은 시간을 보낼 수 있게 되었다.

"해미시만 있었으면 저 혼자도 할 만했을 거예요." 에스메가 아이리스와 통화하며 설명했다. "그런데 집에 할 일이 너무 많아요."

"에스메, 보모를 쓴다고 아무도 뭐라고 안 해요."

"베스가 보고 싶을 거예요. 여행을 떠나보내는 기분이 어때요?"

"걱정되긴 하지만 자기가 좋아하는 일을 한다니 뿌듯해요. 말도 못 하게 보고 싶겠죠. 베스가 집에 와서 너무 좋았거든요. 가브리엘은 아무렇지 않은 척하지만 속으론 망연자실하고 있어요."

"말해 뭐해요. 그런데 아이리스, 부탁할 게 있어요." 에스메의 목소리가 평소와 달리 긴장돼 있었다. "조지프에 대한 일이에요. 세례식 하는 동안 조지프를 좀 지켜봐줄래요? 특히 점심시간에요. 술이 있을 거라 조지프가 유혹에 넘어갈까 걱정돼요."

아이리스는 순간 뜨끔했다. 세례식 행사가 끝나는 대로 될 수 있는 한 조지프를 피할 생각이었으니까.

"네, 그럴게요." 아이리스가 말했다. "그런데 혹시라도 술을 마시려 들면 제가 술잔을 뺏을 수 있을지 모르겠어요."

"그냥 아빠한테 말해요. 아니면 휴나 마커스한테요. 그들이 해결해줄 거예요."

아이리스는 탁자에 접시를 내려놓고 시간을 확인했다. 6시 반이었다. 베스는 샤워 중이었고 가브리엘은 조지프를 만나러 간 터였다. 만나고 돌아오는 길에 포장 주문한 음식을 찾아올 예정이었다. 혹시 조지프한테 베스 얘기를 꺼낼 거냐고 아이리스가 물었을 때 가브리엘은 고개를 저었다.

"왜 안 해? 베스 얘기가 아니면 뭐 하러 조지프를 만나려는 건데?" 그녀가 물었다.

"다른 할 말이 있어. 어쨌거나 베스한테서 떨어지라고 하면 녀석이 베스한테 이르기밖에 더 하겠어. 그러면 우리와 베스 사이에 갈등만 생겨. 내 생각에는 베스가 여행을 가기로 한 건 조지프와는 관계없는 것 같아. 물론 조지프가 태국 얘기를 해서 베스한테 동기를 심어줬을 수는 있지. 만약 베스가 그자와 만날 계획이었다면 우리한테 말해줬을 거야. 에스메랑 휴도 알 테고. 그런데 둘 다 그런 말은 없었잖아."

그녀는 굳이 답하지 않았다. 짐작건대 가브리엘이 조지프에게 찰리 얘기를 하려는 게 아닌가 싶었다. 다시금 찰리 잉그램이 그에게 다른 모든 사람보다, 심지어 자식보다도 우선순위인 것처럼 보였다.

63장

"먼저 그간 수고해줘서 고마워요." 가브리엘이 말했다. 그는 조지프의 별채에 있는 식탁에서 주스 잔을 들고 앉아 있었다.

"재밌었어요." 조지프가 말했다. "다만 아이리스가 우리 사이에 끼어들어서 아쉬울 뿐이죠."

가브리엘이 얼굴을 찡그렸다. "아이리스가? 그쪽이 아이리스와 무슨 문제가 있든 그건 내 알 바 아니에요." 조지프가 어리둥절한 표정을 짓자 그가 말을 이었다. "아이리스 때문에 내가 지난 2주 동안 그쪽을 피한 게 아니라고요." 그가 잠시 멈추었다가 말했다. "그쪽도 알죠. 채석장에서 찰리 잉그램을 발견한 게 나라는 거?"

"네."

"그런데 왜 찰리가 다닌 학교에서 일했다고 말하지 않았어요? 아니, 내가 그 학교 이름까지 대면서 거기서 일한 적 있냐고 물었을 때 왜 아니라고 했어요?"

조지프가 어깨를 으쓱했다. "그 일을 거론하기 싫어할 거라 생각했어요. 어쨌거나 난 그 애가 누군지도 모르고요."

"그것도 사실이 아닐 텐데? 그 아이가 엄마와 사는 집에 찾아갔잖아. 욕설을 퍼붓고 협박하면서 괴롭혔잖아."

조지프는 충격받은 기색을 애써 감췄다. "그 여자가 날 실직자로 만들었어요. 간섭할 권한도 없는 주제에."

"그 사람은 간섭할 자격이 충분했어. 돌봄 교사니까. 어떤 학생이 자기 친구가 자네한테 푹 빠졌다고 걱정하는데 그럼 가만히 있을까. 자네가 연락처를 주면서 방콕 구경을 시켜주겠다고 약속한 그 여학생 말이야."

"나쁜 마음 같은 건 절대 없었어요!"

"인정할 건 인정해. 자네는 학생들 근처에 얼씬거려서는 안 됐다고. 자네는 찰리한테 상상할 수도 없는 잔인한 말을 뱉었어. 그 애 엄마가 화학 선생님과 불륜 관계라고 폭로한 것만 말하는 게 아냐. 진짜 독이 된 건 모두가 불륜 사실을 알고 뒤에서 그 애를 비웃고 있다고 말한 거야."

"어떻게 알았어요?" 조지프가 소스라치게 놀라 물었다.

"찰리가 죽기 직전에 내가 곁에 있었다는 거 잊었나?"

"그 애가 말했어요?" 가브리엘은 답하지 않았다. "그 말을 해선 안 됐어요. 나도 알아요. 다들 비웃는다고 말하면 안 되는 거였는데. 나도 말하고 나서 후회했어요."

"게다가 그건 사실도 아니었어. 찰리의 엄마와 화학 교사가 각별히 조심한 덕에 둘의 관계를 아는 사람은 없었어. 심지어 동료들조차 몰랐지. 찰리의 아빠는 알았지만 전혀 문제 될 게 없었어. 두 사람이 헤어지긴 했어도 찰리가 고등학교를 졸업할 때까지는 부부로 지내자고 여러 해 전 합의했으니까. 나중에 찰리에게 사실을 털어놓고 서로에게 애인을 소개할 생각이었다고. 그렇게 하려던 게 이번 여름이야. 그런데 자네가 잔혹한 거짓말로 선수를 쳤지. 어떻게 그럴 수 있나? 어떻게 찰리에게 그런 말을 할 수 있어?"

"술에 취했었어요."

"그래, 취했었지. 며칠 뒤 술에 취해 차를 들이받아놓고 에스메와 휴한테는 그 사고 탓에 실직했다고 했지. 이미 잘린 뒤였으면서 말이야. 자넨 거짓말쟁이고 겁쟁이야."

조지프가 고개를 숙인 채 식탁을 응시했다. "조금이라도 위로가 될지 모르겠지만, 찰리가 죽었다는 소식을 듣고 내게도 일정 부분 책임이 있다고 느꼈어요. 그 바람에 사고가 난 거예요. 제가 그런 말을 안 했으면 찰리가 자전거를 그렇게 세게 몰지 않았겠죠."

"조금도 위로가 되지 않아. 자네가 사고를 낸 건 술에 취한 탓이야. 그리고 찰리의 죽음에 '일정 부분' 책임이 있다고 느끼지 말게. 오롯이 자네 책임이니까."

조지프가 고개를 홱 쳐들었다. "무슨 말이에요?"

"내가 거짓말을 했어, 조지프. 찰리의 마지막 말을 지어냈다고. 그 아이는 엄마에게 사랑한다는 말을 남기지 않았어. 이렇게 말했지. '엄마한테 절대 용서 못 한다고 전해줘요. 이건 엄마 잘못이에요. 그런 짓을 하면 안 되는 거였어요.'" 가브리엘은 찰리의 말이 충

346

분히 전달되도록 잠시 뜸을 들였다. "그런 다음 이렇게 말했어. '그 자가 나한테 그 말을 해선 안 됐어요.' 내게는 그 말이 자네가 한 말 때문에 찰리가 일부러 채석장 절벽으로 자전거를 몰아 추락했다는 뜻으로 들렸네."

조지프의 얼굴이 하얗게 질렸고, 가브리엘은 그 모습을 냉담하게 지켜보았다. 그런 다음 가브리엘은 자리에서 일어나 식구들과 함께 먹을 포장 음식을 찾으러 갔다.

64장

아이리스는 배 속이 꾸르륵거리는 바람에 잠에서 깼다. 그러곤 곧장 화장실로 달려갔다.

"당신 괜찮아?" 침대로 기어 올라오는 그녀를 보고 가브리엘이 물었다. "안색이 안 좋아."

"괜찮아." 그녀가 말했다. "괜찮아야지. 오늘 세례식이잖아."

그가 얼굴을 찌푸렸다. "상기시켜주지 마."

"어제 조지프한테 뭐라고 했어?" 아이리스가 묻고는 베개에 털썩 쓰러져 턱 끝까지 이불을 끌어당겼다. 가브리엘은 겉으론 애써 태연한 척했지만 속으로는 저녁 내내 분노가 당장이라도 폭발할 것처럼 끓어올랐다. 포장해온 음식에 거의 손을 대지도, 영화에 집중하지도 않았다. 그녀는 그가 억누르는 화가 자신을 향한 것일까 봐, 즉 자신이 조지프의 집에 무단으로 들어간 사실을 그가 말해버렸을까 봐 무서워서 짐짓 모른 척했다.

"그냥 그동안 수고했다고 인사했어." 그의 말에 그녀는 약간 마음이 놓였다.

"앞으로 계획이 뭔지, 어디로 갈 건지 얘기 안 해줘? 내일 떠나잖아."

"안 물어봤어." 그가 퉁명스러운 목소리로 답했다. "일찍 떠날수록 좋지. 그 녀석은 위험한 포식자야."

그녀는 밀려오는 복통에 배를 움켜쥐었다. 이불을 와락 걷어내고 다시 화장실로 달려갔다.

"엊저녁에 먹은 커리가 문제 같아." 그녀가 원인을 알아차리고 말했다. "당신은 괜찮아?"

"응. 내가 먹은 건 다른 커리였어." 가브리엘이 생각난 듯 말했다. "그런데 베스는 같은 거였잖아. 자기랑 같은 새우커리를 먹었어."

아이리스가 방문 쪽으로 걸어갔다. "베스가 어떤지 가봐야겠어."

그녀는 기운 없는 걸음걸이로 층계참을 지나 베스의 방문을 두드렸다.

"엄마?" 신음 섞인 응답으로 베스의 상태가 좋지 않음을 알 수 있었다. 들어가보니 베스는 상태가 더 안 좋았다. 얼굴이 침대보처럼 하얗게 질린 것도 모자라 땀으로 번들거렸다.

"속이 너무 안 좋아." 베스가 앓는 소리를 냈다. "장염 같은 거에 걸렸나 봐. 화장실에 얼마나 들락거렸는지 셀 수도 없어."

"저녁에 먹은 음식이 잘못된 것 같아." 아이리스가 침대에 걸터앉으며 베스의 이마에 손을 얹었다. "나도 증상이 비슷해. 하지만 너만큼 심각하진 않은 것 같다."

"너무 식탐을 부린 벌이지. 엄마보다 두 배는 더 먹었거든. 아빠는 어때? 우리랑 다른 거 먹지 않았어?"

"응, 소고기 커리였어. 아빠는 괜찮아. 그래서 새우가 범인이라고 생각하는 거야." 베스가 끙끙거리다 고개를 돌렸다. "미안." 아이리스가 얼른 말했다. "물 좀 갖다줄까?"

"물은 마셨어, 고마워. 세례식은 어떻게 하지, 엄마? 계속 이 상태면 갈 수 있을지 모르겠어." 베스의 눈에 눈물이 차올랐다. "미안해. 정말 가고 싶었단 말이야."

아이리스가 손을 뻗어 베스의 얼굴을 덮은 머리칼을 걷어주었다. "아직 포기하긴 일러. 이제 8시 반이니까 두 시간 넘게 남았잖니. 난 잠깐 더 누워 있어야겠다. 상태가 좀 나아지는지 보자. 우리 둘 다 계속 이러면 오후에 같이 담요 덮고 옹기종기 붙어서 텔레비전이나 보든가."

"오붓하고 좋겠네." 베스가 베개에서 머리를 들려고 애쓰면서 말했다. "하지만 엄마는 세례식에 가야 하지 않아? 해미시의 대모잖아."

"응. 그래도 정 안 되면 대신해줄 사람이 있을 거야."

11시가 되자 아이리스는 한결 나아졌지만 베스는 여전히 고통 속을 헤맸다.

"내가 베스 옆에 있어야겠어." 가브리엘이 옷장에서 꺼낸 정장을 침울하게 바라보며 말했다.

"베스가 아프긴 하지만 죽을 만큼 아픈 건 아니야. 몇 시간만 지나면 나을 거야." 아이리스가 그에게 짜증 섞인 미소를 보였다. "그나저나 에스메 부부한테 세례식 끝나고 우리 집으로 오라고 했어. 저녁에 가볍게 식사하고 샴페인 한잔 하면 어떨까 해서. 마커스도 불렀는데 에스메 말로는 사촌들이랑 놀 것 같다네."

"조지프가 뻔뻔하게 같이 오지만 않는다면야." 그가 으르렁거리듯 말했다.

"혹시라도 온다면 꼭 참고 견딜 수밖에. 그때쯤이면 베스가 사람들이랑 어울릴 만큼 몸이 나을 수도 있으니 다들 오는 게 좋지. 그럼 베스가 적어도 다 놓쳤다고 여기진 않을 테니까."

"맞는 말이네."

세례식이 12시로 잡혀 있어서 아이리스는 특별히 이날을 위해 구입한 노란 원피스와 밝은색 재킷을 걸치고 준비를 마쳤다. 햇살이 화사하고 바람 한 점 없는 아름다운 가을날이었다. 성당에 도착하자 아침 예배 후 샴페인을 즐기는 이웃 주민들로 반쯤 차 있었다. 에스메는 진녹색 원피스와 같은 색으로 맞춘 신발로 아름답게 꾸미고 벌써 와 있었다. 품에는 잠든 해미시가 안겨 있었다. 아이리스와 가브리엘은 사람들을 지나쳐 에스메 곁으로 갔다.

"천만다행이죠." 해미시가 참 얌전하다는 아이리스의 말에 에스메가 중얼거렸다. "지금 빽빽거리고 난리 쳤으면 감당 못 했을 거예요."

"무슨 일 있어요?"

"조지프 때문에요." 에스메의 목소리가 침울했다. "같이 출발하기로 했는데 준비가 안 됐더라고요. 그런데 아직도 안 왔어요. 휴한테 집에 좀 가보라고 하려고요."

가브리엘이 목을 길게 빼고 물었다. "휴는 어디 있어요?"

"저쪽에요. 마커스랑 같이 신부님과 얘기하고 있어요. 미안한데 휴한테 가서 조지프 좀 데려오라고 해줄래요?"

"제가 가서 조지프를 찾아볼게요." 가브리엘이 답했다. "휴는 에스메 옆에 있어야죠."

에스메의 가슴 깊은 곳에서 안도의 한숨이 나왔다. "그래줄래요? 정말 고마워요, 가브리엘. 진짜 고마워요."

"제가 해미시를 볼게요." 가브리엘이 가자 아이리스가 말했다. "조지프가 올 동안 사람들한테 가서 인사하세요."

"너무 오래 기다려야 하는 것만 아니라면요." 에스메의 목소리가 날카로워졌다. 그녀는 아이를 아이리스의 품에 건네주고는 주위를 휙 둘러보았다. "베스는 어디 있어요?"

"몸이 안 좋아요." 아이리스가 설명했다. "세례식에 못 와서 너무 속상해해요. 어제 커리를 사다 먹었는데 잘못됐나 봐요."

"아 저런, 안쓰러워라! 두 사람은 괜찮아요?"

"가브리엘은 우리랑 다른 걸 먹어서 다행히 괜찮아요. 저는 아침에는 힘들었는데 지금은 훨씬 나아졌고요."

에스메가 그녀의 팔에 손을 올리고는 말했다. "이불 속에 파묻혀 있고 싶을 텐데 이렇게 와줘서 고마워요." 그러면서 눈을 크게 뜨며 말했다. "대모나 대부가 없다는 게 상상이 돼요?"

아이리스는 부모와 대부모 자리로 마련된 긴 의자 앞줄로 가서 해미시를 떠받치며 앉았다. "괜찮을 거예요. 조지프는 금방 올 거예요." 그녀가 말했다.

65장

초조한 기다림의 시간이 25분가량 흐른 뒤, 성당 뒤쪽에서 웅성거리는 소리가 들리며 조지프의 도착을 알렸다.

그가 통로를 걸어 다가오는 동안 아이리스는 정면에 시선을 고정하고 있었다. 참석한 사람들이 너그럽게 웃음을 터트리는 소리 사이로, 조지프의 목소리가 들려왔다. 옷장에 쥐가 들어오는 바람에 정장 대신 그냥 바지랑 재킷을 입게 됐다며 연신 사과하고 있었다. 아이리스는 바로 옆에 앉은 에스메를 흘끗 쳐다보았다. 그사이 얼굴에서 긴장의 기색은 가시고 사람들과 함께 웃고 있었다.

아이리스는 바로 뒷자리를 지나오는 가브리엘의 기척을 듣고 고개를 돌렸다. 그가 지어 보이는 표정을 보고 그녀는 조지프의 변명이 죄다 거짓임을 알아차렸다.

조지프는 신부에게 가서 사과한 다음 아이리스와 에스메, 휴가 나란히 앉은 곳으로 와서 실례한다고 속삭이며 아이리스 옆자리로 비집고 들어왔다.

"실례지만 좀 앉을게요." 그가 작게 말했다.

그의 입에서 톡 쏘는 민트 냄새가 났다. "그러시죠." 아이리스가 말했다.

조지프가 그녀의 품에서 잠든 해미시를 향해 몸을 기울였다. "세상에서 가장 훌륭한 대부모를 두다니 참 복도 많은 녀석이죠? 두 사람 다 미덕의 귀감이니."

신부가 주의를 환기한 덕분에 그녀는 대답을 피할 수 있었다. 이윽고 세례식이 시작되었고 아이리스는 해미시를 조지프에게 건네줄 때 말고는 식이 끝나고 마을 회관에 점심을 먹으러 갈 때까지 내내 그를 외면했다. 그간 가브리엘과 말할 틈이 없었던 터라 그녀는 조금씩 그에게 다가가서는 그의 팔을 살짝 건드렸다. 에스메의 자매와 얘기하던 가브리엘은 양해를 구하고 아이리스 옆으로 왔다.

"무슨 일이 있었던 거야?" 아이리스가 속삭였다. "조지프한테?"

"술에 취했어." 그가 역겹다는 표정으로 답했다. "술 깨라고 세면대에 물을 틀고 녀석 머리를 담갔어. 그랬는데도 아직 덜 깼어."

"에스메가 점심때 조지프를 지켜봐달라고 부탁했어. 술 못 마시게 단속해달래."

"잘해봐. 속은 어때? 좀 나아졌어?"

"조금. 그래도 혹시 몰라서 약 먹으려고. 몇 알 챙겨왔어."

그녀는 탁자에서 물병을 집어서 화장실로 향했다. 화장실에서 나오자 다들 뷔페 음식을 담으려고 줄지어 서있었다. 그녀는 가방을 어깨에 걸친 다음 접시를 들고 줄에 합류해 사람들과 수다를 떨면서 부드러운 음식 몇 가지를 담았다.

회관 한가운데 긴 식탁 두 개가 마련돼 있었다. 아이리스는 좌석을 죽 둘러보며 자기 이름이 적힌 카드를 찾아 그 자리에 앉았다. 양옆을 보니 에스메의 시동생 둘이 한쪽씩 자리하고 있었다. 순간 그녀는 에스메가 자기한테 조지프를 감시해달라고 했던 마음을 바꾼 줄 알았으나 곧이어 맞은편 자리에 놓인 이름 카드에서 그의 이름을 발견했다. 그의 양옆에 놓인 카드에는 에스메의 두 자매 이름이 적혀 있었다. 에스메가 영리하게도 조지프의 술 문제를 아는, 또한 아이리스에게 그랬듯 그를 감시하라고 부탁한 사람들로 조지프를 에워싼 거였다.

아이리스는 손을 뻗어 와인 잔을 집어서는 조금 멀리 떨어진 위치로 옮겨놓았다.

"당신이 한 거 다 봤어요, 골디락스(《골디락스와 곰 세 마리》라는 동화에 등장하는 소녀의 이름으로, 주로 양극단이 아닌 딱 적당한 중간을 선호하는 사람을 일컫는다. 여기서는 아이리스가 조지프의 와인 잔을 너무 멀지도 너무 가깝지도 않은, 딱 적당한 위치에 놓은 것을 비꼬는 의미로 쓰였다—옮긴이)."

고개를 들어보니 조지프가 자기 자리 옆에 서 있었다.

"그랬군요. 식탁 위에 이름표들 보세요." 자리에 앉는 그에게 그녀가 말했다. 에스메의 자매들과 그 남편들은 아직 뷔페 테이블에 있어서 이쪽 소리를 들을 수 없는데도 그녀는 목소리를 낮추었다. "당신이 술을 못 마시게 감시하라고 에스메가 신신당부했거든요. 그러니 내가 지켜보는 동안 당신이 마실 수 있는 건 이것뿐이에요."

그녀가 물병을 들어 그의 얼굴 앞에 대고 흔들었다.

"소 잃고 외양간 고친다는 게 딱 이런 상황 같은데요. 그리고 이건," 그가 그녀에게 삿대질을 하면서 덧붙였다. "당신 남편 탓이에요."

그의 혀 꼬부라진 소리에 그녀는 낙담했다. "뭐가요?"

"내가 다시 술을 마신 거요. 당신 남편이 나한테 그 말을 해선 안 됐어."

"무슨 말을 했는데요?"

"찰리 얘기요."

아이리스의 얼굴이 일그러졌다. "가브리엘이 뭐라고 했는데 그래요?"

"그게 사고가 아니래요."

그녀는 가슴이 철렁했다. 재빨리 주위를 둘러보았지만 듣는 사람은 없었다. "무슨 소리죠?"

"내 잘못이래요."

그녀의 머리가 빠르게 돌아가기 시작했다. "뭘 좀 먹는 게 좋겠어요." 그녀가 말했다. "내가 갖다줄게요. 갔다 오는 동안 그냥 있지 말고 물을 두어 잔 마셔요."

그녀가 물병 뚜껑을 열어 그의 물잔을 채운 다음 일어섰다. 그리고 뷔페 테이블에서 접시에 음식을 한가득 쌓아서 가져왔다. 자리에 앉고 보니 에스메의 두 자매와 그 남편들도 와 있었다.

그녀는 조지프 앞에 접시를 내려놓았다.

"그렇게 나쁜 사람은 아니군요, 골디락스." 그가 자기 잔을 들면서 말했다.

"키시를 먹어봐요." 그녀가 권했다. "맛있어 보이더군요."

아이리스는 옆자리 남자 쪽으로 주의를 돌리면서 그의 아내 니콜라가 조지프와 대화하게 놔두었다. 어느 순간 니콜라가 반대편 사람과 이야기하려고 고개를 돌린 사이, 조지프가 몰래 니콜라의 와인 잔에 손을 뻗어 단숨에 비운 다음 가까이 있는 와인 병을 들어 빈 잔을 채웠다.

"다 봤어요." 아이리스가 나무라듯 말했다.

조지프가 잔을 집어서 또다시 비우더니 여봐란듯이 와인 병을 잡았다. 짜증이 난 그녀가 몸을 기울여 그의 손에서 와인 병을 낚아챘다. 그가 씩 웃으면서 잔에 물을 채운 뒤 마셨다.

아이리스는 양옆을 흘끗 보았다. 두 사람 모두 조지프의 양 옆자리와 마찬가지로 반대쪽 사람들과 대화를 나누고 있었다. 실내에 수다와 웃음소리가 가득했고 아이들이 자리에서 일어나 함께 놀기 시작하면서 가벼운 발걸음 소리가 섞여들었다. 아이리스는 미소를 지었다.

가볍게 쿵 하는 소리가 들렸다. 조지프가 식탁에 머리를 찧은 것이었다. 사람들이 그를 쳐다보자 아이리스는 얼른 일어나서 식탁을 빙 돌아 그의 자리로 갔다.

"이봐요." 그녀가 말했다.

그가 고개를 들더니 한쪽 입꼬리를 올리면서 웃어 보였다. "어디로 가려고요?"

"망신당하기 전에 집에 데려다주려고요." 그가 반발하지 않은 것에 안도하며 그녀가 말했다.

"그러시든가."

조지프는 아이리스의 물잔을 넘어트리며 몸을 일으켜서는 비틀거리며 문까지 걸어갔다. 휴가 그녀 쪽을 쳐다보았다.

"도와줄까요?" 휴가 입 모양으로 말했다.

그녀는 고개를 돌려 가브리엘을 찾았다. 가브리엘이 에스메의 어머니와 한창 대화 중인 걸 보고 그녀는 휴를 향해 고개를 끄덕였다.

"미안해요." 휴가 옆으로 오자 그녀가 말했다. "조지프가 취해서 집에 데려다줘야 할 것 같아요. 잘 들어가는지 보려고요."

휴가 회관을 나서는 조지프의 뒷모습을 보고 말했다. "같이 가요."

"아녜요, 휴는 여기 있어야죠. 가브리엘이나 마커스한테 부탁할게요."

휴가 눈을 돌려 그들을 보고는 고개를 저었다. "괜찮아요. 오래 안 걸릴 거예요. 에스메한테 말하고 올게요."

아이리스는 휴가 에스메에게 가서 소곤거리는 모습을 지켜보았다. 에스메가 멀리서 이쪽을 보더니 두 손을 맞잡았다. '고마워요.' 아이리스는 씩 웃어주었다.

"아이리스는 안 와도 돼요." 조지프의 뒤를 서둘러 따라가다가 휴가 말했다. "내가 처리할 수 있어요."

"괜찮아요. 바람도 쐴 겸 해서요. 조지프 일은 미안해요. 에스메가 주시하라고 해서 노력했는데 니콜라의 와인을 계속 마시더라고요. 가브리엘이 데리러 갔을 때 이미 취해 있었대요." 그녀는 휴가 모를까 봐 덧붙였다.

"우리끼리니까 하는 말이지만 조지프가 떠나게 돼서 다행이에요." 그가 성난 목소리로 말했다.

두 사람은 조지프를 따라잡아 별채로 데려갔고 그가 비틀거릴 때마다 휴가 그를 부축했다. 그들은 조지프를 식탁에 앉힌 뒤 물병과 유리잔을 내놓았다. 조지프는 찰리와 그 모든 일이 어째서 자기 잘못이냐고 중얼거리면서 식탁 위로 고꾸라졌다.

"혼자 두고 가도 괜찮을까요?" 아이리스가 조지프의 중얼거림을 무시한 채 휴에게 물었다.

"우린 마을 회관으로 돌아가야죠." 그가 퉁명스럽게 대답했다. 조지프를 성가셔하는 기색이 역력했다. "나중에 마커스한테 와서 확인하라고 할게요."

"배에 음식이 좀 들어가야 할 것 같아요." 아이리스가 찬장을 열면서 말했다. "세례식에서 아무것도 안 먹었더라고요." 찬장에 콩 통조림과 냄비가 있었다. "제가 빵을 찾는 동안 통조림을 좀 따주실래요?"

휴가 통조림 깡통을 따서 냄비에 콩을 부은 다음 가스레인지에 올렸다. "본인이 데울 수 있을 거예요." 그가 말했다.

"알겠어요." 아이리스가 답하며 조지프를 바라보니 식탁에 머리를 박고 엎드려 있었다. "조지프!" 그가 눈을 떴다. "콩을 올려놨어요, 빵도요. 에스메가 돌아오기 전에 꼭 먹어요. 에스메한테 술 취한 모습 보이지 않기로 했잖아요. 내 말 들려요?"

"네."

"그래요."

그녀는 휴를 따라 별채에서 나왔다. "내일 떠나면 어디로 가는지 아세요?" 그녀가 물었다. "일자리는 구했대요?"

"지금 저 상태로는 내일 떠나긴 글렀지 싶네요." 휴가 말했다. "그리고 일은 없어요. 태국에 가는 모양이에요. 에스메 말로는 보통 해마다 여름 한 달을 방콕에서 보낸대요. 올해는 우리 집에서 일을 하느라 못 갔으니 대신 지금 가는 거죠."

그들은 세례식 참석자들 무리에 다시 합류했고 한 시간쯤 지나자 에스메와 휴의 가족과 친구들이 하나둘씩 돌아갔다. 작별 인사를 다 마친 때는 다섯 시 무렵이었다.

"세상에 드디어 끝났네요." 에스메가 한숨을 깊이 내쉬었다. "그래도 근사했어요. 안 그래요? 조지프가 말썽이긴 했지만."

"아무도 눈치 못 챘어요." 아이리스가 말했다. "지금쯤이면 술이 깼겠죠. 자, 이제 우리 집으로 갑시다."

66장

가브리엘이 샴페인 잔 손잡이를 잡고 살짝 흔들어 아이리스에게 한 잔 건넨 다음 에스메에게도 한 잔을 건넸다.

"세례식에서 한 방울도 입에 안 댔으니 이 정도는 괜찮겠죠." 에스메가 운을 떼고는 아이리스를 보며 말했다. "집으로 오라고 해줘서 고마워요. 드디어 다 끝났네요. 이제 긴장을 풀어도 되니 얼마나 좋은지 모르겠어요."

아이리스가 미소 지으며 답했다. "에스메는 마실 자격이 있어요."

"그나저나 근사한 하루였어요." 휴가 잔을 치켜들며 말했다. "해미시를 위해. 그리고 당연히 아기 엄마를 위해."

"그리고 자랑스러운 아빠 휴를 위해." 가브리엘이 덧붙였다.

다들 샴페인을 들이켜고 나자 에스메가 만족한 듯 한숨을 내쉬며 말했다. "정말이지, 이런 순간이 너무 그리웠어요."

휴가 잔을 다시 높이 들었다. "아이리스, 가브리엘, 정말 지옥 같은 여름이었죠. 앞으로 행복한 날들이 펼쳐지길 바라며."

이내 침묵이 흘렀으나 가브리엘이 헛기침으로 정적을 깼다. "고마워요, 휴. 말씀하신 것처럼……."

뒤의 말은 들을 수 없었다. 때맞춰 엄청난 **폭발음**이 들리고 놀란 새들이 수풀에서 푸드덕 날아오르는 바람에 그의 말이 묻혀버렸다. 아이리스는 심장이 덜컥 내려앉았다. '쾅' 하는 굉음 뒤로 여운이 퍼져나갔다. 이어 죽음과도 같은 정적이 흘렀다.

몇 초 동안 그림 속 한 장면처럼 시간이 멈췄다. 가브리엘과 휴는 샴페인 잔을 손에 들고 폭발음이 들려온 곳을 향해 고개를 돌린 채 서 있었다. 아이리스의 눈에 서린 공포가 에스메의 눈에도 똑같이 비쳤다. 갓난아이 해미시조차 젖을 빨다 멈추었고 에스메는 자식을 지키려는 본능이 곧바로 발동해 두 팔로 아이를 꼭 감쌌다. 해미시는 안심하고 다시 젖을 빨기 시작했다. 담요 아래서 발길질하는 아기의 작은 두 다리만이 고요함 속의 유일한 움직임이었다.

"설마 집이 폭발한 건 아니겠죠." 에스메가 농담을 던지며 굉음이 걸어놓았던 주문을 풀었다. "그렇게 힘들여서 손봤는데 설마."

"혹시 가봐야 하지 않……." 휴가 입을 열었지만 어디엔가 정신이 팔려 말을 맺지 못했다. 아이리스가 그의 시선을 따라 하늘을 보니 검은 연기가 피어오르고 있었다.

저 멀리서 사이렌 소리가 나더니 점점 커졌다.

가브리엘이 휴를 돌아보며 물었다. "가서 확인해볼까요?"

"그럽시다. 집이랑 너무 가까워서 불안하네요." 휴가 목소리를 낮추어 답하고는 에스메에게 말했다. "오래 걸리지 않을 거야."

"조지프가 집을 날린 게 아니라면 말이지." 에스메가 아기를 다른 쪽 가슴으로 옮겨 안았다. "조지프한테 정말 실망했어요." 에스메가 아이가 편하도록 자세를 잡은 다음 한 손을 뻗어 아이리스의 팔에 얹고 말했다. "조지프가 인사불성이 되기 전에 집에 데려다줘서 고마워요."

"사람들이 조지프가 취한 모습을 안 봤으면 해서 데려다주겠다고 한 거예요." 아이리스가 잠시 말을 멈췄다 덧붙였다. "진작부터 술을 입에 대놓고 숨긴 걸까요?"

"그건 모르겠지만 화나고, 실망스럽고, 오만 가지 감정이 들어요. 조지프에게 해미시의 대부가 되어달라고 한 게 후회돼요." 순간 에스메의 얼굴에 불안이 어렸다. "휴와 같이 집에 데려다줄 때 조지프가 별말 안 했죠? 술에 취하면 입을 함부로 놀리는 버릇이 있거든요."

"안 했어요. 걱정 말아요."

"애초에 휴에게 솔직하게 털어놨어야 했어요." 에스메가 초조한 얼굴로 말했다.

"이제 상관없잖아요. 내일 떠나니까요. 안 그래요?"

"술이 깨서 정신을 차려야 떠나죠." 에스메는 아기를 어깨 쪽으로 옮기고는 등을 토닥였다. 뒤이어 세례식이 무척 근사했다고 재잘거렸고 그 말을 들으며 아이리스는 엄청난 행복감이 온몸을 타고 흐르는 느낌이 들었다. 여러 달 만에 느끼는 평화였다.

"아, 돌아왔네요!" 에스메가 소리쳤다.

아이리스가 고개를 돌려 테라스를 바라보았다. 그런데 뭔가 잘못됐음을 미처 감지하기도 전에 에스메가 아기를 아이리스의 품에 불쑥 내맡기더니 잔디밭을 가로질러 휴를 향해 달려갔다. 놀란 채로 가브리엘의 얼굴을 본 순간, 아이리스는 그의 얼굴에 서린 참담함에 가슴이 철렁 내려앉았다. 그녀는 해미시를 어깨 쪽으로 옮겨 안으며 졸음에 겨운 아이의 무게와 온기에서 안정을 되찾았다. 걱정 어린 눈빛으로 휴와 에스메를 바라보면서 아이의 등을 쓰다듬자 아이가 편안하게 트림을 하며 젖 내음을 풍겼다. 이어 울음소리가 터져 나왔다. 처음에는 해미시가 울음을 터트린 줄 알았다.

아니었다. 에스메가 휴의 품에 안겨 목 놓아 우는 소리였다.

67장

"우리한테 불운이 따라다니는 걸까?" 가브리엘이 물었다. "피에르, 로르, 이젠 조지프까지. 석 달 새에 세 사람이 죽었어. 찰리는 열외로 치고도 말이야."

"그만해, 가브리엘." 아이리스가 새된 소리로 말했다.

하지만 그는 멈출 수 없었다. 너무 많은 죽음이 잇따랐다. 조지프가 술에 취해 자폭해버렸다. 그 안에서 무슨 일이 있었는지 누구도 정확히 알 수 없지만 가스 밸브를 열어놓고 불을 켜는 걸 잊은 바람에 가스가 샌 듯했다. 경찰 말로는 그러고 잠들었다가 깨서 성냥을 그었거나 불을 켠 게 틀림없었다. 방 안에 가스가 가득 차서 폭발이 거대하고 치명적일 수밖에 없었다.

폭발의 잔해들에서 빈 위스키 병들이 발견됐다.

"몰래 술병을 숨겨놨던 거지." 가브리엘한테 그 말을 듣고 아이리스가 말했다. "휴와 같이 그 집에 갔을 때는 분명 못 봤거든. 봤으면 우리가 치웠을 거야."

휴가 집에서 술 보관용 찬장을 열었다가 위스키 한 병이 없는 걸 알게 된 적이 있었다. 경찰 확인 결과 조지프의 별채에서 발견된 유리 잔해가 사라진 위스키 병과 같은 브랜드의 병이었다. 조지프에게 그 집 열쇠가 있었으니 그가 가져갔다는 얘기가 되었다.

가브리엘은 휴를 볼 때마다 '설마, 아니겠지?' 하는 생각이 자꾸 들었다. 그런 생각을 하는 자신이 미웠다. 하지만 아이리스한테서 에스메와 조지프의 관계를 들은 터라 어쩔 수가 없었다. 그러다 로르의 죽음을 떠올리면 자신도 모르게 에스메를 의심했다. 사실 휴와 에스메에 대해 알면 얼마나 알겠는가? 그 부부와 알고 지낸 지 고작 몇 달이었다. 피에르와 로르는 스무 해 전 만난 이후 수없이 많은 주말과 휴가를 함께 보냈지만 결국 그들에 대해 전혀 몰랐음이 드러나지 않았는가.

"올라가서 베스가 어쩌고 있나 보고 올게." 아이리스가 말했다.

가브리엘이 고개를 들었다. "나도 갈까?"

"아니, 괜찮아."

그가 참고 있던 숨을 내뱉었다. 처음으로 베스를 위로할 자신이 없었다. 무슨 말을 해야 그 애의 마음을 달랠 수 있을지 확신이 안 섰다. 베스는 조지프의 일을 들은 뒤로 내내 울고 있었다.

누구에게든 너무 끔찍한 사건이었다. 그날 베스는 에스메의 흐느낌을 듣고 잠옷 바람으로 침실에서 뛰쳐 내려왔다.

"무슨 일이에요?" 그녀가 에스메를 보며 물었다. "폭발음이 들렸는데 어디서 난 소린가 싶어서요."

"조지프의 별채야." 가브리엘이 충격이 가시지 않은 얼굴로 말했다. "폭발 사고가 났다."

"뭐요?" 베스가 사색이 된 채 쓰러지려는 걸 가브리엘이 간신히 붙들었다.

"안 돼." 그녀가 흐느끼며 말했다. "안 돼." 그녀의 말은 이내 비명으로 바뀌었다. "안 돼!"

가브리엘은 아이리스를 쳐다보았다.

"조지프의 죽음에 그렇게까지 반응하는 건 좀 과하지 않아?" 그가 물었다.

"누구 말이야? 베스, 아니면 에스메?"

"베스."

"과하다고만은 할 수 없지. 올여름에 많은 일이 있었잖아."

"베스가 당신한테 무슨 말 안 해? 조지프에 대해?"

아이리스는 의자 뒤에 기대서 눈을 감았다. "우리 의심이 맞았어. 태국에서 조지프와 만날 계획이었어. 하지만 둘은 그냥 친구 사이래."

"그 말을 믿어?"

"응. 하지만 젊으니까, 둘의 우정이 조금 더 깊은 관계로 발전했으면 싶었겠지. 뭐 이젠 상관없잖아? 조지프가 죽었으니까. 바보같이 제 명을 재촉했어."

"조지프가 어리석어서만은 아니야. 내 탓도 있어. 그가 죽은 건 내 잘못이야."

아이리스가 그를 빤히 바라보았다. "무슨 뜻이야?"

"어제 조지프가 세례식에 안 와서 데리러 갔을 때 술에 취한 걸 보고 내가 화를 냈어. 그랬더니 그가 나 때문이라고 하더라. 나더러 찰리에 대해 말해선 안 되는 거였대." 그가 쓴웃음을 지었다. "이렇게 비극적인 일만 없었어도 웃겼을 텐데."

"왜?"

"찰리가 조지프를 두고 했던 말과 똑같아서."

"무슨 말인지 모르겠어."

"매기가 어떤 교사와 사귀는 걸 조지프가 알게 됐어. 그리고 매기 때문에 일자리를 잃었다고 복수하러 그 집에 찾아갔다가 찰리한테 너만 빼고 모두가 엄마의 불륜을 알고 있고 뒤에서 비웃고 있다고 한 거야. 하지만 그건 사실이 아니었어. 아무도 매기의 연애를 몰랐을뿐더러 매기와 남편은 각자 사귀는 사람이 있다고 올여름 찰리에게 털어놓을 예정이었어." 그가 피곤한 듯 눈을 비볐다. "내가 거짓말했어, 아이리스. 찰리의 유언을 속였다고. 그 애는 나한테 엄마에게 사랑한다고 전해달라고 하지 않았어. 엄마를 절대 용서하지 않겠다, 이 사고는 엄마가 해서는 안 될 짓을 해서 생긴 일이니 엄마의 잘못이다, 라고 했지. 그러면서 그가, 그러니까 조지프가 자신에게 그 말을 해서는 안 됐다고 했어."

"아, 가브리엘." 아이리스가 다가가 그를 안아주었다. "지난 몇 달 동안 얼마나 힘들었을까."

"사실대로 말할 수 없었어. 왜인지는 알겠지?" 그가 갈라지는 목소리로 말했다. "그때 내가 정신이 있었으면 찰리가 아무 말도 남기지 않았다고 했을 거야. 하지만 구조대원의 질문에 바로 답해야 했고 내 머리로 생각해낼 수 있는 말이 '엄마한테 사랑한다고 전해주세요'였어."

"잘한 일이야. 그건 누가 봐도 잘한 일이야."

"하지만 조지프한테 찰리가 죽은 건 그의 잘못이라고 말하지 말았어야 했어. 그 말을 듣고 그가 토요일 밤에 술을 마신 거야. 죄책감을 견디지 못해서. 그리고 이젠 그를 죽였다는 죄책감이 날 힘들게 해. 피에르도 마찬가지야. 그 얘길 듣자마자 파리로 가서 그를 만났어야 했어."

"당신 잘못이 아니야." 아이리스가 거칠게 말했다. "날 봐, 가브리엘." 그녀가 그의 어깨를 잡고 흔들었다. "중요한 말이니 잘 들어. 방금 말한 찰리의 유언에 대해 아는 사람 있어?"

"아니."

"그러면 절대 아무한테도 말하지 마. 듣고 있어, 가브리엘? 그리고 조지프가 죽은 게 당신 때문이라고 두 번 다시 입 밖에 꺼내지 마. 특히 베스 앞에서. 무슨 말인지 알겠어?"

그가 고개를 끄덕였다. "응."

"그래. 난 이제 베스한테 가볼게. 당신은 나중에 베스한테 이렇게 말하는 거야. '네가 조지프와 태국에서 만나려 했다는 걸 이제야 들었고 그래서 더 참담하다'고. 그리고 '조지프가 그렇게 돼서 정말 맘이 아프다'고."

그녀는 일어나 위층으로 갔고, 그는 죄책감에 짓눌리고 망가진 채 앉아 있었다.

에필로그

Epilogue

아이리스

오늘은 조지프의 장례식 날이다. 베스가 참석하겠다고 고집을 피웠고 우리 둘 다 그 애를 말릴 도리가 없었다. 그래서 가브리엘이 베스를 데리고 윈체스터의 장례식장으로 갔다.

나는 집에 있겠다고 하자 다들 이해해주었다. 조지프가 죽고 나서 베스가 내게 사실대로 털어놓았다. 태국에서 그와 만나기로 했던 사실을 말하지 않은 건 나와 조지프의 관계가 나빠진 걸 알게 됐기 때문이라고.

"조지프가 이유도 말해줬어?" 내가 물었다.

침대 위에서 베스가 손에 들고 있던 휴지를 구기면서 베개에 털썩 기댔다. "로르 아줌마가 죽던 날 엄마가 조지프와 로르가 다투는 걸 봤다고 경찰에 알렸다면서, 그것 때문에 자기가 경찰 조사를 받았다고 했어." 베스의 목소리에 원망의 기색이 역력했다.

"그건 선의로 저지른 실수였고 미안하다고 사과도 했어." 내가 해명했다.

"조지프가 다른 문제도 있댔어. 하지만 뭔지는 말해주지 않았어."

나는 재빨리 할 말을 떠올렸다. "내가 로르와 조지프 사이를 못마땅해하는 걸 그 사람도 알고 있었어. 로르가 심적으로 약해진 상황을 그가 이용하는 것 같았거든."

순간 베스가 몸을 확 일으켜 앉는 바람에 나는 움찔했다.

"조지프, 조지프가 로르 아줌마랑 사귀는 사이였어?" 베스가 말을 더듬었다.

난 급히 입으로 손을 가져갔다. "베스, 미안하다. 조지프가 얘기 안 하던?"

베스는 고개를 젓다가 드러눕더니 벽 쪽으로 몸을 돌려 흐느끼기 시작했다. 조지프가 로르와의 관계를 베스에게 밝히지 않았다니, 속에서 증오심이 일었다. 덕분에 가브리엘과 내가 깨달은 것, 바로 조지프가 포식자라는 깨달음이 사실임을 확인했다. 그와 베스가 별 관계가 아닐 수도 있지만, 만약 베스가 그와 로르가 사귀는 걸 알았다면 감정을 빠르게 정리했을 것이다. 조지프 역시 그러리란 걸 알았겠지.

"베스, 네가 알아야 할 사실이 또 있어." 나는 베스의 고통이 훨씬 커질 걸 알면서도 말했다. 베스는 몸을 돌리진 않았지만 들썩이던 어깨를 멈추었다. 내가 이어 말했다. "조지프가 세인트 커스버트에서 쫓겨난 이유는 어떤 여학생과 여름방학 때 방콕에서 만나자는 문자를 주고받아서야."

순간 베스는 얼어붙은 듯 굳었다가 이내 온몸을 떨며 울부짖었다. "나쁜 놈!" 눈물을 펑펑 쏟으며 소리치는 베스의 등을 쓰다듬으면서 난 속으로 내가 옳았다고 느꼈다. 이렇게 하면 그를 더 빨리 잊을 터였다.

장례식에 가겠다는 걸 말리기는 했지만 왜 베스가 굳이 가겠다고 했는지는 알고 있었다. 끝맺음이 필요했을 테니. 이제 비로소 미련을 접을 수 있을 것이다.

정적만이 감도는 집에 혼자 있으니 마음이 홀가분하다. 순전히 주위에 아무도 없어서이지, 가브리엘과 내가 서로에게 숨기는 게 있어서는 아니다. 드디어 그가 감춰왔던 비밀을 털어놓았다. 찰리가 엄마에게 남긴 진짜 유언 말이다. 덕분에 많은 것이 이해됐다. 왜 그가 그토록 괴로워했는지, 왜 채석장에서의 일을 말하기 싫어했는지 이젠 알겠다. 설령 미리 알았더라도, 찰리의 유언을 다르게 전하기로 마음먹은 그를 결코 탓하진 않았을 것이다. 그러나 그가 자신의 행동이 옳았음을 받아들인 순간, 조지프의 죽음에 죄책감이라는 짐을 안게 됐다는 건 슬픈 아이러니다.

내가 그동안 숨겨온 비밀을 가브리엘에게 말하는 일은 절대 없을 것이다. 그래도 문제는 없다. 그는 내가 숨기는 게 있는 줄도 모르니까. 그는 나를 모른다. 내가 진짜 어떤 사람인지 모른다. 그는 안다고, 내가 그 긴 세월 함께 살을 맞대고 살아온 그 사람이라고 믿는다. 내가 계속 그 여자였으면, 사랑하는 남자와 모험을 시작한, 함께 경력을 쌓고 가족을 꾸리자며 신나게 앞날을 설계하던 그 여자였으면 얼마나 좋았을까. 단 한 번의 실수가 내게서 그 꿈을 앗아가고 말았다.

한 번의 실수였다. 하지만 너무나 아름다웠기에, 베스를 내게 안겨주었기에 후회할 수 없는 실수. 바하마에서의 마법과도 같은 밤이었다. 가브리엘과 내가 결혼 1주년 기념으로 떠난 여행이었다. 잠을 설치던 나는 새벽 3시에 살며시 호텔을 빠져나와 알몸 수영을 즐기려고 투숙객 전용 해변으로 향했다. 해변에 다다를 즈음, 한 남자가 달빛 아래 온몸을 반짝거리며 잔잔한 파도 위로 나타났다. 깜짝 놀란 나는 처음엔 누구인지 못 알아봤다. 그가 신부 로르와 함께 신혼여행을 온, 그리고 우리와 친구가 된 피에르라는 걸.

그날 밤 어떤 사악한 기운이 작용하기라도 한 걸까. 우리는 홀린 듯 서로에게 다가가 모래밭에 쓰러져 사랑을 나누었다. 한마디 말도 필요치 않았다. 그 전에는 서로에게 티끌만큼도 끌린 적이 없었다. 피에르를 보면서 그와 사랑을 나누면 어떤 기분일까 단 한 번도 궁금한 적 없었고, 그 역시 마찬가지였다. 하지만 전에 없던 욕망의 소용돌이에 휩싸인 우리는 혼이 나가는 듯한 경험에 굴복하지 않을 수 없었다. 정사가 끝난 후 서로 몸이 뒤엉킨 채 우리는 믿기지 않는 현실에 넋을 잃고 차가운 모래 위에 그대로 누웠다. 그리고 그날 일은 절대로 입 밖에 내지 않을 거라고, 두 번 다시 이런 일은 없으리라고 약속했다. 그 약속은 지켜졌다. 20년 후, 피에르가 그날 밤 자신이 아빠가 되었다는 사실을 알게 되기 전까지는.

해변에 남은 피에르를 뒤로한 채 호텔로 돌아가면서 느꼈던 그 무시무시한 공포를 아직도 기억한다. 지금 돌이켜보면 이상하지만 그때 난 분명 알았다. 조금 전 우리 사이에 새 생명이 잉태되었다는 걸. 침대에 앉아 잠든 가브리엘을 바라보며 나는 그 어느 때보다 두려웠다. 단순히 피에르와 벌인 일 때문이 아니라 가브리엘이 혹여 그 일을 알게 되면 그가, 또 우리가 어떻게 변할지 무서웠다. 결혼 이후 아이를 가지려고 노력해왔지만 거듭 실패한 터라 혼란스러웠다. 예감대로 내 배 속에 새 생명이 잉태된 게 맞다면, 그렇다면 두세 달 뒤 임신 사실을 알렸을 때 어떤 일이 벌어질까? 만약 그 소식이 피에르의 귀에 들어가면 자기 아이라고 의심하지 않을까? 정말 알게 될 수도 있었다. 우리 두 부부가 서로 너무 잘 맞아 이미 연락처를 주고받았으니까. 이쪽에서 그 부부의 연락처를 삭제한대도 그들에게 우리 연락처가 있었다. 당시 우리는 런던에 살았다. 출장이 잦은 피에르가 부부 동반으로 런던에 들렀다가 우리가 연락하라고 한 걸 기억해 찾아오면 어떻게 할 건가?

나는 너무 괴로운 나머지 집에 가자마자 다른 동네로 이사 가자고 말할까 하는 생각까지 했다. 하지만 가브리엘이 납득하지 못할 터였다. 그 집으로 이사한 지 1년밖에 안 된 데다 우리 둘 다 그곳을 좋아했으니까. 나는 가브리엘을 사랑했고 무슨 수를 써서라도 우리 결혼을 지켜내고 싶었다. 어떻게 해서라도. 그래서 유일한 해결책이라 판단한 방법을 택했다.

다음 날 아침(여행지를 떠나기 하루 전), 나는 가브리엘에게 임신했다고 말했다. 바하마에 오기 전 임신 테스트를 했는데 양성 반응이 나왔으며 휴가 마지막 날 알려주고 싶었다고 했다. 그는 매우 기뻐했고, 그래도 석 달을 채우고 난 뒤에 그의 부모님께 말하자는

데 동의했다. 우리 부모님은 그 몇 해 전 돌아가시고 안 계셨다. 그는 너무 신이 난 나머지 기쁨을 나누고 싶어했고, 로르와 피에르에게 얘기해도 되냐고 내게 물었다. 내가 바라던 바였다. 그날 저녁 그들 부부와 함께한 식사 자리에서 우리는 임신 5주차라고 밝혔다. 그러면서 나는 가브리엘이 휴가지에 오기 전부터 임신 사실을 알고 있었던 듯이 들리게끔 했다. 그들은 축하해주었고 자기들은 아이 가질 계획이 없다고 했다. 나는 안도감과 죄책감이 뒤섞인 오묘한 기분을 느꼈다. 안도감은 우리 아이와 피를 나눈 이복 형제자매가 없을 거라는 사실에, 죄책감은 아이를 갖지 않겠다는 피에르의 결심이 이미 틀어졌다는 사실에 기인한 것이었다. 그건 또한 피에르가 우리 아이에 대해 절대 알 수 없었던 이유이기도 했다.

혹여 내 짐작과 달리 임신이 아니라면 유산한 척하면 될 터였다. 몇 주 후 임신 테스트를 해보고 나는 짐작이 맞았음을 알았다. 그즈음부터 나는 일상생활이 어려울 정도로 심한 공포심에 호르몬 변화까지 더해져 내내 아팠다. 배 속에 있는 아이가 피에르를 닮았을까 봐 무서웠고, 가브리엘이 자기 아이가 아니라는 걸 곧바로 알아챌까 봐 두려웠다. 그러나 임신 중단을 고려한 적은 단 한 번도 없었다. 어릴 적부터 주입된 가치관이 머릿속에 자리한 탓이었으리라.

나는 임신 5개월째에 접어들어서야 병원에 갔다. 그전까지는 가브리엘에게 예약했다고 말하거나, 그가 같이 가겠다고 하면 병원에서 예약 시간을 갑자기 당겼다고 말해서 그가 시간을 못 맞추게끔 만들었다. 마침내 병원에 처음 간 날 나는 의사에게 거짓 날짜를 말했다. 임신 6개월 차라는 내 말을 의사는 의심하지 않았다. 입덧이 너무 심한 탓에 아기가 정상 크기보다 작다고 여긴 것이다. 출산에 대한 공포가 심해서 너무 힘들다고 하니 나를 안쓰러워했다. 출산 예정일이 다가오자 나는 차마 피에르와의 사이에서 생겨난 아이를 마주할 용기가 나지 않아 하는 수 없이 제왕절개를 하기로 했다.

운이 좋았다. 베스는 나를 닮았다. 피에르도 나도 갈색 머리칼을 지녔지만 베스는 내 눈과 입을 빼닮았다. 아이는 완벽했다. 하지만 난 엄마 자격이 없다는 생각에 아이를 마음껏 사랑할 수 없었다. 그 래서 아이를 가브리엘의 품에 내맡겼다. 언젠가 베스가 자기 자식이 아니라는 것을 알게 된다 하더라도 절대 깨지지 않을 굳건한 유대감이 자라났으면 하는 절박한 심정으로.

우리가 아이 때문에 다툰 유일한 순간은, 가브리엘이 베스의 대부로 피에르를 점찍은 때였다. 나는 그렇게 하면 다른 오랜 친구들과 의가 상할 수 있다며 가장 오래된 친구를 대부로 삼아야 한다고 고집했다. 가브리엘은 피에르와 로르를 우리 가족으로 삼고 싶다는 입장을 고수했다. 결국 타협안으로 로르를 베스의 대모로 삼기로 했다.

1년에 두세 번씩 우리는 주말이나 휴가 때마다 해외에서 그들 부부와 함께했다. 나는 원치 않았지만 가브리엘과 피에르가 워낙 각별한 사이가 되었기에, 괜히 유난스레 굴었다간 단순히 바하마에서의 그날 밤 일로 만나기 껄끄러워서가 아니라 더 큰 이유가 있다고 피에르가 의심할 우려가 있었다. 그들 부부를 만날 땐 베스를 가브리엘의 부모님에게 맡기고 절대 데려가지 않았다.

로르가 베스의 대모였기 때문에 자연히 피에르보다 로르가 베스와 자주 만났다. 로르는 베스의 생일이나 크리스마스 연휴에 파리에서 날아와 베스를 데리고 놀러 나가곤 했다. 아주 드물게 피에르가 베스를 만날 때도 있었지만 베스를 자기 딸로 의심하는 듯한 행동은 전혀 보이지 않았다. 그러던 지난해 12월, 아버지를 잃은 슬픔에 잠겨 있던 가브리엘이 함께 새해를 보내자며 피에르와 로르를 초대했다.

베스가 새해 연휴에 친구들과 지낼 예정이어서 나는 그 부부가 도착하기 전에 베스를 집 밖으로 내보내려고 애를 썼다. 하지만 베스가 그 두 사람을 보고 싶어하는 바람에 우리는 함께 시간을 보냈다. 처음엔 크게 걱정하지 않았다. 그러다 방 안을 오가면서 함께 웃고 떠드는 베스에게 피에르의 눈길이 수차례 머무는 것이 보였다. 하지만 그가 내게 의심의 눈길을 보내지도, 그 뒤로 한동안 연락해오지도 않았기에 별일 없을 거라 믿었다.

로르가 우리 집 계단참에 서 있는 것을 보기 전까지는.

나는 최악의 소식을 접했을 때 속으로는 미칠 듯한 두려움에 떨면서도 겉으로는 차분해 보이는 능력을 갖고 있다. 피에르에게 아이가 있다고 로르가 폭탄 발언을 했을 때 내 능력은 십분 발휘됐다. 로르가 클레어를 엄마로 의심해서 다행이었다. 클레어 쪽으로 의심의 눈길을 돌리게 하는 것이 그날 내 계획이었으니까. 하지만 피에르가 유전자 검사를 했다는 사실을 로르에게 들은 순간, 지난 20년 동안 공들여온 모든 것이 물거품이 됐음을 깨달았다.

나는 피에르가 더 나아가지 못하게 막으려 했다. 그에게 문자를 보내거나 전화를 해서 연락한 흔적을 남기는 위험은 감수하기 싫었다. 하지만 감당할 수 없는 지경이 되기 전에 손을 써야 했다. 그러려면 피에르를 만나 대화할 필요가 있었다. 그러나 아무 이유도 없이 파리에 간다고 할 수는 없었다. 그때 로르가 런던 타운하우스용으로 제작한 도안을 보여달라고 했고 불현듯 완벽한 핑계가 떠올랐다. 고객인 서맨사 에버렛을 만나러 런던에 가는 척하면서 실은 피에르를 만나러 파리에 가는 것이었다.

피에르에게 아이가 있다는 말을 들은 지 나흘째 되던 날, 나는 피에르의 직장으로 깜짝 방문을 했다. 단둘이 만난 게 처음이라 지독히도 어색했다. 베스가 그의 딸이 아니라고 부정할 순 없었다. 그가 알아버렸으니까. 내가 할 수 있는 건 왜 모두를 속일 수밖에 없었는지 이해해달라고 그에게 비는 일뿐이었다. 그는 너무 오랜 세월 베스의 삶을 놓쳤다며 화를 냈고, 나는 그가 아이를 원한 적도 없을뿐더러 로르에게서 엄마가 될 기회를 빼앗았다는 사실을 상기시키며 위선자라고 질책했다. 다행히 그는 내가 그럴 수밖에 없었음을 이해해주었다. 다정하고 너그러운 사람이었으니까. 내가 엄마 자격이 없다는 죄책감에 베스를 마음껏 품을 수 없어 기숙학교에 보냈다고 하자 나를 안아주며 위로했다. 무엇보다 그는 가브리엘을, 그리고 로르를 아꼈다. 이미 긴 세월이 지난 마당에 무슨 말이든 솔직히 털어놓았다간 이득보다 손해가 더 많으리라는 데 그도 결국 동의했다. 그가 침묵을 지키는 대가로 나는 그들 부부가 우리 집에서 지낼 때마다 그가 베스를 최소한 볼 수는 있도록 아이를 집에 있게 하겠다고 약속했다.

그러면서 그가 로르와 가브리엘의 연락을 피하면 모두에게 더 큰 괴로움을 안길 거라고 설명하며 내가 집에 돌아가는 대로 그들에게 문자를 보내달라고 했다. 고민 끝에 아이와 아이 엄마를 곤란하게 하지 않기로, 그들에게 연락하지 않기로 마음먹었다고 보내면 되는 일이었다. 하지만 피를 말리게 하는 열흘의 시간이 흐른 뒤에도 그에게선 문자가 없었고 나는 걱정에 휩싸여 정신이 나갈 지경이었다. 그는 가브리엘에게 연락해 대화할 마음의 준비가 되지 않았다고, 시간이 더 필요하다고만 했다. 나는 겁이 났다. 대체 무엇 때문에 시간이 더 필요하단 말인가?

그가 약속을 어길까 봐 두려웠던 나는 또다시 서맨사 에버렛을 만난다는 핑계를 대고 파리로 갔다. 돌아오는 주말에 로르가 파리로 가기로 되어 있었고 나는 피에르에게 우리 넷 모두의 결혼 생활을 파탄 내지 말아달라고 간곡히 부탁했다. 설령 베스가 진실을 알게 되더라도 그를 아빠로 받아들일 보장이 없다는 사실을 지적했다. 오히려 베스가 부모 사이를 갈라놓은 그를 원망하고 결국 그는 모든 것을 잃을 수도 있다고. 그렇게 그를 얼추 설득했다고 생각했는데, 로르가 마음을 돌려 파리에 가지 않겠다고 하는 바람에 그녀를 기약 없이 더 견뎌야 한다는 낙담과 안심이 동시에 찾아왔다. 게다가 피에르가 우리의 삶을 망가뜨리지 않으리라고 확신할 수도 없었다. 그 와중에 가브리엘이 찰리 잉그램 일로 받은 충격 때문에 피에르에게 오롯이 집중하지 못하는 건 다행이었다. 가브리엘이 파리로 그를 만나러 가겠다고 말했을 때 나는 막아야겠다고 생각했다. 피에르가 그에게만은 진실을 숨길 수 없을 테니까. 가브리엘의 여권을 감출 작정이었는데 그가 떠나기 이틀 전 피에르가 로르에게 문자를 보내 그녀를 잃고 싶지 않으니 파리로 오라고 했다. 처음에는 엄청난 안도감이 물밀듯 밀려왔다. 피에르가 마침내 약속을 지켰다고 믿었다. 그런데 로르가 폭탄 발언을 했다. 피에르가 그녀에게 모든 걸 털어놓겠다고 한 것이다.

그 뒤로 느낀 두려움은 내 평생 처음 경험하는 것이었다. 망연자실한 나로선 로르보다 먼저 파리로 가서 피에르를 만나는 것 말고는 방도가 없었다. 서맨사 에버렛을 또 핑계 삼을 수는 없어서, 가브리엘에게(그즈음 파리행을 취소했다) 그가 피에르를 만나기로 한 날 같이 런던에 가고 싶어 친구 제이드와 점심 약속을 잡았었다고 말했다.

그 일이 있던 금요일, 나는 로르가 이튿날 밟을 동선을 예상해 그대로 이동했다. 피에르의 회사 앞으로 가서 점심시간에 밖으로 나온 그를 붙잡았다.

"내 마음을 돌리려고 온 게 아니길 빌어요." 그가 내 양 볼에 입을 맞추며 말했다. 그로선 자연스러운 행동이었다. 우린 친구였으니까. "정말 많이 고민했는데 이게 유일한 해결책이에요. 인생은 짧아요, 아이리스. 난 베스 인생의 일부분이 되고 싶어요. 내가 아빠란 걸 그 애가 알았으면 해요."

나를 둘러싼 세상이 다 무너져 내렸다. "알아요, 당신 마음을 돌릴 수 없다는 거." 나는 일단 그의 말에 설득된 것처럼 말했다. 생각할 시간을 벌어야 했으니까. "다만 가브리엘과 로르에게 어떻게 말하면 좋을지 상의하고 싶은데, 잠깐 자리를 옮길까요? 이 문제에 대해 진지하게 얘기 좀 해요, 피에르."

"그래요. 저쪽에 식당이 있으니 식사하면서 얘기해요."

길을 건너 식당으로 가는데 그의 변화가 확연히 눈에 들어왔다. 그는 거대한 짐을 내려놓은 것마냥 홀가분해 보였다. 그때 알았다. 어떤 말로도 그의 마음을 돌릴 수 없다는 걸.

나는 그에게 동조해주었다. 나와 함께 돌아가 로르와 가브리엘에게 같이 털어놓는 게 최선이라는 그의 말에, 알겠다고 했다. 그가 런던행 열차가 몇 시에 있냐고 묻기에 북역에서 4시에 출발한다고 알려줬고, 그는 상사에게 문자로 연락해 급한 일이 있어 바로 퇴근하겠다고 통보했다.

"실은 한 달을 통째로 쉬려고요." 그가 말했다. "작년부터 회사에서 연차를 쓰라고 자꾸 권하는 데다 오늘 아침엔 아르노가 휴가를 권유하더군요." 그가 쓸쓸한 미소를 지었다. "요 근래 내가 상태가 안 좋다는 걸 아는 거죠. 그리고 로르와 가브리엘에게 털어놓고 나면 상황을 정리할 시간이 필요할 거예요."

"좋은 생각이에요." 우리가 함께 돌아간다면 그의 말이 진짜 현실이 되리란 생각에 모골이 송연해졌으나 짐짓 아무렇지 않은 듯 말했다.

"클레어한테도 문자 보내야겠어요." 그가 이어 말했다. "나를 걱정하고 있어요. 그래서 잠시 쉬러 간다고 알려줘야 할 것 같아요. 안 그러면 끔찍한 일이 생겼다고 여길지도 몰라요."

아마 이 말이 그를 죽여야겠다는 생각의 시발점이 된 것 같다. 돌이켜보면 그런 생각이 떠올랐다는 것 자체가 믿기지 않는다. 내가 진짜 그런 짓을 했다는 걸 믿을 수가 없다. 하지만 내 머릿속엔 가브리엘과 베스밖에 없었다. 피에르가 다른 사람은 안중에도 없고 자기 행복만 찾는다는 생각에 분노가 차올랐다. 자기 삶이 더 나아지리란 보장도 없건만 자기 한 사람 때문에 다른 네 사람의 삶이 이제 곧 무너지든 말든 개의치 않는 것 같았다. 나는 베스를 알았다. 베스는 아빠를 끔찍이 따랐다. 지난 20년 동안 베스의 아빠는 가브리엘이었다. 설령 사실이 밝혀진다 해도 베스가 나는 거부할지언정 가브리엘은 절대 거부하지 않을 터였다.

종업원이 주문을 받으러 왔다. 머릿속이 휙휙 돌아갔다. 피에르를 죽이려면 우선 도구가 필요했고 한동안 발각되지 않도록 시체를 숨겨둘 장소도 필요했다. 나는 그들 부부가 사는 아파트의 지하 창고를 떠올렸다. 자전거와 각종 도구, 부서진 가구 등을 보관하는 곳이었다. 거기에 낡은 뚜껑형 냉동고가 있었다. 로르가 언젠가 시체 숨기기 딱 좋은 곳이라고 말하며 웃던 기억이 났다.

"뭐 먹을래요, 아이리스?" 피에르가 웃으며 물었다. 그를 죽인다고 생각하니 너무 아찔해서 나는 탁자를 황급히 붙들어 몸을 가누어야 했다.

"스테크 프리트요." 내가 대답했다. 무의식중에 살해 도구와 나이프를 연결 지은 것이다. 그냥 나이프가 아니라 날카로운 나이프를.

곧 식사가 나왔다. 나는 나이프를 집어 들었다가 슬쩍 놓아 떨어뜨렸다. 나이프가 바닥에 부딪혀 달가닥 소리를 냈고 나는 재빨리 몸을 숙여 나이프를 내 발치의 토트백에 집어넣은 다음 피에르에게 나이프를 못 찾겠다고 말했다. 괜찮아요, 그가 말했다. 나이프야 새로 받으면 되고 떨어트린 나이프는 영업이 끝나고 종업원이 청소하다가 의자 밑에서 찾을 거라고.

"몇 가지 챙길 게 있어서 집에 들렀다 가야 해요." 그가 말했다.

나는 고개를 끄덕였다. "그러세요. 그럼 창고에 잠시 들어가도 될까요? 지난번 가브리엘이랑 왔을 때 로르의 자전거 바구니에다 우산을 넣어놓고 왔거든요. 베스가 준 거라서 꼭 찾아오고 싶어요." 그가 알았단 뜻으로 고개를 끄덕였다.

우리는 식사를 마치고 그의 집을 향해 10분쯤 걸어갔다. 폭풍이 다가옴을 알리는 후덥지근한 열기가 내 안의 긴장감을 부채질했다.

"안 더워요?" 피에르가 물었다. 집을 나설 때는 날이 흐려서 원피스에다 긴 카디건을 걸치고 있었다. 기차에서 카디건 주머니에 손을 넣어보니 휴지 조각, 머리핀, 로르가 조깅이나 일광욕을 할 때 끼는 얇은 상아색 면장갑 한 켤레가 나와 짜증이 났다. 로르가 내 옷을 빌려 입는 건 이제 그러려니 했지만 다시 옷장에 갖다 놓을 땐 주머니 좀 비워줬으면 하고 매번 생각했다. 그런데 이 순간엔 그녀가 주머니에 소지품을 놔둬서 다행이었다.

"안 더워요. 괜찮아요." 내가 말했다.

아파트에 도착하자마자 나는 먼저 창고에 들러 우산을 가져오자고 했다. 그를 따라 지하실 계단을 내려가 미로처럼 이어진 복도를 걸으며 나는 주머니에서 로르의 장갑을 꺼내 두 손에 꼈다. 이상하게도 마음이 초연했다. 피에르는 더 이상 친구가 아니라 내 앞길을 가로막는 장애물일 뿐이었다. 이젠 피에르라는 사람보다 할 일을 가급적 빠르고 깔끔하게 해치우는 데 초점을 맞추었다.

그가 문을 열고 벽을 더듬어 형광등 스위치를 켠 다음 뒤로 물러서며 내가 먼저 들어가도록 했다.

"그 냉동고가 아직 있네요." 나는 이렇게 외치며 냉동고로 다가 갔다. 밑에 나무 조각을 끼워놓아 뚜껑이 살짝 열려 있었는데 그렇다는 건 아직 비어 있다는 뜻이었다. 나는 장갑 낀 손을 몸으로 가린 채 뚜껑을 열고 안을 들여다보았다. "버렸을 줄 알았거든요."

그가 창고로 들어오며 말했다. "계속 버려야겠다고 생각만 하고 있어요. 그럴 짬이 안 나네요."

사방이 막힌 좁은 공간이라 돌아서서 그에게 한 걸음만 다가서면 되었다. 이미 내 손에는 스테이크 나이프가 들려 있었다. 그는 나와 같은 키에 몸이 호리호리했다. 나는 생각할 새도 없이 그의 가슴에 칼을 꽂았다.

그가 놀라서 뒤로 물러섰지만 나는 바싹 다가가 칼을 더 깊숙이 박아 넣었다.

"대체……." 그가 무슨 상황인지 파악하려는 듯 고개를 살짝 흔들다가 숨을 가쁘게 몰아쉬었다. 통증이 엄습한 모양이었다. 그의 다리가 휘청거려 나는 죽음의 춤이라도 추듯 그를 부둥켜안은 채 내 뒤 냉동고 쪽으로 틀었다. 그런 다음 허리를 굽혀 그의 오금을 한 팔로 걸어 안고는 그를 냉동고 안으로 접듯이 밀어 넣었다.

모로 누운 자세로 떨어진 그는 그대로 아무 움직임도 없었다. 무슨 일인지 파악하려는 듯 치켜뜬 두 눈만 깜빡일 뿐이었다. 내가 손을 넣어 나이프를 뽑자 그의 몸에서 흘러나온 피가 냉동고 바닥을 빨갛게 물들였다. 그의 호주머니에서 휴대폰을 꺼낸 뒤 나는 냉동고 뚜껑을 닫았다.

그제야 나 자신을 내려다보았다. 손에 들린 칼, 칼날에 묻은 붉은 피, 카디건을 물들인 핏자국을 보자 엄청난 충격이 덮쳐와 거의 쓰러질 뻔했다. 눈을 감고 베스의 얼굴을 떠올렸다. 후들거리는 팔다리를 버텨내고 공포에 질린 호흡을 가라앉히려고 베스의 이미지를 불러왔다. 그러고는 해야 할 일에 집중했다. 카디건을 벗어 나이프를 둘둘 만 다음 피에르의 휴대폰에서 꺼낸 심 카드를 그 속에 쑤셔 넣었다. 잠시 생각하고는 머리핀을 꺼냈다. 거기에 끼어 있는 로르의 머리카락 몇 가닥 중 하나를 빼내 바닥에 떨어트렸다. 원피스를 살펴보니 카디건의 핏자국이 배어들지 않았다. 피에르를 냉동고에 넣은 다음 가슴에서 칼을 빼내는 침착성을 발휘한 게 다행이란 생각이 들었다. 끝으로 냉동고의 플러그를 콘센트에 꽂은 다음 창고에서 나왔다.

피에르가 문에 열쇠를 꽂아둔 터라 나는 문을 잠그고 나와 카디건 뭉텅이 속에 열쇠를 넣고 토트백에 담았다. 좁은 복도를 지나 지하실 계단을 올라갔다. 정문에 도착할 때까지 아무와도 마주치지 않았다. 건물 전체가 고요했다.

북역으로 걸어가 북쪽으로 가는 지하철을 타고 10분 정도 가서 내렸다. 그리고 토트백에서 카디건 뭉텅이를 꺼내 휴지통에 버렸다. 그런 다음 다시 지하철을 타고 세인트 판크라스행 열차 시간에 맞춰 북역으로 돌아왔다. 세인트 판크라스 역에 도착한 나는 제이드와 쇼핑을 했다는 증거를 남기기 위해 역의 중앙 홀에 있는 상점에 가서 가브리엘 것으로 진녹색 폴로셔츠, 로르에게 줄 예쁜 실크 스카프, 내 것으로 스커트와 샌들을 샀다. 그런 다음 집에 가서 피에르의 휴대폰을 로르의 소지품 속에 몰래 숨겼다. 그리고 로르의 침실에서 하늘색 원피스와 파란 캔버스화를 가져다 다음 날 수거해 갈 수 있도록 쓰레기통 안의 쓰레기들 속에 깊숙이 넣었다.

휴대폰이 울려 상념에서 깨어난다. 가브리엘이 베스와 함께 윈체스터에 도착했다고 문자를 보내왔다. 장례식장으로 가는 그에게 뭐라고 답하면 좋을까? 이렇게 답을 보낸다. '다 예정대로 흘러갔음 좋겠다. 집으로 출발할 때 알려줘.' 그리고 키스 마크 두 개를 덧붙인다.

나는 늘 그랬듯 창가로 걸어가 밖을 내다본다. 피에르를 죽인 다음 날을 생각하면서. 그날 난 런던행 기차를 탈 로르를 기차역에 내려주었다. 뜬눈으로 밤을 새우고 불안이 극도에 달한 상태였다. 혹시 집에 간 로르가 아무도 없는 걸 보고 피에르를 찾으러 지하실로 가면 어떻게 하지?

나는 가브리엘을 슈퍼마켓에 보내고 조지프와 둘이 점심을 먹으면서 정신을 딴 데로 돌리려 했다. 내게 그 점심은 기분 전환이자 보상이었다. 로르 생각에서 벗어나고 싶었고 전날 그런 일이 있었던 만큼 조지프와 오붓하게 시간을 보낼 자격이 있다고 생각했다. 그렇게 무리 없이 넘어갈 줄 알았다. 그런데 조지프를 부르려고 담장 정원으로 걸어가는데 오솔길 옆에 늘어선 진홍색 꽃들에서 눈을 뗄 수 없었다. 피에르가 흘린 피와 같은 색의 꽃이었다. 게다가 토마토를 써는데 칼이 과육 안으로 미끄러지듯 쑥 들어가, 피에르의 가슴팍으로 들어가던 칼의 감각이 절로 떠올랐다.

내가 그토록 세심히 준비한 점심을 가브리엘이 방해하자 나는 침실로 피해 크게 심호흡을 하며 로르의 전화를 간절히 기다렸다. 그러다 잠이 들었나 보다. 아마 극심한 피로에 쓰러졌겠지. 이윽고 로르가 북역에서 전화를 걸어와 피에르를 못 만나서 바로 돌아올 거라고 했고, 나는 어마어마한 안도감에 무릎을 꿇고 감사 기도를 드렸다, 누구에게 기도하는지도 모른 채. 그러고 가브리엘에게 갔는데, 매기 잉그램의 상담사가 보낸 편지 때문에 벤치에 침울하게 앉아 있는 그의 처량한 얼굴을 보자 버럭 소리를 지르고 싶어졌다. 나는 이 남자 때문에 살인을 저질렀는데 그는 매기가 만나자고 했다는 이유로 풀이 죽어 있다니.

그가 자기 문제에 골몰해 있던 게 한편으론 다행이었다. 덕분에 내가 그날 오후 로르가 아침에 입고 나간 것과 다른 옷을 걸치고 집에 돌아왔다고, 사실 그저 적개심이 컸던 건데 그녀가 지나치게 들떠 있었다고 거짓말하기가 쉬웠다. 그는 내 말을 곧이곧대로 믿었다. 안 믿을 이유가 없었으니까.

혹여 피에르를 죽인 죄를 로르에게 뒤집어씌우려고 함정을 판 것에 일말의 가책이 있었대도 그런 마음은 그녀가 조지프와 사귄다는 걸 안 순간 사라졌다. 사실 내 감정은 그를 향한 강한 호기심과 그가 보인 관심에 대한 호감에서 시작해 이미 집착이 된 터였다. 햇볕에 그을린 잘생긴 외모에서부터 듣기 좋은 음성, 편안하고 자신감 넘치는 걸음걸이까지 그의 모든 것이 내 안의 무언가를, 지난 몇년간 나에게 허락한 적 없는 무언가를 일깨웠다. 그건 제어할 수 없는 순수한 욕망이었다.

이따금 나 자신에게 묻는다. 조지프가 우리 일상에 발 들여놓은 시기에 나와 가브리엘 사이에 아무 문제가 없었다면, 가브리엘이 육체적으로나 정서적으로 나를 밀어내지 않았다면, 그랬어도 내가 조지프에게 집착했을까? 로르가 우리 집에 오지 않았다면, 그녀가 피에르의 숨겨놓은 딸 얘기를 꺼내서 베스를 임신한 그날 밤 느꼈던 깊은 황홀감을 들추지 않았다면, 그래도 내가 그에게 집착했을까?

조지프는 나의 수치스러운 비밀이 되었다. 그냥 그와 가까이 있기 위해 정원에서 일손을 도우며 하루하루를 보내는 방법을 택할 수도, 그렇게 고통과 희열이 뒤섞인 감정을 견뎌낼 수도 있었다. 하지만 나는 침실 커튼 뒤에서 남몰래 그를 지켜보며 정원을 오가는 그와의 짧은 접촉을 기다렸다. 그러다 상상도 못 한 순간이 찾아왔다. 내 침실 창문을 올려다보는 그를 보고 내 감정에 응답을 받았다고 생각한 것이다. 그에게 어떤 행동을 취할 생각은 없었지만 그도 나와 같은 감정이라는 사실에 우쭐해졌다.

하지만 그가 로르와 섹스하는 소리를 들으면서 그것이 착각이었음을 알게 됐다. 그가 매일 아침 나를 기다린 게 아니었다는 깨달음이 주는 굴욕감, 그 부당한 현실이 나를 갈가리 찢어놓았다. 로르는 내게 그런 친절을 받아놓고 조지프와 욕망을 나누는 관계가 되자 가장 잔인한 방법으로 나를 배신했다.

그 둘이 함께 있다는 생각에 괴로웠다. 창고 안에서 들리던 소리가 귓가를 맴돌아 힘들었다. 로르를 향한 미움이 싹텄다. 그녀가 우리 인생에서, 조지프의 인생에서 나갔으면 싶었다. 그리고 새로운 두려움이 솟아나 내 안에서 갈등을 일으켰다. 피에르를 죽인 범인이 로르로 보이게끔 남몰래 덫을 놓긴 했지만 그녀가 결백을 입증

하면 어떻게 하지? 그 일이 돌고 돌아 결국 날 겨냥한다면?

의도적으로 그녀를 죽인 건 아니었다. 폭풍우가 몰아친 다음 날 조지프와 그녀가 다투는 소리를 듣고 나는 그녀를 따라가야겠다고 마음먹었다. 조지프가 로르에게 싫증이 난 것 같다고 가브리엘이 이미 언질을 해줬다. 로르가 껴안으려 하자 피하는 조지프의 모습도 몇 번 봤다는 그의 말에 나는 지금이 그녀를 내보낼 기회라고 생각했다. 그날 일찍 로르가 같이 조깅하러 가자고 했지만 거절한 터였다. 하지만 그녀가 나가는 걸 보고 나는 집 앞쪽의 침실로 서둘러 가 창가에서 그녀를 불렀다.

"로르! 같이 갈게요. 입구 계단에서 기다려줘요."

그녀가 나를 돌아보며 엄지손가락을 치켜올렸다.

그때 조지프가 대문으로 뛰어가는 모습이 보였다. 로르를 쫓아가는 줄 알았는데 그는 오른쪽이 아닌 왼쪽 길로 방향을 틀었다. 이후 경찰에는 이 사실을 굳이 언급하지 않았다. 그러는 편이 나았기에.

조깅복으로 갈아입다가 가브리엘의 전화를 받았다. 나는 느긋하게 목욕을 할 거라고 말했다. 왜 로르와 조깅하러 간다고 하지 않았는지 모르겠지만 아마 무의식중에 본능적으로 나를 보호하려고 그런 것 아닐까 싶다.

5분 후 나는 집을 나섰고 입구 계단에 도착하자 로르가 몸을 돌려 나를 보고 웃었다.

"길이 온통 진흙투성이던데 봤어요?" 그녀가 들판 너머 흙길을 가리키며 물었다. "달리긴 어렵지 싶네요. 집에 돌아가서 내일 다시 나올까 봐요."

"숲을 지나서 가는 건 어때요? 거긴 바닥이 덜 질퍽거릴 거예요. 채석장 둘레로 달릴 수도 있고요." 내가 제안했다.

그녀가 눈썹을 아치형으로 세우며 말했다. "거긴 출입 금지인 줄 알았는데."

"듣자 하니 사람들이 그래도 간대요. 찰리를 애도하러요. 찰리가 추락한 곳 아래로 꽃을 던지는 사람도 있다고 들었어요."

"그 아이를 기리는 곳이군요. 좋네요."

"그럼 갈까요?"

그녀가 달리기 시작했다. "안 될 거 있겠어요?"

우리는 숲을 지나 채석장까지 달린 뒤 꼭대기로 향하는 좁은 길을 따라 올라갔다. 풀잎에 빗방울이 맺혀 있어서 발목이 금세 젖었다. 도중에 로르가 미끄러져 넘어질 뻔했다.

"잠깐 쉬죠." 내가 오르막을 기어 올라가 숨을 헐떡이며 말했다. 그러고는 왼쪽의 나무 덤불 안을 가리켰다. "여기서 자전거를 탄 찰리가 길을 벗어난 게 틀림없어요."

그녀가 미간을 좁히고 덤불 안을 유심히 들여다보았다. "정말 그랬을까요? 자전거가 절벽에 닿기 전에 적어도 나무 한 그루는 들이박지 않았을까요?"

"네, 그랬겠죠. 아마도 저 너머에서요."

"일부러 경로를 이탈한 게 아니라면 말이죠."

나는 걸음을 멈추고 돌아서서 물었다. "무슨 말이에요?"

"일부러 절벽으로 내달렸을 수도 있다는 뜻이에요. 나도 잘은 모르지만…… 누군가와 다투고 속이 상했을 수도 있잖아요."

나는 그녀를 뚫어지게 바라보았다. 심장이 너무 쿵쾅거려서 그녀 귀에 들릴 것만 같았다. 그녀가 절벽 아래로 굴러떨어지는 장면을 떨쳐내려 애썼지만 계속 머릿속에서 맴돌았다.

"그러니까 찰리가 여기에 와서 이렇게 덤불을 뚫고 지나갔다는 거예요?" 내가 물으며 컴컴한 풀숲으로 성큼 들어섰다. 나뭇가지를 스치는데 빗방울이 머리 위로 후드득 떨어졌다. 난 절벽으로 이어진 오솔길을 걸어갔다.

"네." 그녀가 뒤따라오며 말했다.

"그건 그렇고," 절벽에 다다르자 내가 말했다. "오늘 아침 서맨사 에버렛한테 전화가 왔어요."

"꺅!" 그녀가 소리를 질렀다. "계약을 따낸 거예요?"

나는 고개를 돌려 그녀를 쳐다보았다. "아니요, 못 따냈어요. 서맨사가 답신을 달라고 메시지를 남겼는데 답을 못 줬거든요. 내가 서맨사에게 연락을 못 한 건 당신이 내게 그 메시지를 전해주지 않아서예요."

로르가 나를 빤히 바라보다가 이내 겁에 질린 듯 눈동자가 커졌다. 그러더니 한 손을 입에 갖다 대며 말했다. "오, 맙소사, 아이리스. 정말 미안해요!" 그녀가 입에서 손을 떼서 내게로 뻗었다. "까맣게 잊고 있었어요. 말도 안 되는 소리 같겠지만 나는……."

"정말이에요?" 내가 말을 가로챘다. "까맣게 잊었다는 게? 일부러 그런 게 아니고?"

"네? 아니에요, 그럴 리가요! 어떻게 그런 생각을 할 수 있어요?" 그녀의 말투에서 책망의 기미가 비치자 순간 화가 났다.

"왜냐면 당신은 이기적이니까요, 로르. 이제 떠나줘요. 나, 가브리엘, 조지프, 우리 모두 당신한테 지쳤어요."

"조지프요? 우리 관계를 알고 있어요?"

나는 웃었다. "참 허술하네요, 로르. 에스메와 런던에 가기로 했던 날 알았어요. 당신이 같이 안 가겠다고 했던 거 기억나요? 나한테는 이혼 변호사를 찾을 거라고 했지만 사실은 조지프와 단둘이 있고 싶었던 거죠. 난 그날 기차역에서 마음이 바뀌어 집으로 왔어요. 당신을 찾으러 정원에 갔다가 창고에서 당신과 조지프의 기척을 들었죠." 로르가 얼굴을 붉혔다. "언제부터 그런 사이였어요? 피에르를 만나러 파리에 가기 전부터?" 내가 물었다.

그녀가 충격받은 표정으로 말했다. "아니요, 말도 안 돼요. 그날 조지프한테 피에르가 날 바람맞혔다고 하소연하고 싶었어요. 다른 땐 늘 가브리엘이 같이 있어서 그럴 틈이 없었으니까요. 그래서 그를 만나러 창고로 간 거예요. 그러다 그냥 그렇게 된 거예요."

"그냥 그렇게 된 거예요." 나는 그녀를 흉내 냈다. "그런데 이제 끝이 났군요. 조지프는 더 이상 당신을 원하지 않아요."

"아니에요, 틀렸어요. 여전히 나를 원해요. 내가 자기 별채로 들어와 살았으면 했어요."

"그럴 리가." 내가 말했다. "두 사람이 다투는 소리를 들었는데요."

"맞아요, 조지프가 우리 관계를 당신과 가브리엘에게 밝히고 싶다고 해서 다퉜어요. 조지프는 내게 처음부터 두 사람에게 말하자고 했어요. 솔직해지고 싶다면서요. 하지만 내가 안 된다고 했어요. 피에르에 대한 마음을 너무 빨리 접었다고 두 사람이 화낼 걸 알았으니까. 하지만 피에르가 내게 파리로 와달라고 해놓고 나타나지 않은 건 절대 용서할 수 없어요. 그는 겁쟁이예요. 그리고 난 겁쟁이와는 살 수 없어요." 그녀가 잠시 숨을 고르고 말했다. "우리 부부에게 그런 일이 일어났을 때 그래서 피에르가 사실대로 말하지 못한 건 아닐까 생각한 게 있어요. 하지만 믿고 싶지 않아서 머릿속 저편으로 밀어놨었죠. 그런데 다시 의심이 일더군요. 파리에 가기 며칠 전 베스와 영상 통화할 때 베스 얼굴에서 피에르가 언뜻 보였던 게 과연 내 착각일까. 전에는 눈치 못 채다가 그이가 클레어는 아이 엄마가 아니라고 딱 자르면서 끝까지 숨기자 진실을 알아차렸죠. 피에르가 내게 차마 밝히지 못한 이유가 그거죠? 그의 딸이 베스라는 거?"

심장이 밖으로 튀어나올 듯 쿵쾅거렸다. "미쳤군요." 내가 말했다. "당신은 정신 나간 망상증 환자야."

"아니요." 그녀가 고개를 저었다. "난 미치지 않았어요." 이어 눈을 흘기며 말했다. "그러면 가브리엘한테 가서 어떻게 생각하는지 물어보죠."

"아니, 아니야, 절대 안 돼!" 나는 당황해 손을 올리면서 로르 쪽으로 한 걸음 다가섰다. 그녀가 눈을 크게 뜨면서 한 번, 두 번 뒷걸음질을 쳤고, 곧이어 아래로 떨어졌다. 채석장 절벽 뒤로 넘어가는 두 팔이 덧없이 마구 흔들렸다.

그녀가 비명을 질렀던가, 기억나지 않는다. 내가 허겁지겁 집을 향해 달린 것도, 울타리 디딤대를 넘어 집까지 마지막 30미터를 달리면서 제발 아무도 마주치지 않기를 간절히 기도한 것도 기억나지 않는다. 이미 머릿속에서는 가브리엘이 나보다 먼저 집에 와 있을 경우를 대비한 말이 만들어지고 있었다. 결국 마음을 바꿔 로르를 따라가려 나섰고, 그녀가 갔을 법한 들판 너머 길로 갔다고, 하지만 그녀를 찾지 못해 돌아왔다고 말할 생각이었다.

다행히 가브리엘은 집에 없었고 나는 서둘러 위층으로 올라가 욕조에 미지근한 물을 받았다. 물을 받는 동안 목욕 가운을 걸치고 조지프가 돌아왔나 보려고 정원으로 갔다. 그가 왔다면 내가 방금 막 목욕을 마치고 나왔다고 생각할 터였다. 하지만 어디에도 보이지 않자 다시 2층 욕실로 가서 가운을 벗고 욕조에 들어갔다. 10분도 채 지나지 않아 가브리엘이 들어왔고, 그 10분 동안 나는 두 가지를 생각했다. 첫째는 로르의 시신이 발견되고 나면 조심스레 한두 마디를 던져 조지프가 의심을 사도록 만들 수 있겠다는 거였다. 불현듯 그를 궁지로 몰고 싶어졌다. 아주 잠시라도 그가 고통스럽기를 바랐다. 채석장 절벽에서 로르가 내게 했던 말, 그가 자기 집에 들어와 살라고 했다는 그 말이 화근이었다.

두 번째는 피에르를 죽인 죄를 로르에게 뒤집어씌우려던 내 계획의 오점이 이제 사라졌다는 사실이었다. 죽은 로르는 자신을 변호할 수 없으니.

목욕을 너무 오래 해서 물이 식은 것으로 보이기는 어렵지 않았다. 또 그날 저녁 로르가 식사 자리에 나타나지 않아 짜증 난 척하는 것 역시 쉬웠다. 로르가 에스메 부부와 저녁 식사를 한다는 생각에 속상한 척하기도, 밤이 깊어 또다시 닥쳐온 폭풍에 비바람이 몰아칠수록 로르가 저기 어딘가 있을 거라며 전전긍긍하는 척하기도 어렸지 않았다. 새벽에 가브리엘과 함께 로르를 찾으러 나갔을 때 나는 잊지 않고 전날 입었던 것과 똑같은 옷과 운동화를 착용했다. 그리고 이후 며칠 동안 가브리엘에게, 경찰에게, 에스메와 휴에게 계속 거짓으로 행동했다. 최고의 순간은 로케 순경이 조지프가 경찰서에 조사받으러 갔다고 전해줬을 때였다. 하지만 얼마 후 에스메가 출산 소식을 알려줬고, 조지프가 그 자리에 있었다는 말에 그에게 완벽한 알리바이가 있는 걸 알고 씁쓸함을 삼켜야만 했다.

또한 나는 가브리엘에게 그가 집에 들어온 시간을 실제보다 앞당겨 경찰에게 말한 건 그가 용의자로 조사받을 경우에 대비해 알리바이를 만들어주기 위해서라고 했다. 그러나 그건 나의 알리바이를 위해서였다. 그래야 경찰이 가브리엘에게 그날 오후의 행적을 물었을 때 내 진술에 맞춰서 자신은 4시 15분에 도착했고 나는 목욕 중이었다고 답해야 할 테니까.

휴대폰 진동이 또 울린다. '끝났어. 휴와 에스메랑 한잔하러 가려고. 윈체스터에서 출발할 때 알려줄게.' 문자를 보고 다시 정원을 내려다보다 난 문득 놀란다. 관을 땅에 다 묻을 정도로 긴 시간 동안 내가 여기 서 있었나? 영원처럼 느껴졌던 피에르의 장례식에 비해 그의 장례식은 그리 오래 걸리지 않았는지도 모른다.

나는 침대로 가서 누워 천장을 바라본다. 로르가 죽은 뒤 며칠간을 떠올려본다. 그때 느낀 안도감은 상상했던 것 이상이었다. 그제야 나는 가브리엘과 베스에게 집중할 수 있었다. 이제 조지프도 우리 인생에서 사라졌다. 그는 로르가 채석장에서 발견된 후부터 일하러 오지 않았고 다시 오리라고도 생각지 않았다. 그의 침대에 있다가 그를 마주쳤던 수치스러운 기억을 저편으로 치워버릴 수 있었다. 그래, 침대였다. 그가 나를 발견했을 때 나는 소파가 아니라 침대에 있었다.

안도감은 오래가지 않았다. 나는 피에르를 살해하고 로르까지 죽게 했다는 죄책감에 휩싸였다. 내 입에서 무슨 말이 튀어나올지 몰라 너무 겁이 난 나머지 가브리엘과 아예 말을 섞지 않았다. 내가 죽인 두 사람의 장례식에 어떻게 참석할 수 있을지 눈앞이 캄캄했다. 로르의 장례식은 그녀가 피에르를 죽였다는 이유로 용케 피해 갔다. 하지만 피에르의 장례식은 어떤 구실도 댈 수 없었다.

어떻게 장례식을 치렀는지 나도 모르겠다. 지하실 창고에서의 장면이 머릿속에서 끝없이 재생됐다. 내가 칼로 찔렀다는 걸 깨닫고 피에르가 지었던 그 당혹스러운 표정이 뇌리에서 떠나지 않았다. 장례식이 끝나고 집으로 오는 기차 안에서 가브리엘이 조지프가 정원 일을 마무리하러 올 거라고 말해서 난 또 한 번 타격을 받았다.

그 뒤 2주 동안 나는 조지프를 피해 다니며 지난 일들을 잊으려 노력했다. 베스가 대학 입학을 1년 연기하겠다고 했을 때는 우리 가족을 지키기 위해 내가 저지른 모든 일들에 보상을 받은 것만 같았다. 베스가 곁에 있으면 가브리엘도 우울증에서 벗어나고 나도 그 기회에 베스와 유대감을 쌓을 수 있을 테니까. 긴장이 서서히 풀려 갔다.

세례식이 열리기 한 주 전, 마컴에서 우연히 휴를 만나 베스와 조지프가 무척 잘 지낸다는 얘기를 듣고 마음이 뒤숭숭해졌다. 하지만 베스가 아시아로 여행을 떠나기로 했다고 말한 데 이어 가브리엘에게서 조지프가 세인트 커스버트에서 해고된 이유를 듣고 나자 새로운 공포가 심장을 조여왔다. 가브리엘에게는 불안한 티를 내지 않았지만 조지프가 포식자이고 이제 베스를 먹잇감으로 노리고 있을 수도 있다는 생각에 속이 타들어갈 지경이었다.

내가 혐오감을 느낀 이유는 그뿐만이 아니었다. 그즈음엔 조지프를 경멸했지만 얼마 전까지만 해도 난 그를 동경하고, 지켜보고, 욕망했다. 강렬한 수치심이 용암처럼 내 혈관을 타고 흘렀다. 그가 베스마저 낚게 놔둘 수 없었다. 나는 그를 찾아가서 그의 선한 본성에 호소해보려 했다.

그날은 세례식이 열리기 전 화요일로, 베스가 우리에게 여행 계획을 말하고 며칠 지난 때였다. 베스는 에스메 집에 가고 가브리엘은 외출 중이어서 나는 담장 정원으로 향했다. 조지프가 일하는 곳으로 걸어가는데 내게 화를 내던 그의 얼굴이 생생하게 떠올라 온몸이 떨려왔다.

"잠시 얘기 좀 할까요?" 내가 물었다.

그가 몸을 돌려 나를 바라보았다. 두 눈에 어찌나 경멸이 가득한지 숨이 멎는 것 같았다.

"원하는 게 뭔데요?"

내 입에서 말들이 빠르게 쏟아졌다. "베스가 방콕에 가려는 게 당신 때문이에요? 베스랑 거기서 만나기로 했어요?"

그가 눈살을 찌푸렸다. "그게 댁이랑 무슨 상관인데요?"

두려움에 마구 말을 뱉었다. "베스는 내 딸이고, 난 당신이 내 딸

옆에 얼쩡거리는 게 싫으니까!"

그가 음산하게 웃었다. "당신 딸일지는 모르지. 하지만 가브리엘 딸은 아니잖아요?"

나는 그를 뚫어져라 쳐다봤다. 내 눈에 서린 공포가 그가 찾던 답을 말하고 있었다. "당…… 당신이 무슨 얘기를 하는지 모르겠네요." 말이 제대로 나오지 않았다. "당연히 베스는 가브리엘의 딸이에요."

"로르가 수수께끼를 풀었어요. 하지만 사실일 리 없다고 굳게 믿었죠." 그가 말했다. "피에르가 파리에 와달라고 한 그날, 베스와 영상통화한 다음이었어요. 로르가 나를 보러 정원에 왔는데 기분이 안 좋아 보였어요. 조금 전에 베스와 통화했는데 베스 얼굴에서 피에르가 얼핏 보였다고 그러더군요. 그러면서 버릇대로 이렇게 말했죠. '하지만 그럴 리가 없잖아요?' 그러고는 말했어요. '피에르가 전부 털어놓겠다고 했는데 베스가 그의 딸일 리가요. 어떻게 그럴 수 있겠어요? 그러면 신혼여행 중일 때였다는 건데.' 그러더니 고개를 흔들더군요. '아니야, 불가능해요. 난 피에르를 알아요. 스무 해씩이나 나를 속이고 살 수 있는 사람이 아니에요. 내가 착각한 거겠죠.'" 그가 잠시 끊었다 말했다. "난 베스도, 피에르도 본 적 없었어요. 어쨌거나 내가 상관할 바도 아니었고요."

"지금도 당신이 상관할 바 아니에요." 내가 말을 뱉었다.

"오, 아니죠. 로르가 죽었잖아요. 죽은 것도 모자라 피에르를 죽인 범인으로 몰렸죠. 로르는 절대 피에르를 죽이지 않았어요. 그게 사실이면 숨기지 못했을 거예요. 교활하거나 악의적인 사람이 못 됐으니까. 당신과 다르게 말이에요." 그가 내게 한 발짝 다가섰다. "내 생각을 말해줄까요, 아이리스? 나는 당신이 피에르를 죽였다고 확신해요. 그리고 틀림없이 로르도 죽였다고 생각해요. 둘 중 하나라도 증명할 수 있으면 당장 경찰서로 갈 거예요."

"미쳤군요." 내가 뒤로 물러서며 말했다. "당신은 로르를 몰라요. 만난 지 얼마 되지도 않은 주제에. 당신은 로르가 어떤 짓을 할수 있는 사람인지 몰라요. 베스가 피에르의 딸이라고 생각했다니, 그건 로르가 얼마나 불안정하고 망상에 사로잡힌 인간인지를 보여줄 뿐이에요."

"겁에 질린 목소리네요, 아이리스."

"네, 당신 때문에요! 당신은 미쳤어요."

그리고 나는 정원에서 달아났다.

메시지가 또 왔다. '지금 윈체스터에서 출발해.' 나는 세례식 전날 저녁 가브리엘이 조지프를 만나기로 했다고 말했을 때 느꼈던 어마어마한 공포가 떠올라 눈을 질끈 감는다. 가브리엘이 베스가 아시아에 간다는 얘길 꺼내서 조지프가 그에게 무슨 말을 하지 않을까 싶어 두려웠다. 하지만 가브리엘에게 물어보니 베스에 대해서는 일언반구도 하지 않을 거라는 대답이 돌아왔다. 다른 의논거리가 있다는 것이었다. 나는 가슴을 쓸어내리며 그게 뭔지는 묻지 않았다.

이미 조지프를 죽여야 한다고 생각했다. 그가 베스의 아빠가 피에르란 사실을 당장은 발설하지 않더라도 언제고 맘만 먹으면, 가브리엘에게든 베스에게든 말할 수 있었다. 바로 그 이유로 피에르를 죽였는데 또다시 같은 두려움에 떨 수는 없었다. 그가 가스 중독으로 죽을 뻔한 적 있다던 에스메의 말이 떠올라 나는 똑같은 시나리오를 재현하기로 마음먹었다. 가스통이 내 도구가 되고 세례식이 거행 시간이자 장소가 될 터였다. 하지만 먼저 베스는 현장에 없도록 해야 했다. 베스가 세례식장에 오면 일이 복잡해지기만 할 테니까.

세례식 전날 나는 우리 식구 모두가 식당에서 사 온 음식을 먹게끔 한 뒤 부엌에서 음식 포장을 뜯으면서 베스와 내가 주문한 새우 커리에 적정량의 설사약을 넣었다. 그리고 나는 설사약이 경미하게 효과를 발휘할 정도로만 커리를 먹었다. 베스는 훨씬 많이 먹었는데, 그 애가 아픈 건 싫었지만 앞으로 닥칠 일에 얽히지 않는 데 그 정도는 소소한 대가였다.

계획은 성공했다. 베스는 탈진해 세례식에 못 가고 집에 남았다. 마을 회관에서 열린 축하 연회에서 나는 화장실로 물병을 들고 가 세면대에 물을 비우고 대신 가방에 숨겨온 보드카로 물병을 채운 다음 조지프에게 건넸다. 뷔페 테이블에 갔다 온 내게 그가 이렇게 말하며 잔을 들어 올리던 모습이 눈에 선하다. "그렇게 나쁜 사람은 아니군요, 골디락스." 내가 준 술뿐 아니라 자신의 침대에서 나를 발견했던 일 둘 다를 가리킨 말이었다. 그가 성당에 왔을 때 이미 거나하게 취해 있었던 덕분에 작전을 수행하기가 수월했다. 그 때는 그 부분에 대해 가브리엘에게 감사해야 한다는 걸 몰랐다. 나중에야 나는 그 전날 가브리엘이 찰리의 진짜 유언을 말해주는 바람에 조지프가 죄책감을 떨치려 술을 마셨다는 것을 알게 되었다.

다음 절차는 이미 머릿속에 있었다. 나는 조지프가 충분히 취하면 휴와 마커스에게 도움을 청해 그를 별채로 데려갈 생각이었다. 조지프가 죽은 뒤 우리가 서로의 알리바이가 될 수 있도록. 휴와 나는 조지프를 별채로 데려가 식탁에 앉히고 물병을 올려두었다. 그리고 그에게 뭘 좀 먹으라고 했다. 나는 휴의 지문이 남을 수 있도록 그가 콩 통조림을 따서 소스 팬에 부은 뒤 가스레인지에 올리게 했다. 내가 할 일은 마른행주로 손가락을 감싼 채 가스 밸브를 켜놓는 일밖에 없었다. 그리고 며칠 전 에스메의 집 찬장에서 가져온 위스키 병을 가방에서 꺼내 조지프의 손 밑에 밀어 넣었다.

나는 조지프가 질식사하리라 예상했다. 그래서 그가 너무 일찍 발견되지 않도록 에스메와 휴를 세례식에서 곧장 우리 집으로 오라고 청했다. 그렇게 되면 그날 저녁 두 사람이 집에 돌아가 별채에서 죽은 조지프를 발견하겠지 싶었다. 폭발은 적잖은 충격이었다. 하지만 연기가 하늘로 굽이치며 올라가는 광경을 보자 내 계획보다 훨씬 잘 들어맞는 결말이라고 생각하지 않을 수 없었다.

나는 나른한 팔을 들어 휴대폰을 집고 시간을 확인한다. 가브리엘과 베스가 곧 올 테니 저녁을 준비해야 한다. 침대에서 일어나 원피스의 매무새를 가다듬는다. 욕실에 들어가 불을 켜고 거울에 비친 모습을 바라본다. 얼굴 여기저기를 훑어보다가 비로소 깃든 평온을 발견하고 만족한다. 그간 잠시 길을 잃고 내가 누군지 알 수 없었다. 이젠, 내가 누군지 안다.

나는 아이리스 펠리. 아내이자 엄마이자 살인자다.

감사의 말
옮긴이의 말

감사의 말

언제나 그랬듯 나의 탁월한 에이전트 커밀라 볼턴에게 특별한 감사의 마음을 전한다. 글쓰기와 관련된 모든 것에 보여주는 당신의 지혜, 그리고 값진 우정에 대한 내 고마움은 영원할 것이다.

내가 작가로 살면서 가장 좋아하는 순간 중 하나는 내 소설의 번역본을 받아볼 때다. 번역본을 두 손에 받아드는 일만큼 긴장감 넘치는 일도 없다. 몇 번이고 이런 경험을 하게 해준 달리 앤더슨의 환상적인 저작권팀 메리 다비, 조지아 풀러, 살마 자루흐, 프란체스카 에드워즈에게 진심 어린 고마움을 보낸다. 또한 제이드 카바나와 로재나 벨링엄에게도 감사드린다. 당신들의 의견을 듣는 것은 언제나 기쁜 일이다!

내 책이 영화화되는 흥미로운 일들이 벌어지고 있다. 이를 위해 전문 지식을 활용해 한껏 애써준 능력자 실라 데이비드에게 감사를 표한다. 정말 고마워요, 실라.

훌륭한 편집자가 하나도 아니고 둘이니 나는 참 행운아다. 영국에 있는 호더의 조 디킨슨, 그리고 미국에 있는 SMP의 캐서린 리처드. 항상 내 곁에 있어줘서, 《게스트》를 초고에서부터 훨씬 세련된 이 완성본에 이르기까지 너무나 차분하고 빈틈없이 끌고 나가줘서 감사하다. 두 사람의 제안과 조언은 값을 따질 수 없을 만큼 소중하다. 호더에 계신 분들, 알라이나 하지조지우, 앨리스 몰리, 캐서린 워슬리, 소커 로즈, 피비 모건에게 감사드린다. 또한 교열 담당자인 샬럿 웹, 교정 담당자인 헬렌 파햄도 고맙다. 나와 내 책을 위해 최선을 다해주는 훌륭한 팀이 있어서 안심이다.

SMP에 계신 분들, 잰 엔덜린, 리사 샌즈, 네티 핀, 마리사 산지아코모, 브랜트 제인웨이, 케이티 배슬, 존 모론, 제러미 헤이팅, 리즈 블레이즈에게도 감사드린다. 교정을 맡아준 칼라 밴턴, 너무나 아름다운 표지를 디자인해준 대니엘 크리스토퍼에게도 감사하다. 이 중 몇 사람은 내가 작가로 첫발을 디뎠을 때부터 나와 함께해왔다. 그리고 이제 일곱 번째 책이 출간된다. 변함없이 나를 믿어줘서 겸허한 마음으로 감사 인사를 보낸다.

운이 좋게 해외에도 뛰어난 편집자들을 두었다. 내 책을 계속 출간해준 그들에게, 내 책을 41개 국어로 되살려낸 번역가들에게 고맙다.

작가는 독자가 없으면 아무것도 아니다. 내 책을 읽어줘서, 사랑해줘서, 내 책에 대해 얘기해주고 추천해주고 리뷰를 써줘서 얼마나 감사한지 모른다. 똑같은 이유로 사방의 블로거들에게도 큰 빚을 졌다.

내 작가 친구들에게도 큰 감사 인사를 보낸다. 처음부터 나와 함께하며 인생이 힘들 때(그리고 그들이 잘 나갈 때도) 언제나 나와 수다를 떨어준 페드라 패트릭, 로즈 왓킨스, 애너벨 칸타리아, 이들의 이름은 절대 빼놓을 수 없다. 그리고 영국과 프랑스에 있는 작가 외의 친구들, 내 책을 사주고 내가 계속 글을 써나갈 수 있도록 동기를 부여해줘서 고맙다.

마지막으로 언급하지만 내겐 누구 못지않게 중요한, 남편 칼럼, 딸들, 그리고 사위들에게도 진심으로 고맙다. 모두의 사랑과 격려가 없었으면 못 해냈을 것이다.

옮긴이의 말

패리스식 스릴러에 중독되다

휴가를 맞아 2주간의 여행을 마치고 밤늦게 집에 돌아온 아이리스와 가브리엘. 그런데 비어 있어야 할 집에 누군가가 있다. 오랜 지인 로르가 예고도 없이 그들의 집에 찾아와 짐을 푼 것이다. 그녀는 남편 피에르에게 숨겨둔 아이가 있다는 폭탄 고백을 던지고선 아이리스 부부의 집에서 한동안 신세를 지기로 한다. 아이리스는 전에는 몰랐던 로르의 이기적인 모습에 지쳐가고, 설상가상으로 우연히 찰리라는 아이의 마지막 순간을 지켜보게 된 후로 자신을 멀리하던 남편 가브리엘과의 관계는 회복될 기미가 보이지 않는다. 그러던 어느 날 이들에게 충격적인 소식이 전해진다. 로르의 남편 피에르가 시체로 발견됐다는 것.

B. A. 패리스가 신작 《게스트》로 돌아왔다. 이번에는 친한 친구가 불쑥 집에 찾아와 신세를 지면서 세상에서 가장 편해야 할 집이

가장 불편한 곳으로 변해가는 과정을 그린다. 당연히 제목이 '게스트'인 만큼 불청객과의 긴장감이 고조되면서 부부 관계가 위태로워지고 결국 살인 사건이 일어나리라 예상하게 되지만 이야기는 전혀 다른 방향으로 흘러간다. 절반 분량이 되도록 살인은커녕 살인 시도조차 보이지 않는 전개에 작가가 드디어 아이디어가 고갈되었나, 과연 이야기가 어떻게 되려고 이러나, 긴장 반 걱정 반 읽어나가다 어느 순간 빵! 하고 반전이 터진다. 그리고 무릎을 치게 된다. 그러면 그렇지. 그렇게 멍하니 처음으로 돌아가 인물들의 행동과 진실을 맞춰가며 복기하게 된다.

솔직히 더 이상 충격 반전을 만들어내기는 힘들 거라 생각했다. 전작들을 통해 온갖 친한 사람은 가족부터 외부인까지 다 범인으로 써먹지 않았는가. 당연히 패리스를 읽어본 독자라면 시작부터 두 눈 부릅뜨고 모든 인물을 의심할 텐데 자신의 스타일을 유지하면서 어떻게 또 독자들의 뒤통수를 치는 게 가능할까. 하지만 패리스는 해낸다. 그것도 완벽히. 아, 이렇게도 가능하구나, 감탄이 절로 나온다. 그러면서 자연스레 질문하게 된다. 다음에는 정말 어떻게 하려고 그러지? 이렇게 독자들의 예상을 깨고 또 깨면서 비슷한 듯 비슷하지 않게 스릴러를 성공시키는 것이 패리스의 장기다. 그래서 패리스를 읽은 독자들이 또 패리스를 찾는 것이다.

이따금 충격 반전을 중점에 둔 스릴러물을 평가절하하는 사람들이 있다. 반전을 너무 중시하다가 전개 과정에서의 치밀함과 완성도를 놓친다는 게 이유다. 물론 그런 책도 적지 않다. 하지만 패리스는 다르다. 특히 이번 신작은 더욱 그렇다. 마지막 책장을 덮고 다시 처음으로 돌아가 읽어나가다 보면 예사로 지나친 묘사들이 다르게 보인다. 살인범의 심리를 대놓고 묘사하면서도 어떻게 독자들의 눈을 교묘히 가리는지 그 치밀한 설계에 놀라게 된다. 사방에 힌트와 복선이 숨어 있다. 이게 반전의 여왕의 내공이구나 싶다.

패리스는 과연 언제까지 충격 반전을 성공시킬 수 있을까. 다음엔 또 어떤 뜻밖의 친밀한 살인범이 우리를 놀라게 할까. 패리스의 다음 작품이 진심으로 기다려진다.

게스트

초판 1쇄 인쇄   2024년 5월 24일
초판 1쇄 발행   2024년 6월 06일

지은이   B. A. 패리스
옮긴이   박설영

편집인   이기웅
책임편집   주소림
편집   안희주, 김혜영, 양수인, 한의진, 이원지, 오윤나, 이현지
디자인   mykc
책임마케팅   김서연, 김예진, 김지원, 박시온, 류지현, 김소희, 김찬빈,
　　　　　　배성원, 이서윤, 박상은, 최혜연
마케팅   유인철
경영지원   박혜정, 최성민, 박상박
제작   제이오

펴낸이   유귀선
펴낸곳   ㈜바이포엠 스튜디오
출판등록   제2020-000145호(2020년 6월 10일)
주소   서울시 강남구 테헤란로 332, 에이치제이타워 20층
이메일   odr@studioodr.com

979-11-93358-94-8 (03840)
ⓒ B. A. 패리스
모모는 ㈜바이포엠 스튜디오의 출판브랜드입니다.